LE SOURIRE ETRUSQUE

DU MÊME AUTEUR

à paraître

LE FLEUVE QUI NOUS ENTRAÎNE

JOSE LUIS SAMPEDRO

LE SOURIRE ETRUSQUE

Traduit de l'espagnol par
Françoise Duscha-Calandre

Publié avec le concours du
Centre National du Livre

Editions Métailié
5, rue de Savoie, 75006 Paris
1994

Titre original : *La Sonrisa Etrusca*

A Miguel
et pour
Pita Paflo

1

Dans le musée romain de la Villa Giulia le gardien de la Section Cinq continue sa ronde. L'été maintenant terminé, les troupeaux de touristes ont déserté et la surveillance redevient ennuyeuse ; mais aujourd'hui un visiteur l'intrigue et il revient vers la petite salle des *Epoux* avec une curiosité croissante. « Est-ce qu'il sera encore là ? », se demande-t-il en accélérant le pas jusqu'à la porte.

Il est là. Il est toujours là, sur le banc en face du grand sarcophage étrusque en terre cuite, ce joyau du musée, exposé comme dans un écrin, au centre sous la voûte de la petite salle tapissée d'ocre pour imiter la crypte d'origine.

Oui, il est là. Immobile depuis une demi-heure, comme s'il était lui aussi une statue desséchée par le feu et les siècles. Le chapeau marron et le visage tanné composent un buste d'argile qui émerge de la chemise blanche sans cravate, à la façon des vieux de là-bas, dans les montagnes du sud, l'Apulie, ou plutôt, la Calabre.

« Qu'est-ce qu'il peut bien voir dans cette statue ? », se demande le gardien. Et comme il ne comprend pas, il n'ose pas s'en aller de peur qu'il n'arrive soudain quelque chose, ici, en cette matinée qui a commencé comme toutes les autres et qui est devenue si différente. Mais il n'ose pas entrer non plus, retenu par un inexplicable respect. Et depuis la porte il continue à regarder le vieux qui, étranger à sa présence, concentre son regard sur le sarcophage, sur le couple humain qui repose sur le couvercle.

La femme, appuyée sur le coude gauche, les cheveux retenus en deux tresses qui lui tombent sur la poitrine, arrondit délicatement la main pour l'approcher de ses lèvres pulpeuses. Derrière elle, l'homme, pareillement appuyé, barbe en pointe sous une bouche de faune, entoure de son bras droit la taille féminine. Sur les deux corps, le ton rougeâtre de l'argile cherche à révéler le tréfonds sanguin invulnérable au passage des siècles. Et sous les yeux étirés, bridés à l'orientale, fleurit sur les visages un même sourire indescriptible : sage et énigmatique, serein et voluptueux.

Des projecteurs cachés éclairent les personnages avec art et dynamisme en leur donnant un clair-obscur palpitant de vie. Par contraste, aux yeux du gardien, le vieux immobile dans la pénombre semble une statue. «On dirait de la magie», pense-t-il involontairement. Pour se rassurer, il décide de se persuader que tout est normal. «Le vieux est fatigué et, comme il a payé l'entrée, il s'est assis là pour en profiter. Les paysans sont comme ça.» Au bout d'un moment, comme il ne se passe rien, le gardien s'éloigne.

Son absence épaissit l'air de la crypte autour des trois personnages : le vieux et le couple. Le temps glisse...

Cette atmosphère est rompue par un homme jeune qui s'approche du vieux :

— Enfin, Père ! Allons-y. Je regrette de vous avoir fait attendre, mais ce directeur...

Le vieux le regarde : «Pauvre enfant ! Toujours pressé, toujours à s'excuser... Et dire que c'est mon fils !»

— Une minute... Qu'est-ce que c'est, ça ?

— Ça ? *Les Epoux*. Un sarcophage étrusque.

— Un sarcophage ? Une caisse pour les morts ?

— Oui... Mais allons-nous en.

— On les enterrait là-dedans ? Dans cette espèce de divan ?

— Un triclinium. Les Etrusques mangeaient allongés, comme les Romains. Et on ne les enterrait pas à proprement parler. On déposait les sarcophages dans une crypte fermée, peinte à l'intérieur comme une maison.

— Comme le panthéon des marquis Malfatti, là-bas à Roccasera ?

— Exactement... Mais Andrea vous l'expliquera mieux. Moi, je ne suis pas archéologue.

— Ta femme?... Bon, je lui demanderai.

Le fils regarde son père avec étonnement. «Ça l'intéresse tant que ça?» Il consulte à nouveau sa montre.

— Milan est encore loin, Père... S'il vous plaît.

Le vieux se lève lentement du banc, sans quitter le couple des yeux.

— On les enterrait à table!, murmure-t-il étonné... A la fin, il se décide, à contre-cœur, à suivre son fils.

En sortant, le vieux aborde un autre sujet.

— Ça ne s'est pas très bien passé avec le directeur du musée, pas vrai?

Le fils fait la moue.

— Hum! Toujours la même chose, vous savez. Des promesses, des promesses, mais... Ça oui, il a dit beaucoup de bien d'Andrea. Il avait même lu son dernier article.

Le vieux se souvient de l'époque où, juste après la guerre, il était monté à Rome avec Ambrosio et un autre partisan («Comment est-ce qu'il s'appelait cet Albanais qui tirait si bien?... Fichue mémoire!») pour exiger d'un dirigeant du Parti la réforme agraire dans la région de la Petite Sila.

— Il t'a raccompagné jusqu'à la porte en te tapant sur l'épaule?

— Bien sûr, il a été très aimable.

Le fils sourit, mais le vieux fronce les sourcils. Comme à l'époque. Il a fallu les trois morts de la manifestation paysanne de Melissa, près de San Severina, pour que les politiciens de Rome prennent peur et se décident à faire quelque chose.

Ils arrivent à la voiture sur le parking et s'y installent. Le vieux ronchonne en attachant sa ceinture de sécurité. «Bonne affaire pour certains! Comme si on n'avait pas le droit de se tuer à sa guise!» Ils démarrent et se dirigent vers la sortie de Rome. Peu après le péage, sur la *Autostrada del Sole*, le vieux revient à son sujet tout en se roulant lentement une cigarette.

— On enterrait les deux ensemble?

— Qui donc, Père?

— Le couple. Les Etrusques.

— Je ne sais pas. Peut-être.

— Mais comment ? Ils ne mouraient pas en même temps !

— Vous avez raison... Et bien, je ne sais pas... Appuyez là pour l'allume-cigare.

— Pas besoin d'allume-cigare. Et le charme des allumettes alors ?

Le vieux en frotte une et allume habilement sa cigarette dans le creux de ses mains. Il jette l'allumette dehors et fume lentement. Silence rompu seulement par le ronronnement du moteur, le chuintement des pneus, un coup de klaxon impérieux. La voiture commence à sentir le tabac brun, évoquant chez le fils des souvenirs d'enfance. Discrètement, il baisse un peu la vitre de la portière. Le vieux le regarde à ce moment-là ; il n'a jamais pu s'habituer à ce profil délicat, héritage maternel un peu plus marqué chaque année. Il conduit avec sérieux, attentif à la route... « Oui, ça a toujours été un garçon très sérieux. »

— Pourquoi est-ce qu'ils riaient de cette façon si..., enfin, comme ça ? Et sur leur tombe, en plus !

— Qui ?

— Qui veux-tu que ce soit ! Les Etrusques, voyons, ceux du sarcophage ! A quoi est-ce que tu pensais ?

— Ah, mon Dieu, les Etrusques !... Qu'est-ce que j'en sais ? En plus, ils ne riaient pas.

— Allons donc, bien sûr qu'ils riaient ! Et de tout ! Tu ne l'as pas vu ?... D'une manière... ! Les lèvres jointes, mais ils riaient... Et quelles bouches ! Elle, surtout, comme... Il s'interrompt pour taire un prénom — Salvinia — impétueusement retrouvé.

Le fils s'énerve. « C'est une manie ! Peut-être que la maladie lui affecte déjà le cerveau ? »

— Ils ne riaient pas, Père. C'était seulement un sourire. Un sourire de béatitude.

— Béatitude ? Qu'est-ce que c'est que ça ?

— Comme les saints sur les gravures, lorsqu'ils contemplent Dieu.

Le vieux part d'un éclat de rire.

— Des saints? Qui contemplent Dieu? Eux, les Etrusques? Tu veux rire!

Sa conviction n'admet pas de réplique. Une grosse voiture rapide conduite par un chauffeur en livrée les double. Sur le siège arrière, le profil fugitif d'une dame élégante. «Ce fils, pense le vieux, quand est-ce qu'il va enfin connaître la vie?»

— Les Etrusques riaient, je te dis. Ils se réjouissaient jusque sur leur tombe, tu ne t'en es pas aperçu? Quels types!

Il tire une autre bouffée de sa cigarette et continue :

— Qu'est-ce qui leur est arrivé à ces Etrusques?

— Ils ont été conquis par les Romains.

— Ah, ces Romains! Toujours à semer la zizanie!

Le vieux s'abîme dans l'histoire ancienne, souvenirs de la dictature et de la guerre, des politiciens ensuite, tandis que la voiture roule vers le nord.

Le soleil atteint son zénith, tiédissant les cultures automnales. Sur une colline, on vendange encore tandis que, là-bas à Roccasera, le moût commence déjà à fermenter. Des sillons irréguliers attirent l'attention du vieux. «Si un de mes gars me faisait un travail comme ça, pense-t-il, je le mettrais à la porte à coups de pied». La terre, dans ses moindres détails, a un sens pour lui, même si le paysage est totalement différent. Plus vert, plus tendre, pour ces gens du nord.

— Toute cette terre était étrusque, s'exclame soudain le fils qui veut être aimable.

Les champs en paraissent d'autant plus féconds aux yeux du vieux. Au bout d'un moment, il se voit forcé de demander :

— Quand tu pourras, arrête-toi un moment, fils. Je dois baisser culotte. Tu sais, la bestiole qui me court à l'intérieur.

Le fils recommence à s'inquiéter de la maladie grave du père, raison pour laquelle il le conduit auprès des médecins de Milan, et il se reproche de l'avoir oubliée un temps à cause de ses propres soucis. Bien sûr, l'éventuelle mutation de sa femme à Rome lui tient à cœur, mais pour son père, c'est la fin. Il se tourne tendrement vers le vieux.

— A la première occasion. J'en profiterai pour prendre un bon café qui me tiendra éveillé au volant.

— Je peux attendre, ne te presse pas.

Le fils détaille le profil de son père. Toujours aquilin, mais la pomme d'Adam déjà s'affile, comme un galet avalé de travers, et les yeux s'enfoncent. Combien de temps encore pourra-t-il contempler ce visage invulnérable qui lui a toujours inspiré confiance? La vie les a éloignés en les entraînant vers des mondes différents et, pourtant, comme l'ombre protectrice du vieux chêne va lui manquer! Coup de poignard de l'angoisse; s'il parlait, on sentirait son désarroi. Le vieux n'aimerait pas ça.

Ils s'arrêtent dans une station-service. Le fils va faire le plein, et quand il entre dans le bar, son père est déjà en train de siroter un café fumant.

— Mais, Père! Le médecin ne vous l'a pas interdit?

— Et après? Il faut bien vivre!

— Mais justement!

Le vieux se tait et sourit en dégustant son café. Puis il commence à se rouler une autre cigarette.

Ils reprennent la route et au bout de quelques minutes, ils voient l'indication de la prochaine sortie pour Arezzo, à droite.

— C'était une grande cité étrusque, explique le fils lorsqu'ils passent près du panneau qu'ils laissent derrière eux.

Arezzo : le vieux retient le nom.

2

La voiture repart après une halte dans un restaurant au bord de l'autoroute où les voyageurs ont dîné légèrement. La brume s'étend sur la plaine du Pô comme pour annoncer la nuit, emmêlant ses flocons dans les rangées de peupliers. Le vieux s'assoupit; ces terres molles et monotones, jardins domestiqués, ne retiennent pas son attention.

«Le pauvre», pense le fils en contemplant cette tête inclinée sur le dossier. «Il est fatigué... A-t-il encore l'espoir de guérir?... Sinon, pourquoi est-ce qu'il vient? Je n'aurais jamais cru qu'il accepterait de quitter son Roccasera; je ne me l'explique pas.

Quand le vieux ouvre les yeux, il fait déjà nuit noire; la pendule du tableau de bord, faiblement éclairée d'une lumière verte, indique dix heures dix. Il referme les paupières comme pour fuir la réalité. Ça l'agace de revenir à Milan. La fois précédente, veuf de fraîche date, il n'a même pas pu tenir quinze jours, alors que ses enfants lui avaient prévu un séjour de deux mois. Tout lui était insupportable : la ville, les Milanais, l'appartement minuscule, la belle-fille... Et maintenant, pourtant, il est en route pour Milan!... «Avec le plaisir que j'aurais à mourir chez moi!», pense-t-il. «Maudit Cantanotte! Pourquoi est-ce qu'il crève pas d'un coup?»

— Bon petit somme, pas vrai?, lui dit le fils quand le vieux se décide enfin à bouger. On arrive.

Oui, en effet, ils arrivent dans le piège. Pour le vieux, les villes ont toujours été une chausse-trape pour le gibier humain, ici les fonctionnaires, les policiers, les propriétaires fonciers, les commerçants et autres parasites sont à l'affût du pauvre. La sortie de l'autoroute, avec son guichet où l'on s'arrête pour remettre un ticket, voilà justement la gueule du piège.

La banlieue commence et le vieux regarde avec méfiance, de part et d'autre, les murs en pisé, les hangars, les ateliers fermés, les logements bon marché, les terrains vagues, les flaques de boue... Fumée et brouillard, saleté et détritus, réverbères solitaires et sinistres. Tout est inhumain, sordide, hostile. En baissant la vitre, il perçoit une nappe humide empestant les ordures et les résidus chimiques. Il détache sa ceinture de sécurité et est ainsi soulagé de se sentir plus libre pour réagir à n'importe quelle menace.

« Heureusement que la *Rusca* se tient tranquille aujourd'hui ! », pense-t-il pour se consoler. La maladie qui le ronge, il l'appelle *Rusca*, du nom d'un furet femelle que lui avait offert Ambrosio après la guerre : il n'y avait jamais eu de meilleure chasseuse de lapins dans le village. « Tu me respectes, hein, *Rusca* ? Tu comprends que venir à Milan, c'est déjà assez dur. Pour toi aussi, je sais. Si c'était pas pour ça, je te garantis qu'on finirait nos jours tous les deux ensemble là-bas, chez nous. »

Il se souvient du petit museau affectueux — mais avec, par-dessous, des crocs féroces — de cette bonne chasseuse de lapins. C'est un chien du Cantanotte qui l'a tuée. Le souvenir fait sourire le vieux parce que, pour se venger, il a coupé la queue du chien et l'autre a dû avaler l'insulte. En plus, peu après, il a défloré la Concetta, une nièce de son ennemi.

Maintenant, de chaque côté, les maisons se referment sur eux. Il y a des murs partout, sauf devant, pour attirer la voiture toujours plus au fond du piège. Les feux rouges s'obstinent à régler un trafic presque nul à cette heure-là, les enseignes lumineuses clignotent mécaniquement, comme des signaux moqueurs. De temps à autre, des surprises inquiétantes : le tintement strident d'un klaxon qui n'alerte personne, le fracas subit d'un train le long du viaduc métallique sous lequel ils passent ou des mugissements et une odeur de fumier inexplicables en pleine ville.

— Les abattoirs, précise le fils en montrant les murs sur la droite. C'est là qu'on achète les viscères pour l'usine.

«Donc, piège aussi pour les animaux.»

Ils s'engagent dans une avenue. «Qu'est-ce que c'est que ce feu avec des femmes qui s'agitent autour des flammes, comme des sorcières sur la lande?»

Un feu rouge les arrête juste à côté et une des femmes s'approche de la voiture, ouvre sa veste et exhibe ses tétons à l'air.

— Ça vous dit, jeunes gens? Y'en a pour deux!, crie sa bouche fardée.

Le feu passe au vert et la voiture démarre.

— Quelle honte! murmure le fils, comme si c'était lui le coupable.

«Ben, comme tétons, c'était une belle paire!», pense le vieux ragaillardi. «Ils mettent de meilleurs appâts dans le piège à présent.»

Le labyrinthe les enferme de plus en plus. Enfin, le fils freine et se range entre les voitures endormies le long du trottoir. Ils descendent. Le vieux lit avec étonnement la plaque au coin de la rue : Viale Piave.

— C'est ici?, demande-t-il. Je ne me souviens de rien.

— L'autre maison est devenue trop petite quand le petit est né, explique le fils en ouvrant le coffre. Ce quartier-là est mieux; si nous pouvons nous payer un appartement ici, c'est parce que nos fenêtres donnent derrière, sur la rue Nino Bixio. Andrea est ravie.

«Le petit, c'est vrai!», pense le vieux en se reprochant de ne pas l'avoir eu plus présent à l'esprit. Mais avec la mort de sa femme, et sa propre maladie ensuite, tant de choses lui ont occupé la tête...!

Ils traversent un vestibule avec sofa, fauteuil et miroir, et s'arrêtent devant l'ascenseur. Le vieux n'aime pas ça, mais il renonce à monter à pied en apprenant que c'est au huitième : «La *Rusca* serait dans un bel état!»

Arrivés en haut, le fils ouvre doucement la porte et allume une lumière tamisée en recommandant le silence au vieux car le petit doit dormir. Une silhouette apparaît dans le couloir :

— Renato?

— Oui, chérie. Nous voilà.

Le vieux reconnaît Andrea : sa bouche mince et sérieuse entre les pommettes saillantes, au-dessous du regard gris. Mais, elle n'avait pas de lunettes avant ?

— Soyez le bienvenu, Papa. Cette maison est la vôtre.

— Bonsoir, Andrea.

Il l'embrasse et ses lèvres effleurent sa joue. C'est elle, oui. Il se souvient de son dos osseux, de sa poitrine plate. « Et elle continue à m'appeler Papa, comme les filles de bonne famille ! », pense le vieux contrarié. Il ne soupçonne pas l'effort qu'il lui en a coûté de prononcer la sacro-sainte formule de bienvenue — Renato l'en avait instamment priée — car cela lui rappelle ses deux horribles semaines de jeune mariée dans cette Calabre sauvage, où tout le monde l'examinait comme un insecte sous la loupe. Les femmes prenaient tous les prétextes pour entrer dans la cour voir la lingerie fine de « la Milanaise » qui séchait sur le fil !

— Comment se fait-il que vous ayez tant tardé ?

Le vieux reconnaît aussi ce ton incisif. Renato accuse le brouillard, mais Andrea ne l'écoute déjà plus. Elle s'éloigne dans le couloir, sûre d'être suivie. Elle allume une lumière et fait entrer le vieux dans sa chambre en montrant à Renato le placard où se trouvent les draps pour le canapé-lit.

— Je n'ai pas eu le temps de le faire, conclut-elle. Le petit a mis du temps à s'endormir... Excusez-moi, Papa, demain je fais mon cours à la première heure... Bonne nuit.

Le vieux lui répond et Andrea se retire. Tandis que Renato ouvre l'armoire, le vieux parcourt des yeux cette cellule : des voilages cachant la fenêtre, une table de nuit avec une lampe, une gravure confuse représentant quelque chose comme des oiseaux, une chaise...

Tout ça ne lui dit rien, mais ne l'étonne pas.

Il hausse mentalement les épaules, du moment qu'il n'est plus là-bas, qu'importe ?

3

Le canapé-lit refuse de se déplier. Le fils s'acharne et le vieux ne sait pas comment l'aider; il ne veut d'ailleurs rien avoir à faire avec un tel engin, si différent de son vieux lit. Celui de toute sa vie depuis son mariage : haut, massif, dominant la chambre comme une montagne dont le sommet serait la corniche du chevet en châtaignier poli, et les pâturages, les matelas rembourrés, deux de laine sur un de crin, comme dans tout foyer qui se respecte... Franc, définitif, fait pour jouir, mettre au monde, se reposer, mourir!... Il évoque aussi d'autres couches de sa vie agitée : la terre dure des abris de bergers, la paillasse de la caserne, le foin sec des granges, l'herbe étalée sur la roche dans les grottes quand il était partisan, les matelas paysans en paille de maïs qui craquent comme des grelots de tambourin sous les ébats amoureux... Tout un monde étranger à cet engin hybride de la cellule, avec ses ressorts tapis comme des pièges à loups.

Le mécanisme finit par céder et le meuble se déplie presque d'un coup. Le fils étend les draps et ne met qu'une couverture car — prévient-il — il y a du chauffage. Ça lui est égal au vieux, il a apporté sa couverture de toujours, déjà bien râpée par un demi-siècle de service. Impossible de l'abandonner, c'est sa seconde peau. Elle l'a protégé des pluies et des bourrasques, elle a sué avec lui les meilleures et les pires heures de sa vie, elle a même été décorée d'un trou de balle, elle sera son linceul.

— Avez-vous besoin d'autre chose?, demande Renato pour finir.

Besoin, besoin... De tout et de rien! Tout ce qu'il voit est de trop; par contre, il désirerait tant de choses! Ce dont il a envie, par-dessus tout, c'est d'une longue, longue gorgée de vin, mais du rouge de là-bas, âpre et robuste, fait pour les gosiers d'hommes; celui de Milan est sûrement trafiqué... Avec quoi pourrait-il bien faire passer ce mauvais goût dans la bouche? Quelque chose de vrai... Il lui vient une idée :

— Tu as des fruits?

— Des poires délicieuses. De Yougoslavie.

Le fils sort et ne tarde pas à revenir avec deux belles poires et un couteau sur une assiette qu'il laisse sur la table de nuit. Puis, du couloir, il montre à son père la porte de la cuisine — il y a de tout dans le réfrigérateur — et celle de la salle de bains, plus loin.

— Essayez de ne pas faire trop de bruit en vous lavant quand le petit dort, sa chambre est juste à côté... Vous le verrez demain, d'accord? On ne va pas le réveiller maintenant. Il est superbe. Il vous ressemble.

— Oui, c'est mieux demain, répond le vieux agacé par cette dernière remarque qui lui fait l'effet d'une flatterie. «Foutaises, les nouveau-nés ne ressemblent à personne! Ce ne sont que des nourrissons. Rien, des sacs à pleurs.»

— Bonne nuit, Père. Soyez le bienvenu.

Le vieux se retrouve seul et son premier geste est de tirer les rideaux; il déteste tous ces chiffons décoratifs. A travers les vitres, il voit une cour et, en face, un autre mur aux fenêtres fermées. Il ouvre et se penche. Là-haut, ce qui est à Milan le ciel nocturne : un plafond bas de brouillard et de fumée qui renvoie la clarté violacée des lumières et des néons de la rue. En bas, un puits noir qui dégage une odeur de nourriture refroidie, de linge mouillé, de tuyauterie, des émanations de fuel...

En refermant, il s'aperçoit qu'il a ouvert d'instinct, mû par un réflexe datant de la guerre : vérifier si l'ouverture peut servir d'issue de secours. Résultat négatif. «Comme à la Gestapo de Rimini... Ces jours passés à deux doigts du peloton d'exécution, jusqu'à ce que j'arrive à les tromper et qu'ils me relâchent... Grâce à Petrone qui a résisté à la torture sans dire un mot! Pauvre Petrone!»

Les poires sur la table de nuit; ça il n'y en avait pas dans le cachot de Rimini. Il en prend une et sort son couteau, ignorant celui qui est sur l'assiette. Il commence à la peler. «Mauvais signe, elle ne sent rien!» Il en goûte un morceau; froide comme la glace et sans saveur, la poire de si belle apparence. «Le frigidaire les tue.» Il épluche la seconde sans la goûter; juste pour que Renato voie les épluchures demain. Puis il ouvre la fenêtre et jette les deux fruits dans le puits; un double choc sur une toiture métallique lui parvient d'en bas.

«On dirait pas qu'elles sont yougoslaves!», pense-t-il en refermant car le nom du pays a ranimé le souvenir de Dunka. «Dunka! Son corps, ça oui, il était fruité, doux, odorant!» Et jamais froide sa peau tiède; toujours chaude, vive, l'inoubliable compagne de lutte et de plaisir... Oh, Dunka, Dunka! Son image s'est estompée ces derniers temps, mais elle habite toujours le vieux cœur qu'elle anime chaque fois qu'elle ressurgit du passé...

En se déshabillant le vieux caresse, comme tous les soirs, le sachet pendu à son cou avec ses amulettes contre le mauvais œil. Il se met au lit après avoir étendu sa couverture, éteint et arrange le bord pour l'avoir bien serré autour du cou comme dans un sac de couchage.

«Moi aussi, je suis vivant, Dunka... Vivant!», répète-t-il en savourant le mot. Un autre souvenir s'ajoute au souvenir ancien de la femme, «je suis vivant, comme le couple du musée, ce matin... Belle idée, cette tombe d'argile bien cuite au lieu du bois qui pourrit... Durer, comme l'huile dans mes jarres...»

Sur sa mer intérieure reflue l'image de Dunka :

«Sur un divan, non, mais sur un lit oui, c'est là que nous dînions, elle et moi, comme ce couple, sans autre lumière que celle de la lune, par crainte des avions et de la Gestapo... La lune glissant sur la mer comme un chemin dirigé droit sur nous... A quoi bon plus de lumière? Pour nous toucher, nous embrasser... Et comme on s'embrassait, Dunka, comme on s'embrassait!»

Il sourit encore au souvenir lorsque le sommeil l'étreint.

4

Le vieux se réveille, comme d'habitude, avant l'aube. Là-bas, il se lèverait tout de suite, pour sa ronde matinale ; fouler la terre encore humide de la rosée nocturne, respirer l'air tout neuf, voir l'aurore s'élargir sur le ciel, écouter les oiseaux... Là-bas oui, mais ici...

« A cette heure, Rosetta doit se lever... Beaucoup de larmes hier pour dire adieu à son père, mais sûrement déjà consolée par son coquin de mari. Cet imbécile de Nino, plus faux que l'or des gitans ! Qu'est-ce qu'elle a bien pu lui trouver, ma fille, pour s'en amouracher comme une idiote ? Ah, les femmes, les femmes !... Encore heureux qu'ils n'aient pas d'enfant ; ils les rendraient malheureux. Elle m'en a peu donné, ma Rose ; sa race de riches ne l'a pas rendue féconde. Des fausses couches, ça oui, chaque année, mais menées à terme, trois seulement, et le Francesco qui compte pour rien, perdu qu'il est là-bas à New-York. Je n'ai que cet enfant de Renato, ce petit, comment est-ce qu'il peut bien s'appeler ? Ils m'ont envoyé le faire-part du baptême, c'est sûr, mais je n'avais pas la tête à m'en souvenir, en plein procès avec le Cantanotte pour le Soto Grande... Sûrement Maurizio, Giancarlo, un nom comme ça, de petit monsieur, comme les aime Andrea... Enfin elle, au moins, a été capable de me donner un petit-fils, alors que le Nino... »

Du couloir lui parviennent des pleurs d'enfant, comme si ses pensées les avaient provoqués. Ils ne semblent ni coléreux, ni plaintifs, mais rythmés, tranquilles : une existence qui s'affirme. « Ça me plaît, pense le vieux, c'est comme ça que je pleurerais si je devais le faire un jour... Ces pas, Andrea ?... Non, c'est une autre voix qui fredonne; c'est Renato... Incroyable! Tous les vieux deviennent sourds, mais moi mon oreille est plus fine aujourd'hui que lorsque je faisais le guet dans le maquis... Renato qui fait la nounou, on aura tout vu! Dans ce fichu Milan, les hommes n'ont pas ce qu'il faut avoir, et Andrea m'en a fait un Milanais.»

La bestiole, qui se met à remuer dans son ventre, le rappelle au calme. «Tu as raison, *Rusca*, peut importe maintenant... Tu as faim, oui, patience! Comme elle mordait bien, l'autre Rusca, la défunte! Quand Renato retournera dans sa chambre, j'irai nous préparer à manger à tous les deux; c'est peut-être parce qu'il a faim qu'il pleure, le petit; l'Andrea pourrait quand même se lever pour lui donner à manger! Un biberon, sûrement; cette femme n'a rien d'autre à donner.»

Les pleurs cessent et il entend Renato retourner se coucher. Le vieux se lève, enfile son pantalon et va à la cuisine. Il n'allume pas pour ne pas se trahir, la clarté diffuse de la rue lui suffit. Il ouvre le placard; dans son garde-manger au village, une rafale d'odeurs l'assaillait : oignon et salami, huile et ail. Ici, rien; tout est en flacons, en conserves, en boîtes étiquetées de couleurs vives, quelques-unes en anglais. Il prend un paquet dont l'étiquette promet du riz, mais à l'intérieur il y a des graines creuses, à moitié grillées et insipides.

Dans le frigidaire, le fromage est un morceau jaunâtre, mou et presque sans goût; heureusement qu'il peut le mélanger avec quelques rondelles d'oignon trouvées dans une boîte en plastique hermétique... Le vin, de Toscane et, pour comble, glacé... Pour tout pain, une chose industrielle : *panetto*... Si au moins il avait sous la main une vraie bonne miche sortie du four de Mario! Quelles soupes au lait!... Et ce truc noir dans le cylindre transparent de cet ustensile, c'est sûrement du café, mais comment on fait pour le réchauffer?

Alerte subite : un réveil dans la chambre. La maison s'anime et Renato apparaît, souhaitant le bonjour à voix basse. Il fait marcher la cafetière et sort un autre engin du placard, le branche et met à griller deux tranches carrées de *panetto*. Il file à la salle de bains et on entend couler l'eau. Andrea apparaît et s'écrie avec humeur :

— Mais, Papa, qu'est-ce que vous faites debout si tôt?

Elle sort sans attendre la réponse et se heurte à son mari dans le couloir; ils se murmurent quelques mots. Les bruits se multiplient : robinets ouverts, gargouillement des canalisations, chocs de flacons, ronronnement du rasoir, douche... Puis le couple dans la cuisine qui se gêne mutuellement en préparant le petit déjeuner. Le vieux accepte une tasse de café clair et va se débarbouiller dans la salle de bains. Renato entre peu après :

— Mais, Père, nous avons l'eau chaude!

— Je ne veux pas d'eau chaude. Ça ne réveille pas.

Il renonce à expliquer à son fils que l'eau froide lui parle des ruisseaux dans la montagne, de l'odeur du feu qu'on vient d'allumer, des chèvres qui broutent l'herbe encore blanche de givre. Pendant ce temps, les enfants vont et viennent, avec précaution, de la chambre à la cuisine; ils s'habillent en mangeant les tartines grillées sorties de l'appareil.

— Venez voir le petit, Père. On va le changer et lui donner à manger.

«Les seins d'Andrea donneraient donc du lait?», s'étonne le vieux, car il ne les a pas vus préparer de biberon.

Moqueur et intrigué. il suit Renato dans la petite chambre où Andrea finit de changer le petit sur une table recouverte de molleton.

Le vieux reste médusé. Paralysé par la surprise. Rien d'un nouveau-né, mais un enfant déjà capable de se tenir assis. Un enfant qui, à son tour intrigué par l'apparition de cet homme, repousse de sa menotte la cuillerée de bouillie offerte par sa mère et fixe sur le vieux ses yeux foncés tout ronds. Il pousse un petit grognement, agite un peu les mains et daigne enfin ouvrir la bouche pour manger.

— Qu'il est grand!, finit par s'exclamer le vieux.

— N'est-ce pas, Papa?, se rengorge la mère. Et il n'a que treize mois!

«Treize mois déjà!», pense le vieux pas encore ressaisi de sa surprise. «Mon petit-fils, mon sang, ici, tout à coup... Comment est-ce que je ne l'ai pas su plus tôt?... Il est beau, ça c'est sûr!... Pourquoi est-ce qu'il me regarde l'air aussi sérieux, pourquoi est-ce qu'il agite les mains? Qu'est-ce qu'il veut me dire?... Mes enfants ont été comme ça, ce Renato et les autres? Maintenant il sourit : quelle frimousse de coquin!»

— Regarde ton grand-père, Brunettino; il est venu faire ta connaissance.

— Brunettino? s'exclame le vieux, de nouveau saisi par la surprise, en portant la main au sachet pendu à son cou, seule explication possible du miracle. Pourquoi vous l'avez appelé Brunettino, pourquoi?

Ils le regardent étonnés, tandis que l'enfant laisse échapper un petit rire. Renato l'interprète mal et s'excuse :

— Pardon, Père; je sais qu'on donne toujours à l'aîné le prénom du grand-père et je voulais l'appeler Salvatore, comme vous, mais c'est Andrea qui a eu l'idée et le parrain, mon ami Renzo, a insisté, parce que Bruno, ça fait plus décidé, plus sérieux... Pardon, je regrette.

— Au diable regret et pardon! Je m'en réjouis, au contraire, vous lui avez donné mon nom!

Andrea le regarde, interdite.

— Tu devais le savoir, toi Renato, que les partisans m'appelaient Bruno. Ambrosio te l'a pas souvent raconté?

— Oui, mais votre nom, c'est Salvatore.

— Foutaises! Salvatore, on me l'a imposé, peu importe qui; mais Bruno, c'est moi qui me le suis forgé, c'est mon nom... Brunettino!, conclut le vieux en sussurant, en savourant le diminutif et en pensant à la force de sa bonne étoile qui a inspiré la décision d'Andrea. Il lui semble même, en regardant ces petits yeux maintenant espiègles, que l'enfant comprend tout. Et pourquoi pas? Tout est possible quand souffle le bon vent de la chance.

Il avance timidement un doigt vers la joue enfantine. Il ne se souvient pas avoir jamais touché la peau d'un enfant si petit. C'est tout juste s'il a tenu les siens quelques fois, bien pouponnés, le temps de les montrer aux amis.

Le petit poing léger, avide comme un jeune aigle au nid, s'empare du doigt rugueux et cherche à le mettre dans sa bouche. Le vieux sourit avec délice : «Quelle force il a, ce petit bandit!» Il est étonné de découvrir que l'enfant possède muscles et nerfs. Le monde réserve tant de surprises!

L'enfant lâche le doigt. Attiré par le vieux, il esquive les cuillerées.

— Allons, mon trésor, encore un petit peu, réclame la mère en regardant sa montre. Pour Papi.

Aujourd'hui c'est la matinée des surprises : voilà qu'Andrea sait se montrer affectueuse! Mais l'enfant tourne énergiquement la tête. Soudain il vomit une gorgée de liquide blanchâtre.

— Il est malade?, s'inquiète le vieux.

— Voyons, Père, s'exclame Renato en riant. C'est de l'air, un petit renvoi. Regardez, il se remet à manger... Comme si vous n'aviez jamais eu d'enfants!

«Non, je n'en ai pas eu», se dit le vieux, comprenant qu'il n'a jamais vécu ce qu'il est en train de vivre. «Au village, nous les hommes, on n'a pas d'enfants. On a des nouveau-nés, dont on est fier le jour du baptême, surtout si c'est des garçons, mais ensuite, ils disparaissent au milieu des femmes... Même s'ils dorment dans notre chambre et qu'ils pleurent, c'est l'affaire de la mère... Plus tard, on les remarque seulement comme un embarras quand ils marchent à quatre pattes à travers la maison, mais ils ne comptent pas tant qu'on ne les voit pas tenir l'âne par le licou pour l'emmener boire ou jeter du grain aux poules dans la basse-cour; c'est à ce moment-là qu'on commence à les aimer s'ils n'ont pas peur de l'âne ou du coq... Et les filles, c'est encore pire; elles n'existent que quand elles commencent à saigner chaque mois et qu'on doit avoir des yeux partout pour veiller sur leur honneur... Tu es donc le premier enfant, Brunettino, et on est tous dépendants de toi, jusqu'à tes parents qui en oublient leur hâte...»

— Vous voulez le prendre?

Comme ça, si vite?

Avant d'avoir pu s'y préparer, le vieux a dans les bras ce poids si léger mais si difficile à soutenir. «*Madonna*, comment est-ce qu'on tient ça?»

— Levez-le plus, comme ça (on lui installe bien l'enfant). Assouplissez les bras, voyons! (Il se sent complètement empoté)... La tête sur votre épaule... (comme quand on danse bien serrés, joue contre joue). Comme ça, il pourra faire son rot; et cette serviette, sur votre veste pour qu'il ne vous tache pas... Ne pleure pas, mon trésor, c'est ton Papi et il t'aime beaucoup... Bercez-le d'avant en arrière, Père... C'est ça, oui, vous voyez comme il se tait?

Le vieux se balance avec précaution. Andrea a disparu. Renato s'en va — ils recommencent à courir — et le vieux se sent déconcerté comme jamais, se demandant quelle émotion le possède... Par chance, il n'y a personne du village pour le voir et on ne pourra pas se moquer de lui, mais, que fait un homme seul en pareil cas?

Il approche sa joue de celle de l'enfant, mais celui-ci retire la sienne, pourtant le contact lui a suffi pour connaître une peau plus douce que celle de la femme. Et cette odeur ineffable qui enveloppe le vieux : douce, laiteuse, tiède, avec une pointe aigre-douce de fermentation naturelle, comme celle que dégagent de loin les pressoirs! Odeur ténue, douceâtre et, pourtant, si enivrante et possessive!

Le vieux se surprend à presser contre sa poitrine le petit corps chaud et, effrayé, il desserre son étreinte de peur de l'étouffer, pour la resserrer aussitôt, qu'il n'aille pas tomber! Ce petit agneau ne tremble pas, mais il pèse comme l'Enfant Jésus sur saint Christophe, un des rares saints qui lui est sympathique, parce qu'il était grand et fort et passait les rivières.

Soudain, l'enfant donne un petit coup de pied dans le ventre du grand-père, provoquant un frisson de superstition car c'est juste l'endroit où la bestiole le mord. Ça aussi, l'enfant le comprend? Il tourne rapidement la tête pour scruter la frimousse et effleure ainsi de nouveau la petite joue, déclenchant des gémissements de protestation qui achèvent de le perturber.

— C'est votre barbe, monsieur, dit une voix inconnue, tandis que deux mains le soulagent du tendre poids. Je suis Anunziata, la femme de ménage. Monsieur et Madame viennent de partir.

La femme dépose adroitement l'enfant dans son petit lit.

— Il a sommeil; il va vite s'endormir... Si vous permettez, je retourne à mon ménage.

Le vieux est troublé par quelque chose... C'est ça! Comment ne l'a-t-il pas remarqué plus tôt?

— C'est là qu'il dort le petit? Et, devant l'acquiescement muet, il insiste : La nuit aussi?... Mais — il explose d'indignation — ça veut dire qu'ici, à Milan, les tout-petits ne dorment pas avec leurs parents? Qui est-ce qui s'en occupe alors?

— Ça, c'était avant, quand j'étais bonne d'enfants. Maintenant, c'est fini; les médecins ordonnent qu'ils dorment seuls.

— Quelle monstruosité! Et s'ils pleurent, et s'il leur arrive quelque chose?

— A cet âge-là, non... Ecoutez, personne ne peut s'occuper d'un enfant mieux que Madame. Elle le mesure, le pèse, le conduit chez le meilleur docteur... Et elle a un livre plein d'images qui explique tout!

«Un livre!», pense le vieux avec dédain, tandis que la femme sort de la pièce. «S'il fallait des livres pour ça, comment est-ce qu'elles auraient élevé leurs enfants toutes les braves mères qui ne savent pas lire? C'est pour ça, bien sûr, qu'elles les élèvent mieux et qu'elles ne les éloignent pas avant l'heure!»

Maintenant, le petit visage assoupi, la menotte agrippée au bord du couvre-lit et agitée de soubresauts inquiets le remplissent de compassion... «Ils le laissent sans défense!» Il se passe la main sur la joue et en effet, sa barbe pique.

«Pauvre petit, toute la nuit tout seul! Alors qu'il ne parle même pas!... Et s'ils ne l'entendent pas pleurer? Et s'il est pris de coliques sans personne auprès de lui ou s'il s'étouffe avec le drap? Et s'il est mordu par un rat ou une couleuvre, comme l'aîné de Piccolitti? Enfin, ici, il n'y a pas de couleuvres, elles ne résistent pas à Milan, mais il se passe tant de choses...! Il doit y avoir plein de sorcières et plus d'un mauvais jeteur de sorts...! Pauvre innocent abandonné!»

Il fixe les yeux sur cet être mystérieux endormi dans son berceau. Après tant d'années, trois fils chez lui et Dieu sait combien dans des nids étrangers, voilà qu'il vient de lui naître son premier enfant... Qu'est-ce qui va se passer maintenant?

Soudain, Brunettino soulève les paupières et lance un regard perçant. «Est-ce qu'il lirait dans mes pensées? C'est une sottise, mais cet enfant...» Les deux petites billes sombres intimident le vieux qui se tasse comme sous le doigt du destin. Puis les paupières se ferment lentement tandis qu'un sourire fleurit sur la petite bouche. L'enfant, confiant en cet homme, s'abandonne enfin à un sommeil paisible.

Le vieux respire profondément. Il s'étonne à nouveau qu'Andrea ait, sans le savoir, choisi, parmi tant de prénoms, justement celui-là... Il murmure :

— Alors, tu t'appelles Brunettino, et tu vas devenir Bruno...

5

Le lendemain, le vieux se lance dans la rue.

— Vous saurez rentrer, Papa? Souvenez-vous : 82, Viale Piave.

Il ne répond même pas. Est-ce qu'elle le prend pour un imbécile? C'est plutôt elle qui se perdrait dans la montagne!

Il arrive au bout de la rue. Une grande place avec une circulation intense. De l'autre côté, des jardins; ce n'est pas ici qu'il va trouver ce qu'il cherche. Il revient sur ses pas par des détours à travers des rues plus petites et plus prometteuses. Avec ses habitudes de berger, il note des détails — vitrines, entrées, enseignes — pour se souvenir du chemin suivi, parce qu'à Milan, on ne peut pas s'orienter avec un soleil qui ne se montre pas. Il finit par trouver un barbier dans une petite rue. Via Rossini; nom de bon augure. Sa tactique a marché.

De bon augure, hélas non! C'est tout le contraire. Il est déjà sur ses gardes en voyant la pompeuse installation, et les paroles onctueuses ainsi que l'insistance à lui offrir des cosmétiques éveillent sa méfiance. Bien qu'il les refuse tous, à la fin, on lui demande six mille lires pour un simple rasage.

Six mille lires! Et sans les mains ni la sûreté du poignet d'Aldu à Roccasera qui, pour le quart du prix, lui passe en plus la pierre d'alun et lui laisse le visage comme du jaspe tous les mercredis et tous les samedis.

— Voilà cinq mille et c'est bien payé, prononce-t-il sèchement en jetant les billets sur le présentoir des pots de crème. Je n'attends pas la monnaie pour ne pas rester une minute de plus chez des voleurs. Pires que Fra Diavolo, qui au moins risquait sa vie!... Quelque chose à redire?

— Ecoutez, Monsieur..., commence le patron. Mais il se tait en voyant le vieux porter la main à sa poche d'un geste résolu.

— Laissez tomber, Patron!, murmure un jeune maniéré en blouse verte.

Un long silence se fait autour du vieux immobile, point de mire des regards qui butent contre lui et rebondissent. Enfin il sort, très lentement, et se dirige vers sa maison. Sur le chemin, il achète un simple rasoir à lames. Renato lui a offert son rasoir électrique, mais il sait qu'on peut s'électrocuter avec ça dans la salle de bains. En plus, son petit appareil ne fait pas de bruit et il veut pouvoir se raser tous les jours sans réveiller personne.

Quel désastre, le barbier! Bien sûr, la journée avait déjà mal commencé. Resté seul avec Renato au petit déjeuner, pendant qu'Andrea se douchait, il lui avait demandé pourquoi le petit ne dormait pas avec eux, comme les enfants l'ont toujours fait. Renato avait souri, condescendant :

— Maintenant, on commence à les éduquer plus tôt. A cet âge-là, ils doivent dormir seuls, Père. Pour ne pas avoir de complexes.

— Des complexes? Qu'est-ce que c'est que ça? Un truc contagieux des adultes?

Renato, compatissant, garde son sérieux et s'exprime en termes simples à la portée d'un homme de la campagne. En somme, il faut éviter une trop grande dépendance des enfants par rapport aux parents. Le vieux le regarde fixement.

— De qui est-ce qu'ils vont dépendre alors? Il ne marche pas encore, il ne parle pas, il ne peut pas se défendre!

— Des parents, évidemment. Mais sans exagérer. Allons, ne vous inquiétez pas, Père; on s'occupe du petit comme il faut, nous avons bien étudié la question, Andrea et moi.

— Oui... Dans ce livre, bien sûr.

— Oui. Et, surtout, avec les conseils du médecin... C'est comme ça, Père; il ne faut pas susciter trop d'attachement à cet âge-là.

Le vieux se tait. Un amour au compte-gouttes? Qu'est-ce que c'est que ça? Un amour contrôlé, économisé?... Il n'explose pas car, après tout, ce sont eux les parents. Mais voilà comment la journée a mal commencé, il s'est senti irrité toute la matinée et, bien sûr, il a déchargé sa bile sur le barbier malhonnête.

Heureusement, un autre établissement le réconcilie avec le quartier. Il se trouve dans la via Salvini, une autre petite rue où l'attire, en passant, une modeste devanture d'épicerie. En plus, une femme de celles qui savent acheter vient d'entrer. Tout promet une boutique comme il faut.

En effet, à peine entré, les odeurs du pays l'enveloppent : fromages forts, olives en pot de grès, herbes et épices, fruits à l'air libre, sans emballages transparents avec étiquettes ni carton moulé pour faire du poids... Et, par-dessus le marché, quelle femme derrière le comptoir, quelle femme!

La quarantaine, le bon âge. Fraîche comme ses pommes. Elle s'excuse auprès de la cliente qui vient d'entrer, personne de confiance, bien sûr, et sourit au nouvel acheteur, de ses yeux vifs plus encore que de sa bouche gloutonne.

— Monsieur désire?

Et la voix! D'une vraie *stacca*, de bonne souche.

— Ce que je désire? Tout!, dit-il en souriant lui aussi et en montrant ce qui l'entoure.

Car la boutique est un trésor : elle contient exactement ce qu'il cherche et beaucoup plus, des choses qu'il n'a jamais vues dans les autres vitrines. Ils ont même du vrai pain : rond, long, en couronnes et même le pain spécial qu'on fourre de *sofrito* dégoulinant de sauce tomate qui déborde quand on mord dedans. Comme dit le proverbe de Catanzaro : «Avec le *morzeddhu*, tu manges, tu bois, et tu te débarbouilles.»

La dame sort de derrière son comptoir pour le servir. De belles hanches, sans embonpoint. Des mollets généreux, mais la cheville fine. Et cet accent émouvant qui le pousse à demander :

— Vous êtes du sud, n'est-ce pas, Madame?

— Comme vous. De Tarente.

— Et bien moi, je suis de Roccasera, dans la montagne. A côté de Catanzaro.

— C'est la même chose!, dit-elle en riant. L'Apulie et la Calabre, comme ces deux-là, hein?

Elle joint, de façon expressive, les index de chaque main tout en lui glissant un clin d'œil. Ce geste qui accouple les deux régions semble les unir eux aussi dans une complicité équivoque.

Le vieux choisit tranquillement ses victuailles, discute de la qualité et des prix. Elle, elle le sert en continuant à plaisanter, mais sans lui accorder une confiance excessive, et elle le regarde, intriguée, jusqu'à ce qu'elle ne puisse plus tenir sa langue :

— Alors, c'est vous qui faites les courses? Vous vivez seul?

— Non, je vis avec mon petit-fils!... Et ses parents, bien sûr!

Il a rectifié vivement et repense à ces cinq mots — «Je vis avec mon petit-fils» — jamais prononcés auparavant. «C'est vrai», s'étonne-t-il, «c'est mon petit-fils. Je suis son *nonnu.*»

— Il doit être bien mignon, le petit, le flatte-t-elle en le regardant, en le jaugeant.

«Mignon? Est-ce qu'il est mignon, Brunettino?... Préoccupation de bonne femme! Brunettino, c'est autre chose. Brunettino, c'est... le petit. Voilà tout.»

— Ma foi, répond-il, évasif, en pensant : «Elle sait vendre, celle-là. Si je ne me méfie pas, elle me refile tout ce qu'elle veut, mais elle aura fort à faire. Personne ne m'embobine, moi... Enfin, c'est son métier, elle vit de sa clientèle.»

Il revoit la femme de Beppo débitant les consommations au café, toujours pimpante avec sa belle poitrine. «Tu vends grâce aux tétons de ta femme», disent les copains au mari, et lui fait semblant de se fâcher pour continuer la blague, car sa Giulietta est honnête et tout le monde le sait; la phrase est dite sans penser à mal. En plus, c'est vrai, l'homme a eu cette chance-là comme d'autres en ont une autre. Mais cette femme dans la boutique est plus fine. Fine, oui, à voir les mains qui empaquettent et rendent la monnaie.

«Mais, aussi honnête?», se demande le vieux qui, dans ce domaine tombe toujours juste. «Ici en ville, la vie est différente...» Mais un autre sujet d'obsession lui vient à l'esprit et il demande subitement :

— Excusez ma question, Madame, mais c'est au sujet de mon petit-fils : jusqu'à quel âge vos enfants ont dormi avec vous quand ils étaient petits ?

— Hélas, nous n'avons pas eu d'enfants !... Dieu ne nous en a pas donné un seul.

« A quoi pouvait bien penser Dieu avec cette femme sous la main ? », se demande le vieux en s'excusant, confus. Elle, indulgente, n'y attache pas d'importance... Et, pour rompre le silence, elle change de sujet :

— Je regrette de ne pouvoir vous faire livrer votre paquet à domicile. Nous avons bien un garçon de courses, mais aujourd'hui, il est malade. Et mon mari est parti au réapprovisionnement.

Une femme pleine de prévenances : elle sait que ce n'est pas bien pour un homme de porter des paquets dans la rue. Le vieux prend congé.

— Adieu, madame..., madame...

— Maddalena, pour vous servir. Mais surtout pas adieu ! *Arrivederci*. Parce que vous allez revenir, n'est-ce pas ? Ici, nous avons de tout.

— Qui ne reviendrait pas pour vous voir ?... *Arrivederci*, bien sûr.

Une fois dans la rue, le vieux continue à sourire. Mais, « comment une femme, avec un tel corps et originaire du sud, a pu ne pas avoir d'enfant ?... Enfin, c'est pas mon affaire et on a plaisir à parler avec elle. En plus, la boutique résout mon problème. De tout, et à prix raisonnable. A partir de maintenant, ma journée commencera toujours comme il se doit. »

C'est décidé, depuis qu'Andrea lui a retiré du placard son fromage de chèvre et son oignon du petit-déjeuner — « Mon Dieu, Papa, ça empeste la chambre ! », s'était-elle écriée — en voulant les enterrer dans les petites boîtes-cercueils du frigidaire. Il cachera désormais ses victuailles sous le canapé-lit — à l'intérieur de cette armature métallique compliquée — emballées dans des sacs en plastique à cause de l'odeur qui, d'ailleurs, aidera à combattre celle de la cigarette, puisque Andrea se résigne à ce qu'il fume là où le petit ne va pas. Par chance, sa belle-fille et la femme de ménage ont un piètre odorat. Pas étonnant, la vie milanaise tue les sens.

A partir de maintenant, il déjeunera donc comme les hommes, avec des odeurs et des saveurs vraies, coupées avec son couteau sur du vrai pain et arrosées du bon rouge râpe-gosier qu'Andrea n'a pas encore trouvé moyen de renvoyer à la cuisine. «Le matin, au moins, j'échapperai au *panetto*, à ces pâtes prêtes à réchauffer, à ces surgelés, et à toutes ces saletés industrielles... Toi et moi, *Rusca*, on mangera au moins une fois par jour les bonnes choses du pays!»

Il s'assied sur un banc de la grand-place et commence à se rouler une cigarette pour fumer hors de la maison. Un passant le regarde avec curiosité. Au moment de passer sa langue sur le bord encollé du papier, une pensée le retient la main en l'air :

«Peut-être bien qu'à ce sujet, Andrea a raison et que la fumée, c'est pas bon pour le petit...! Qu'est-ce que t'en dis, *Rusca* ? Le fait est que, toi, ça te calme, mais le médecin dit qu'à moi, ça ne me vaut rien. Et maintenant, en plus du Cantanotte, je dois durer pour Brunettino... Avoue-le, *Rusca*, la fumée, c'est pas bon pour lui, même si on fume seulement dans ma chambre.»

Il mouille le papier, colle la cigarette et l'allume avec une allumette. Il aspire parcimonieusement, mais elle n'a pas le même goût que d'habitude. Il se sent coupable de fumer, c'est une trahison envers Brunettino.

6

C'est un sacrifice de supprimer peu à peu le tabac ; en revanche, ses petits déjeuners clandestins sont un plaisir, surtout celui qu'il fait trois jours plus tard alors qu'il ne devrait rien manger. On va lui faire une prise de sang à neuf heures pour l'analyse prescrite par le fameux docteur, à la consultation duquel Andrea l'a conduit la veille. Prescrite, en réalité par son assistante ou qui que ce soit — aussi grosse qu'Andrea est mince, mais avec la même façon de parler — car, après de nombreux rendez-vous organisés, attente, couloirs et autres rites préliminaires, ils n'ont pas réussi à pénétrer dans le sanctuaire du médecin. Le vieux s'amuse en pensant à la satisfacion qu'aura Andrea, lorsqu'elle va se lever et apparaître dans la cuisine, de voir avec quelle docilité il s'abstient de manger.

« Cette histoire de jeûner avant les analyses, pense-t-il en savourant son fromage blanc à l'oignon et aux olives, c'est des foutaises de médecins. Du cinéma pour toucher plus. Des analyses, pour quoi faire ? De toutes façons, ça va mal tourner, pas vrai, *Rusca* ? Tu vas t'en charger, toi ! »

On ne lui fait pas la prise de sang au cabinet du fameux docteur mais au Grand Hôpital. Renato l'emmène en voiture ; il a le temps de le conduire en allant à l'usine, dans la zone industrielle de Bovisa. Il se gare ; ils entrent et il le guide à travers les couloirs et les guichets de la bureaucratie hospitalière jusqu'à la salle d'attente où il lui répète une fois de plus ses instructions :

— Alors, c'est entendu, Père, en sortant, vous prenez un taxi juste devant la porte pour rentrer à la maison.

Le père écoute, attentif, mais son sourire devient dédaigneux dès que Renato s'éloigne. « Ces jeunes de maintenant, j'aurais bien voulu les voir pendant la guerre, fuyant les Boches à travers une ville inconnue... Prendre un taxi, et quoi encore ! J'en aurais pour dix mille lires au moins ! »

Madame Maddalena lui a expliqué la veille — cette femme a une solution pour tout — que l'autobus 51 passe devant l'hôpital et qu'il y a un arrêt sur le piazzale Biancamano d'où il peut rentrer directement chez lui en passant par la via Moscova et par les jardins. C'est pourquoi il fait la sourde oreille à Renato et pourquoi un autre patient de son âge, qui s'est rendu compte de tout, lui lance ensuite un regard complice.

S'il s'écoutait, le vieux s'en irait sans se faire piquer mais le fameux docteur va exiger l'analyse pour continuer la routine. « Routine et comédie, c'est ça qui m'énerve... Ils me prennent pour un vieux gâteux ? Ils croient que je suis venu pour me faire soigner ? Pauvres naïfs ! Si c'était pas à cause de cette charogne de Cantanotte qui respire encore, maudit soit-il !, est-ce que j'aurais un jour accepter de quitter le village où je pourrais finir mes jours tranquillement dans mon lit, au milieu des copains et avec ma montagne sous les yeux, la *Femminamorta*, paisible sous le soleil et les nuages ? »

Car le Cantanotte respire, même s'il ne se tient plus debout, immobilisé jusqu'à la ceinture par la paralysie. Et il continue à se montrer, avec ses lunettes noires de fasciste de toujours. Le vieux avait dû affronter cette vision le jour de son départ car ce chien s'était fait descendre sur la place, dès l'aube, dans un fauteuil porté par ses deux fils. Là, il s'était joint à un groupe de flatteurs, qui lui faisaient la conversation à la porte du Casino en attendant le moment de jouir du grand spectacle.

Le grand spectacle, l'adieu du vieux, qu'il revit maintenant en attendant que l'infirmière l'appelle. La place, comme sur une photo jaunie et, au milieu, la voiture de Renato entourée de gamins. Son terrain dénivelé est délimité par un quadrilatère irrégulier de façades à l'affût dont portes et fenêtres, en apparence fermées, sont d'implacables observatoires de la vie locale et guettent, ce jour-là, la sortie finale du vieux Salvatore. Ce jour-là en particulier, on retrouve face à face, comme toujours, les deux grands côtés du rectangle : celui de l'église et du Casino, présidé par le Cantanotte, et celui du café de Beppo avec la Mairie, territoire du vieux et de ses camarades, et la demeure de Salvatore lui-même, héritée du beau-père, à côté du café.

La lumière du petit matin s'intensifiait tandis que le vieux essayait de gagner du temps, avec le fol espoir que la paralysie de son ennemi remonterait soudain, comme la mousse de la limonade, jusqu'à étouffer ce cœur détesté; mais c'est en vain qu'il touchait son sachet d'amulettes à travers sa chemise pour réclamer ce miracle. Le vieux avait déjà pris sa couverture et son couteau, il discutait âprement avec sa fille pour savoir s'il emporterait aussi la *lupara*, le vieux fusil qui avait été sa première arme à feu, sa consécration d'homme. Renato s'impatientait en se rappelant que la commission dont Andrea l'avait chargé à Rome allait les retarder. Quand le soleil fut sur le point de se lever, il n'en pouvait plus :

— Père, est-ce qu'il ne vaudrait pas mieux que j'approche la voiture de la porte de la cour, par-derrière, et qu'on sorte d'un coup?

La proposition infamante décida le vieux qui fusilla son fils du regard. Il laissa la *lupara*, embrassa Rosetta, adressa au gendre un vague geste de la main et décida avec violence :

— On s'en va, mais par la grande porte! Et toi, Rosetta, si tu pleurniches au balcon, je remonte et je te retourne une paire de claques. Si tu ne peux pas te retenir, ne te montre pas.

Le vieux descendit une fois de plus l'escalier en faisant résonner son pas de maître et sortit, plus fier que jamais, de l'ombre du vestibule. Ses amis, accourus depuis le café, se comportèrent en hommes qu'ils étaient : ce ne furent que sourires et projets pour le retour de Salvatore, une fois guéri. Renato s'installa au volant, attendant impatient.

Enfin, le vieux se détourna des siens et se dirigea seul vers la voiture, ce qui le rapprocha du Casino. Il s'avança en regardant fixement l'ennemi assis, ses deux fils debout à côté du fauteuil, le groupe sombre de ses acolytes.

— Adieu, Salvatore!, lança alors sournoisement la bouche usée sous les lunettes noires.

Le vieux se cloua au sol. Bien planté, les jambes légèrement écartées, les bras en position.

— Tu peux encore parler, Domenico?, répondit-il d'une voix ferme. Y a longtemps que tu ne pipais plus mot.

— Tu vois. Tant qu'on est en vie, on peut parler.

— Alors, t'étais déjà mort quand j'ai coupé la queue de ton chien *Nostero*, parce que t'as pas croassé.

— J'avais parlé le premier en tuant ta *Rusca*. Bonne chasseuse de lapins, ça oui, monsieur!, répliqua le paralytique, faisant rire ses fidèles.

— Et tu étais mort aussi quand j'ai déshonoré Concetta, ta nièce. Mort et pourri, comme maintenant!, cracha le vieux, furieux, en serrant déjà son couteau dans sa poche. A ce moment-là, il avait désiré en finir une fois pour toutes, mourir en entraînant l'autre par devant.

Le silence subit sur la place était à couper au couteau. Mais le Cantanotte avait posé à temps ses mains sur les avant-bras, déjà nerveux, de ses deux fils. Et il conclut en disant, avec un geste méprisant de sa grosse main baguée :

— Le temps lui a réparé son honneur... Mieux que les médecins pourront t'arranger toi... Allons, va-t-en, va-t-en, et bon voyage!

Il n'y eut rien de plus.

« Tout est dit, pensa le vieux dans un éclair. Ici, tout le monde sait tout. Que la Concetta a épousé pour son argent un type qui faisait du marché noir pendant la guerre et qu'elle joue maintenant les dames à Catanzaro. Que mon voyage se termine au cimetière et que le sien ne tardera pas à en faire autant. Que j'ai encore le temps de le transpercer avec mon couteau et de le voir mourir sous mes coups avant que ses fils me poignardent... A quoi bon? Tout est dit. »

La passivité de l'autre bande devant son défi lui permit, en outre, de monter avec lenteur et dignité dans la voiture dont le démarrage souleva un nuage de poussière en direction des Cantanotte.

— Bravo, Renato, le félicita le vieux satisfait. Et je suis content que tu sois descendu de voiture au cas où, mais j'étais de taille à affronter seul cette race maudite.

Pourtant, quelque chose clochait et le rendait triste : l'absence inexplicable d'Ambrosio parmi ceux qui lui avaient dit adieu. Personne n'avait pu lui dire où était le frère d'armes qui l'avait sorti des eaux du Crati, où il se vidait de son sang, au moment du coup de main contre les Allemands au Monte Casiglio.

Mais Ambrosio était à son poste, comment en aurait-il été autrement ? Au premier virage en montant, près de l'orme de la chapelle, il attendait avec son éternel brin d'herbe à la bouche. Le vieux fit arrêter la voiture et descendit en s'écriant joyeusement :

— Mon frère!... Vive l'Ambrosio!... Toi aussi, tu vas me demander, comme tous les autres, pourquoi je m'en vais?

— Tu me prends pour un imbécile?, répliqua Ambrosio faussement indigné. C'est évident! Tu veux pas que le Cantanotte aille à ton enterrement, au cas où t'aurais pas de veine! ajouta-t-il en faisant de la main gauche les cornes contre le mauvais œil.

Ils éclatèrent de rire.

— Maintenant, ajouta gravement Ambrosio, il faut que tu tiennes le coup pour t'offrir le plaisir de l'accompagner à son enterrement. Et ensuite, je t'invite même au mien.

Il fit sa moue habituelle de clown — son fameux tic, en plein combat — et insista :

— Tiens le coup, comme en ce temps-là, Bruno; tu sais bien.

— On fera ce qu'on peut, promit le vieux. Comme en ce temps-là.

Dans un élan subit, ils s'étreignirent, s'étreignirent, s'étreignirent. Se serrant contre la poitrine l'un de l'autre jusqu'à faire s'embrasser leurs deux cœurs. Ils les sentirent battre, se séparèrent et, sans autre mot, le vieux monta dans la voiture. Les deux regards s'étreignaient encore à travers la vitre quand Renato démarra.

Ambrosio leva le poing et entonna pour le vieux la vibrante marche des partisans, tandis que sa silhouette s'éloignait.

Quand elle disparut au détour d'un virage, les paroles de lutte et d'espoir continuaient à résonner, victorieuses, dans la poitrine du vieux.

7

Il neige!

Le vieux saute du lit, ravi comme un enfant; chez lui, la neige est merveille et jeu, promesse de riches pâturages et de beau bétail. En voyant tomber les flocons, il se met à la fenêtre, mais dans le fond du patio, pas la moindre blancheur. La ville la souille, comme tout le reste, la transformant en flaques boueuses. Il se dit qu'il ne va pas sortir, puis il change d'avis; peut-être que dans les jardins, la neige aura tenu. En plus, il se libère ainsi d'Anunziata qui vient plus tôt aujourd'hui car Andrea a cours de bonne heure.

Ce n'est pas qu'il s'entende mal avec elle, mais Anunziata est une maniaque de la propreté et son invasion successive des chambres lui rappelle les Allemands; elle pousse même son aspirateur devant elle comme un tank! Le vieux se replie de pièce en pièce, sans oublier de sortir ses provisions secrètes de leur cachette sous le canapé-lit pendant qu'elle fait sa chambre. Pour comble, elle ne laisse pas les choses à leur place, mais les réarrange à sa façon. Encore heureux qu'elle parle peu! Elle préfère écouter le transistor qu'elle emporte partout avec elle.

«Combien d'âneries débite cet appareil!», pense le vieux en voyant tomber la neige par la fenêtre de la petite chambre où l'enfant dort. «Heureusement qu'on les comprend à peine, dans cet italien du gouvernement. Le même qu'à la télé, bien sûr, dans le café de Beppo, mais avec l'écran, peu importe, on comprend les choses en voyant ceux qui parlent.»

Le pire avec Anunziata, cependant, c'est sa surveillance en douce pour écarter le grand-père de l'enfant. Le vieux soupçonne des mises en garde d'Andrea contre les risques de contagion d'un malade qui fume en plus. «Mais si j'arrête petit à petit!», s'indigne-t-il. «C'est normal qu'on ne réveille pas le petit quand il dort, mais maintenant qu'il commence à bouger et à gesticuler en ouvrant ses petits yeux de renardeau...»

— Ne le prenez pas, monsieur Roncone! l'avertit Anunziata qui apparaît soudain à la porte. Madame n'aime pas ça.

— Pourquoi? La vieillesse n'est pas contagieuse!

— Voyons, Monsieur, qu'est-ce que vous dites là? C'est que les enfants, il ne faut pas les prendre dans les bras. Ils s'habituent, vous comprenez? C'est ce qu'on dit dans le livre.

— Et à quoi ils doivent s'habituer? A ce que personne les touche?... Les livres! Vous savez où je me les mets? Parfaitement, Madame, là!... Les livres! Même les petits chevreaux, qui vont seuls à la mamelle à peine nés, la mère les lèche à longueur de journée, et ce sont des animaux!

— Moi, je répète ce qu'on me dit, réplique la femme en se retirant avec dignité.

L'enfant se blottit dans ses bras et essaie, en riant, d'agripper les cheveux gris frisés. Le vieux étreint cette vie toute palpitante à fleur de peau.

Les premiers jours, il avait peur de déformer ces chairs tendres; maintenant, il sait que l'enfant n'est pas si fragile. Tout petit, oui; ayant besoin d'aide, aussi; mais exigeant, impérieux. Quelle énergie quand, soudain, il éclate en cris suraigus, agite bras et jambes avec violence! Stupéfiante cette volonté absolue, cette détermination obscure, cette condensation de vie.

C'est comme ça que, jeune berger, le vieux prenait dans ses bras son *Lambrino*, mais le comportement de son agneau préféré n'offrait jamais d'imprévus. L'enfant, au contraire, le surprend à chaque instant; c'est un perpétuel mystère. Pourquoi est-ce qu'il rejette aujourd'hui ce qui lui plaisait hier? Pourquoi est-ce qu'il s'intéresse maintenant à ce qu'il dédaignait auparavant? Curieux de tout, ilcherche, il palpe, retourne l'objet dans ses petites mains, le porte à sa bouche, teste sa résistance, le sent... Il flaire, surtout, comme un chiot, et avec quelle intense délectation!

L'enfant cherche toujours quelque chose. Alors, s'il sent qu'on ne le recherche pas lui, il pensera forcément que le monde flanche et le rejette. C'est pour ça que le vieux le serre tendrement dans ses bras, l'embrasse, le sent avec la même avidité animale que l'enfant met à flairer, s'identifiant ainsi à lui. « Comme si on avait besoin de livres pour l'élever !... C'est pas comme ça qu'on apprend à vivre, mais avec les mains et les baisers, avec la chair et les cris... ! Et en touchant, en touchant !... Tu vois, mon petit, je serrais le *Lambrino* dans mes bras comme ma mère me pressait contre elle ; j'ai appris à frapper comme on m'a frappé, et on m'a joliment frappé !... » Il sourit en évoquant un autre apprentissage. « Puis j'ai caressé comme on m'a caressé et j'ai eu de bonnes maîtresses ! Toi aussi, tu sauras caresser, de ça je m'en charge, moi. »

La menotte qui fouille dans ses cheveux lui fait mal en tirant soudain d'un coup volontaire et le vieux se met à rire joyeusement. « Oui, c'est ça, tu vois comme tu apprends vite ? C'est ça, avec des coups et des caresses... C'est comme ça qu'on est, nous les hommes : durs et aimants... Tu sais ce que disait toujours le Torlonio ? Il disait : le meilleur de la vie, Bruno, c'est être toujours prêt à sortir son couteau pour une femme. »

Il perçoit dans le petit corps une tension — « cet enfant comprend ! » — qui se communique à lui et le fait frissonner. Il n'est pas capable de penser et encore moins de s'exprimer, mais de vivre, oui, de vivre à fond ce moment sans frontière entre leurs deux chairs, cet échange mystérieux où il reçoit un regain de vie du rameau vert dans ses bras tandis qu'il lui transmet sa sécurité de vieux tronc enraciné dans la terre éternelle.

8

Il en arrive à oublier la *Rusca*, dans son obsession de faire un homme de cet enfant qu'on n'élève pas comme il se doit. Qu'il ne finisse pas par devenir un de ces Milanais si peu sûrs d'eux sous leur ostentation, qui vivent toujours dans la crainte, et le pire c'est qu'ils ne savent pas pourquoi : peur d'arriver en retard au bureau, peur qu'on leur souffle une affaire, que le voisin s'achète une plus belle voiture, que l'épouse exige trop d'eux au lit ou que le mari flanche au moment où elle en a le plus envie... Le vieux le perçoit à sa manière : « Ils ne sont jamais ce qu'ils sont, toujours en surface. Ni vraiment hommes, ni vraiment femmes ; ils n'arrivent pas à être adultes mais ce ne sont plus des enfants », juge-t-il en les comparant avec les siens : « Là-bas, il y a aussi des faibles, oui, mais celui qui s'endurcit, s'endurcit pour de bon et je sais de quoi je parle. »

Bien sûr, personne ne peut devenir un homme sans manger des nourritures d'homme. Ces petits pots de pharmacie pour l'enfant, du pur médicament, même s'ils appellent ça « veau » ou « poulet » ! Ce lait qui ne fait jamais de crème ! Et c'est pour tout comme ça... Quand le vieux a demandé à Andrea si on ne donnait pas de temps en temps à l'enfant une infusion de châtaignes avec de l'eau-de-vie de mûre, qui nettoie l'intestin et donne de la force, comme elle a frémi d'horreur ! Ses yeux gris se sont durcis et pour une fois elle ne trouvait plus ses mots. « Pourtant, même les gamins savent qu'à un petit mâle, il faut lui donner son eau-de-vie de mûre pour qu'il ne s'étiole pas. Ça oui, de la vraie ; rien de pharmaceutique. »

« Non, Andrea ne trouvait plus ses mots alors qu'ils ne lui

manquent jamais. Au contraire, elle le soûle de paroles le petit; toujours dans l'italien de la radio, qui n'est pas non plus une langue d'hommes.» Comme ce jeune maître, se souvient le vieux, nommé à Roccasera à la mort de ce brave don Piero. Les gosses ne le comprenaient pas, bien sûr; peu leur importait, d'ailleurs, les histoires de vieux rois ou de pays où on ne va jamais; mais le calcul, ça oui, il faut le savoir, pour ne pas se faire rouler par le patron ou sur les foires. Encore heureux que lorsque les gosses faisaient une sottise — et pour ce qui est d'en inventer, le vieux se distinguait quand il pouvait aller à l'école, en hiver — le nouveau maître les insultait même en dialecte, et alors là ils comprenaient. Car il était de Trizzino, près de Reggio, bien qu'il le cachât, l'imbécile!

Avec tous ces bavardages dans cet italien ramolli, l'enfant s'endort, bien sûr, comme maintenant. Satisfaite, Andrea s'installe alors à sa table, se retranche derrière ses livres, allume sa lampe et écrit, écrit, écrit. Sans lunettes car, comme le vieux l'a déjà remarqué, elle les a changées pour des lentilles.

Le vieux en profite pour aller s'asseoir près du berceau, plongeant dans ses pensées. Peu après, son fils entre, il passe dans la petite chambre et embrasse l'enfant puis va dans sa chambre pour se mettre à l'aise. Le vieux le suit, harcelé par son obsession, même s'il évite d'entrer dans cette chambre conjugale. Il doit insister, les convaincre. Son fils finira bien par comprendre.

Renato, en train d'enfiler son peignoir, s'étonne de le voir entrer :

— Vous vouliez quelque chose, Père?

— Rien... Mais, tu vois, ici vous avez largement la place pour le berceau.

Renato sourit, mi-impatient, mi-bienveillant.

— Ce n'est pas une question de place, Père. C'est pour son bien.

— Le bien de qui?

— Du petit, naturellement... Je vous l'ai déjà expliqué l'autre jour, c'est pour éviter les complexes. Quelque chose de psychologique, dans la tête. Il ne leur faut pas de fixations affectives, vous comprenez? Ils doivent se détacher, être libres... C'est compliqué, Père, mais croyez-moi, les médecins en savent plus que nous.

Chaque mot provoque un rejet chez le vieux.

«Compliqué? Alors que c'est si simple : il suffit d'aimer!... Libres? Alors que ces pauvres Milanais vivent coincés... Ils en savent plus? Tu parles d'un savoir, cette façon d'entraver l'affection envers les parents! Qui aimer davantage, alors? Est-ce qu'aujourd'hui, les parents ne veulent plus être aimés?»

Malgré son exaspération, il n'a pas le temps de contre-attaquer. L'enfant s'est réveillé et, en plus, c'est l'heure du bain... Le bain, réjouissance quotidienne!

La première fois, le vieux s'est senti gêné d'y assister, comme si on le faisait complice du viol d'une intimité. Puis il s'est rendu compte que l'enfant, outre le plaisir de l'eau, est ravi d'être le héros de la cérémonie. De plus, depuis qu'il se rase tous les jours et qu'il fume moins, le petit apprécie ses caresses et se laisse même embrasser, lorsque le vieux s'y risque pendant que la mère n'est pas là. Le bain, enfin, a révélé au vieux que Brunettino, non seulement exhibe une virilité prometteuse, mais qu'il connaît déjà d'authentiques érections et qu'alors, il se tripote et sent ses petits doigts avec un sourire de bienheureux. «Bravo Brunettino!», s'est dit le vieux en faisant cette grande découverte, «aussi viril que ton grand-père!»

C'est justement pour cela que sa peur augmente, peur qu'ils finissent par abîmer l'enfant, ces livres et ces médecins qui ordonnent de l'exiler pour la nuit en le laissant sans défense contre les mauvais rêves, les accidents ou les puissances ennemies... Si ça continue, ces gens-là vont finir par imposer à l'homme et à la femme de dormir séparés, pour ne pas s'attacher l'un à l'autre.

«Ah, mon Brunettino!... Il t'en faudrait une de là-bas, robuste, qui s'y connaisse en hommes. Ma propre mère, ou la Tortorella, qui en a mis onze au monde, ou la *zía* Panganata, qui a eu trois maris... Mais ne t'inquiète pas : si tu ne l'as pas, je suis là, moi. Laisse-moi te guider, mon tout-petit ! Je te mettrai sur la bonne voie pour escalader la vie, qui est dure comme la montagne, mais qui te remplit le cœur quand tu es au sommet ! »

9

— Vous voyez, monsieur Roncone? Vous voyez?

Le vieux laisse l'enfant sur la moquette près du berceau et se tourne vers une Anunziata triomphante, campée à la porte.

— *Zío* Roncone, souvenez-vous! Et... qu'est-ce que je dois voir?

— Que Madame a raison, qu'il ne faut pas prendre le petit dans les bras... C'est lui qui voulait descendre il y a un moment, je l'ai bien vu!

C'est vrai. L'enfant, dans les bras du vieux, montrait le sol avec insistance de son petit doigt d'empereur romain et criait : «A, a, a», tout en se débattant pour s'échapper.

— Eh bien, il est par terre maintenant. Non?

— Il ne manquerait plus que ça!... Et ça veut dire, insiste-t-elle, que Madame a raison!

— Non; ça veut dire ce que répétait don Nicola, le seul curé convenable qui soit passé à Roccasera; trop convenable pour durer longtemps!

— On l'a changé de paroisse? Parce que n'importe quelle autre valait mieux.

Le vieux ignore la pique.

— Non. Il a raccroché la soutane, fatigué de ne pas comprendre le Pape, et il est parti gagner sa vie dans un collège à Naples.

L'enfant, assis sur la moquette, se délecte du contraste des voix et écoute comme s'il comprenait l'amicale escarmouche de nombreux matins.

— Bon... Et quelle énormité est-ce qu'il disait ce modèle de vertu?

— Une énormité de l'Evangile. Celle qui dit : « Ils ont des yeux et ils ne voient pas ; ils ont des oreilles et ils n'entendent pas », ou quelque chose comme ça... C'est votre cas, à vous et à ma belle-fille... Et celui d'un tas de gens comme vous deux, médecins ou pas !

Anunziata perd contenance. A la fin, elle répond en insistant ironiquement sur le titre :

— Avec vous, rien à faire, *zío* Roncone.

Et elle se retire avec toute la dignité du vainqueur.

L'enfant, entre-temps, a renversé une caisse à sa portée et se concentre sur les jouets éparpillés : des pièces de jeu éducatif qui s'assemblent, en plastique de couleur, des animaux de chiffon, un pantin à grelots et un petit cheval à bascule que le vieux lui a acheté et qui a obtenu immédiatement un grand succès. Puis il est tombé dans l'oubli infantile et redevient en ce moment l'objet préféré, pour la grande joie du vieux qui s'assied à côté de l'enfant et commence à lui murmurer :

— Bien sûr qu'avec moi, rien à faire. Qu'est-ce qu'elles ont cru, ces deux-là ?... L'Anunziata est une brave femme, Brunettino, et elle t'aime à sa manière de vieille fille, mais elle ne comprend rien, comme tes parents... Ils s'imaginent que tu ne veux pas de mes bras, et c'est tout le contraire ; grâce à moi qui t'ai compris et qui te cajole depuis mon arrivée, tu prends de l'assurance. Tu deviens un homme à mes côtés, et, bien sûr, tu t'enhardis de plus en plus, petit ange, jusqu'à vouloir être par terre et te déplacer.

C'est ce qui arrive ces deux dernières semaines. Brunettino montre une envie croissante d'élargir son champ d'expérimentation. Quand il s'assied dans le petit lit et qu'on lui donne des jouets, il finit par les jeter énergiquement par terre et les montre du doigt, non pour qu'on les lui rende, comme c'était le cas avant, mais pour qu'on le porte au milieu d'eux. Parfois même, il se cramponne au bord du lit et se penche de telle façon qu'il faut le surveiller pour qu'il ne bascule pas par-dessus et tombe par terre.

— Ta mère dira, continue le vieux, que comme ça, tu deviens

de moins en moins dépendant d'eux... La pauvre! C'est pas ça du tout!... Comme elle ne sait pas que je t'apprends à te défendre, elle ne comprend pas que tu fais l'apprentissage de l'essentiel de la vie, fiston : ou tu deviens fort, ou on te marche sur les pieds. C'est pour ça que je te le répète quand je t'ai dans les bras : profite du monde, et ne te laisse pas manipuler, et toi, bien sûr, tu te lances aussitôt dans la pratique... Retiens bien ça : endurcis-toi, mais jouis de la tendresse! Comme faisait mon *Lambrino* : combattre et téter... Sauf que le pauvre n'était qu'un agneau et qu'il ne pouvait pas devenir fort, mais toi, tu es un homme!

L'enfant s'exerce, en effet, chaque jour un peu plus. A force de tentatives, il se met maintenant à quatre pattes et parcourt de cette façon la petite chambre ou le bureau. En ce moment même, il commence à se déplacer, attiré par le pantalon du vieux, quand soudain retentit un bruit mécanique persistant; l'enfant lève la tête, le regard attentif.

«Il a l'ouïe aussi fine que moi», pense le vieux en reconnaissant l'aspirateur d'Anunziata. «Tu en fais une tête, petit! Tu me rappelles le front plissé de Terry, le conseiller militaire anglais qu'on nous avait parachuté, lorsqu'il réfléchissait au meilleur moyen de s'approcher la nuit des positions allemandes. Quels sourcils épais il avait, ce type!»

Têtu, l'enfant rampe jusqu'à la porte et passe sa petite tête. Il regarde d'un côté puis de l'autre, le couloir doit lui sembler un tunnel sans fin. Mais ça ne lui fait pas peur et il reprend sa marche en direction du bruit fascinant. Suivi du vieux, qui partage joyeusement l'aventure, il arrive à la porte de la pièce où Anunziata, de dos, est en train de nettoyer le tapis.

«C'est ça, fiston, c'est comme ça qu'on avance! En silence, comme les chats, comme les partisans! La surprise, toujours la surprise! "Ennemi surpris, ennemi baisé!", répétait le professeur... Enfin, il disait "ennemi perdu", parce qu'il avait de l'instruction; mais ça sonnait plus juste à notre façon... Oui, maintenant, attaque!»

— Aie!

L'éclat de rire du vieux jaillit en même temps que le hurlement de panique de la femme lorsqu'elle sent un frôlement sur sa cheville : la main du petit. Dans sa réaction de frayeur, Anunziata se jette de côté et lâche le manche de l'aspirateur qui reste immobile sans cesser son vacarme.

La barrière de défense humaine ainsi écartée, l'enfant avance imperturbablement vers son objectif et entoure de ses bras avec un sourire heureux la machine vibrante.

— Il va se brûler, il va se faire mal!, s'écrie Anunziata en courant éteindre le moteur. Le silence subit rend encore plus bruyant l'éclat de rire du vieux qui se frappe les cuisses dans son enthousiasme, pour la plus grande irritation de la femme.

L'enfant contemple l'appareil muet, a un air de frustration et tape le métal de sa menotte. Un instant, il semble sur le point de pleurer mais il préfère grimper pour se mettre à califourchon sur la machine lisse, redoublant ses coups pour l'exciter.

Le vieux se précipite sur le manche de l'appareil et appuie sur l'interrupteur. Le nouveau vacarme inquiète une seconde l'enfant et le désarçonne presque, mais il se met aussitôt à rire et à crier de plaisir sur sa trépidante monture, surtout lorsque le vieux le tient par les épaules pour qu'il ne tombe pas.

— Arrêtez-le, monsieur Roncone! Vous êtes fou, crie Anunziata, mais elle doit se résigner pour le moment, même si elle ne cesse de réclamer l'aspirateur. A la fin, Brunettino se lasse du jouet monotone, se laisse glisser par terre et se dirige vers un autre objectif. Le vieux se met lui aussi à quatre pattes et lui parle nez à nez :

— Que tu es fort, mon petit! Tu as vaincu le tank, tu l'as bloqué! Tu te rends compte de ta victoire? Comme le Torlonio avec ses bouteilles inflammables et ses grenades à main! Que tu es fort!

Le vieux crève d'orgueil tandis qu'Anunziata l'écoute, stupéfaite. L'enfant, un instant arrêté par le nouveau quadrupède, se coule entre ses bras et se glisse sous la poitrine du vieux qui change alors de souvenirs :

— C'est ça, ici maintenant, tranquille comme l'agneau auprès de sa mère. C'est ce que je te disais, combattre et téter!

Mais le petit continue d'avancer et réapparaît par-derrière, passant entre les jambes du vieux dont la mémoire retourne alors à la guerre, tandis que l'enfant finit par s'asseoir pour se reposer, satisfait de ses prouesses.

— Sacré coup final ! T'esquiver de cette façon, comme nous lorsqu'on se glissait à travers bois ! Voilà ce qu'on appelle être coincé et se tirer du piège !... Tu sais déjà tout ! C'est comme ça que nous, les hommes, on a réussi à vaincre les tanks et les avions... Tu es des nôtres, tu es un vrai partisan, sachant attaquer et battre en retraite... !

Il conclut en criant :

— Vive Brunettino !

Soudain, une inspiration :

— Tu mérites de défiler à cheval !

Il prend l'enfant, l'élève au-dessus de sa tête, ce qui provoque des cris de frayeur et de joie, et l'installe à califourchon sur ses épaules. L'enfant s'agrippe de ses menottes aux cheveux frisés, le vieux le tient par ses petites jambes et sort du bureau, au milieu des cris d'Anunziata, en pliant les genoux sous la porte pour éviter le linteau, comme à la chapelle lorsqu'on sort et rentre Santa Chiara.

Le vieux va et vient à grandes enjambées dans le couloir avec l'enfant juché là-haut en chantant la fameuse marche triomphale :

— Brunettino, *ritorna vincitor*... Brunettino, *ritorna vincitor*... !

10

Le vieux est assis dans son fauteuil, en face de la fenêtre, tournant ainsi le dos au coin d'Andrea. «Le fauteuil dur», comme l'appelle Anunziata. Elle ne comprend pas que le vieux le préfère car c'est un meuble florentin en noyer, sans tapisserie, avec un dossier droit et des accoudoirs. Mais le vieux n'aime pas le divan : on s'y enfonce, ça manque de fermeté, c'est pour la molle espèce milanaise.

— Vous aimez les gratte-ciel, n'est-ce pas?, lui a demandé Andrea quand elle l'a vu s'installer là la première fois. Ils sont splendides!

Des ouvertures commencent à s'éclairer dans les innombrables étages : sur le gratte-ciel de la Piazza della Reppublica et sur le fameux *Pirelli*, avec son profil en proue de navire. Mais ils ne lui plaisent pas, non pas du tout! Comment comparer cette vue avec celle de sa montagne depuis la terrasse de Roccasera? Majestueuse, maternelle et austère, sa *Femminamorta*, avec ses changements de couleur selon les saisons et les nuages.

On entend la porte de l'appartement s'ouvrir. Renato entre sans bruit pour ne pas réveiller l'enfant. Il salue son père et s'avance vers Andrea qu'il embrasse dans la nuque. A travers le chuchotement du couple, le vieux entend le crissement d'une enveloppe qu'on ouvre. Les résultats des analyses, sûrement; Renato est passé les chercher à l'Hôpital. Le vieux sait, sans se retourner, qu'ils le regardent avec compassion. Il sourit, ces deux jeunes l'amusent.

Renato s'approche de son père, fait allusion en passant aux analyses et commence à se plaindre un peu trop de la circulation, tandis qu'Andrea va téléphoner dans le couloir, au lieu de le faire de son bureau. «Ils ont peur, pense le vieux, il suffit de voir comme ils cherchent à dissimuler... Qu'est-ce qu'ils attendaient des analyses? Allons donc, pauvres malheureux!»

Andrea revient en annonçant qu'elle a obtenu un rendez-vous avec le médecin pour jeudi, jour où elle pourra le conduire. Le sourire serein du vieux devient franchement moqueur devant l'embarras du couple. Des pleurs soudains de l'enfant sauvent la situation, Andrea sort en hâte préparer le bain et Renato l'accompagne. Le vieux les suit en se pourléchant à l'idée de cette grande cérémonie quotidienne qui, aujourd'hui, va s'avérer exceptionnelle.

Le vieux le comprend au moment où on sèche l'enfant qui, comme d'habitude, caresse son petit membre, renflement rosé pareil aux bourgeons de châtaignier au printemps. Et alors, ô surprise!, avant de porter ses petits doigts à ses narines, Brunettino en offre les prémices au vieux, avec un sourire d'invite, tout en le transperçant de son insondable regard de jais.

— Voyons, petit!, s'exclame Renato en feignant de se scandaliser.

— Laisse-le. Il est en train de surmonter la phase anale, commente sagement la mère.

Ce jargon glisse sur le vieux. Par contre, le geste de l'enfant lui rappelle des légendes de brigands mêlant leur sang dans des rites de fraternité; c'est pour ça qu'il comprend tout de suite le message.

Il s'incline vers la menotte et respire l'offrande avec émotion. Une lumière étincelle dans le regard de l'enfant qui, à son tour, sent ses petits doigts oints. Voilà consommé le pacte magique, se dit le vieux.

Plus tard, dans son lit, une immense sérénité l'enveloppe, jusqu'à ce que le sommeil l'envahisse. Car l'enfant sait maintenant, et il a décidé de faire confiance au vieux.

Il n'y a rien à ajouter : tout est en bonne voie.

C'est pourquoi le vieux ouvre les yeux beaucoup plus tôt que d'habitude, ce matin. Il a toujours su se réveiller à l'heure voulue, à la guerre comme à la chasse, pour la contrebande comme pour l'amour.

Les cloches du Duomo lui confirment qu'il est trois heures. La dernière chute de neige a dégagé l'atmosphère et on les entend mieux. Le vieux regarde par la fenêtre : le mur opposé de la cour est couleur d'argent lunaire.

« Mauvaise clarté pour une embuscade d'autrefois, mais bonne pour cette guerre... Comme tu as vite compris que je suis ton camarade, mon petit ! »

Il enfile lentement ses grosses chaussettes et prend sa couverture. Il ne fait pas froid dans l'appartement chauffé, mais sans elle, il se sentirait vulnérable. Elle l'a toujours accompagné dans les grandes entreprises, et celle-ci en est une : sauver l'enfant de la solitude.

Il avance dans le couloir d'une démarche féline et s'arrête devant la porte entrebâillée de la petite chambre. Par la rainure s'échappe la lumière rougeâtre de la veilleuse électrique. La main sur la poignée, il se demande si les charnières vont grincer ; en tournant silencieusement, elles lui prouvent leur participation au pacte. Le vieux entre et referme sans bruit.

La fenêtre est toute de lune, le sol un lac argenté, le petit lit et son ombre un îlot rocheux. Sur l'oreiller devenu miroir se reflète sereine la copie de la lune, ce petit minois endormi et tiède dont l'haleine caresse le vieux visage qui s'est incliné pour le humer, le sentir, réchauffer près de lui ses vieilles pommettes.

« Tu vois ? », murmure le vieux. « Maintenant tu as Bruno. Fini d'avancer seul et perdu. En avant, camarade, je connais le terrain ! »

Depuis le lit, l'enfant emplit la nuit de son haleine et des battements de son petit cœur ; par terre, dos contre le mur, le vieux s'ouvre à cette présence comme un arbre aux premières pluies ; avec elles, sa vaste mémoire d'homme se met à germer, son passé se déploie comme une semence vertigineuse et une frondaison de souvenirs et de choses vécues étend un invisible dais protecteur au-dessus du berceau.

Les minutes, comme le toc-toc de la navette, entrelacent le vieux et l'enfant sur le métier à tisser de la vie. La chambre est une planète de lune et d'ombre pour eux seuls; l'enfant en a décidé ainsi dans le bain, avec ses petits doigts oints, de la même façon que les sangliers délimitent leurs territoires — le vieux les a vus faire au printemps — en semant des effluves génésiaques sur les pierres et sur les cistes.

Qu'est-ce qui se passe, qu'est-ce qui se forge, qu'est-ce qui cristallise en ces minutes? Le vieux ne le sait pas plus qu'il ne le pense, mais il le vit dans ses entrailles. Il entend les deux respirations, la vieille et la nouvelle : elles confluent comme des rivières, s'enlacent comme des serpents amoureux, murmurent comme deux feuilles jumelles dans la brise. C'est comme ça qu'il l'a ressenti il y a quelques jours, mais maintenant un rituel instinctif le sacralise. Il caresse ses amulettes à travers la toison de sa poitrine et, pour expliquer son émotion, évoque l'orme sec de la chapelle : il doit sa seule verdure au lierre qui l'enlace, mais c'est grâce au vieux tronc que le lierre, à son tour, parvient à croître vers le soleil.

Le bois et la verdure, la racine et le sang, le vieux et l'enfant avancent, compagnons sur un même chemin, à travers ce temps qui les réunit. Tous les deux, épaule contre épaule, aux deux extrémités de la vie, tandis que la lune les caresse sur son passage, au milieu du tournoiement lointain des étoiles.

11

La petite infirmière est délicieuse.

— Roncone, Salvatore ?... Entrez, je vous prie.

Dans l'élégante salle d'attente, le vieux se lève du canapé. Andrea lui effleure la main de ses doigts et lui adresse un sourire encourageant. « Foutaises de bonne femme ! »

La porte franchie, une autre infirmière, moins jeune, le laisse dans un cabinet pour qu'il se déshabille entièrement — oui, bien sûr, même le sachet autour du cou — et enfile une blouse verte dont les bords s'attachent tout seuls par-derrière, comme le découvre le vieux après avoir cherché en vain les boutons. « C'est comme ça qu'on devrait habiller le petit ! »

De là il passe dans une pièce contenant divers appareils et un jeune médecin le fait s'allonger sur une table d'auscultation. Au début, le vieux suit l'examen avec curiosité, mais il ne tarde pas à s'ennuyer et répond machinalement : « Oui, ici ça me fait mal », « plus bas, non », « c'est comme une bestiole qui se promène à l'intérieur et me mord de temps en temps ». A ces mots, le docteur se met à rire et s'exclame : « Bravo, mon ami ! », en adressant un regard complice à l'infirmière.

On le fait passer d'un examen à l'autre, d'un médecin à son collègue, d'une salle aux fenêtres claires en verre dépoli à une autre plongée dans la pénombre où on l'examine aux rayons X.

— Bon dieu ! Vous avez une balle là ! Ça ne vous gêne pas ?

— Non. Un souvenir. La prise de Cosenza.

Immobilisé pendant une demi-heure pour une série de radiographies, il en vient presque à s'assoupir. Il en oublie même son envie de fumer, comme vidé de sa substance. Pourtant, quelque chose pèse sur son estomac : la bouillie avalée le matin, qui lui rend encore plus odieuses les mixtures pharmaceutiques administrées au pauvre Brunettino. Ce matin, en effet, l'enfant s'était refusé catégoriquement à avaler les malheureuses cuillerées et Anunziata avait fini par céder pour retourner à son ménage. Le vieux en a profité pour donner au petit, en cachette, un morceau de *panetto* trempé dans le vin qu'il a dévoré goulûment, à la grande joie du grand-père.

Andrea s'était montrée aimable en le conduisant en voiture à la clinique du professeur Dallanotte. Sans doute en hommage à la sommité médicale, elle s'était pomponnée et portait une jupe. Assise dans la voiture, elle montrait ses genoux osseux et on voyait saillir ses tendons sur le cou-de-pied lorsqu'elle appuyait sur les pédales. «Elle est mieux en pantalon», s'est dit le vieux. Elle s'est méprise sur son regard et a tiré pudiquement sur sa jupe.

— Renato m'a dit que le sarcophage des *Epoux* à Rome vous avait beaucoup intéressé. Une pièce magnifique, c'est vrai!

— Oui. Ils étaient tellement vivants!

Le commentaire a surpris Andrea, mais elle a entrepris calmement un exposé de vulgarisation. Le vieux lui a d'abord prêté attention, mais comme elle s'exprimait dans son italien à elle, il a fini par ne plus l'écouter, tout en lui sachant gré de parler sans arrêt, pour lui éviter, à lui, de faire la conversation.

— Regardez, s'est interrompue Andrea en lui montrant les bâtiments de l'Université Catholique, c'est là que je fais mes cours. Et le professeur Dallanotte aussi. Croyez-moi, il ne soigne pas n'importe qui, mais comme nous sommes collègues...

Oui, elle s'était montrée aimable, reconnaît le vieux, en même temps qu'on le relève de sa position inconfortable, une fois les radios terminées. La tournée d'exploration recommence alors et, à force de couloirs et de pièces carrelées de blanc, d'appareils chromés, d'électrodes sur le corps, de lumières dans les pupilles, de questions et de palpations, le vieux finit par flotter comme un bouchon de liège à la dérive et par perdre tout intérêt pour ce qui l'entoure et pour lui-même.

C'est pourquoi lorsqu'on le déshabille encore une fois et qu'il se voit dans un grand miroir, il a l'impression de contempler un corps étranger. Cette dépouille osseuse, tannée sur le thorax velu, et blanchâtre aux fesses et aux hanches, ce n'est pas lui. Il trouve offensant qu'on lui montre cette image sénile à lui, le vétéran jouisseur, désiré et embrassé par tant de femmes. Encore que... offensant ? Ce n'est même pas ça. Seuls les humains peuvent se sentir offensés, or sur la chaîne hospitalière qui dépèce les corps comme celle d'un abattoir, les humains finissent par devenir de simples tissus, viscères, oreilles, membres. Avec, en plus, l'hypocrisie : ici tout le monde est si onctueux, si faussement optimiste.

Quelle différence avec les examens de don Gaetano ! Le vieux évoque, en se rhabillant, l'indiscutable autorité médicale de Catanzaro, à sa consultation du *Corso*. « Là-bas, on entre comme on est et on en ressort encore plus soi-même. » Sa réaction de colère contre la clinique milanaise lui permet de se reconstruire avant de sortir du cabinet.

Enfin, après une dernière porte, l'éminence installée derrière une table pareille à un autel, daigne le recevoir. Andrea, assise en face, affiche un sourire instantané à l'apparition du grand-père à qui le médecin offre un siège en se levant.

— Enchanté, professeur, salue le vieux. Et il ajoute intentionnellement : J'avais très envie de vous voir.

— Nous avons déjà fait connaissance, mon ami, mais la salle de radiographic était dans l'obscurité et vous n'avez pas pu me voir. Moi si, je le répète, et très en profondeur.

« Tant mieux, se dit le vieux apaisé. J'ai cru qu'il allait m'expédier seulement d'après des papiers. » Le professeur a, en effet, les rapports et les documents étalés sur la table. Un assistant entre et les deux médecins échangent quelques mots. Phrases énigmatiques et gestes de dénégation et d'assentiment, monosyllabes dubitatifs tandis qu'on réfléchit. Finalement l'éminence écrit quelque chose, donne des instructions à l'assistant qui se retire pour les exécuter, et, croisant ses mains, regarde en souriant le vieux et Andrea.

— Bien, cher ami, bien ; vous avez une constitution splendide et un état général enviable pour votre âge mis à part, bien sûr, le problème qui vous amène chez moi... Mais sur ce point, en vérité, pas de surprises ; je peux vous le garantir. En résumé, exprimé en langage courant, le fait est que monsieur Roncone présente un syndrome...

Comme le « langage courant » du professeur est celui de la radio quand elle fait de la vulgarisation, le vieux s'arme de patience, saisissant seulement quelques expressions : « processus pathologiques », « ressources de la science », « progrès modernes », « alternatives thérapeutiques »... Andrea, par contre, allongeant avidement le cou, boit les paroles magistrales avec une véritable jouissance intellectuelle ; elle cherche même à plaire à l'éminence en intercalant des questions qui entraînent des digressions complémentaires.

« Est-ce que tout ça a quelque chose à voir avec moi ? », se demande le vieux pendant ce temps parce que, avec don Gaetano, rien qu'à sa façon de vous regarder, on était fixé. Jusqu'à ce que, pour finir, le professeur lui adresse un sourire charmeur :

— Vous m'avez bien compris, cher monsieur ?

« Il se moque de moi ou quoi ? », réagit le vieux. Et il contre-attaque aussi impassible qu'à la guerre :

— Non, j'ai rien compris. Et j'en ai pas besoin.

Il marque une pause, savourant le désarroi sur le visage du médecin, et il continue :

— La seule chose que je veux savoir, Professeur, c'est quand je vais mourir.

L'ambiance raffinée, toute pleine de tact, de compréhension et d'efficacité, qui imprègne le bureau, se dégonfle comme une baudruche. L'éminence et Andrea échangent un regard. Elle s'écrie, troublée :

— Que dites-vous là, Papa !

Ravi de son effet, le vieux les observe. Le professeur débite quelques phrases à propos de processus imprévisibles, d'évolutions atypiques, d'espoirs..., mais il a perdu son assurance. Le vieux le coupe :

— Des semaines?... Des mois? . Un an peut-être?... Non, je vois qu'un an, c'est déjà trop!

— Je n'affirme rien, cher ami!, s'écrie impétueusement le docteur. Toute prédiction est aventureuse dans ces cas-là et, compte tenu de votre solide constitution, il se peut même que...

— Ne vous fatiguez pas, Professeur; j'ai compris. N'en parlons plus. Après tout, je préfère ma *Rusca* à la paralysie qui cloue dans un fauteuil une de mes connaissances. Elle lui arrive à la ceinture et, si Dieu veut, elle lui montera bientôt jusqu'au cœur et alors, il sera fichu, c'est bien ça?... Dites-moi, Professeur, ça grimpe vite ces paralysies? En somme, si c'est pour vivre dans un fauteuil, mieux vaut que le pauvre homme cesse de souffrir!

— Comment voulez-vous que je vous réponde sans avoir vu ce patient? Vous me posez de ces questions...!, élude le médecin, maintenant totalement sur la défensive. Ce vieux l'a déboulonné de son fauteuil professoral.

— Celles qui me tiennent à cœur. Ma mort m'appartient, Professeur... Et celle du paralytique aussi! C'est à lui de mourir le premier!... Ecoutez, je vais vous expliquer son mal et ce sera comme si vous l'aviez vu. En juin, il marchait encore, mais en août déjà...

Le vieux raconte tout ce qu'il sait du Cantanotte et de ses symptômes, mais le professeur, après l'avoir écouté un moment avec impatience, se refuse à donner des précisions et finit par se lever courtoisement en annonçant l'envoi à domicile de son rapport, avec les prescriptions et le traitement. Devant ce vieux, l'éminence a préféré s'abstenir de son habituel petit laïus d'espoir; il se contente de saluer avec effusion sa collègue Andrea et avec une bonhomie étudiée son patient, et prend congé d'eux à la porte de son bureau.

En sortant, Andrea ne sait pas comment commencer, mais le vieux prend les devants :

— Il n'y connaît rien du tout en paralysie, celui-là, affirme-t-il. Et il soupire. Ma malchance, c'est que la Marletta soit morte en janvier dernier. Une grande amie à moi!... Elle me menait très bien l'affaire du Cantanotte. Elle allait y arriver, mais...

— De qui parlez-vous, Papa?

— De la Marletta, la sorcière de Campodone. La meilleure *magàra* de toute la Calabre... Et de toute l'Italie! Elle n'en ratait pas un, que la Madone l'ait en sa sainte gloire!

12

Il l'a enfin obtenu, son bassin. L'urinal, comme disent ces Milanais raffinés.

Andrea avait résisté, bien sûr :

— Ça ne s'utilise plus, Papa.

— Parce qu'ici, les gens ne pissent pas la nuit?

— Si, mais ils vont dans la salle de bains. Ce n'est pas comme au village; on n'a pas besoin de descendre dans la cour.

Andrea garde un souvenir terrible des cabinets à Roccasera. Quand elle traversait la cour, il se trouvait toujours par là un valet de ferme ou une servante pour contrôler le temps qu'elle y passait et faire des conjectures sur ce qu'elle y faisait.

— La salle de bains, j'aime pas ça. Aller jusque là-bas, ça me réveille et ensuite je mets du temps à me rendormir. Par contre, avec le bassin, je me mets sur le côté, et je pisse à moitié endormi et tout à mon aise.

Andrea ne voulait pas céder, mais un beau jour, elle a laissé Renato le lui acheter. «Evidemment, en a déduit le vieux, le médecin leur a dit que j'en avais plus pour longtemps et ils gobent n'importe quoi. Tant mieux, la visite au professeur a au moins servi à quelque chose. Mais ils se trompent : je vivrai plus longtemps que le Cantanotte. Je ne veux pas donner à cette charogne le méchant plaisir d'aller à mon enterrement!»

C'est comme ça qu'il a obtenu son bassin. Alors, pourquoi est-ce qu'on le lui cache?

— Madame Anunziata!, crie-t-il en colère. Madame Anunziata!

— Ne criez pas, s'écrie la femme de ménage en accourant. Le petit dort.

— Où est-ce que vous m'avez caché mon bassin? demande-t-il à voix basse, de crainte d'avoir réveillé Brunettino.

— Où peut bien être ce bijou? Sous votre lit, pardi!

— Vous en êtes sûre? Regardez : il n'y est pas.

— De l'autre côté, monsieur. Ah, mon Dieu, quel homme!

Elle a raison.

— De l'autre côté, de l'autre côté...!, ronchonne-t-il. Et ne m'appelez pas monsieur; je vous l'ai déjà dit! Je suis le *zío* Roncone!... Pourquoi de l'autre côté? Je le veux ici; je le tiens toujours de la main gauche. Avec la droite, je me prends... Enfin, vous comprenez.

— Madame dit que de l'autre côté, on le voit depuis la porte.

— Et qui donc regarde par cette porte? Il n'y a que vous, et vous êtes au courant!... Maudites bonnes femmes!

Avant de se retirer en ronchonnant, Anunziata promet d'obéir, mais le vieux sait qu'elle n'en fera rien. Elle le laissera où elle veut, comme tout ce qu'elle range.

Entre elle et Andrea, il va devenir fou... Sa couverture de toute la vie, il l'a sauvée par hasard et, dans la journée, il la cache maintenant au fond du placard. Quand il est arrivé, Andrea voulait la jeter et lui en donner une neuve. Elle a cédé devant la colère du vieux, mais il l'a entendue dire à son mari que ce chiffon sentait le bouc. «Si seulement cette malheureuse pouvait dégager une odeur de vie aussi forte que celle des chèvres!»

Une fois récupéré son urinal, le vieux s'assied sur le lit et éprouve la tentation de se rouler une cigarette pour calmer la *Rusca* qui s'agite ce matin et semble se plaindre de ce que le vieux parvienne peu à peu à s'arrêter de fumer. Il a déjà sorti le papier lorsque des pleurs de l'enfant le sauvent. Oubliant la bestiole, il se précipite vers la petite chambre.

Anunziata est déjà là à lui murmurer des consolations, mais l'enfant ne se calme pas. Elle demande de l'aide au vieux; elle aussi a remarqué que la voix grave apaise le petit. Elle veut peut-être aussi retourner le plus vite possible à son cher aspirateur. Quoi qu'il en soit, le grand-père se met à fredonner une calme mélodie champêtre. Mais, fait exceptionnel, Brunettino continue de hurler, il agite ses petits poings et se congestionne comme s'il avait une attaque... Il enlève même ses chaussons en appuyant successivement la pointe de chaque pied contre le talon de l'autre, astuce qu'il vient d'apprendre pour exercer son pouvoir d'enfant en obligeant quelqu'un à le rechausser car il veut, selon Andrea, les «tyranniser». Mais il en fait maintenant un geste agressif lançant la chaussure en l'air comme le gant dans un défi.

— Il a sûrement besoin qu'on le change, dit Anunziata en sortant.

Elle ne tarde pas à revenir avec une cuvette d'eau tiède, l'éponge et ces couches toutes prêtes en plastique, coton et gaze qu'on met aux enfants à Milan. Hermétiques et bien serrées. «Avec ça, la virilité ne peut pas grandir correctement!»

Il faut le changer, c'est sûr, mais est-ce qu'il n'aurait pas encore une autre raison d'être fâché? Le vieux soulève la question :

— Dites-moi, ici on n'allume pas des veilleuses aujourd'hui dans les maisons? Parce que c'est le jour des Morts.

— Ces coutumes ont disparu!

— Ah, bon! Et celle de donner des jouets aux enfants aussi?

— Le jour des Morts? Qui pourrait bien avoir une telle idée?

— Nous autres, du Mezzogiorno, comme vous dites. Oui, les défunts leur apportent des jouets à nos enfants.

— Quelle idée bizarre! Ici, ce sont les Rois Mages ou le Père Noël.

— Bizarre? Ce qui est bizarre, ce sont les Rois ou ce Père Noël; qu'est-ce qu'ils ont à voir avec les enfants? En plus, ce sont des mensonges! Les morts, par contre, ils sont vrais, ce sont les nôtres... Vous ne comprenez pas? Ce sont les grands-parents des grands-parents de nos enfants. Et ils les aiment parce qu'ils sont de leur sang.

«Ils sont vrais», se répète le vieux pour lui-même, content d'avoir défendu les morts en leur rendant hommage le jour de leur fête. «Tu vois, diront-ils entre eux, cette année quelqu'un s'est souvenu de nous à Milan... Ah, bien sûr, le Bruno de Roccasera!» Car en plus, il va leur allumer une bougie dans sa chambre; il en a une dans sa valise parce que la lumière électrique tombe toujours en panne quand on en a le plus besoin. Et les morts, il faut les éclairer cette nuit pour qu'ils nous trouvent quand ils nous rendent visite.

Anunziata a déjà installé l'enfant sur la table recouverte d'un molleton et elle commence à le déshabiller. « Elle ne sait pas faire ça sur ses genoux, assise sur une chaise basse, comme ça s'est toujours fait », pense le vieux réprobateur.

Oui, l'enfant avait besoin d'être changé. Lavé et rafraîchi, il sourit maintenant tandis qu'on lui met de la crème contre les irritations. « Son derrière n'est quand même pas un visage de jeune fille ! », pense le vieux, d'autant plus indigné que la femme lui passe son doigt enduit de crème entre les fesses et s'arrête au milieu. « On ne tripote pas un homme à cet endroit-là ! » Heureusement que, pour démontrer sans le moindre doute que les caresses de ce genre n'amoindrissent pas sa virilité, l'enfant la met toute raide en évidence. « On ne peut pas nier que ce soit mon petit-fils !...On dit bien que les enfants ressemblent plus à leurs grands-parents qu'à leurs parents... » Mais le plaisant spectacle est une fois de plus aplati par l'implacable harnachement de plastique. « Quelle monstruosité ! »

Anunziata enfile les petites jambes dans la grenouillère et retourne l'enfant pour le boutonner derrière. Le vieux affronte avec acharnement le bouton du haut, mais il n'a pas encore fini qu'Anunziata a déjà attaché tous les autres. « Laissez-moi faire », lui dit-elle, mais le vieux met un point d'honneur à accomplir sa tâche. Cependant la petite rondelle s'échappe sans arrêt de ses gros doigts et, comme le vieux s'obstine, Brunettino commence à grogner ; alors le grand-père s'avoue vaincu, étouffant dans sa poitrine un gémissement de malédiction.

Anunziata attache aussitôt le bouton et installe l'enfant dans son lit. Le vieux s'assied à ses pieds et se remet à chantonner, comme il y a un demi-siècle au milieu de ses moutons. Chanson mélancolique car son échec face au petit bouton continue à lui peser. « Alors, si on n'était que tous les deux, rumine-t-il, je serais incapable de l'habiller pour qu'il ne prenne pas froid ? Non.

J'irais pas l'envelopper dans la couverture; c'est pas une façon de faire avec un gosse.»

Le vieux, absorbé dans ses pensées, ne s'aperçoit pas de l'arrivée d'Andrea qu'Anunziata accueille dans le vestibule.

— Le grand-père est en train de l'endormir, Madame. C'est un homme plein d'idées bizarres mais on peut le laisser avec le petit. Il s'assied à côté du berceau comme un chien de garde.

Andrea s'approche, malgré tout, de la porte entrebâillée et renifle l'air parce que sa tête de mule de beau-père est bien capable de se mettre à fumer. Non par mauvaise intention, mais parce qu'il n'a aucune notion d'hygiène ni d'éducation des enfants... On ne sent rien. Encore heureux, mais, il en faut de la patience avec cet homme!

A l'intérieur, l'enfant endormi, le vieux s'est tu. La faible lumière qui filtre par la fente des rideaux tombe directement sur ses mains. Le vieux les contemple obsédé : le dos, la paume. Fortes, larges, veinées de bleu, les doigts comme d'épais sarments, les ongles durs et courts, des petites taches brunes visibles à travers le duvet...

Il les contemple, ces deux pattes qui savent égorger et caresser. Elles ont mis au monde des agneaux et maîtrisé des chevaux, lancé de la dynamite et planté des arbres, recueilli des blessés et dompté des femmes... Des mains d'homme, des mains bonnes à tout : sauver et tuer.

Tout? Maintenant il n'en est plus sûr. Et le petit bouton? Et tenir fermement l'enfant? Ses mains sont-elles utiles pour ça?

L'échec de tout à l'heure le tourmente. Ces doigts qu'il remue devant ses yeux... Noueux, rugueux... Ils ne sont pas faits pour cette peau soyeuse.

Est-ce possible? Pour la première fois de sa vie, il ne se sent pas fier de ses mains! «Il lui en faut d'autres à Brunettino, celles d'Anunziata lui sont plus utiles... Mais, quelle folie me traverse l'esprit? Envier une femme, comme un Milanais! Non, non, mes mains sont comme elles sont : celles-là, les miennes!»

Il lui faut du temps pour se rasséréner, pour se pardonner à lui-même une telle aberration; mais il n'en continue pas moins à réfléchir. «Est-ce que la force est un obstacle? Il faut qu'elle soit utile! Même pour attacher des petits boutons, pour le changer, pour tout!... Au diable, les femmes! Mon Brunettino et moi; personne d'autre pour en faire un homme!»

Eux deux seuls, cette idée l'enchante. Comme ça, on ne l'abîmera pas. Mais alors..., lui, bonne d'enfant? Une subite impression d'étouffement l'oblige à passer l'index dans le col de sa chemise. Il se raidit, révolté par de telles chimères et sent le rouge lui monter aux joues. «Non, mon rôle sera différent! Maître, c'est ça, je serai son maître!» Mais la crainte de l'équivoque ne s'évanouit pas. «Quelle honte! La bestiole ronge mon courage!»

Il contemple cette ronde blancheur sur l'oreiller, la tendre couleur des petites lèvres et la mèche sombre sur le front. Un violent élan de tendresse lui arrache un soupir étouffé et il tend la main vers ce petit visage. Son doigt l'effleure et tressaille instinctivement comme s'il s'était brûlé car, dans la mémoire charnelle du doigt, cette petite joue a fait renaître la sensation d'une caresse à Dunka. La main se souvient et libère en lui une explosion de souvenirs : Dunka! Ces jours, ces nuits!... Dunka endormie à ses côtés; la joue de Dunka pareille à celle-ci... Où était-ce l'inverse : la main de Dunka sur la frimousse de l'enfant, ou sur le visage du vieux?... Sens obscurcis, confusion du toucher, ambiguïté.

De nouveau la lumière déclinante sur des mains et le vieux regard rivé sur elles. Mais quelles mains? Etonné, il les découvre différentes, ces mains accrochées à ses poignets : blanches, délicates, féminines... Féminines? Alors qu'elles sont pleines de force!... Et alors? Dunka a bien empoigné virilement la mitraillette meurtrière!

L'étonnement du vieux se transforme en angoisse. «Est-ce qu'on m'a jeté le mauvais œil? De grâce, saints Défunts : je veux mes mains!...» Il presse son sachet d'amulettes...

Le tremblement de terre intérieur cesse et le monde se remet en ordre. Le vieux se reconstruit, se réaffirme dans son être, prend conscience du lieu, de l'heure... Il a dormi, rêvé peut-être?

Il s'ébroue et remue la tête pour secouer ses fantasmes comme un chien mouillé secoue ses poils. Il examine ses mains : celles de toujours.

«Ah, si seulement c'était aussi celles de Dunka!», regrette-t-il.

Elles le caresseraient, se poseraient sur son front pour en chasser les maléfices... Du plus profond de lui renaît une chansonnette sentimentale, à la mode quarante ans plus tôt, qui permettait, en pleine guerre, d'oublier les coups de fusil... Une fin d'après-midi à Rimini, fredonnant tous deux en descendant vers la mer, depuis le temple de Malatesta qui l'émerveillait tant... La maison sur le rivage; dans la cour, la vieille treille au-dessus de leurs têtes; le raisin mûr à portée de main... Dunka allongée s'appuie sur le coude, arrache une grappe et... C'est ça, exactement la dame étrusque!

De profonds sanglots se nouent dans la vieille poitrine; son honneur viril scandalisé les réprime... Mais la tendresse le noie dans une mer paisible d'où, dauphin inespéré, surgissent ces mots :

— Brunettino, qu'est-ce que tu vas faire de moi?

Il les a murmurés en dialecte. En dialecte il avait aussi posé la question à Dunka, en se rendant, quarante ans plus tôt... Il retrouve sur ses lèvres le goût du baiser qu'il reçut alors pour toute réponse.

Deux anxiétés, deux âges, deux moments vitaux se fondent dans sa poitrine en lui arrachant cette conjuration, ce gémissement, cette confession, cet abandon :

— Mon Brunettino à moi!

13

Le mercredi, Andrea n'a pas cours et se consacre à la « revue de la maison ». Le vieux sait d'avance ce que ça signifie : qu'Anunziata est en train de nettoyer depuis un bon moment déjà quand sa belle-fille sort enfin de sa chambre, boudinée dans son pantalon de velours vert. Elle fait quelques mamours au petit s'il est réveillé, entreprend une tournée d'inspection en faisant des remarques et finit par se retrancher derrière ses livres dans un coin du bureau, comme elle appelle la salle de séjour. De temps en temps, comme un faucon en piqué, elle fond sur la femme de ménage au travail ou se met à la recherche du vieux qui, d'habitude, se réfugie sur sa chaise dans la cuisine. Elle le regarde avec une patience de sainte et lui dit parfois :

— Papa ! Qu'est-ce que vous faites là ? Votre place est dans le bureau sur le fauteuil florentin !

Le vieux l'aimait mieux avec ses lunettes comme avant ; elles lui donnaient un air simple d'institutrice. Avec les lentilles, elle paraît différente, plus lointaine... « Si c'était pas pour pas lui faire cadeau de mon enterrement au Cantanotte... ! Ah, *Madonna*, donne-moi seulement un mois de plus que cette charogne ; juste pour retourner là-bas ! » C'est la fervente prière quotidienne.

Pour la troisième fois ce matin, Andrea se montre à la porte de la cuisine. « Son travail ne marche pas bien aujourd'hui », se dit le vieux. C'est pourquoi, lorsqu'il l'entend envoyer Anunziata acheter des fruits et du pain, il se propose pour faire les courses et débarrasser ainsi le plancher.

— Bien sûr que je m'y connais en poires ! Je suis quand même un homme de la campagne !

Andrea cède et, un bon moment plus tard, le vieux revient avec ses achats, triomphant. Il se rengorge en riant :

— Hé, hé! Elle voulait m'avoir en me donnant celles emballées dans du plastique qu'on peut pas toucher!... Mais je lui ai cloué le bec, si, si!

— A qui, Papa?, s'inquiète Andrea.

— A la femme de ta boutique, pardi! Qu'elle les mange, elle! La voleuse!... Regarde les poires que j'apporte, pour moitié prix.

Anunziata déballe le paquet et demande :

— Et le pain?

— Ah, le pain! Ben... Ne m'en parle pas! C'est ça qu'ils appellent du pain? Moi je m'y connais en pain, mais dans cette chose-là, non. Et comme j'ai oublié le nom que tu voulais...

Il y en a tant des marques de pain à Milan. Et toutes pareilles : artificielles. Andrea le regarde avec le désespoir d'une victime.

— Mais regarde donc, regarde un peu ces poires! Elles sont naturelles, pas comme les autres, toutes tellement pareilles qu'on dirait de la cire... Et puis, avec ces trucs pour qu'on puisse même pas les sentir et qu'on paie le carton dans le poids... Ben, si tu me rappelles la marque, je redescends pour le pain.

— Non, Papa, ne vous inquiétez pas. J'ai quelques courses à faire pour moi. De... de parfumerie, oui.

Le regard et le ton d'Andrea trahissent la mauvaise humeur et le vieux décide de prendre le large, lui aussi, dès qu'elle sera partie. Il ne veut pas être là à son retour car, un de ces jours, il en aura marre et il va tout envoyer promener...

Quand il sort, Andrea est déjà chez son marchand de fruits habituel, en train de donner des explications à la commerçante outrée par la conduite du vieux. Andrea s'efforce de la calmer.

— Il m'a même traitée de voleuse, madame Roncone, devant mes clientes. Voleuse, moi qui vérifie et revérifie les prix, tout le quartier le sait!

— Excusez-le, madame Morante; il est vieux et il est malade. En plus, il vient du sud, c'est un paysan, vous comprenez... Si vous saviez comme il m'en fait voir! Pardonnez-lui pour moi.

— Pour vous, je l'excuse, car vous êtes quelqu'un de bien...

Mais lui, qu'il ne revienne pas, je vous en supplie... Est-ce qu'il ne voulait pas déchirer le plastique de l'emballage pour tripoter les fruits?... Un paysan, un rustre et, pardon, mais sans la moindre notion d'hygiène!... Ensuite, il s'en est pris à ma balance automatique, la plus moderne, s'entêtant à vouloir la vérifier avec de vrais poids, comme il disait... Soupçonneux, Madame, soupçonneux! Une balance *Veritas* contrôlée par la Préfecture...! Et vas-y qu'on discute et qu'on marchande, et la boutique pleine de gens qui attendent... Mais ce que je lui pardonne le moins, c'est sa méfiance. Voilà trente ans que nous sommes là et personne ne s'est jamais plaint.

Andrea, rouge de honte, supporte l'averse pour ne pas tomber en disgrâce car les autres boutiques de fruits du quartier sont moins bien. Il ne lui est, bien sûr, jamais venu à l'idée d'entrer chez les Tarentins, là où justement le vieux a fait ses courses. A la fin, la marchande de fruits s'adoucit :

— On ne dirait pas que c'est le père de votre époux, si distingué. Et vous, si bien élevée, Madame, fille de sénateur, et qui plus est, professeur à l'Université...

Tandis que la marchande de fruits tire vanité de sa cliente devant les autres, Andrea prolonge son rôle de victime :

— Ah!, ne m'en parlez pas, à moi qui dois le supporter! Avec le petit, je suis aux cent coups; on ne sait jamais ce qui peut lui passer par la tête à cet homme. Parfois, on dirait même qu'il a l'esprit dérangé.

— Il devrait bien se contrôler, puisqu'il vit chez vous... Comment votre mari peut-il tolérer ça?

— Nous ne pouvons rien faire... Il est en train de mourir.

— Votre beau-père? Avec ce caractère et ces manières?, s'écrie la marchande stupéfaite.

— Un cancer.

Le mot fatidique glace l'assistance. Même l'offensée s'apitoie :

— Le pauvre!

— Et rapide. C'est le professeur Dallanotte qui le soigne. Comme c'est un de mes collègues à l'Université...

— Dallanotte! Une sommité!

Andrea explique qu'ils font l'impossible pour éviter à son beau-père de souffrir, mais lui, il complique tout avec ses manies...! Elle finit par demander deux autres kilos de fruits comme il faut : conservés, aseptisés et plastifiés.

— Elles ont l'air belles celles-là, là-bas... Comment sont-elles?

— Excellentes. Comme les yougoslaves que vous prenez d'habitude et que j'ai toutes vendues. Celles-ci viennent de Grèce.

— De Grèce, parfait.

Elles se quittent, toutes deux satisfaites. La marchande, d'avoir reçu des excuses en public; d'autant que, face à un cancer, aucun bon chrétien ne peut se montrer exigeant. Andrea, d'avoir réglé l'incident; elle ne veut pas se faire une ennemie de cette femme qui vend cher mais chez qui se servent les gens les plus distingués. Elle rentre donc chez elle, la tête haute, en achetant sur le chemin son *panetto*.

Pendant ce temps, sur un banc du jardin, le vieux, protégé du froid par sa pelisse, fume en paix la seule cigarette de la journée qu'il s'accorde, à l'exception de celle qu'il fume après dîner, dans sa chambre. Son esprit rumine la stupéfaction qu'il a éprouvée en faisant la connaissance du mari de madame Maddalena quand il est allé acheter les poires. Un homme grand, oui, mais mou, avec une tête de bigot, des cheveux bien aplatis séparés par une raie et une voix de fausset.

— Et madame?, lui a demandé courtoisement le vieux.

— Elle est allée à la Préfecture, pour une histoire de licences. Ces choses-là, c'est elle qui s'en occupe... Et elle devrait déjà être là!, conclut-il en jetant un coup d'œil à l'horloge pendue derrière le comptoir.

— Donnez-lui le bonjour de Roncone, celui de Catanzaro.

«Pourquoi est-ce qu'il m'a regardé de travers à ce moment-là?», se souvient le vieux... «Non, ce type ne lui convient pas à madame Maddalena. Cette vraie femme a besoin d'autre chose. Sacrée *stacca*!»

Et, tenez-vous bien, voilà que Milan lui ouvre une fois de plus sa boîte à surprises car lorsqu'il débouche sur le Corso Venezia, en contournant le musée, le vieux aperçoit juste en face, au coin de la via Salvini, une voiture qui s'arrête au bord du trottoir. Ce qui attire d'abord son attention, c'est sa couleur vert métallisé et, à y regarder de plus près, il remarque aussi le profil aquilin agrémenté d'une moustache et le teint sombre du conducteur, qui, ça ne fait aucun doute, prend congé en l'embrassant de la personne assise à ses côtés et sur le point de sortir.

Le feu change de couleur et le vieux commence à traverser le Corso, tandis que la voiture démarre rapidement et que son passager reste sur le trottoir. Il s'agit d'une femme, bien sûr, et rien moins que de madame Maddalena, plantée sur le trottoir avec sa belle allure, bien habillée et en train de dire au revoir de la main à la voiture qui s'éloigne. Ensuite, sans voir le vieux derrière elle, elle prend la via Salvini en direction de sa boutique.

Le vieux arbore un large sourire. « Voyez-vous ça, cette madame Maddalena...! Je comprends maintenant ! »

14

Le vieux, en se promenant au-delà des jardins, arrive sur une grande place avec un monument au milieu : une statue équestre au sommet d'un imposant piédestal avec des allégories de bronze sur les côtés. « Cette casquette et cette barbe... Garibaldi ! Et quel cheval !... Bon, les Milanais ont quand même fait quelque chose. Ils se sont au moins souvenus de Garibaldi, ces gens du nord qui l'ont laissé tomber dès qu'il en a eu fini avec les rois de Naples... Comme il l'expliquait bien le professeur au maquis ! De la même façon qu'ils nous ont laissés tomber, nous les partisans, au moment où on dérouillait les Allemands. Les barons et leurs caciques se sont remis à manigancer, en donnant des ordres depuis Rome comme toujours... ! »

Il continue tout droit sous les arbres d'une autre avenue et s'arrête à nouveau en apercevant au fond les imposantes murailles rougeâtres qui la barrent.

« Quelle tour ! Sacrée forteresse, avec ses meurtrières pour les tireurs ! Aussi résistante que nos châteaux ; celle-là, même les avions d'Hitler n'ont pas pu l'abattre... Elle a même conservé son campanile tout là-haut ! »

Il s'arrête devant un kiosque. Les couvertures des magazines le fascinent comme les images fascinent les enfants.

« Quels culs, quels seins ! Maintenant, on montre tout. Ça fait plaisir, les yeux ne vieillissent pas... Mais ça fait râler aussi. Pur mensonge, du papier rien de plus ! S'échauffer sans toucher, il faut être froid comme ces Milanais pour y résister. »

Les photos lui font regarder les passantes d'un autre œil. « La façon dont les femmes s'habillent aujourd'hui, *mamma mía* ! »

Elles vont si court vêtues qu'il a froid pour elles, malgré sa pelisse, et il accélère le pas après avoir allumé sa cigarette de la journée. Tout près des murailles rouges, il remarque une pancarte touristique qui annonce, en plusieurs langues : *Castello Sforzesco — Museos*. Allons donc ! Un musée qui apparaît juste au bon moment, alors qu'il ne savait pas où aller en attendant l'heure du déjeuner. Il décide d'entrer, saisi d'une envie subite de revoir ces fameux Etrusques.

Car il ne les a pas oubliés. Il a même interrogé Andrea qui lui a prêté un gros livre en lui recommandant de le manipuler avec le plus grand soin.

— C'est un livre d'art, Papa; il ne faut jamais l'ouvrir à plus de quatre-vingt-dix degrés, je veux dire : comme ça.

Le livre était plein d'Etrusques, pour sûr, mais ça ne l'avait guère impressionné. C'était comme les fesses et les seins du kiosque : des mensonges de papier. « A force de livres, ces gens finissent par confondre les images avec la réalité. »

C'est pour ça qu'il se réjouit de pouvoir maintenant voir des Etrusques comme ceux de là-bas. Mais le premier gardien à qui il s'adresse à l'intérieur l'informe qu'ici, il n'y a pas d'Etrusques.

— Comment non ?, s'indigne-t-il. C'est un musée ou c'est pas un musée ?

— Oui, monsieur; mais nous n'avons pas d'antiquités étrusques. C'est à Rome et dans le sud qu'il y en a.

« Evidemment que les Etrusques viennent de plus au sud, pauvre type ! Ici, ils n'auraient jamais ri comme ils riaient !... Mais alors, qu'est-ce que c'est que ce diable de musée ?... Quand je dis que de Rome vers le haut, c'est plus l'Italie... Et même pas Rome, d'ailleurs ! »

Le gardien, entre-temps, défend ses collections :

— Nous avons des pièces splendides. Certaines sont de la plus pure Renaissance. Et nous avons de tout : peintures, sculptures, tapisseries, armes...

« Des armes ! Encore heureux; maintenant que j'ai payé... »

Les armes valent la peine, bien entendu. Elles l'impressionnent.

«Ces gars-là, ça c'était des hommes! Chargés de métal et, en plus, empoignant des épées comme des lances! Et ces masses! Comme elles devaient bien sonner sur le casque en écrasant une tête!... Si on nous en laissait une au Cantanotte et une autre à moi, finis mes tourments! Moi, attaché à une chaise, bien sûr : à la loyale... Comme ces gars-là, sacrés guerriers! On pourrait former une bonne équipe de bûcherons avec des gens comme ça! Par contre, ces Milanais d'aujourd'hui... Des dégénérés!»

Les armes valent la peine, oui; mais le reste, aucun intérêt. Tableaux de saints, de fleurs, de madones, portraits de marquises et d'évêques... Parfois, une fille à la poitrine rebondie, mais rien de plus... Et les gosses, pas un seul qui vaille la peine! Joufflus, bras mous comme du beurre, comme l'Enfant Jésus. «Bien sûr, c'est normal pour l'Enfant Jésus; c'est à cause de sa faiblesse qu'il s'est laissé crucifier; si c'avait été moi, et capable de faire des miracles, d'après ce qu'on dit!... Mais ces gosses-là, zéro; c'est comme ça qu'ensuite, une fois adultes, ça donne ces Milanais. Encore heureux que mon Brunettino m'ait, moi; on doit tenir le coup jusqu'à ce qu'il parle, sois patiente, *Rusca*, laisse-moi encore un peu de temps pour lui enseigner à ne pas leur ressembler... Il commence à apprendre... Tu as remarqué hier soir, quand je suis retourné dans sa chambre pendant qu'ils dormaient? Car la nuit est à nous, comme à la guerre. Il était endormi, tu te souviens, et tout d'un coup, il a ouvert les yeux, il allait sortir sa main, pleurer, va savoir! Mais il m'a vu à côté de lui et il a souri tranquillement. Tu l'as vu ce sourire comme un petit baiser?... Il a refermé les yeux, mais il écoutait toutes mes paroles, même celles que je pense seulement dans ma tête, sans les prononcer. Elles pénètrent en lui, *Rusca*, cet enfant est un petit sorcier. Il se rend compte de tout, il s'imprègne de ces mots à moi qu'on n'utilise pas ici, ceux des hommes qui parlent clair!»

Non, il ne trouve pas un seul enfant qui vaille la peine dans tout le musée. D'autres toiles le font même rire, comme une qui représente un groupe de brebis. «Où est-ce qu'il en a vues de pareilles, ce barbouilleur? Avec des têtes de lapines, on dirait un croisement de chien et de lapine!» Un tableau l'indigne : «Des bergers, ça?», souffle-t-il en regardant un visiteur qui s'esquive devant le ton menaçant de la voix. «Si Morrodentro voyait ça, celui-là, oui, c'est un berger...! Même dans cette diable d'Arcadie, où qu'elle soit, on peut pas être berger avec ces bas blancs, ces culottes à rubans et ces bonnets... Et le petit nœud de couleur sur la houlette? Et ces bergères avec des jupes bouffantes?... Quel culot! C'est un vrai carnaval!... Ça donne envie de sortir le couteau et de leur balafrer la figure à tous ces pédés là sur le tableau!... Des bergers, peuh!»

Son irritation le pousse à partir et il accélère le pas vers la sortie. Mais, soudain,une sculpture l'arrête net.

Aucune mollesse en elle, au contraire. Elle semble encore à moitié achevée, mais déjà si chargée d'expression que sa rudesse même, plus vigoureuse que la perfection, fait au vieux l'effet d'un cri d'appel, d'un coup de clairon.

Ces deux personnages taillés à grands coups, si unis qu'ils n'en font qu'un, lui rappellent ses propres sculptures rustiques dans un bâton ou une racine. Quand il était jeune berger là-haut dans la montagne, il tirait son couteau à l'ombre d'un châtaignier et à force de tailler et de couper, il finissait par obtenir quelque chose : une tête avec des cornes, un sifflet, un chien, une femme aux gros seins sur laquelle il n'oubliait pas de faire une incision marquée entre les jambes... Une fois, c'est le père du Cantanotte qui lui est sorti; on l'a reconnu à la bosse et ça lui a valu une rossée du maître-berger, même s'il ne l'avait pas fait exprès; comment aurait-il pu soupçonner les rancunes à venir. C'est seulement que cette racine-là avait un moignon saillant juste au bon endroit. Ça venait peut-être d'un mauvais sort que quelqu'un avait voulu lui jeter au vieux Cantanotte.

Cependant il ne s'agit plus maintenant d'un grossier morceau de bois, mais d'une imposante pièce de marbre. Il est étonné : un sculpteur digne des guerriers armés de masses, pas la moindre mièvrerie. L'impression du vieux se renforce : cet artiste était de la même trempe que lui. C'est pour ça qu'il aspire à le comprendre mieux; qu'est-ce qu'il a taillé dans cette pierre, qu'est-ce qu'il a voulu nous dire ?... Ce personnage debout, avec un casque rond et une cape qui soutient un homme nu dont les genoux plient dans l'évanouissement ou l'agonie... quel mystère renferme-t-il ?

Pour le découvrir, le vieux lit la plaque, mais il secoue la tête, incrédule : *Michelangelo — Pietà rondanini*, indique-t-elle.

« Impossible !... Une femme avec un casque ?... Et même si c'est une cape qui lui couvre la tête, impossible que ce soit une madone qu'on représente toujours comme une gamine de rien du tout ! Une vierge, avec cette force, si solidement plantée, qui soutient le Christ, le soulève ?... A moins que le Michelangelo vienne de Calabre où on trouve encore des femmes de cette poigne... Non, c'est ces Milanais qui comprennent rien ; ils ont écrit *Pietà* parce qu'ils ne savent pas ce qu'ils gardent ici... Evidemment, s'ils s'y connaissaient, ils auraient des Etrusques ! »

C'est justement parce qu'à Milan, on ne comprend pas cette sculpture que le vieux redouble d'intérêt pour ces corps énigmatiques.

« Deux guerriers, ça doit être ça ; deux partisans d'alors, y a pas de doute... Oui, c'est clair : l'un a été blessé et son camarade le soutient, pour l'emmener dans un endroit plus sûr !... Comme l'Ambrosio et moi, ils sont comme frères... Oui, parce qu'il souffre celui qui a le casque. Il a l'air d'un brave, mais rempli de chagrin... Qui ça peut être, de quand ça date ? »

Le vieux interroge le marbre d'homme à homme, pour mieux admirer une si vigoureuse tendresse, un si profond amour viril, mystérieusement incarné dans la pierre. Il interroge d'égal à égal car, s'il avait un jour empoigné un ciseau, c'est comme ça qu'il se serait affronté au roc de sa montagne.

Au bout d'un moment, il renonce, bien qu'il lui en coûte de s'en aller sans en savoir plus, et laisse derrière lui ce couple de guerriers, comme il a laissé à la Villa Giulia celui des Etrusques ; et pourtant c'est le contraire maintenant. Ou en apparence seulement ? Car les deux sculptures l'ont retenu, se sont adressées à lui, lui ont parlé profondément : cette force dans la douleur et ce sourire sur la tombe. Il s'éloigne en emportant avec lui une impression extraordinaire. Et aussi la contrariété de ne pas pouvoir préciser un souvenir important qui lutte pour se faire jour en lui.

Les nuits de vent du sud, le vieux entend les cloches du Duomo malgré la fenêtre fermée. C'est peut-être elles qui viennent de le réveiller, ou alors le souvenir tenace des deux guerriers qui, toute la journée et, apparemment même dans le sommeil, n'ont cessé de frapper aux portes fermées de sa mémoire. Le fait est que soudain, il ne peut plus dormir, il s'assied d'un coup dans son lit, les yeux grand ouverts, tout le corps en alerte. Ces pas furtifs... qui montait la garde cette nuit dans l'avant-poste? Est-ce qu'on l'aurait surpris?... Sur le point de se saisir de la mitraillette il se souvient qu'il n'est pas dans la montagne. Ces pas sont sûrement ceux de Renato qui va voir l'enfant... Le vieux sourit et se recouche à son aise.

Mais il ne se rendort pas, au contraire, car les deux guerriers enfoncent enfin les portes du souvenir et le passé surgit, éblouissant dans l'obscurité :

Torlonio, le plus grand et le plus fort du groupe, avec son passe-montagne pareil au casque-cape de la statue, soutient presque debout, aussi haut qu'il peut, David moribond pour qu'il puisse voir, en bas dans la vallée, le fascinant spectacle provoqué par les partisans : le train de munitions allemand qui explose dans tous les sens comme une gigantesque guirlande de pétards... Eclairs et détonations déchirent la nuit, les toits des wagons sautent en l'air, les rares soldats survivants s'enfuient épouvantés et l'un d'eux, l'uniforme en flammes, se jette dans les eaux du Crati... Cet exploit est un coup dur pour les troupes allemandes du sud et son auteur, c'est David, avec ses détonateurs, ses formules, ses câbles et ses épaisses lunettes de myope.

Le petit David, le juif florentin, l'étudiant en chimie affecté au groupe en raison de ses connaissances techniques. David, dont tout le monde se moquait lorsqu'il avouait sa peur avant chaque opération dans laquelle il était pourtant le premier à s'exposer ensuite. David qui, comme l'essai d'allumage avait échoué cette nuit-là, est redescendu seul jusqu'à la voie ferrée, a réparé les fils de contact presque au moment où le train arrivait et, à découvert pendant son repli, il a tenté d'échapper en vain aux mitraillettes en remontant, mais il a trouvé encore assez de forces pour arriver jusqu'à ses camarades. David qui, ayant perdu ses lunettes au dernier parcours de sa vie, dévoilait, à la lumière rouge des explosions, de beaux yeux sombres, expressifs et profonds.

Beaux jusqu'à ce qu'ils se figent et commencent à se voiler tandis que son corps, genoux pliés, fléchissait vers la terre dans les bras miséricordieux de Torlonio dont le regard se mouillait de larmes dans un visage bouleversé par la tendresse.

15

Criss..., criss..., criss...

La lame passe et repasse sur la barbe recouverte de savon. Bruit à peine perceptible que le vieux entend plutôt à l'intérieur de lui, à travers ses os. L'eau qui coule ne fait pas de bruit non plus car elle tombe sur l'éponge placée exprès en-dessous. Le vieux n'allume pas la lumière de la salle de bains, il en reçoit suffisamment de la nuit citadine, jamais noire, toujours souillée par une trouble clarté.

Pour se réveiller, non, mais pour se raser, l'eau chaude c'est mieux que la froide, il fallait bien qu'elle ait un avantage. Même comme ça, le fil du rasoir sur les poils durs de la barbe produit ce bruit léger d'égoïne. Tous les deux jours, il doit jeter la lame, bien qu'il achète les moins chères, plus dures. Ça, ça le rassure, et ça compense le fait de se sentir tous les jours un visage de femme, et pas seulement deux fois par semaine comme à Roccasera. Une vraie barbe d'homme — comme ses mains qui, seulement dans ses rêvasseries de l'autre jour, lui ont paru féminines — se dit-il; il a beau se raser de près, elle bleuit vite. Enfin, grâce à ça, Brunettino ne retire plus sa petite joue, cette douceur de soie et de jasmin.

Il le prend et le serre dans ses bras quand on ne le voit pas. Andrea n'aime pas ça; hier, elle se plaignait à Anunziata, croyant ne pas être entendue : «On dirait que cet enfant sent le tabac», lui disait-elle. «Mon Dieu, quel calvaire!» Le vieux s'est indigné de ce mensonge. Premièrement, parce qu'elle n'a aucun odorat, et deuxièmement, parce qu'il a désormais supprimé même la cigarette de mi-matinée qui calmait la bestiole. «*Rusca*, tâche de comprendre; tu vas devoir tenir bon, comme moi. Même si c'est dur.»

Il s'est coupé légèrement. Il s'en réjouit, la pierre d'alun va arranger ça; en plus, un peu de sang fait plus viril sur un visage aussi lisse. Sa pensée vagabonde s'accroche à ce mot :

«Lisse. Comme l'Andrea. Sans poitrine, ni hanches, ni fesses, comme les Saints de Reggio... Qu'est-ce qui t'a plu chez cette femme, mon fils? C'est pour ça que tu es toujours si sérieux. Je parie qu'au lit, tu lui fais seulement ce qu'elle te laisse faire, et encore, quand elle dit pas qu'elle a la migraine... L'orgueil d'avoir un père sénateur, c'est ça?... Tu parles d'un sénateur, sans le sou!... Je me suis toujours méfié des sénateurs, ils ont tous fait dans leur froc devant Mussolini.»

Une morsure de la *Rusca* alors qu'il est en train de se sécher le visage le fait se plier en deux. Ça ne le surprend pas, hier soir elle était très inquiète, à tourner en rond sans trouver la bonne place comme un chien avant de s'endormir. Et quand elle s'est calmée, le vieux a mis du temps à trouver le sommeil; la douleur lui manquait comme si c'était ça le normal.

Il s'assied sur les toilettes et en a vite fini. Il se lève et regarde. «Encore du sang. L'agitation de la *Rusca* hier soir, bien sûr. Dans les latrines au village, je ne m'en rendais pas compte, mais dans ces cuvettes si fines, on vous le présente comme à l'étalage. Mon sang, ma vie qui s'écoule de moi jour après jour... Combien est-ce qu'il m'en reste encore? En tout cas, je n'ai pas la main qui tremble, ni ces signes dont ils parlent.»

Il se regarde dans le miroir; son visage n'a pas changé. Il est vrai que ses yeux, noirs comme ceux du Brunettino, présentent un halo blanchâtre tout autour de l'iris, mais ça ne date pas d'hier. Oui, comme ceux du Brunettino mais chez un vieux; son fils par contre a hérité de la couleur noisette de ceux de sa mère.

«*Madonna*, laisse-moi vivre un mois de plus que le Cantanotte, je t'en prie! Je te mettrai un cierge, le plus gros que je trouverai!... Et si c'était plus longtemps, ce serait encore mieux pour le petit...»

Oui, il ne se contente plus du mois qui lui suffisait avant pour triompher de son ennemi ; maintenant, il pense à Brunettino qui a besoin de lui pour sortir du puits milanais... Il touche son sachet d'amulettes et se regarde à nouveau dans le miroir : il ne voit pas de changement.

«Est-ce qu'elle me trouverait pareil, la Rosetta, si elle me voyait maintenant, un mois après mon départ de là-bas? Un mois juste, jour pour jour, que je suis tombé sur les Etrusques. Les Etrusques !... Les pauvres, s'ils avaient dû vivre à Milan ! Je me réjouis pour eux qu'il n'y en ait pas dans ce musée, ils se sentiraient prisonniers.»

Soudain, il tend l'oreille. Ces frêles cloisons de la ville permettent de tout entendre. Renato et sa femme dans leur chambre.

— Tu ne dors pas, Andrea?

— Pour ce que ça te fait...

— Ecoute, je me suis couché fatigué... Ça ne va pas?

— J'en ai assez !... L'autre jour, ça a été le comble. Il va nous brouiller avec tout le quartier. Alors que j'avais enfin réussi à être bien traitée par la marchande de fruits, au milieu d'une clientèle si distinguée !

On entend le soupir de Renato. «Combien de fois elle lui aura répété l'histoire de la voleuse de poires?», pense le vieux amusé... Comme il lui a bien cloué le bec à cette insolente ! Naturellement, il ne prête pas attention à la suite du dialogue, car il veut finir de se préparer et tout ranger pour qu'on ne remarque pas ses incursions matinales. Mais le voilà qui se remet à écouter ; ça tourne maintenant à la dispute.

— ... c'est de ta faute. Comment est-ce que j'ai pu avoir l'idée de te charger des démarches à la Villa Giulia? J'aurais dû me douter que tu finirais par tout gâcher !

Le vieux ne parvient pas à entendre la réponse. Renato parle à voix basse, mais elle s'excite encore plus.

— Pardon ! L'affaire était en bonne voie avec mes appuis à Rome. Tous des amis de Papa, jusqu'au sous-secrétaire aux Beaux-Arts qui me rappelait qu'Oncle Daniel avait été son prédécesseur ! Mais, évidemment, tu es arrivé et... Quelle impression tu as bien pu lui faire au directeur du Musée? Comment est-ce que tu as bien pu gaffer comme ça?

— ...

— Tu n'es bon à rien, Renato!... Tais-toi, tais-toi; c'est la même chose à l'usine! On t'exploite, tu ne comptes pas, tout le monde est promu avant toi, tout le monde! C'est toi qui devais devenir chef de laboratoire! Toi-même, tu t'y attendais!

— ...

— Me refuser cette place, à moi, avec mon Prix d'Excellence! A la fille du Sénateur Colomini, en plus! Si mon pauvre père vivait encore, il y en a plus d'un qui perdrait son poste. Mais, évidemment, ils me savent seule... Parce que toi, zéro, et ton père...!

On entend un petit rire. Puis, un seul mot, mais craché comme du venin :

— Pauvre type!

Devant l'insulte suprême, le vieux perd la tête. Il a encore à la main la ceinture qu'il n'avait pas attachée. Il l'attrape par la boucle et ouvre violemment la porte de la salle de bains. Si son fils ne sait pas dompter cette femme, il va lui apprendre, lui.

Mais la porte voisine dans le couloir, avec sa lumière rougeâtre qui passe à travers la fente, c'est celle de Brunettino. Il s'y arrête un instant; juste le temps nécessaire pour qu'éclate le cri dans la maison.

Un cri, oui, d'une violence inouïe, bien que la voix soit étouffée :

— Tais-toi! Tais-toi ou je t'écrabouille!

«Il n'en serait pas capable», pense le vieux mais le cri de Renato lui suffit pour exulter de joie, car le silence soudain de la femme et le choc de son corps qui tombe sur le lit la déclarent soumise. Si déconcertée qu'elle ne pleure même pas. Et le silence imposé par Renato s'approfondit, s'empare de la maison.

Le vieux recule jusqu'à la salle de bains et referme la porte discrètement. Il respire profondément. Enfin! Il en était presque arrivé à douter que ce soit son fils, qu'ils soient du même sang.

«Cette nuit est une mauvaise nuit... Qui sait s'il n'y a pas de la magie dans l'air, si le Cantanotte ne paie pas une *magàra* contre moi... Quand ils se seront rendormis, j'irai en sentinelle chez Brunettino, je monterai la garde à côté de lui... Celui-là, oui, il est de mon sang, même si c'est elle qui l'a mis au monde ! Il comprend, il sent et il entend comme moi... Celui-là, oui, il est de mon sang ! »

Le sang... Il est toujours là, teintant l'eau au milieu des reflets blancs de la faïence. Il avait oublié de tirer la chasse, il n'en a pas encore pris l'habitude.

Il la saisit, la fait tourner ; jaillit alors un fracas qui emporte le silence, une cataracte qui emporte son sang.

16

Andrea va et vient frénétiquement parce qu'elle déteste être en retard à son cours et qu'Anunziata n'arrive pas. Le vieux, prudent, s'est replié dans sa chambre pour débarrasser le plancher. Soudain, elle se montre à la porte :

— Vous vous risqueriez à rester seul avec le petit, Papa? Il dort et Anunziata ne va pas tarder. Elle doit venir; quand elle a un problème, elle me téléphone!

«Me demander à moi si je m'y risquerais...! Mais celle qui ne se risque pas à me le laisser, c'est toi!» Le vieux, qui jubile intérieurement, dissimule sa joie en prenant une tête de circonstance. Andrea se sauve à toute vitesse et lui, reste là, priant la Madone de réveiller Brunettino pour qu'il puisse le prendre dans ses bras. En attendant, il entre dans la petite chambre, contemple l'enfant et s'apprête à s'asseoir sur la moquette. Mais il n'en a pas le temps, le contrepoids de l'ascenseur qui descend Andrea résonne encore qu'il entend déjà grincer les poulies de l'ascenseur de service. «Elle m'a tout gâché, la vieille!», pense-t-il en sortant dans le couloir de mauvaise humeur.

La surprise le retient : devant le porte-manteau, une jeune fille est en train d'accrocher une longue écharpe jaune et d'enlever une veste en laine. Elle porte une jupe violette, style gitane, imprimée de motifs orientaux, et de grandes bottes couleur noisette. Elle accroche aussi un gros sac de cuir et ôte à présent son béret, libérant ses longs cheveux noirs. En se retournant, elle montre les broderies de couleur du gilet qu'elle porte sur son chemisier. Elle sourit, large bouche, dents très blanches. Elle s'avance :

— *Zío* Roncone, n'est-ce pas? Je suis Simonetta, la nièce d'Anunziata. Ma tante est tombée malade.

Elle lui tend la main comme un garçon. Le vieux la lui serre et ne réussit qu'à dire : «Bienvenue!» Elle enchaîne :

— Je suis en retard, n'est-ce pas? Quelle circulation! Depuis Martiri Oscuri jusqu'à la place, le vingt n'a pas cessé de s'arrêter! Ouf, Milan est épouvantable!

Tout en parlant, elle se dirige vers la salle de bains presque sans bruit malgré ses bottes. Le vieux la suit des yeux jusqu'à ce que le volant de la jupe disparaisse juste avant d'être coincé dans la porte qu'elle referme.

Les femmes de Roccasera aussi portaient des jupes à volants quand il était jeune. Rouges pour les femmes mariées, noires pour les veuves, marron pour les célibataires; toutes avec une bordure de couleur différente. Et elles aussi brodaient des motifs populaires bariolés sur leurs corsages noirs. Mais elles se ceignaient en plus les épaules de châles triangulaires noués dans le dos. Certaines se couvraient la tête de la *vancala*, la coiffe de Tiriolo et sa région. Aucune ne portait des bottes, mais plutôt des spartiates ou des espadrilles et jamais, jamais, elles ne sortaient de chez elles les cheveux au vent. «Pourtant, elle leur ressemble, elle rit de toutes ses dents et avec ces yeux noirs... Oui, les mêmes yeux des filles de Roccasera!»

La jeune fille réapparaît. La blouse de sa tante épouse ses formes féminines. Aux pieds, elle porte seulement des gros bas de laine.

— Les chaussons de votre tante sont dans..., explique le vieux, mais elle le coupe :

— Je n'en ai pas besoin. A la maison je suis toujours comme ça.

Les filles de Roccasera aussi avaient l'habitude de marcher pieds nus à la belle saison, même dehors. Elles économisaient des bas et...

Le vieux interrompt ses pensées nostalgiques et court à sa chambre où la fille est entrée avec l'attirail de nettoyage. «*Madonna*, elle va découvrir le bassin!»

En effet; ils se heurtent presque à la porte. Elle le tient à la main pour le vider et le vieux se sent gêné. «Pourquoi?», se reproche-t-il aussitôt. «C'est son boulot, travail de bonne femme.»

— Laissez, laissez, je vais le faire, dit en souriant la fille qui garde l'urinal à la main. A la maison, je vidais celui de mon père... Lui aussi venait du sud. De Syracuse.

— Alors, il devait aimer les fromages forts..., lui vient-il à l'esprit, juste à propos pour préparer une explication au sujet de son petit garde-manger particulier et secret, au cas où la fille le découvrirait. Mais Simonetta a déjà été prévenue par sa tante qu'elle devait fermer les yeux sur la cachette dans les creux du canapé-lit.

— Oui, il les aimait beaucoup, comme moi... Il s'est tué sur un chantier; il était maçon. Ma mère est morte peu de temps après. C'était la sœur d'Anunziata.

Tout en parlant, la fille a commencé avec efficacité le rangement de la chambre. Le vieux, au lieu de battre en retraite, comme les autres jours, poursuit avec plaisir la conversation. «Une jeune qui déteste Milan... Allons, ça vaut la peine de l'écouter!»

— Bien sûr que je déteste Milan. Moi, j'adore la campagne et les animaux. Tous les animaux... Tous, insiste-t-elle en riant, même les mouches!... C'est pour ça que je fais des études vétérinaires.

Le vieux se souvient du vétérinaire de sa jeunesse, un gros rougeaud, portant col dur et cravate, qui laissait toujours tomber des cendres de cigare, même quand il soignait les bêtes.

— Il fallait les descendre à Sersale, raconte-t-il à Simonetta, car il ne se donnait la peine de monter à Roccasera que pour faire abattre les brebis ou les chèvres quand l'épidémie leur gonflait le ventre... On les lui cachait, même s'il venait avec les carabiniers, car quelques-unes s'en sortaient, et une chèvre est une chèvre!... Sûr que tu grimperas dans la montagne bien mieux que ce gros plein de soupe du Gouvernement, copain des marquis... Tu as beau être étudiante, on voit que tu ne rechignes pas à nettoyer, ni à travailler de tes mains... Tu n'as pas trop chaud avec le chauffage et ces gros bas?

— Allons donc! D'abord, ce ne sont pas des bas, mais des chaussettes pour empêcher les bottes de frotter.

Elle soulève la blouse jusqu'à découvrir son genou. «C'est comme ça qu'allaient les filles de Roccasera de mon temps», explique-t-il à Simonetta, «sauf qu'elles appelaient ça des bas car il n'y avait rien de plus montant». Le vieux s'abstient d'ajouter qu'aucune d'elles n'aurait montré aussi facilement son genou. Le gars qui l'obtenait de l'une pouvait tout espérer ensuite... et finissait par l'obtenir.

Le vieux l'aide à finir le lit, ce qu'elle accepte avec naturel, et ils font de même dans les autres chambres. A un certain moment, Simonetta le regarde avec étonnement, comme si elle venait de s'en apercevoir :

— Je croyais que dans le sud, les hommes ne faisaient pas ce genre de travail.

— On ne le fait pas, c'est juste. Mais ici, on n'est pas dans le sud.

Le vieux se rend compte que ce n'est pas suffisant et il se sent comme pris en faute. Mais un souvenir lui vient en guise d'excuse :

— On ne s'occupe pas non plus des enfants, mais moi, je m'occupe du mien... En plus, pendant la guerre, au maquis, on faisait tout nous-mêmes : lavage, couture, cuisine... Tout.

La fille éteint l'aspirateur et dans le silence subit, elle le regarde, les yeux brillants :

— Vous avez été partisan? C'est fantastique!

Maintenant, c'est au tour du vieux d'avoir les yeux qui s'illuminent, c'est si rare de rencontrer des jeunes qui s'intéressent à la guerre! Ils ne veulent pas en entendre parler, mais, où ils en seraient ces malheureux, si les vieux d'aujourd'hui n'avaient pas combattu? Ils travailleraient comme esclaves pour les Allemands.

— Où est-ce que vous avez combattu, où?, demande Simonetta.

— Où est-ce que ça pouvait être? Dans la Sila, dans mes montagnes! Là-bas, dans la Grande et dans la Petite Sila, personne ne pouvait nous débusquer. On allait parfois jusqu'à la Sila Grecque, pour faire la jonction avec les gars du coin. Mais ils n'avaient pas besoin de nous, c'était de sacrés combattants! Ils descendent des Albanais, tu sais, arrivés au temps des Turcs. Ils ont même encore leurs popes, car eux aussi ils subissent les curés, mais les popes se marient et ils n'ont pas froid aux yeux. Une fois...

Ils travaillent et ils parlent, ils s'affairent et se souviennent. Pour le vieux, c'est comme s'il avait retrouvé un camarade avec qui ressusciter le bon vieux temps... Soudain, les pleurs de l'enfant, ils se précipitent tous deux vers la petite chambre. Le vieux regarde l'heure à sa montre. Incroyable, il n'a pas vu passer la matinée!

Simonetta fait des mamours au petit qui, assis dans son berceau, bat des mains et rit en laissant couler un filet de bave.

— Je lui plais! Je lui plais! Regardez comme il rit!, se réjouit la jeune fille, et elle ajoute : est-ce que je peux le prendre ou est-ce que vous aussi, vous dites qu'il ne faut pas?

Et comme le vieux rit à son tour en protestant de se voir attribuer de telles aberrations, elle soulève l'enfant et l'étreint vivement d'un geste si instinctivement maternel que le vieux s'en émeut. La *zía* Panganata, Tortorella, les mères de là-bas, à Roccasera...!

L'enfant aussi perçoit la chaleur du geste et il se love comme un chaton entre la poitrine et les bras qui l'étreignent. Il passe une menotte autour du cou de la jeune fille tout en tendant l'autre vers le vieux qui s'approche de lui jusqu'à sentir le petit bras autour de son cou. Le bambin serre en riant.

Cette autre odeur, proche de celle de Brunettino, cette caresse des cheveux noirs sur sa peau! Révélation pour le vieux : son compagnon de travail et de souvenirs guerriers est une femme. Féminin ce souffle, ce visage si proche, si proche du sien...

Cette découverte le trouble, mais d'une façon nouvelle, car avec cet enfant dans les bras, la jeune fille devient mère. Mère de Brunettino?

Le vieux soupire au milieu de cette confusion. L'enfant se lasse vite. Il trépigne et tend la main vers son assiette vide, ce disque en plastique jaune sur la commode.

— C'est son heure, n'est-ce pas?, remarque Simonetta.

— Oui, il doit avoir faim.

— Restez avec lui; je vais lui préparer sa bouillie.

— Tu sauras faire?, s'étonne le vieux, car les filles d'aujourd'hui ignorent ces choses-là.

— Ma tante me l'a expliqué. En plus, je me suis déjà occupée d'enfants. J'ai été jeune fille au pair en Suisse l'an dernier, qu'est-ce que vous croyez?

Elle a prononcé ces derniers mots depuis le couloir, sur un joyeux ton de défi. Le vieux reste dans la petite chambre. «Qu'est-ce qu'il en faut des choses à un enfant! Le nourrir, le changer à chaque instant, le baigner, l'endormir, le soigner... Et d'autres encore plus difficiles : lui enfiler ces petites chaussures que Brunettino enlève si facilement, lui faire faire son rot, lui attacher ces maudits petits boutons... Il faut être une femme pour supporter ça pendant des mois et des mois... Et encore, une femme digne de ce nom!»

Le vieux est stupéfait de voir comment une étudiante a réussi à conquérir le petit, qui n'a jamais avalé sa bouillie aussi docilement. Ils l'emmènent ensuite à la cuisine où les espiègleries de l'enfant touche-à-tout, si exaspérantes pour Andrea, déclenchent le rire de Simonetta qui joue avec Brunettino tout en préparant à manger. Le vieux, se joignant à la fête, révèle le secret de son petit garde-manger privé et apporte des spécialités méridionales pour égayer la froideur de l'univers gastronomique d'Andrea.

— Fameux, ce fromage!, s'exclame Simonetta en le dévorant. Et, naturellement, Brunettino aussi exige d'y goûter.

— Ah, si tu pouvais goûter ceux qu'on fait chez nous...! Le *rascu* fumé, ou le *buttiri*, avec du beurre dedans...! Mais il faut les manger là-bas, ils ont bien meilleur goût; surtout sur la *solana* de derrière, en regardant la montagne au loin. Ou un jour de pique-nique, à l'ombre des châtaigniers... Là-bas, sous les arbres, les jours où le ciel est dégagé, on domine presque tout le pays, jusqu'à notre mer, au loin!

— J'adore la mer!, s'exclame Simonetta, la bouche pleine.

— Foutaises! Où qu'elle soit, rien ne vaut la montagne. La mer n'est pas faite pour les hommes; sinon, on naîtrait avec des nageoires, pas vrai?... Quoique, ajoute-t-il pensivement, j'ai vécu quelques jours au bord de la mer, celle de Rimini, si bleue vers midi, toute violette le soir...

La jeune fille se lève pour aller chercher le vin et elle s'attarde en contournant la chaise du vieux. Elle lui caresse la tête par-derrière, coupant court à sa nostalgie et déclare avec un naturel désarmant :

— J'aime bien vos cheveux, *zío*. Tous du même gris, et si frisés, si drus... Pourvu que mon Romano devienne comme vous quand il sera vieux!

— Et moi, j'aime bien que tu m'appelles *zío*, répond le vieux en cachant son trouble, qui s'accentue lorsqu'il la voit boire avec une telle vivacité qu'un filet rouge, faisant penser à du sang, dégouline sur le menton féminin. Du sang, comme s'il lui avait mordu la lèvre, du sang de ce corps plein et juvénile... Mais déjà elle s'essuie du dos de la main et le visage retrouve son innocence perdue.

Elle explique ensuite en riant que Romano, c'est son ami.

— Il étudie la médecine, *zío*. Comme ça, à nous deux, on soignera tout le village, hommes et animaux. Il est communiste, comme moi. Ma tante Anunziata ne peut pas le voir! achève-t-elle en riant de plus belle.

— Le communisme, c'est des chimères, petite. Mes terres sont mes terres, comment vont-elles être celles d'un autre?... Ça oui, tes communistes ont lutté avec courage pendant la guerre, et c'était de bons camarades. Ils ont cessé de l'être à la fin, comme tous les autres, une fois lancés dans la politique et les discours.

— Tous non!, s'exalte-t-elle. Et il faut faire de la politique pour la liberté... Ou tu crois que tout peut se régler depuis chaque village, sans que vous vous occupiez d'autre chose que de vos terres?

Dans son élan passionné, elle a commencé à le tutoyer comme

un camarade. Et, le ménage de la maison terminé, ils vont regarder la télévision... Dans la salle de séjour, la discussion devient épineuse, interrompue de temps en temps pour descendre Brunettino du fauteuil où il a grimpé ou pour lui enlever des mains le fragile cendrier de Murano. «Elle parle comme dans les meetings», se dit le vieux en l'écoutant. «Ce n'est pas le bagou qui leur manque à ces communistes!»

Simonetta expose ses idées et admet qu'elle les tient de son fiancé. Avant de le connaître, elle ne pensait qu'à réussir ses examens et gagner ensuite de l'argent, mais Romano lui a ouvert les yeux... Oh, Romano!

— Bien sûr qu'il a envie de coucher avec moi!, répond-elle ouvertement à une allusion du vieux. Et moi avec lui!... Quinze ans, qu'est-ce que tu racontes, *zío* ? Tu ne vois pas clair? J'en ai déjà dix-neuf!

«A treize ans, mes filles de Roccasera étaient déjà aussi prudentes et réservées que des femmes. Cette Simonetta, par contre..., libre comme un garçon!... Le fait est que ça lui va bien, ça lui donne même quelque chose de beau, de pur», pense le vieux étonné d'avoir de telles idées.

— Non, on n'a pas encore fait l'amour. Je ne sais pas pourquoi... — et, soudain sérieuse, elle continue — Ce n'est sans doute pas encore le moment... On ne veut pas commencer n'importe comment. Romano dit qu'il ne faut pas gâcher les débuts. On pense faire un chouette voyage tous les deux quand on aura de l'argent... On se rattrapera à ce moment-là, oui! poursuit-elle, de nouveau joyeuse. Qu'est-ce que tu dis? — moue offensée — Bien sûr qu'il est beau, plus que moi!

«Plus qu'elle?», se demande le vieux. «C'est vrai, on ne peut pas dire qu'elle soit jolie, jolie... Mais elle n'en a pas besoin! Telle qu'elle est, elle remplit la maison... Même la télévision devient intéressante avec ses commentaires.»

Les heures s'envolent. Lorsque Andrea rentre, elle paie la jeune fille et se retranche derrière ses papiers; on dirait que Simonetta, de nouveau à la porte, vient d'entrer. Mais c'est le contraire, elle a fini et se prépare à partir. L'enfant veut l'en empêcher en s'accrochant à sa jupe et en poussant des cris, mais Andrea accourt et l'emporte à l'intérieur.

Le vieux aide Simonetta à enfiler sa veste et elle met son béret en s'arrangeant les cheveux d'un geste féminin. Elle accroche son sac sur son épaule, noue l'écharpe jaune autour de son cou et se retourne, laissant éclater son sourire.

— Quelle bonne journée j'ai passée!, s'exclame-t-elle simplement.

Elle lui tend la main comme à son arrivée, comme à un camarade. Mais elle change d'idée avant que le vieux la lui serre et, lui posant les mains sur les épaules, elle l'embrasse doucement sur la joue.

— *Arrivederci, zío* Bruno.

— Au revoir, *sciuscella*, répond le vieux avec gravité, béni par le frôlement de ces lèvres.

Simonetta entrouvre la porte, se glisse par l'ouverture et referme sans bruit, laissant en gage l'empreinte d'un dernier regard souriant, candidement complice.

Le vieux entend la porte de l'ascenseur. Il revient lentement vers la petite chambre où il s'assied à côté du petit, enfin endormi. Dans la pénombre crépusculaire, se détache la braise de la veilleuse, branchée par Andrea. L'air se fait calice pour l'odeur lactée et charnelle de Brunettino; le silence entoure sa respiration tranquille.

Les cloches du Duomo, sur les ailes du vent du sud, se mettent à sonner. Six heures, déjà! Le vieux s'aperçoit que la bestiole est restée tranquille toute la journée... Conquise, elle aussi, bien sûr, par cette jeunette, pareille aux filles de là-bas.

Pour Santa Chiara, les gens montaient jusqu'aux châtaigniers communaux par le chemin de la chapelle, le long du ruisseau, en portant sur des brancards les pains de la sainte qu'à midi, on vendrait aux enchères. Dans les bois derrière les dernières vignes, la source jaillissait d'un trou transparent où l'eau débordante ne se remarquait qu'aux ondulations de la surface. On pouvait déjà manger le raisin et même si les après-midi, lentes et dorées, étaient encore estivales, les crépuscules distillaient déjà une mélancolie automnale. Le village s'était reposé de la moisson et se préparait pour l'autre grand labeur du cycle annuel, les vendanges.

«Pourquoi est-ce que je me souviens de ça, Brunettino, comme si j'étais là-bas à l'époque de ma jeunesse?... Est-ce qu'un autre travail m'attendrait comme ces gens-là, mon petit? Après ma moisson, mes vendanges?... Et cette fille, est-ce qu'elle sait seulement ce que ça signifie *sciuscella* : davantage que belle et bonne, y a pas de mot pour ça à Milan?... Mais, à quoi bon savoir? A quoi ça sert?... Moi non plus, je sais pas comment j'ai pu ne pas avoir envie d'elle à aucun moment, pas même quand le vin lui dégoulinait de la bouche... Et tu vois, ça m'a même pas gêné de l'imaginer ensuite au lit avec son Romano!... Ça, avant, ça me faisait bouillir et c'est pas que je sois complètement fichu, même si la *Rusca* a déjà commencé à me grignoter plus bas... Non, c'est qu'aujourd'hui, il s'est passé quelque chose...»

Il réfléchit un moment sans paroles, puis il se met à penser pour l'enfant :

«Retiens bien ce que je vais te dire, mon petit; ne l'oublie pas : les femmes te surprendront toujours. Tu crois connaître toutes les cartes, de la reine au valet, et voilà qu'il t'en sort une nouvelle... Qu'est-ce qui s'est passé aujourd'hui? Elle qui te serrait dans ses bras comme une vraie mère alors qu'elle n'a pas encore connu d'homme!... Et moi, qui voyais ces hanches, qui sentais sa main dans mes cheveux, sans en être remué... Tu y comprends quelque chose?»

Son front se déride, cependant, et il sourit.

«De toutes façons, quel bon compagnon on a eu aujourd'hui, pas vrai? Le meilleur pour toi, et pour moi... Si tu étais une fille, il faudrait que tu sois comme Simonetta, pour donner de la joie à ton grand-père... Mais, quelle ânerie! Garçon tu es, et garçon je te veux pour faire de toi un homme!... Radotage, tout ça? Est-ce que je me ferais vieux?... Ces pensées, un signe peut-être? C'est toi qui me l'envoies, Salvinia? Tu viens me remettre sur mon chemin, comme lorsque tu m'as guidé pour traverser la place en bravant tout le monde, comme lorsque tu m'as mis dans le lit de la Rosa?... Et sinon, pourquoi de telles choses me passent par la tête?... Pourquoi les filles de Roccasera m'apparaissent à présent si vivantes? Pourquoi une autre fille comme elles est apparue, ici à Milan?»

Une idée vient soudain l'éclairer :

«Pour toi, mon enfant? Pour m'aider à faire de toi un homme? Pour tes petits bras, ce corps; pour toi, ces seins, pour ta petite bouche?»

Il regarde les petites lèvres sur le visage endormi et se moque en silence de lui-même.

«Mais ce n'est pas ta mère, mon trésor, ce n'est pas ta mère! Tu n'as pas d'autre poitrine que la mienne. On est seul, je dois tout faire moi-même, tout... Ah, mes vendanges; maintenant j'y vois clair!»

Soudain, sans préméditation consciente, il se lève, ouvre avec précaution l'armoire de l'enfant et en sort une grenouillère qu'il cache sous sa veste. Andrea ne remarquera pas la bosse s'il la croise dans le couloir; il est si menu, ce petit corps!

En arrivant dans sa chambre, il cache la grenouillère de l'enfant dans une autre cavité à la tête de son lit. La nuit, il va s'exercer à boutonner et déboutonner ces petits boutons qui, il y a quelques jours, ont mis ses mains en échec. Car, même si ce sont des mains d'homme — qui en douterait? — il en fera aussi des mains de femme pour Brunettino.

17

Les rafales de vent alpin font trembler de froid les pauvres arbres de la ville, avec leurs troncs pris au pied dans la glace des fossés. Le vieux imagine pour le sang dans ses veines les mêmes angoisses que la sève pour continuer à monter dans le tronc. Mais les coups qui secouent le jardin comme des pelletées de fossoyeur lui font plus mal encore, coups de hache dont la maladresse finit par exciter sa colère de paysan. Quelle façon désastreuse de tailler! Il tourne le dos pour ne pas voir ça.

La hache se tait et le vieux essaie de penser à autre chose, mais ce qui surgit à son esprit ne calme pas son irritation, au contraire. Renato ne s'en sort pas, il est dompté. Après son cri de l'autre nuit, il est retombé sous le joug d'Andrea. Il semble même se repentir. Hier, elle lui a téléphoné pour le prévenir qu'elle serait en retard pour dîner à cause d'une réunion prolongée à l'Université et Renato approuvait gentiment :

— Oui, je vais le baigner et le faire dîner... Oui, je vais le coucher; ne t'inquiète pas, mon amour...

Elle, elle continuait, prolixe comme toujours, et le vieux a entendu son fils se justifier ainsi :

— Pardonne ma brusquerie, mon cœur, mais je te laisse; le petit est dans le bain.

«Demander pardon pour ça!», continue à lui reprocher le vieux chaque fois que, comme maintenant, le souvenir lui revient. «A cette femme qui est la brusquerie en personne!»

Les coups de hache reprennent, le ramenant dans le présent. Soudain, un craquement, puis, après un très bref silence, le gémissement prolongé du bois cassé, l'écroulement des branchages coupés, le vacarme d'un choc sur le pavé. Le vieux se retourne, incapable de se contenir et décoche un regard courroucé en direction de la cime de l'arbre.

En haut de l'échelle appuyée contre le tronc, un homme portant la veste jaune des jardiniers municipaux. Sa hache levée menace déjà une autre branche. Le vieux éclate, son cri part comme un jet de pierres.

— Eh, vous! Respectez voir cette branche, animal!

«Maintenant, il va descendre et on va se trouver dans de beaux draps», se dit-il.

L'élagueur, un instant paralysé, commence en effet à descendre. «Maintenant», se répète le vieux en serrant le poing et en réfléchissant au moyen de compenser son infériorité au combat face à la hache. Mais il change d'attitude à l'approche de l'élagueur, un jeune au sourire embarrassé et à l'expression amicale.

— Je le fais mal, c'est ça?

— Pire que ça, même! Cette branche, c'est justement celle qui doit rester. Vous ne voyez pas que vous venez d'en couper une autre en-dessous, sur la même ligne?... Mais où avez-vous appris le métier?

— Nulle part.

— Misère! Et on vous laisse continuer à tuer les arbres?

— Il faut bien que je mange.

— Cherchez-vous un autre travail.

— Elagueur temporaire pour la Municipalité ou rien, voilà ce qu'on m'a dit à l'agence pour l'emploi... Qu'est-ce que je pouvais faire?... Je suis navré, ajoute-t-il après une pause, j'aime les arbres. C'est pour ça que j'en coupe juste un peu et seulement les branches les plus petites.

— Les nouvelles, justement... Et vous laissez les plus vieilles! C'est tout le contraire mon ami.

— Je suis navré, répète le jeune homme.

Le vieux regarde ses mains : des mains de scribouillard, de gratte-papier. Puis son visage : sympathique, honnête.

— Qu'est-ce que vous faisiez avant?

— J'étudiais.

— Dans les études, il n'y a pourtant pas de chômage!, s'irrite à nouveau le vieux, méfiant à l'idée d'avoir affaire à un imposteur.

— Mon père ne me donne de l'argent que pour étudier le droit et je ne veux pas être avocat. J'étudie autre chose.

Le vieux sourit. «Bravo, brave garçon! Dans l'erreur, parce qu'avocat ça rapporte gros, mais brave garçon. Elagueur plutôt que tripatouilleur de lois, bravo!... Ah, les avocats, la plaie des pauvres!...» Il tend la main vers la hache :

— Donnez-moi ça.

Subjugué par l'intonation, le jeune lui passe l'outil et le vieux se dirige vers l'arbre. Le jeune homme craint de voir tomber cet homme âgé, mais il le voit grimper les barreaux sans hésiter. Et tout de suite, quelle sûreté dans les coups! Il examine d'abord brièvement le feuillage, réfléchit, se décide pour une branche et tchac, tchac, l'abat proprement. Au bout d'un moment, il quitte l'échelle pour s'installer sur une fourche basse, depuis laquelle il élague tout autour. Il revient à l'échelle, descend, la change de place, remonte... A la fin, il descend pour de bon. Le jeune l'accueille tout confus.

— J'ai honte, murmure-t-il.

— Allons, allons, jeune homme, personne ne sait tout faire à la naissance... Mais heureusement qu'ils ne vous ont pas donné une scie mécanique, parce que vous auriez ravagé toutes les tailles.

— Ils m'en ont donné une le premier jour mais je l'ai abîmée, avoue le jeune homme avec une ébauche de sourire. Depuis, je travaille avec la hache... Mais vous, vous vous y connaissez... Vous êtes élagueur?

— De métier, non, mais je me débrouille. Je suis un paysan, ça se voit, non?

— De quel endroit?

— De Roccasera, près de Catanzaro, proclame le vieux sur un ton de défi.

— Ah, la Calabre!, se réjouit le jeune homme. Je dois y aller l'été prochain.

— Sans blague ? s'anime le vieux devant cet intérêt. Pour quoi faire ?

Comment expliquer à ce paysan les objectifs d'une enquête sur le terrain pour répertorier les survivances des mythes antiques dans le folklore populaire.

— Je recueille des traditions, des histoires, des vers, des chansons... Je les enregistre et ensuite je les étudie, vous comprenez ?

— Non.

« Quelles choses incroyables ils ne vont pas inventer, ces gratte-papier, pour ne pas travailler !... Les histoires, on les raconte pour s'amuser et les chansons, on les chante pour se donner du courage, qu'est-ce qu'il peut bien y avoir à étudier là-dedans ? »

— Voilà ; ensuite on les publie... C'est un beau travail, précise le jeune homme qui ne sait pas comment rendre l'explication plus simple. Et il ajoute, pour rompre le silence :

— Je suis Florentin.

Le vieux se remet à sourire. « Tant mieux ; au moins, il est pas Milanais. »

— Vous voulez une cigarette ?, propose le jeune homme, craignant de l'avoir offensé en parlant d'étudier les traditions. En cours, on les a mis en garde contre l'éventuelle susceptibilité des sujets d'étude lorsqu'on travaille sur le terrain.

— Merci. Je ne fume plus. Même si ça embête la *Rusca*.

— La *Rusca* ?

— Une amie à moi. Elle aime que je fume, mais tant pis pour elle.

« Maintenant, c'est à son tour de ne pas me comprendre », pense le vieux réjoui. Et il continue :

— Ecoutez, moi je ne suis pas pressé. Montez dans cet arbre-là et je vous indiquerai où couper... Mais visez bien ! Prenez la hache par là, comme ça, vous voyez comme elle s'équilibre. Et la main, ferme. Allons, c'est pas si difficile !

Ils travaillent jusqu'à midi passé, sous l'œil des mamans et des petits. Le vieux se sent réconforté d'être utile, de sauver de pauvres arbres qui souffrent du froid à Milan et sont, en plus, assassinés par la bêtise des employés de bureau et des gratte-papier. Le garçon est docile et pas maladroit du tout.

« C'est comme ça qu'il grandira, mon Brunettino, sauf qu'il en saura beaucoup plus ; je lui apprendrai, moi... Et celui-là, je peux bien lui donner un coup de main, bien qu'on n'ait pas le droit de travailler dans ce qu'on connaît pas. Mais c'est pas de sa faute et, en plus, il est pas Milanais. »

La tâche terminée, le jeune homme le remercie et lui propose :

— Je peux vous offrir un café, monsieur ?

Le vieux hésite.

— Une tasse de café et un titre de docteur, ça ne se refuse pas, comme on dit à l'Université, insiste le jeune homme.

Le vieux se met à rire :

— De la part d'un chômeur sans le sou ?

Le rire n'est pas méchant.

— J'ai de l'argent... Hier, j'ai brûlé mes vaisseaux, j'ai vendu le Code Civil ! La meilleure édition commentée, la Roatta-Brusciani, flambant neuve.

Ils rient tous les deux. Le jeune homme fixe l'échelle à un tronc au moyen d'une chaîne avec un cadenas, suspend la hache au baudrier arrière de son ceinturon municipal et montre un bar en face. Mais juste à ce moment-là, une fourgonnette de la Municipalité se gare à leur hauteur et un contremaître passe la tête à travers la vitre de devant.

— Eh, toi... ! Viens, on t'emmène au centre.

Le jeune homme regarde le vieux avec un geste d'excuse.

— Je suis navré.

— Ce sera pour une autre fois. Tu me l'as promis, ce café à la santé du Code !

— Parole d'honneur... Cherchez-moi, je vais rester quelques jours dans le quartier, pas vrai, chef ?

Le contremaître acquiesce. Il a examiné les arbres et se montre surpris :

— Dis donc, toi ; très bien ! Le métier commence à rentrer.

Le vieux et le jeune échangent un sourire complice et se serrent la main.

— Ferlini, Valerio, se présente poliment le jeune homme.

— Roncone, Salvatore, déclare le vieux, cordial.

La fourgonnette démarre et la jeune main le salue à travers la vitre arrière. Elle était saine et ferme dans la poignée de main d'adieu. Virile.

«Oui, mais mon Brunettino sera encore plus homme.»

18

Non, non il ne veut pas voir ce qui se passe.

Le vieux ferme les yeux, mais c'est *Lambrino* qui lui apparaît alors, son premier ami dans la vie, sa première passion.

Sa mère..., oui, c'était sa mère, mais il était habitué à elle et, en plus, elle ne montait dans la montagne qu'une fois par semaine... *Lambrino*, par contre, était à lui tout le temps. Une merveille de l'univers, ce petit agneau blanc folâtrant parmi les cistes et les lentisques parfumés; ces yeux tendres pleins d'adoration; cette douceur tiède dans les bras du petit berger quand ils s'endormaient ensemble et que la jeune laine caressait la poitrine nue de l'enfant, entremêlant les battements de leurs cœurs.

Inoubliable *Lambrino*, première leçon d'amour dans sa longue histoire amoureuse, il la revit maintenant dans le creux obscur de ses paupières fermées. Mais le vieux se souvient avec précision de la fin et il doit ouvrir les yeux pour ne pas voir ça : le cou si blanc tordu par le bras du tueur de l'abattoir, dont la main droite brandit la lame... Les bergers riaient de la douleur et du désespoir du gamin, comme ont dû rire, bestialement, les bourreaux crucificateurs du Christ.

Lorsqu'il ouvre les yeux à présent, personne ne rit, dans ce petit cercle de visages angoissés, et ce n'est pas la vive lumière de la montagne qui les enveloppe; mais, pour le reste, c'est pareil : un petit corps immobilisé, une petite tête inclinée de force, un cou délicat livré au bourreau. Sauf que c'était alors la tête de *Lambrino*, ses yeux exorbités, ses bêlements plaintifs, et c'est maintenant Brunettino muet, le regard voilé par des paupières presque transparentes, comme un gisant de marbre.

Quelques instants auparavant, on avait demandé au vieux de tenir l'enfant, mais il s'est farouchement refusé à une telle complicité et s'est retiré près de la porte, s'appuyant au chambranle pour que personne ne sorte sans rendre compte de ce qui pourrait se passer. Depuis lors, son poing serre le couteau, fermé dans la poche du pantalon. « Si ce type me l'estropie, je le poignarde ici même », tranche-t-il en regardant ce bourreau qui, de l'index gauche, tâte la veine sur la gorge vulnérable.

Ce bourreau ne manie pas un couteau d'abattoir, mais une seringue vide dont il s'apprête à planter l'aiguille. « Et s'il pique mal ? Le petit va alors se vider de son sang, s'asphyxier... Je le tue, *Rusca*, je le tue ! » L'aiguille pénètre, s'enfonce... « Par contre, ce lâche serait bien incapable de percer la panse d'un rival ; y a qu'à le voir. »

Le cylindre transparent se remplit peu à peu du très précieux sang de Brunettino. « Comme celui de San Genaro », pense le vieux, car à la lumière laiteuse de la fenêtre, il ne paraît même pas rouge, mais plutôt étrangement sombre, presque sinistre. « Empoisonné ? », se demande-t-il soudain, au souvenir de Raffaele, un gars de sa chambrée, qui avait craché quelque chose comme ça quand une mule lui avait rué dans le ventre et qui était mort en vomissant son sang. Bien sûr qu'on lui avait jeté le mauvais œil — tout le village le savait — parce qu'il courtisait la Pasqualina. « Est-ce qu'on aurait pu lui jeter un sort à ce petit ange ? »

Le bourreau a fini. Il verse le sang dans un petit flacon avec quelque chose dedans ; il le bouche et le range dans sa mallette. L'enfant semble ne s'être aperçu de rien ; il a seulement gémi un peu quand on l'a piqué. Le bourreau prend congé d'Andrea et, comme le vieux ne bouge pas de la porte, il explique, en attendant de pouvoir passer :

— Chez des enfants si petits, le plus sûr, c'est la carotide. Vous comprenez, monsieur.

Mais c'est Andrea qui réussit à faire bouger le vieux :

— Vous pouvez tenir le petit une minute, Papa ?

Tandis qu'elle raccompagne le médecin, le vieux s'assied avec

Brunettino dans les bras. Il embrasse le petit front brûlant et, rempli d'angoisse, se fait nid pour l'enfant. Son doigt presse le coton qui étanche encore le sang sur le petit cou et ce doigt reçoit, coup après coup, les battements accélérés. Quelle fièvre!

Il contemple l'enfant. Voilà deux nuits qu'il a commencé à tousser de façon répétée. Une toux profonde, déchirante, une toux de vieux, mais un ton plus haut. Ce matin, il a refusé de manger et à midi, il a fermé les yeux et est tombé dans la torpeur de la fièvre. Depuis lors, il ne les ouvre que de temps en temps, il regarde alentour comme pour demander pourquoi on le maltraite, gémit, tousse, respire bruyamment. La nuit, il a fallu lui donner des bains froids, à cause de la température élevée, et c'était effrayant de toucher son petit ventre, tellement il brûlait.

Le vieux n'a pas pris de repos; il n'a fait que se montrer de temps en temps à la porte de la petite chambre, errer en silence d'une pièce à l'autre, aider dès qu'on le lui demandait et veiller l'enfant en réfléchissant dans l'angoisse. Le pire de tout, ç'a été ce pédiatre, comme on appelle, apparemment, le médecin en dialecte milanais. «Comment est-ce qu'on peut faire confiance à un type comme ça?», s'est demandé le vieux en le voyant apparaître à la porte hier matin.

Le médecin en question était habillé comme une gravure de mode et coiffé comme sur les photos de ces voleurs du fameux salon de coiffure de la via Rossini. Il a laissé une trace d'eau de Cologne dans le couloir en passant, sa serviette à la main, une serviette en cuir souple jamais vu, arborant au petit doigt un anneau orné d'une pierre bleue... Trente ans? Quarante ans? Si apprêté qu'il n'y avait pas moyen de savoir. Lunettes à monture d'or, bien sûr. «Et sa façon de parler, *Madonna*, sa façon de parler! On sait bien que l'italien est trop mélodieux pour être une langue d'hommes, mais prononcé à sa manière, avec toutes les syllabes bien marquées et ce ton chantant, ça devenait odieux.» Il s'est lavé les mains en arrivant et en partant; il fallait voir Andrea lui offrir la serviette! Comme les enfants de chœur présentant les burettes au curé; comme si ce type était un saint.

«Mais bien sûr, c'est qu'il lui plaît à Andrea!», comprend soudain le vieux. « Son type d'homme... C'est avec un gars comme ça qu'elle aurait voulu se marier, pour sûr, mais elle l'a pas déniché et mon Renato a eu la malchance de tomber sur elle. Elle le regardait, fascinée ; *dottore* par-ci, *dottore* par-là... Et lui, fier comme un coq, alors qu'il n'a même pas examiné l'enfant correctement ; il lui a seulement regardé les oreilles et la gorge avec cette petite lampe, a demandé sa température (qu'Andrea lui avait prise auparavant en lui mettant le thermomètre d'une manière bien indécente) et a sorti le microphone, ce truc avec des tuyaux en caoutchouc qui ressemblaient à des sangsues collées à la petite poitrine... Et tout ça pour rien ; il ne l'a même pas écouté dans le dos... T'as vu ça, *Rusca* ? Comme si le pauvre petit n'était pas gravement malade... *Dottore*, celui-là ? Un jean-foutre capable de n'importe quoi ! Est-ce qu'on aurait de la chance, *Rusca* ? Est-ce qu'elle en pincerait pour ce crétin ?... Dommage que cet individu n'ose pas planter les cornes ! Quelle occasion pour en finir avec elle, s'ils se mettaient ensemble et que Renato se sente un homme pour une fois ! »

Le vieux soupire, sceptique... Peu après, devant l'enfant malade, il oublie tout le reste. « Si mal en point, le petit, bien que ce type n'y attache aucune importance ! On voit bien que c'est pas son petit-fils... ! Parce qu'enfin, si c'est qu'un rhume, pourquoi est-ce qu'il vient lui tirer du sang comme ça, en l'égorgeant à moitié ? Pourquoi ? »

Il entend des chuchotements dans le couloir et se demande si le médecin serait revenu... Non, c'est Renato qui parle avec sa femme.

— Le pédiatre dit que ce n'est pas grave et qu'il se remettra dans deux ou trois jours, explique Andrea. Mais ça me gâche mon voyage.

— Allons, tu pourras aller à Rome plus tard.

— Maintenant que j'avais obtenu une audience du ministre ! Il faudra que j'en redemande une autre et... En plus, oncle Daniele avait commencé à faire jouer ses relations.

Ils se taisent en arrivant à la porte de la petite chambre. Le vieux tend l'enfant à Renato en se disant : « Celle-là, elle pense qu'à sa carrière. Que le petit vienne pas se mettre en travers, surtout!... Mon pauvre Brunettino!»

La nuit tombée, tout en veillant sur son petit-fils pendant que le couple dîne, le vieux dialogue en pensée avec le front si pâle au-dessus des joues écarlates :

«Oui, mon enfant, eux, ils mangent tranquilles alors que ton petit corps est un vrai champ de bataille; ton sang contre le mal, question de vie ou de mort, comment est-ce qu'ils peuvent?... Mais, laisse-les, tu n'es pas seul. Ton père ne commande pas à la maison, ta mère te livre à ce *dottore* de merde, mais ton grand-père va te sortir de là, tu m'entends, mon petit ange?... En attendant, qu'ils le veuillent ou non, demain tu auras ici de l'eau bouillante avec des feuilles d'eucalyptus et des fleurs de *cremelaria*... Tu sais, les arbres sont bons, les arbres aiment les enfants et ils te sauveront bien mieux que ces piqûres. Tu vas sentir la montagne au printemps et tu vas pouvoir respirer... Ah, tu souris?, je vois que tu me crois. Bravo, mon petit! En avant contre l'ennemi, toi qui a vaincu le tank!»

Le lendemain matin, Andrea finit par céder, après avoir consulté son fichu livre pour élever les enfants, où on dit à quelle heure exactement ils doivent se réveiller et à quel moment ils doivent avoir faim. «Comme si les mères qui savent pas lire avaient pas su ça de tout temps!» En plus, le vieux l'entend consulter le *dottore* par téléphone depuis son bureau; elle parle un bon moment en chuchotant... Mais finalement elle apparaît dans le couloir avec les joues rosies et un sourire tremblant. «Qu'est-ce que je disais, est-ce qu'elle n'est pas folle de ce bon à rien?»

Mais elle a cédé et le vieux descend en courant chercher de l'eucalyptus à la pharmacie — la *cremelaria*, ils ne savaient même pas ce que c'était, les malheureux! Pourtant, il doit jeter les feuilles à la poubelle car à Milan, on les vend en paquets tout prêts et c'est pas ce qu'il faut. En revanche, dans la boutique de madame Maddalena — quel bon moment passé à la regarder en repensant à cette voiture vert métallisé —, il y a de l'eucalyptus, du vrai, et pour les fleurs — bien sûr qu'on les connaît —, on lui conseille une herboristerie voisine. «Ah, cette madame Maddalena, elle a réponse à tout ! Et plus *stacca* que jamais... Mais ça ne m'étonne plus ; ce n'est pas sa chiffe molle de mari qui l'arrose cette fleur. »

En montant dans l'ascenseur, il enveloppe ses achats dans le papier de la pharmacie pour que les plantes salvatrices déjouent les contrôles d'Andrea et triomphent du *dottore*. « A la guerre, il faut tromper l'ennemi, mon Brunettino. »

19

Le vieux à la pelisse de paysan et au chapeau démodé, qui dirigea durant quelques jours la taille des arbres dans le jardin et disparut ensuite, réapparaît aujourd'hui en poussant fièrement une voiture d'enfant. Les mamans avec leurs petits l'accueillent comme un paisible grand-père jouant à la nounou; pourtant, il suffit d'un seul coup d'œil de l'homme s'arrêtant sur leurs corps pour qu'elles le regardent d'une autre manière et rectifient instinctivement leur façon de s'asseoir ou leur coiffure

Mais le vieux s'occupe presque toujours de l'enfant. Tout en lui l'étonne : ses petits yeux tranquilles ou avides, l'infatigable mouvement de ses mains, la douceur de sa peau, ses cris perçants et soudains. Et plus prodigieux encore, cet après-midi, sa première sortie depuis la maladie. Quel cauchemar, ce prétendu rhume! Car pour le vieux, ç'a été une belle pneumonie, même si le docteur n'en a rien vu. S'il savait que Brunettino ne s'en est sorti que grâce à l'eucalyptus et à la cremelaria ajoutée à l'eau en cachette d'Andrea! La même plante qui a guéri la pneumonie du vieux Sareno alors qu'on le donnait déjà pour mort.

«C'est grâce à ton grand-père que tu es maintenant en train de te promener, mon petit... Faut dire que pour les herbes contre les maladies, personne ne s'y connaît comme les bergers. Enfin, madame Maddalena aussi avait quelques notions, mais pas autant. Il n'y a que les sorcières, mais ça, c'est une autre histoire. Que la Madone nous en préserve!»

Soudain, le vieux s'amuse au souvenir de la tête qu'a faite Anunziata quand ils préparaient le petit pour sortir en promenade. Quelle n'a pas été sa surprise en le voyant boutonner le petit vêtement sans difficulté! Personne ne peut imaginer combien d'efforts il lui en a coûté chaque nuit. Oui, ses doigts sont encore capables d'apprendre; ses articulations ne sont pas encore rouillées... Il contemple ses mains accrochées à la barre de la poussette comme à un guidon : épaisses, avec des veines gonflées, mais vives et agiles encore. Il les compare aux menottes de Brunettino et alors oui, il sent son cœur fondre. Ces petits poings, ces petits doigts, comment est-ce qu'ils seront quand ils terrasseront un rival, quand ils caresseront une jeune poitrine...

«Je ne le verrai pas, mon petit, et toi, tu ne le sauras pas, mais c'est moi qui suis en train de faire de toi un homme. Je t'ai sauvé du charlatan et je te sauverai de ta mère et de n'importe qui. Moi, ton grand-père, Bruno, le partisan... Tu sais, je lui demande qu'une chose à la *Madonna* tous les jours : que le Cantanotte meure vite pour que je puisse t'emmener là-bas jouer dans la cour de la maison, et courir après les poules. Tu verras comme c'est beau Roccasera; pas comme ce Milan crasseux! Il y brille un vrai soleil; tu ne peux même pas t'en faire une idée en voyant celui-là. Et au loin, la plus belle montagne du monde : la *Femminamorta*. On dirait qu'elle s'habille et se déshabille comme une femme. Elle est tantôt bleutée, tantôt violette, ou brune, ou même rose, ou elle porte un voile, suivant le temps... Elle a son caractère, ça oui; parfois elle prévient de la tempête, mais à d'autres moments, elle nous la jette dessus par surprise... Elle est dure, mais bonne, comme on doit être. Tu tomberas amoureux d'elle, Brunettino, quand on montera la voir...»

Il s'aperçoit que ce sont des rêves et les écarte de son esprit. Mais, pourquoi des rêves? En réalité, il est en train de sauver l'enfant; celui-ci a déjà le visage d'un enfant un peu plus grand, et ça, ce n'est pas un rêve, même si Andrea a refusé de l'admettre hier quand il le lui a fait remarquer. Elle a fini par en convenir, mais en attribuant ça au rhume, qui avait fait fondre un peu les joues du petit.

«Foutaises! c'est qu'il devient un petit homme», pense le vieux en évoquant ce souvenir. Chaque jour, il marche un peu mieux à quatre pattes et il essaie même de se mettre debout en s'agrippant aux choses... Mais il ne faut pas le forcer; le *zío* Benedetto a gardé les jambes arquées parce qu'on l'a fait marcher trop tôt. Bien sûr que pour fabriquer des chaises comme lui, ça n'a pas grande importance; c'est pas comme pour un berger et un partisan. Il y en a qui le mettaient en boîte — «Ça te pèse tant que ça ce qui te pend entre les jambes?» — mais lui, il était très content d'avoir échappé au service militaire à cause de ça. Triste avantage car les femmes ne se donnent qu'aux types bien bâtis ou à ceux qui ont de l'argent. «Je t'apprendrai à marcher petit à petit, Brunettino; tu seras un beau garçon... D'ailleurs, tu l'es déjà, si petit et ton zizi est grand comme mon petit doigt!»

Le vieux regarde son auriculaire — «pas tout à fait», se corrige-t-il — tout en saisissant quelques mots en passant devant un banc occupé. «Qui est-ce qui parle de soleil? Une Milanaise stupide», se dit le vieux en levant un regard méprisant en direction du disque jaunâtre voilé par la brume. Quoi qu'il en soit, il change de direction pour protéger les yeux de l'enfant de la luminosité et, ce faisant, s'approche un peu trop de l'allée qui borde le jardin le long de la chaussée.

Soudain, une voiture passe tout près du trottoir, roule dans une flaque, éclabousse la poussette et la couverture, et projette même quelques gouttes d'eau sale sur la joue du petit qui se met à pleurer. Le vieux en reste un instant paralysé d'indignation mais, en voyant la voiture arrêtée à un feu rouge, non loin de là, il se met à courir, aveuglé par la colère, en hurlant des insultes. Dans sa tête, une seule idée : «Je le tue, je le tue, je le tue!» Sa bouche le répète, ses jambes le pensent, son cœur le martèle. Le couteau est déjà ouvert dans sa main lorsqu'il arrive près de la voiture, dont le conducteur a la chance que le feu passe au vert, ce qui lui permet de s'éloigner rapidement, sans s'être rendu compte de rien.

Le vieux n'a plus qu'à vider son sac d'insultes et adresser au fugitif un bras d'honneur, une *vrazzata*, mais toute sa fureur ne l'empêche pas de se voir dans la situation comique du poursuivant déconfit, impuissant là sur le trottoir, tête nue, avec son couteau inutile qui suscite des regards amusés... Soudain, une idée le saisit :

« Je suis fou, j'ai laissé le petit tout seul, je suis un vieux fou ! »

Il revient en courant, récupère au passage son chapeau tombé et imagine les mille choses qui ont pu arriver à l'enfant. Il arrive à temps, une inconnue est déjà en train de se pencher sur la poussette. Est-ce qu'elle essaierait de l'enlever ? *Madonna !* De vieilles histoires de gitans voleurs d'enfants lui viennent à l'esprit.

Il arrive à sa hauteur. La course, la colère et la frayeur l'empêchent de parler, à cause du galop douloureux de son cœur. Il ne peut que lancer un regard féroce à la femme, qui s'est retournée avec l'enfant dans les bras en entendant des pas. Elle devine ses pensées :

— Je ne vais pas vous le voler, monsieur, le tranquillise-t-elle d'un sourire. Je l'ai entendu pleurer, je l'ai vu seul et je me suis approchée.

L'enfant ne pleure plus. La femme lui essuie la joue avec un petit mouchoir blanc immaculé. Le vieux se remet peu à peu et, même s'il reste encore hostile à l'intrusion, le visage paisible le calme : des lèvres fraîches cernées de petites rides gracieuses, une expression de jeunesse malgré une maturité non dissimulée.

— Merci, Madame, peut-il dire enfin, tandis que son regard, en descendant, apprécie la poitrine marquée sans excès, les hanches pleines, la belle prestance.

— Qu'est-ce qui s'est passé ?, demande-t-elle.

— Un salaud ! Vous voyez pas dans quel état il a mis le petit, la couverture, la poussette ? Un fils à papa en voiture. A un gosse !... Un salaud de Milanais !

Il se repent du gros mot, mais elle sourit.

— Votre pantalon aussi, regardez. Il faudrait le nettoyer.

— Je m'en fiche ! Si je l'attrape, je le tue... Salaud ! Excusez-moi.

— Un salaud, répète-t-elle calmement, à la surprise du vieux. L'enfant joue déjà avec les cheveux de la femme qui poursuit :

— De quelle région du sud êtes-vous ?

Maintenant le vieux comprend, elle a reconnu son accent et elle doit être de là-bas, elle aussi, même si on le remarque à peine. Il se sent aussitôt à l'aise et rajuste son chapeau.

— De Roccasera, à côté de Catanzaro. Et vous?

— De l'autre mer. Amalfi.

— Tarentine, alors?

— Et fière de l'être!

La voix féminine porte l'orgueil de ses racines; sa stature semble augmenter lorsqu'elle rejette fièrement la tête en arrière.

Ils rient tous les deux.

— Malédiction!, s'exclame le vieux devant la boue qui sèche sur la poussette.

— Vous ne pouvez pas rentrer comme ça, pas vrai? La maman va vous gronder... Votre fille?

— Allons donc! Ma belle-fille!... Et c'est pas elle qui va me gronder! Ni personne!

Le ton est si violent que la femme renonce à poursuivre la plaisanterie et observe le vieux avec une attention renouvelée. «Pour sûr, c'est loin d'être un grand-père décrépit. Sacré type!», pense-t-elle.

— Doucement, petit, dit-elle affectueusement en dégageant ses cheveux du petit poing têtu. Regardez, il veut déjà jouer avec moi!

— Qui ne voudrait pas?

Elle rit de bon cœur. Non, vraiment rien d'un grand-père décrépit!

— Quel beau petit garçon!, s'exclame-t-elle en le remettant dans sa poussette. Comment s'appelle-t-il?

— Brunettino... Et vous?

— Hortensia.

Le vieux savoure ce prénom et répond :

— Moi, c'est Salvatore.

Il hésite à peine un instant et ajoute :

— Mais appelez-moi Bruno... Et, dites-moi, vous vous promenez souvent par ici?

20

«Elle s'en va! Elle part à Rome!»

Le vieux s'est réveillé avec ce joyeux refrain dans la tête. Il continue à le fredonner tout en mettant son café du matin sur le feu. «Drôle de feu», pense-t-il une fois de plus en comparant ces fils de métal rougi au crépitement et à la danse des flammes dans l'âtre rustique.

«Elle n'ira sûrement pas voir les Etrusques. Elle ne les aime pas. Elle est de l'autre bord. Celui des Romains, de Mussolini. Tant pis pour elle! L'important c'est qu'elle s'en va quelques jours, qu'elle nous laisse vivre en liberté... Oui, libres!... On le croirait pas, une femme si peu causante, qui sort pas de derrière ses bouquins, et rien que de la savoir là, c'est comme d'avoir les carabiniers sur le dos... Ah, les femmes! sorties du lit, rien que des casse-pieds!»

Andrea a laissé hier soir à Renato une liste d'instructions pour mener la maison en son absence et elle les a en plus commentées une par une, pour plus de sûreté. A midi, Renato va la conduire en voiture à l'aéroport. Dans quelques heures à peine; le vieux se frotte les mains.

Anunziata arrive et Andrea lui répète le code écrit. Le vieux en profite pour sortir faire son petit tour; sans l'enfant cette fois, aujourd'hui, il fait trop froid. Arrivé à la porte, il entend sa belle-fille autoriser Anunziata à amener sa nièce si elle a besoin d'elle. «Simonetta», se souvient le vieux, enchanté, en se disant que la journée commence bien. Même la *Rusca* reste tranquille.

Et elle se poursuit favorablement. Sur le Corso Venezia, il rencontre Valerio. L'étudiant lui explique qu'on l'a muté aux «Voies Publiques», une fois la taille terminée, et qu'il aura encore du travail à la décoration des rues pour Noël pour environ deux semaines. Un élu de l'opposition s'est plaint qu'il y avait des quartiers oubliés et le *podestá* a ordonné qu'on mette aussi, à toute vitesse, des ampoules de couleur sur quelques places à la périphérie. Valerio va aider à les installer de la Piazza Carbonari à la Piazza Lugano.

— Après, c'est fini. Je devrai de nouveau chercher du travail. A moins, hésite le jeune homme, que vous m'aidiez. J'allais justement voir si je vous trouverais chez vous.

Le vieux est surpris et Valerio s'explique. Il y a quelques jours, il a parlé du Calabrais au professeur Buoncontini, le célèbre ethnologue et folkloriste, qui s'est montré tout de suite intéressé.

— «Je veux rencontrer cet homme, Ferlini», m'a dit le professeur, raconte Valerio. «Je ne suis pas retourné dans la Sila depuis ma jeunesse, à l'époque où je faisais des recherches sur les descendants des Albanais arrivés au Moyen-Age, et qui conservent encore leurs coutumes grecques... La Sila reste pratiquement inchangée et votre ami peut nous donner pas mal d'informations. Amenez-le au Séminaire.»

Le vieux écoute l'étudiant sans bien comprendre encore. Valerio ajoute qu'il y a des crédits pour l'enregistrement des témoignages à la phonothèque du département. On donne une indemnité aux sujets étudiés et Ferlini obtiendrait ainsi d'être nommé assistant rémunéré.

— Qu'est-ce que c'est que cette histoire de «sujet»? demande le vieux, piqué. Qu'est-ce que je viens faire là-dedans?... Tu te trompes sur mon compte, l'ami. Pour moi, l'argent...

Valerio l'interrompt :

— Oh, je ne vous le dis pas pour ça; ils paient très peu! C'est pour que votre histoire ne se perde pas, pour conserver ce monde-là... Récits, chansons, proverbes, coutumes, les noces, les enterrements... On est en train de tout oublier; l'histoire, ce que nous sommes.

— Mon histoire, répète le vieux, pensif. Oui, c'est vrai, le passé se perd. Les filles jettent les costumes d'autrefois, si beaux, comme si c'était des chiffons.

— Ça vous plaira de parler de tout ça, monsieur Roncone; ça vous amusera... et à moi, vous me procurez un poste. Faites-le pour moi!

Oui, ça lui plairait d'aider Valerio. Et, en plus, c'est vrai que ça peut être amusant... Il lui vient une idée :

— Qui est-ce qui va m'écouter?

— Les gens du Séminaire, c'est tout. Et un professeur invité, d'histoire ou de lettres.

Le vieux sourit; oui, l'idée lui plaît. Il va leur raconter ce qui lui passe par la tête, à ces gratte-papier comme l'Andrea, même les blagues de ses copains... Rien qu'avec les histoires de Morrodentro ou celles du vieux Mattei, qu'il repose en paix, il va leur en boucher un coin... Ces rats de bibliothèque ne connaissent rien de la vie... En plus, qu'est-ce qu'elle va dire l'Andrea, quand elle va savoir que lui, Salvatore, parle aux professeurs à l'Université? «Parfaitement, ma belle», il lui dira, «moi, Salvatore, le berger de Roccasera, à la tribune... Tu veux pas le croire? Renseigne-toi. Je t'apporterai une photo de moi en train de parler là-bas...» Fantastique... Et en plus, on va conserver son histoire... Brunettino pourra toujours l'écouter!

— Je pourrai aussi parler de ma vie, de la guerre?

— Bien sûr! C'est vous qui décidez : ce que vous voudrez!

— Bon, d'accord. Mais, une minute... On fait d'abord un essai. Si ces gens ne me plaisent pas, je les envoie balader. Avec toi, pas de problème; mais avec eux, il faudra voir. Je ne parle qu'avec des amis.

— Ils le deviendont, j'en suis sûr. Le professeur Buoncontoni est formidable et le docteur Rossi, n'en parlons pas. Elle n'est pas encore professeur, bien qu'elle ait déjà quarante ans, parce qu'il n'y a pas de chaire de mythologie, mais elle est déjà célèbre.

— La mytho... quoi?

— Mythologie, des histoires anciennes. Vous verrez, vous verrez.

«Alors, il y a des femmes... Quoique ça peut bien être une

autre Andrea», se dit le vieux tandis qu'ils entrent dans un bar pour fêter leur accord. Ils commenceront après les vacances et se quittent donc en se souhaitant un joyeux Noël.

Oui, la journée lui est décidément favorable. Dans l'entrée de l'immeuble, le concierge lui remet une lettre qui vient d'arriver. C'est de Rosetta. Longue et embrouillée, comme toujours, avec beaucoup d'âneries qui découragent presque le vieux de continuer à lire. Heureusement, son regard tombe sur une nouvelle extraordinaire. «Mon idiote de fille, elle aurait bien pu commencer par là, et l'écrire en grosses lettres!» : l'état du Cantanotte a sérieusement empiré.

Le vieux relit le paragraphe. Oui, c'est ça, son ennemi glisse vers le cimetière, le trou va l'engloutir. On ne le sort déjà plus de chez lui, même pas dans sa chaise; on ne le descend plus à la messe. Il paraît qu'il ne bouge plus les bras, qu'il perd la tête et qu'il se pisse desssus tout le temps. Quelle joie!

Le vieux ouvre la porte de l'appartement et se précipite à la cuisine. Il n'y a qu'Anunziata car le couple est déjà parti pour l'aéroport et Brunettino dort.

— Il va mal, il va mal, le salaud!

— Mon Dieu! Qu'est-ce que vous dites là?, s'épouvante la pauvre femme.

— Rien, personne. Vous ne le connaissez pas... Il va de plus en plus mal, il va mourir!

Anunziata demande pardon au Seigneur pour cette joie devant la mort de son prochain. Le vieux entre dans sa chambre, retire de sa cachette le sac de victuailles et en sort le fromage fort et un oignon. Il revient à la cuisine et commence à manger en buvant de bonnes rasades de vin. Anunziata lui rappelle qu'il ne doit pas boire.

— Tant pis pour la *Rusca* ! Aujourd'hui, c'est un grand jour!, réplique le vieux, scandalisant encore plus la pauvre femme.

Il savoure avec satisfaction son petit festin lorsque l'enfant se met à pleurer. Le vieux laisse tout en plan et court à la petite chambre. Brunettino lui tend les bras, le grand-père le sort du berceau et le serre contre sa poitrine.

— Il va mourir, Brunettino, il va mourir ! Le salaud va mourir ! Tu comprends ? Je vais retourner à Roccasera et tu viendras avec moi... Tu deviendras fort en mangeant du vrai pain et du vrai agneau... Et tu verras ce vin pour les hommes ! Pour toi, un tout petit peu, hein ?, seulement pour mouiller ton petit doigt dans mon verre et le sucer... Il va mourir, petit, il va mourir le premier !

L'enfant bat des mains, enchanté. Le vieux s'enthousiasme :

— C'est ça, réjouis-toi, toi aussi ! Puisqu'on est pareils ! Tu vois un peu quel grand-père tu as ? Jusqu'à l'Université on a besoin de lui !... Et personne ne peut en venir à bout ! On grimpera dans la montagne et tu connaîtras tous les meilleurs : Sareno, Piccolitti, Zampa... des vrais hommes ! Et toi, tu seras comme eux !

Ces trois-là sont déjà morts, mais il vit maintenant en dehors du temps. Son petit-fils dans les bras, il frappe du talon des rythmes anciens et commence à danser. Sa parole murmurante prédit de futurs triomphes pour Brunettino. Sa voix s'enfle peu à peu, elle devient celle d'un prophète et sa danse celle des derviches. L'enfant rit, il crie de joie. Le vieux tourne comme les planètes, il se fait vent et montagne, offrande et sortilège. Il danse au milieu des bois, à la lumière du feu crépitant, il reçoit la bénédiction des étoiles, il écoute le hurlement lointain des loups qui ont peur de s'approcher car Bruno et son petit-fils sont des forces invincibles, flambeaux de la Terre, seigneurs de la vie.

21

Anunziata est partie, après avoir baigné l'enfant. Dans la petite chambre, silence et pénombre. Dans le silence, le souffle de Brunettino endormi ; dans la pénombre, la nacre de son petit visage. Et, jouissant de cet univers, le vieux assis sur la moquette. Il veille sur ce sommeil comme il veillait sur son troupeau : plénitude solitaire, lente succession de moments infinis. « Je sens passer la vie », penserait-il, s'il y pensait.

Imperceptiblement, la pénombre est devenue nuit. Le vieux branche la veilleuse rougeâtre. Depuis qu'il a emmené Andrea à l'aéroport, Renato n'est pas revenu et il n'est jamais rentré aussi tard. Est-ce qu'il lui serait arrivé quelque chose ? Le vieux a eu le temps de faire tout ce qu'il voulait : s'occuper du petit jusqu'au moment de l'endormir et préparer la surprise. Mais Renato...

Enfin, la clé dans la porte ! Bruits familiers de son arrivée, pas précautionneux, apparition silencieuse. Il entre et embrasse tout doucement Brunettino tandis que le vieux se lève. Ils sortent tous deux dans le couloir.

— Bonsoir, Père. Il vous en a fait voir ?

— Le petit ? C'est un ange !

Renato explique brièvement son retard, dû au départ tardif de l'avion, et conclut :

— Allons voir ce qu'Anunziata nous a préparé à dîner.

Car Andrea a laissé des instructions écrites à la femme de ménage pour qu'elle prépare le repas et qu'il n'y ait qu'à le réchauffer.

— Au diable l'Anunziata !, s'exclame le vieux à la porte de la cuisine. Aujourd'hui, on dîne comme des hommes.

Renato observe plus attentivement le visage de son père : un faune au sourire de jouisseur. Qu'est-ce qu'il lui arrive? Quelle vivacité dans les petits yeux entourés de rides!

Une idée subite attriste Renato : ça lui fait mal que l'absence d'Andrea réjouisse à ce point son père. Mais le vieux a toujours été comme ça; quand quelqu'un ne lui revient pas, il n'y a plus rien à faire, et c'est ce qui s'est passé avec elle depuis ce premier séjour à Milan.

Ah, mais ce n'est pas pour ça! La nouvelle ôte un poids du cœur de Renato, c'est parce que le Cantanotte va mourir. Le vieux commente la chose en mettant le couvert sans accepter l'aide de son fils qui, maintenant tranquillisé, remarque tout à coup l'odeur. Cette odeur connue, mais inclassable, ancienne et intime. Cette odeur... Le vieux le voit humer.

— Tu ne te souviens plus?

Soudain :

— Des *migas*!

— C'est ça, de bonnes vieilles *migas*!... Heureusement, tu ne t'es pas complètement dénaturé. Elles n'auront pas le goût de celles de l'Ambrosio, personne ne les a jamais faites comme lui, mais ce sont celles de là-bas, celles de la montagne, celles de toujours... Avec, même, leur *vasalicó*, j'en ai trouvé chez la Tarentine... Cette Maddalena, elle a de tout ce qui vient de chez nous!

— Vous la voyez beaucoup, cette dame, Père.

— Trop tard; je suis arrivé trop tard!, se défend le vieux. Mais l'allusion délibérée le réjouit, ainsi que le fait que son fils participe à sa joie en plaisantant. C'est pour ça qu'il ajoute :

— Et en plus, *'U Signura manda viscotti a cui 'on ava denti*... Tu te souviens de notre dialecte?

— Vous avez encore de belles dents pour mordre dans ce biscuit!, réplique Renato, redoublant le plaisir du vieux qui sort la poêlée de *migas* et la plante au milieu de la table.

C'est comme un portail qui s'ouvre sur les champs, dans la mémoire du fils, portail par lequel entrent bergers et châtaigneraies, feux de sarments et chansons, fringales enfantines et mains maternelles. Maternelles, oui, même si maintenant ce sont celles du vieux, ceps rugueux et tordus, qui le servent. «Mon père en train de me servir», pense Renato et le fait insolite lui voile un instant les yeux. Ce n'est pas la vapeur du mets fumant; c'est toute son enfance qui se condense dans le cercle magique du plat.

La mère, toujours à ses côtés, le poussant, à cause de son aspect délicat, à se libérer du monde rustique afin que lui, son fils, n'endure pas le même esclavage qu'elle. Au-dessus d'eux, le père, puissant comme un dieu, dispensateur de coups de martinet mais aussi de profondes jouissances. L'école qui, au début, ne servait qu'à rendre la liberté savoureuse, et qui devient aussi le tunnel de l'évasion. Et, surtout, les fêtes à la maison, la cuisine pleine de monde, le brouhaha, l'abondance, la satiété, les taches de vin sur la nappe — joie, ô, joie — qui exigeaient qu'on y mouille le doigt et qu'on se trace une croix sur le front, la fumée du tabac, les effluves humains, les pincements et les éclats de rire, les gens pleins de respect pour son père venus lui rendre hommage... Et après le banquet, la musique et le bal, les jupes tournoyantes se transformant en cloches et provoquant le regard, les carafes qui passent de main en main, les couples qui disparaissent, la nuit étoilée, la fatigue qui s'abat d'un coup lorsque tombe le silence.

— Mais quoi? Tu n'aimes plus ça?

La voix le ramène dans le présent. Il goûte une cuillerée et son expression d'enfant heureux suffit à réjouir le père qui, lâchant un éclat de rire, attrape la bouteille de vin :

— Ah, j'aime mieux ça, fils!

— Attention avec le vin, Père! Le médecin...

— Le médecin? Souviens-toi de ça : *dui jiriti 'e vinu prima d'a minestra... e jetta 'u médicu d'a finestra.*

Comment lui refuser aujourd'hui la gloire de triompher du Cantanotte? Le fils continue à déguster les *migas*, savourant en elles le passé. Les troupeaux dans la montagne, ce monde d'hommes, comme celui qu'ils recréent ici ce soir. Lors d'une de ses premières montées aux pâturages d'été, le père l'avait enlevé du cercle des bergers et emmené avec lui jusqu'à une hauteur voisine. De là, il lui avait montré un autre sommet, au-dessus des châtaigneraies. «Tu vois, fils? De là, on aperçoit l'autre mer, celle de Reggio. Un jour tu y monteras avec moi.»

Mais ils n'y étaient jamais retournés et, des années après, il n'était pas allé étudier à Reggio mais à Naples, quand il était déjà clair pour lui que ceux de la Sila ne le retenaient pas, qu'il ne pourrait jamais survivre là-bas. Mais cet après-midi-là, tout en haut du rocher, au cœur de l'été, bras levé vers le lointain, l'index de son père, c'était le doigt créateur de Dieu tendu à Adam au plafond de la Chapelle Sixtine.

La pomme d'Adam monte et descend sur le cou flasque du dieu d'alors, qui jette la tête en arrière pour terminer son verre. Il s'essuie ensuite du dos de la main et le geste surprend Renato. Pourquoi, puisque c'est l'habitude là-bas? Mais Renato s'aperçoit que le père réprime ce geste maintenant. Bien plus, ces dernières semaines, il a cessé de fumer; et il ne porte plus ses bottes dans la maison. Il se rase même tous les jours et une fois, il a pris un bain sans qu'on le lui dise. Renato a entendu Anunziata plaisanter : «Allons, allons, on se pomponne, hein?» «Oui, a répliqué le vieux, je veux être beau pour mourir.»

«Milan le civilise», a commenté Andrea quelques nuits auparavant. Mais Renato le sait, ce n'est pas Milan, c'est le petit. Brunettino transforme son grand-père. Et maintenant le fils, dans une vague d'infinie tendresse, fait au vieux l'offrande de son cœur. Vieux, oui; dans ce profil de joyeux buveur, le nez déjà s'affile et le menton tremblote : un vieux aux portes de la mort.

La vision révélatrice déchire Renato qui se penche sur son assiette et avale quelques bouchées pour cacher ses yeux humides. Les larmes réprimées le menacent de l'intérieur. Comment la vie des chênes et des aigles comme son père peut-elle avoir une fin? Cet homme a été le ciel dans toute sa grandeur, tempétueux, arbitraire, implacable parfois; mais aussi généreux, créateur, bénéfique... Il s'est cramponné à la vie en l'étreignant comme un ours, il l'a bue à grandes goulées... Et ce bûcher s'éteint!

Le vieux se réjouit de voir son fils dévorer les *migas*. Bien sûr, il n'y a pas un homme sur terre qui résiste aux bonnes vieilles *migas*; mais c'est aussi que, dans le fond, Renato est un brave garçon. Il l'a toujours été — le vieux se plaît à le reconnaître — même s'il a toujours manqué de force. « Une vigueur comme la mienne, nom de Dieu !... Il a toujours été mou ; la mère l'a élevé comme ça, parce que c'était le dernier, qu'il n'y avait plus d'espoir d'en avoir d'autres... Et moi qui n'ai pas pu m'en occuper ; c'était les moments les plus durs de la Réforme et de la lutte contre le Cantanotte, appuyé par les barons de Rome... J'ai pas pu m'en occuper et le Francisco, lui, par contre, m'a lâché pour aller faire de l'argent... L'argent ! A quoi ça sert si les nôtres le voient pas ? Une grande maison, des terres, du bétail, des châtaigniers... ! Ça, ça remplit les yeux et le cœur, et ça, je l'ai !... Mais maintenant, c'est mon coquin de gendre qui va en profiter... Ah, Renato, Renato ! Pourquoi avoir épousé cette souche desséchée ? »

— Allons bois, fils, bois ; c'est pas encore fini.

— Encore autre chose, Père ? Après ces *migas* ?

— J'ai fait cuire des châtaignes, fils, et j'ai trouvé des figues séchées au soleil !... J'ai cherché des *mustaccioli*, que tu aimais tant, mais ici, il n'y a pas ce genre de douceurs ; rien que des trucs milanais... Ils ont même pas les *murinedhi* de la *Notala*, de Noël !

L'allusion ouvre une grande brèche dans sa mémoire.

— Mais c'est vrai qu'on est déjà presque à Noël ! C'est qu'ici à Milan, on se rend pas compte des fêtes, y a pas... Tu te souviens du dicton de décembre ? *Jornu ottu Maria, u tridici Lucia, u vinticincu 'u Missia* !... Tu t'en souviens ? Il faut qu'on fasse une crèche au petit ! Vous aviez pas pensé à ça, hein ?

Ses yeux brillent de joie et de nostalgie à la fois.

— Pour la tienne, j'avais descendu du liège de la montagne, et quelques branches de *liérnago*, et un peu de bruyère aussi... Les santons, c'était l'affaire de ta mère ; ils doivent encore être à la maison s'ils ne sont pas cassés, sa grand-mère les avait achetés à Naples... Les *murinedhi*, ta mère les arrosait de miel et moi, je ramenais le gâteau de moût de Catanzaro ; il était meilleur que celui de la montagne !... Mais toi, ce que tu préférais, c'était les châtaignes... La *Notala* !... Oui, Brunettino doit avoir une crèche et ce sera la mienne.

— Père... Le fils s'émeut au souvenir de ces châtaignes qui brûlaient les doigts, lorsqu'on les sortait de la cendre au milieu des braises, et que le garçon offrait à la fille... Quand ce n'était pas les *gugghieteddhi*, châtaignes cuites à l'eau avec des graines d'anis... « Ah, Père, Père ! », pense-t-il. « Est-ce que c'est de ma faute si je ne suis pas un dieu comme vous ? »

La jeune main se pose sur la vieille. Immobile, évitant la caresse qui serait repoussée comme une faiblesse. Soudain, Renato s'alarme de l'expression souffrante du vieux.

— Ça ne va pas ?

— *Aiu 'u scilu*, dit le père dans un sourire en confessant sa nostalgie. Mais, suffit ! Il faut être heureux !... Goûtes-en un petit verre ; c'est moi qui ai fait le mélange.

Le fils reconnaît la boisson : *mbiscu*, de l'anis avec du rhum. Le père adorait ça, les grands jours, pour accompagner le café... Lui aussi connaît le *scilu*, parfois les souvenirs l'émeuvent ; mais le passé est resté en arrière et il s'est toujours senti, d'une certaine façon, étranger à ce monde-là. Héritage de la mère ? Réaction contre le père ?... « Pourquoi est-ce qu'on ne se comprend pas, Père ? Pourtant, je vous aime... Mais, ce soir au moins, nous habitons le même pays ; nous sommes ensemble. »

— Ç'a été un grand jour, fils !, s'exclame le vieux en commençant à débarrasser la table.

— Laissez, Père ; Anunziata vient demain.

— Et avec Simonetta, avec Simonetta ! Quelle fille ! Mais je vais débarrasser ; que la vieille ne se doute pas de notre fête de ce soir. C'était bien !, hein ? L'agonie du Cantanotte valait bien ça.

— Vous, par contre, vous êtes de plus en plus costaud.

Le vieux emporte les assiettes sur l'évier sans répondre. Il préfère ne pas mentir. Mais la vérité, c'est qu'en dansant avec Brunettino, le souffle lui a manqué ; il ne pourrait plus grimper dans la montagne comme avant. Le petit battait des mains, ravi, et il fallait continuer, mais le vieux, en sueur, s'épuisait. Dans sa cage thoracique, son cœur était comme un oiseau fou se cognant contre les barreaux.

« Attention, Bruno, attention... Oui, cette nuit j'ai dépassé mes limites, je me suis laissé aller, mais fini maintenant. Je dois le battre à la course le salaud, durer plus que lui... Et je vais durer, ç'est clair maintenant ! C'est que mon Brunettino me donne de la vie... Pour lui, j'arriverai à m'asseoir sous la treille pour le regarder jouer... Au moins un été... Et pourquoi pas jusqu'à la récolte des châtaignes ? »

Cette pensée lui donne un air d'assurance — que Renato attribue au *mbiscu* — qui le pousse à chantonner en passant la vaisselle sous l'eau. Le fils lui donne un coup de main et quand ils ont fini, ils vont dans la petite chambre et se penchent sur le sommeil tranquille du trésor. Ils sortent et, alors qu'ils vont se séparer dans le couloir pour se diriger chacun vers sa chambre, un échange de regards les jette dans les bras l'un de l'autre. C'est une étreinte forte, forte ; belle et mélancolique à la fois. « Comme entre camarades à la guerre », pense obscurément le vieux.

Renato, au lit, regrette une étreinte d'un autre genre. « Si vous m'aimez tant, Père, pourquoi rejetez-vous mon Andrea ?... Bien sûr, elle m'a éloigné de là-bas, mais pour me rendre plus semblable à vous ; plus homme !... Oui, avec son corps, ne comprenez-vous pas ?... Son corps ! Sa chair ferme brûle, ses nerfs s'électrisent, ses jambes m'enlacent, elle exige, encore et encore, jusqu'à ce qu'elle me comble en se donnant tout entière, intensément, au bord de l'évanouissement, de l'anéantissement !... Près de vous, je n'aurais pas grandi, je n'aurais été que votre homme de paille ; près d'elle, en revanche... Et cette nuit, elle me manque ; avec ces souvenirs, je me sens comme un enfant exilé... Quelle angoisse que son absence, ce vide à mon côté... ! »

Le vieux s'emmitoufle. L'odeur de sa vieille couverture renforce sa vision de Brunettino poursuivant les poules et les chats dans la cour tandis que son propre visage reçoit la tiédeur du soleil filtré par la treille.

Devant cet horizon aussi lumineux que la montagne elle-même, c'est en vain que la *Rusca* — d'ailleurs engourdie par le *mbiscu* — remue pour changer de position dans les vieilles entrailles.

Quelle importance, la bestiole? Aucune, après cette nuit en compagnie d'un Renato retrouvé et sensible à son sang, digne du territoire magique délimité par les petits doigts de l'enfant. Cette nuit du sud embrasée à Milan pour eux seuls. Eux trois : racine, tronc et fleur de l'arbre Roncone.

Sur les lèvres endormies du vieux s'est posé, comme un papillon, un sourire : l'idée qui voletait dans son cœur quand le sommeil l'a saisi :

« Grande, la vie! »

22

Anunziata ronchonne dans le couloir.

«Ah, les hommes! On ne peut pas les laisser seuls! Toute la maison sens dessus dessous et Madame n'est partie que d'hier... Et le gaspillage? Le poisson en sauce du dîner à la poubelle!... Ils ont dû aller au restaurant puisqu'ils n'ont pas laissé de vaisselle sale... Ils font peu de cas de la cuisine de la vieille Anunziata... Seigneur, seigneur, les hommes! Qu'est-ce que j'ai bien fait de rester célibataire!»

Le vieux la croise. Il ne lui a pas encore demandé, mais il n'y tient plus :

— Votre nièce ne devait pas venir aussi?

— Elle a des examens de je ne sais quoi. Elle viendra plus tard. Et elle ajoute, susceptible :

— D'ailleurs, je n'ai pas besoin d'elle.

Le vieux retourne dans sa chambre et Anunziata se demande, une fois de plus, ce qui a bien pu se passer le jour où elle n'a pas pu venir et a envoyé Simonetta, car la jeune fille lui a parlé avec enthousiasme de monsieur Roncone : qu'il a été partisan, que c'est un homme si intéressant... Depuis qu'elle sort avec ce maudit Romano, pour elle, tous les communistes sont intéressants... Parce que Simonetta ne voudra pas l'admettre, mais le grand-père est communiste, pense Anunziata, et s'il ne l'est pas, il mériterait de l'être.

Anunziata comprend que sa nièce sympathise avec le vieux, ils sont de la même eau. «Avec Simonetta il n'y a rien à faire, pense-t-elle, et elle finira mal; elle ressemble à son père, ce type de Palerme. Sûr qu'elle couche déjà avec ce rouge, son petit ami. Le pauvre vieux, lui, a une excuse, il est en train de mourir et il le sait, même si ça vaudrait mieux pour lui de rester tranquille dans un fauteuil, en se recommandant à Dieu. Mais, tranquille, allons donc! Il n'arrête pas, et avec ça, toujours gai... Ce n'est pas qu'il rie beaucoup; c'est son expression, sa tranquillité... C'est peut-être la maladie elle-même qui le trompe; le Seigneur a parfois cette compassion... Ah, que c'est triste de vieillir! Donne-moi une belle mort, Sainte Rita!... Quand viendra mon heure, bien sûr.»

On sonne à la porte et bien qu'Anunziata se dépêche, quand elle arrive dans le couloir, le vieux est déjà en train d'ouvrir à Simonetta, qui lui plante un baiser sur chaque joue au grand scandale de sa tante.

A cause de la pluie, la jeune fille a mis cette fois un poncho andin. Dessous, elle porte un de ces pantalons à la mode, collants et usés, couleur bleu de mécanicien et un pull lilas à larges manches et col roulé. Elle rappelle au vieux un page en haut-de-chausses sur l'un des tableaux qu'il a vus au musée, le jour où il a découvert la statue des deux guerriers. Il s'étonne : c'est la première fois qu'il n'est pas irrité de voir une femme en pantalon.

Brunettino s'agite dans son petit lit. Le vieux arrive le premier, Simonetta est sur ses talons, adressant des mots doux au petit; Anunziata se sent de trop et retourne à son travail. C'est ainsi que Brunettino se retrouve, comme l'autre jour, blotti contre la poitrine de la jeune fille et, comme s'il s'en souvenait, il reprend aussitôt la même position, le même sourire, le même petit murmure de satisfaction.

Le regard du vieux se pose, caressant, sur les fesses de Simonetta. Comme elles sont bien dessinées, et les hanches, si féminines, et pourtant, étonnamment innocentes, comme celles d'un garçon... C'est-à-dire, hésite le vieux, ne sachant plus très bien ce qu'il veut dire — d'un garçon, oui, mais innocentes, non, attirantes au contraire. «Qu'est-ce qui m'arrive?», s'étonne-t-il à nouveau. «Ç'a toujours été très clair pour moi : une femme est une femme, et un type un type; le reste, au diable. Ça veut dire que... » Il se souvient, inquiet, de ce jour où ses propres mains lui ont paru féminines. Ses tâches actuelles, souvent celles d'une bonne d'enfant qui s'occupe avec des couches et des petits boutons, pourraient-elles transformer un homme?

Simonetta surprend le regard masculin.

— Je vous plais, comme ça, *zío* Bruno?

Son sourire et sa voix, ingénuement provocants, tranquillisent le vieux, ils lui garantissent que son admiration s'adressait bien à une femme.

— Et comment!, s'écrie-t-il, en éclatant de rire en même temps qu'elle. Et il ajoute, éludant le sujet :

— Alors, ces examens? Ça a marché?

— Ce n'était pas des examens.

La réponse a l'air confidentiel et le vieux la regarde, intrigué. Simonetta s'approche de lui avec le petit et lui, se recule un peu de peur que Brunettino ne les réunisse à nouveau avec ses petits bras, comme l'autre jour... « Peur, de quoi?... Mais, enfin, qu'est-ce qui m'arrive? »

— J'ai menti à ma tante, confesse Simonetta. Je viens d'une réunion de préparation de notre grève à l'Université pour nos camarades arrêtés avant-hier... Mais ne le lui dites pas; ses sermons me tuent.

Ils se sourient, complices, juste au moment où apparaît Anunziata.

— Ma fille, tu n'es pas venue ici pour jouer avec le petit.

Simonetta le dépose dans les bras du vieux à qui elle adresse un clin d'œil, et sort en s'écriant :

— Tout de suite, ma tante. Juste le temps d'enlever mes bottes.

En grosses chaussettes, comme l'autre fois, elle apparaît dans la cuisine au moment où Anunziata l'appelle pour manger. Le vieux s'est mis dans la tête de déjeuner avec elles, contre l'avis d'Anunziata. Il préfère rester avec la jeune fille, même s'ils ne peuvent pas, pour le moment, se parler comme des camarades. Le page en haut-de-chausses évolue avec autant de grâce et de joie de vivre que les filles de Roccasera pendant les pélerinages. Parfois, en passant avec les assiettes dans le dos de sa tante, Simo netta adresse au vieux de joyeuses grimaces de complicité. Sa présence juvénile fait fleurir des lilas dans le cœur fatigué.

C'est pour ça qu'à la tombée de la nuit, le dîner entre le père et le fils, pourtant plus simple que la veille, débouche sur la même sérénité et la même compréhension entre les deux. Il reste encore dans l'air une touche sentimentale de parfum féminin que Renato, qui en ignore la cause, attribue à la nostalgie qu'il a d'Andrea, tandis que le vieux évoque...

Plus tard, à l'aube, il se détend dans la petite chambre, auprès de l'enfant endormi, essayant en réalité d'y voir clair en lui-même :

«Je te le répète, petit, on ne comprend jamais rien aux femmes, mais leurs surprises constituent le meilleur de la vie... Et Simonetta est une femme, même si je... Tu ne trouves pas ça bizarre que quand elle est arrivée je l'ai presque prise pour un garçon et pourtant elle me plaisait? Quelle monstruosité! Evidemment, avec ce petit cul si serré...! Mais les petits seins... Tu dois en savoir quelque chose, Brunettino, toi qui les a tâtés. Ronds et durs, pas vrai? Moi, je les aime mieux plus gros mais ils sont tous doux... Quelles beautés t'attendent dans la vie, mon enfant! J'en jouis, moi, maintenant, tu vois, rien qu'à l'idée que tu vas les posséder... Et ne réfléchis jamais, attrape ce qui te fais envie, en restant un homme comme il faut : sans tricher, mais sans te laisser intimider. Quand une femme voudra te rabaisser, toi comme le coq sur la poule; à ton âge, j'écartais déjà le chevreau de sa mère pour téter... Enfin, à ton âge, non, mais quand j'étais encore pas plus haut que trois pommes... Toi, bois un bon coup de tout, vu que les mauvais moments finissent toujours par arriver et que ce dont tu n'as pas joui en son temps, tu ne pourras plus en jouir à mon âge... Mais, qu'est-ce que tu fais? N'ouvre pas les yeux, c'est encore trop tôt! Et ne pleure pas, on va me découvrir ici... Allons bon! Voilà maintenant que tu te penches par-dessus bord? Arrête, tu vas tomber sur la tête, si tu y tiens vraiment, fais le contraire!... Que tu es grand, comme tu me comprends bien! Bien sûr, mets d'abord les pieds, pose-les par terre, agrippe-toi doucement... Est-ce que tu voudrais déjà te mettre à courir le monde, petit ange?... Tu vois, dès que tu te lâches, tu tombes assis par terre... Ne pleure pas, non! Viens, endors-toi dans mes bras et je te recoucherai ensuite; ta première sortie est terminée, mais tu recommenceras... Oui, les petits yeux fermés, bien tranquille... Toi, pour sûr que tu es doux, et dur, et tendre, et petit, et grand, tout à la fois! Toi, pour sûr que tu remplis le cœur du vieux Bruno!»

23

«Ce Milan, quel traître!»

Le vieux est indigné. Il est sorti sous le ciel habituel, en a profité pour s'éloigner un peu et soudain, l'averse. «Le vent froid des lacs, comme ils disent. Fichus lacs! Plutôt notre Arvo et notre Ampollino!»

Il essaie de couper par de nouvelles rues, mais il n'en a pas le temps. Bien qu'il ne craigne pas l'eau, il pleut tellement qu'il doit se réfugier sous un porche ouvert par hasard. En face, au coin, la plaque de la rue annonce : Via Borgospesso. Qu'est-ce que ça lui rappelle?

Quelques minutes passent. Au fond de l'entrée la porte de l'ascenseur s'ouvre et une femme s'avance, armée d'un parapluie qu'elle s'apprête à ouvrir. En reconnaissant le vieux, elle s'arrête et sourit :

— Vous?... Bonjour! Vous veniez me voir ou c'est à cause de la pluie?

Le vieux la salue, enchanté de la rencontre. Il a souvent pensé à madame Hortensia : sa figure agréable, sa sollicitude spontanée envers l'enfant, ses yeux clairs sous les cheveux noirs. Maintenant, il y est : elle lui a donné son adresse, c'est pour ça que le nom de la rue lui disait quelque chose!

— Encore une fois le pantalon...!, s'écrie-t-elle en riant. Mais ce n'est pas de la boue cette fois, seulement de l'eau. Vous êtes trempé! Vous n'avez pas froid?

— J'ai l'habitude. Et avec vous en face, comment avoir froid?, ajoute-t-il, multipliant les rides coquines autour de ses yeux.

Elle se remet à rire. « Le rire lui sort de la gorge, comme aux colombes », pense le vieux en admirant cette poitrine pleine.

— Quel homme vous êtes! Un vrai Calabrais!... Et Brunettino?

Le vieux se réjouit de cette évocation.

— Heureusement que je ne l'ai pas sorti aujourd'hui. Il a la colique. Il a pris froid, je pense.

— Celui qui va prendre froid, c'est vous, si vous restez ici... Montez avec moi; vous avez besoin de vous réchauffer et d'un petit verre, c'est l'heure de l'apéritif... Venez.

Le vieux se dirige fièrement vers l'ascenseur.

Ils montent jusqu'au dernier étage et, là, surprise. Changement de panorama, il n'est plus question de crâner mais de savourer.

A peine la porte ouverte, une gravure de la douce baie de Naples à hauteur des yeux, avec un Vésuve tranquille mais qui rappelle que la sérénité ne vaut que par le feu qui couve en-dessous lui souhaite la bienvenue. A cette seule vue, le vieux se sent déjà dans le sud, et plus encore en pénétrant dans une petite salle à manger très claire malgré le ciel couvert. Un petit balcon et une fenêtre se faisant face égayés par des plantes bien soignées, laissent voir les toits milanais, d'où émerge le *Duomo*, avec sa *Madonnina* couronnant la flèche la plus haute. Cet étage est un pigeonnier au-dessus du piège urbain; c'est un refuge chaleureux, malgré la pluie qui continue à frapper sur les carreaux.

Le vieux retrouve cette sensation de sécurité qu'il éprouvait quand, dans ses déplacements clandestins pendant la guerre, l'agent de liaison de garde le menait à une cache où il pouvait se laisser tomber sur un lit et oublier la vigilance tendue de chaque instant. C'est dans cet état d'esprit qu'il s'installe dans le confortable fauteuil qu'on lui offre, ses jambes nues enveloppées dans une couverture qui lui donne l'impression de n'être ni vieux ni malade mais, au contraire, objet de sollicitude féminine. Le coup de fer qu'elle est en train de donner à son pantalon pour le sécher crée entre eux comme une ancienne vie commune.

Ensuite, rhabillé, il savoure la *grappa* de gentiane jaune, topaze au fond du verre et braise au fond de la gorge, accompagnée de fines tranches de viande des Grisons transformée en viande fumée méridionale avec juste un soupçon d'ail... «Elle en sait des choses, cette femme...», se dit-il. «Elle me devine!»

Oui, elle le devine. Elle l'interprète, elle le devance constamment tout au long de la conversation, tandis que la rumeur de la pluie fait comme un fond de fontaine paysanne... Ils parlent du pays et de leurs vies... Ce petit tableau? La terre d'Hortensia, Amalfi; le pittoresque chemin qui monte au Couvent des Capucins avec, en contrebas, la mer écumante au pied de la falaise... La mandoline accrochée au mur? Son mari en jouait très bien et elle, elle chantait. Des chansons napolitaines, bien sûr! Jeune, elle avait une jolie voix.

— Jeune?, commente le vieux. Alors, c'était hier!

Elle remercie du compliment et continue à parler... Ces photos, ce sont celles de son défunt mari : sur l'une, en uniforme de la marine, sur l'autre, coiffé d'un chapeau de paille rond, orné d'un ruban.

— Oui, Monsieur, il était gondolier, le Tomasso... Et avec la mandoline, il leur tirait de ces pourboires aux touristes américaines...! Imaginez un peu le mélange : lui vénitien et moi amalfitaine!

«Apparemment le couple s'entendait bien», se dit le vieux en l'écoutant, «quoique l'homme me semble avoir l'air un peu fanfaron... Gondolier, bien sûr, c'est un emploi de mauvais genre, de *malavitoso*... En plus, pourquoi est-ce qu'elle n'a pas dit "*mon* Tomasso"?... Mais je ne veux pas penser à mal; au moins, il a fait la guerre en mer, c'était un compagnon.»

La pluie continue et elle l'invite à déjeuner avec un tel naturel qu'il lui est impossible de refuser, à supposer qu'il y ait pensé. De toutes façons, il serait trop tard car elle a déjà fait le numéro et s'empresse d'annoncer que monsieur Roncone ne rentrera pas déjeuner.

Quelle maîtresse de maison bien organisée! En un rien de temps, elle sert des pâtes délicieuses. A moins qu'ici le temps passe sans qu'on s'en aperçoive, simplement en respirant à son aise?

— A Catanzaro, on appelle ça *primo*, l'entrée, commente le vieux en faisant l'éloge de la cuisson et de la sauce *al sugo*.

— Mais ici, non, parce que je n'ai rien pour après, s'excuse-t-elle. Encore un peu de viande des Grisons, si vous voulez, fromage, fruits et café : je vous offre tout ce que j'ai.

Le fromage, de là-bas, a vraiment du goût. Le café est fantastique.

— Aussi fort et aussi chaud que vous.

— Et aussi amer? le provoque-t-elle.

— Vous, amère? Vous... Bon, sauf votre respect, se lance le vieux, qu'est-ce qu'on attend pour se tutoyer? On est du même pays!

— Moi, du même pays qu'un Calabrais? Les montagnes nous séparent.

— Les montagnes, ça se traverse!

«Surtout si c'est pour arriver jusqu'à ce nid», pense-t-il.

En bon Calabrais, le vieux méprise les frivoles Napolitains, mais elle, elle est si différente! Après tout, Amalfi est déjà en dehors du golfe.

La pluie faiblit sans qu'ils s'en aperçoivent. Dehors, c'est un autre monde. Les mots languissent car, dans le fauteuil le vieux, encouragé par elle, s'endort peu à peu. Un petit somme, c'est tout.

Sa dernière pensée, avant de s'abandonner au sommeil, c'est que Brunettino, bercé dans ses vieux bras, doit se sentir dans un nid aussi douillet que lui dans le fauteuil d'Hortensia. Voilà d'où vient le sourire heureux encadré par les petites joues roses de l'enfant.

Assise en face de lui, la femme le contemple, les mains sur la jupe. La tête légèrement penchée et, dans les yeux, une infinie tendresse qui se déverse sur cet homme. Dans le cœur, une indicible mélancolie; sur les lèvres, une ombre de sourire serein.

Le vieux, endormi, ne peut voir ni ce regard, ni ce sourire.

Mais lorsque, une heure plus tard, il s'en retourne vers la viale Piave sous des nuages qui se dissipent dans le bleu grisâtre, la même tendresse apparaît dans ses yeux sans qu'il le sache. Et la même mélancolie remplit son cœur.

24

On entend la clé d'Andrea tourner dans la serrure. Anunziata et le vieux passent dans le couloir chacun par une porte. Renato, qui la ramène de l'aéroport, entre derrière elle.

Tout en les saluant, Andrea les regarde d'un œil inquisiteur. Elle va d'abord dans la chambre du petit qu'elle contemple et à qui elle donne un rapide baiser. «Madame Hortensia l'embrasserait d'une autre façon, même si ça le réveillait», pense le vieux, tandis qu'Andrea inspecte franchement la pièce. L'assiette thermos n'est pas exactement à droite sur le molleton de la table et Andrea la remet à sa place; Anunziata, confuse, baisse imperceptiblement la tête, cette anomalie lui avait échappé.

— Tu enlèves ton manteau?, propose tendrement Renato.

Une Andrea condescendante, l'air de dire «maintenant oui», se le laisse enlever et Renato l'emporte dans la chambre pour le suspendre.

Andrea parcourt l'appartement, à l'exception de la chambre du vieux où elle ne fait que passer la tête. «Bien, bien», répète-t-elle, «ça fait plaisir de rentrer chez soi». Elle répond aux questions respectueuses d'Anunziata. «Oui, un très bon voyage. Et à Rome, au ministère, excellentes impressions. Papa y avait tant d'amis! Sans compter ceux d'Oncle Daniele!»

Dans la cuisine, elle ouvre le réfrigérateur et fait l'inventaire d'un coup d'œil. «Très bien, Anunziata, parfait», répète-t-elle encore une fois en échangeant un regard complice avec la femme de ménage à la vue d'une demi-miche de pain bis. Le vieux qui, quelques jours plus tôt, se serait hérissé devant une telle inspection en sourit maintenant; après ses dîners de famille en liberté, il peut bien lui passer les petites manies de sa belle-fille.

Andrea arrive enfin à sa table de travail, dans le bureau, après avoir contemplé un moment par la baie vitrée les deux gratte-ciel, ses deux obélisques modernes. Elle s'immobilise devant ses papiers et son expression s'adoucit, elle est arrivée à bon port.

— Et ça?, demande-t-elle soudain d'un ton sec en montrant le coin où, sur la desserte, le vieux a installé la veille une petite crèche.

— Tu ne vois pas?, répond le grand-père avec fermeté. C'est la crèche du petit.

— J'avais décidé, en accord avec Renato, bien sûr, de faire un petit arbre de Noël. C'est plus pratique, plus rationnel.

Le vieux ne desserre pas les lèvres. «Rationnel!... Qu'est-ce que ça lui dit, à un gosse, un arbre comme ça, comparé au Jésus et aux figurines si typiques, au bœuf et à l'âne pour de vrai? Qu'elle mette ce qu'elle veut, elle, cette crèche ne bougera pas d'ici. Et je lui expliquerai, moi, à Brunettino.»

— Il se fait tard pour Anunziata, dit Andrea après un silence, et elle sort pour aller à la cuisine.

Le vieux l'entend dire à Renato, lorsqu'elle passe devant la porte de la chambre :

— Attends-moi ici. Je viens tout de suite défaire la valise.

Andrea parle un moment avec Anunziata. «Pour s'informer des changements de ces derniers jours, bien sûr», se dit le vieux. Et il sourit, moqueur, car le grand changement, le miracle, elles ne peuvent même pas le soupçonner : la profonde coexistence calabraise des trois générations Roncone.

A la fin, Anunziata prend congé et s'en va, tandis qu'Andrea entre dans sa chambre et s'y enferme avec Renato.

Au bout d'un moment, l'enfant se réveille. Le vieux se précipite dans la petite pièce et réussit à le rendormir.

Andrea ne sort de sa chambre que beaucoup plus tard, passant en peignoir pour aller s'enfermer dans la salle de bains. Défaire la valise leur a pris tout ce temps-là à tous les deux.

25

— Aujourd'hui, vous êtes fâché, ne me dites pas le contraire, affirme madame Maddalena avec un sourire engageant.

Le vieux le reconnaît en bougonnant. Plus exactement, il est meurtri ; il se sent un peu trahi par l'enfant que l'arbre de Noël attire plus que la crèche.

— C'est normal, tente de le consoler la Tarentine. Il est trop petit pour apprécier la crèche.

— Petit ? Mais puisque je lui ai expliqué et qu'il comprend tout ! Il n'a même pas regardé le bœuf ni l'âne, qui sont tellement bien faits. Deux mille lires chacun, mais avec de bonnes cornes et de belles oreilles !... Ce qu'il y a, explose-t-il, c'est que l'Andrea ne joue pas franc jeu. Elle a pendu à l'arbre des petites ampoules de couleur qui s'allument et s'éteignent toutes seules. Alors, bien sûr, le petit accourt comme l'alouette vers le miroir. Et vous savez le pire ? C'est qu'après avoir embobiné le petit comme ça, elle retourne à ses papiers et, terminé ! Elle ne fait pas ça pour lui faire plaisir au gosse et en profiter avec lui, madame Maddalena, mais pour m'embêter, moi !

Une idée soudaine le fait changer d'humeur et sourire.

— En tout cas, il est vraiment drôle devant l'arbre ! Comme il rit, comme il bat des mains !... — l'expression du vieux s'assombrit de nouveau. Mais il aurait dû préférer la crèche, c'est de chez nous !

— Attendez, et pourquoi est-ce que vous ne lui apportez pas autre chose qui attire son attention ? Regardez tout ce que nous avons ici pour Noël.

Le vieux admire une fois de plus cette femme qui a réponse à tout. On comprend qu'elle se cherche de bonnes occasions pour s'égayer la vie, parce qu'avec ce type qui les écoute comme un grand nigaud et qui s'appelle Marino... Marinello, comme elle l'appelle, elle!

Voilà comment, de retour à la maison, il ne rapporte pas seulement des victuailles pour son garde-manger secret, mais aussi un paquet qu'il présente solennellement à l'enfant dès qu'il se réveille de sa sieste : un petit tambourin. Rouge le cerceau de bois, bien tendue la peau, brillants comme de l'argent les grelots. Le vieux les agite et l'enfant, conquis, se met à rire et tend ses menottes, ravi.

Mais les grelots justement provoquent la réprobation d'Andrea.

— Ce n'est pas pour les enfants, ça. Il peut les mordre et se couper, condamne la voix tranchante dans le dos du grand-père.

— Il ne les mordra pas. Comme si Brunettino était stupide, réplique le vieux sans se retourner, et il se dit : « Alors comme ça, toi, tu peux lui faire le coup des petites ampoules et moi, je n'ai pas droit au tambourin de la vraie Noël, parce que, à Bethléem, il n'y avait pas de lumière électrique... Si ça te pique, gratte-toi. »

L'enfant donne la victoire au vieux. Il met les grelots dans sa bouche, oui, mais sans insister. Il les sent, même, mais ça ne va pas plus loin. Par contre, frapper la peau, secouer l'instrument, écouter son tintement, tout ça le ravit. Il agite le tambourin devant la crèche avec frénésie, tournant le dos aux petites ampoules. Et lorsqu'Andrea veut profiter d'une pause pour lui retirer le jouet dangereux, l'enfant le cramponne avec force et pousse des cris perçants jusqu'à ce que la mère, vaincue, se retire à la cuisine pour préparer le dîner.

« Préparer, c'est beaucoup dire, pense le vieux. Beaucoup de papier d'argent et de plastique, pour vendre plus cher, mais va savoir ce qu'il y a là-dedans. Du chimique, comme dans le mauvais vin... C'est ça qu'on appelle un réveillon de Noël? »

A table, ses craintes se confirment, jusqu'à la soupe qui semble claire. C'est pourquoi à la fin, lorsqu'ils trinquent au mousseux

— mais, pourquoi l'air si sérieux, où est la joie? — il se réfugie dans ses souvenirs de nuits de Noël : la flambée dans la cheminée, les fumets odorants des ragoûts et des rôtis, la caresse âpre du vin dans la jarre embrassée à tour de rôle, le vacarme des gens qui entrent et qui sortent, les saucisses maison et la viande séchée à point, le brouhaha au moment d'enfiler pelisses et capes pour aller à la messe de *Mezzanotte* en jouissant dans la rue du coup de fouet de l'air froid sur les joues enflammées... Et, au retour, jouer à la *tumbula* autour du *vrascero* fait de braises retirées de la cheminée, appeler les numéros par leurs surnoms joyeux, se moquer du manège des bergers autour des filles et finir en chantant, sur le chemin du lit, les idées brouillées et le corps excité, plus gorgé de sang et de vie que de vin... Plus d'un Roccaserano, baptisé neuf mois plus tard, est réellement né une nuit de Noël!

A l'aube, la *Rusca* qui remue le réveille dans son lit. «Bien sûr, ma pauvre, c'est ce dîner qui ne t'a pas réussi... Cette manie de mettre le vin au frigidaire, même s'il est mousseux!... Dans ce Milan, tout est froid; je me demande pourquoi Renato était si pressé de se mettre au lit avec sa Milanaise.»

Tout en essayant de calmer la bestiole, il enfile son pantalon, jette la couverture sur ses épaules et, comme à l'habitude, se glisse discrètement dans le couloir. Il arrive jusqu'au berceau sans bruit; ce n'est pas pour rien que dans le maquis, il se chargeait des reconnaissances les plus difficiles. Il se penche sur le petit visage, ce pâle aimant qui met la pleine lune au cœur de toutes ses nuits.

«Je devrais être fâché, Brunettino, que tu t'intéresses plus à cette bêtise d'arbre allemand... Mais tu m'as fait tellement plaisir avec le tambourin! Ça ne lui a pas plu à elle et c'est bien fait; tu l'as bien attrapée, sacré coquin, comme ton grand-père, et advienne que pourra!... Nous avoir, nous, avec des petites ampoules! Des pendeloques, en somme, même bariolées, tandis qu'un bon bourricot...! Tu verras, tu verras quand on montera sur le nôtre... Plus sûr qu'un cheval.»

Le vieux contemple le petit poing têtu agrippé au bord du drap, il s'émeut devant ce petit corps si tendre encore et déjà capable de mâles érections. Il lui parle de la vraie Noël, la *Notala*; pas l'ennuyeuse cérémonie de ce soir. Celle de là-bas, la nuit où l'on sent naître en soi quelque chose de grand et dans le monde un temps nouveau.

« Tu sais, mon petit ange, pense-t-il pour l'enfant, que ce jour-là, on s'en prend même aux riches et qu'ils ne peuvent pas te dénoncer aux carabiniers... Parce que moi, j'ai commencé très pauvre, sans rien de tout ce que tu as, toi. Et sans compter tout ce que tu auras, parce que je ne laisserai pas mon gendre tout croquer à Roccasera!... J'ai été un gosse qui allait pieds nus chanter avec d'autres sous les fenêtres des deux riches, le père du Cantanotte et monsieur Martino qui, tiens-toi bien, a fini par devenir mon beau-père. Il a failli mourir de chagrin quand je lui ai enlevé sa fille et qu'il a fallu nous marier! C'était drôle. Moi, personne ne se mettait en travers de mon chemin, et comme ça, le monde a fait un tour, car c'est un manège et il faut savoir monter en marche sur le cheval blanc, le plus beau, je t'apprendrai... Mais la noce, ça a été beaucoup plus tard, moi le gosse d'alors, sous sa fenêtre, je ne pouvais même pas en rêver. On leur chantait une *strina*, un couplet de Noël pour demander quelques sous, et s'ils tardaient à nous les jeter, on les insultait et on leur souhaitait le mauvais œil... Quels couplets! A se tordre, je m'en rappelle un :

Ne sois pas, toi, comme l'âne
Qui fait la sourde oreille
Si tu n'nous donnes rien pour boire
Châtré comme le bœuf tu seras.

Mais ce n'était pas pour boire, vu qu'il n'y avait même pas de pain chez nous; sauf que ça, ça ne s'avoue jamais parce qu'autrement ils te soumettent... On avait des tambourins comme le tien, mon petit ange, et des *zambombas*, mais toi tu ne saurais pas encore en jouer. On les faisait nous-mêmes avec des peaux de lapin de garenne et des cruches cassées par le fond... J'avais un copain très doué pour inventer des couplets... Ecoute celui-là, tu vas rire, on le chantait à un *crapiu pagatu e contentu*, un cocu complaisant. Tu me comprendras quand tu seras grand et que tu feras porter les cornes, c'est bon, crois-moi! Tout le village le connaissait, écoute, tu vas rire :

Ton fils est comme le bambino
Et toi comme saint Joseph
Car c'est pas toi le père
Même si c'est ta femme la mère.

Hein, que c'est drôle? Est-ce que tu me croiras si je te dis que le *crapiu* nous a donné plus de sous que n'importe qui? Puisqu'il devait le prendre à la rigolade...!»

«Quelle verve il avait ce veinard de Toniolo! Vaillant et beau garçon; on aurait dit qu'il allait dévorer le monde. Les femmes le mangeaient des yeux; c'est pour ça, bien sûr, qu'à dix-huit ans, à peu près, la marquise l'a emmené dans un de ses domaines, pour travailler qu'elle disait. Tu parles! De belles besognes il devait lui faire à elle!... Ça m'a donné une de ces envies à l'époque! Et regarde où ça mène, dans ce domaine, près de Rome Toniolo est mort tout de suite, de la malaria. Pendant ce temps, ma bonne étoile m'attendait, moi, sans sortir de Roccasera.»

Pour renforcer cette bonne étoile, il touche le sachet pendu à son cou, car une ombre semble avoir épaissi celle de la pièce. Il se dresse sur le qui-vive pour pouvoir protéger l'enfant au besoin, mais ce n'est rien, peut-être une simple appréhension car il vient de se rappeler une autre *strina*, bien différente, un coup de poignard de la mélancolie... Il la chantonne à voix basse :

La Noël s'en vient
La Noël s'en va
Et nous autres nous en irons
Et plus ne reviendrons.

«Tu as entendu, Brunettino? Et c'est la vérité, mais on est si bête qu'on la chante en rigolant...! C'est seulement maintenant que je comprends ce que ça dit car j'ai jamais eu peur de mourir. Mourir, ça serait mauvais si ensuite, on se rendait compte qu'on n'est plus vivant, tu vois, mais comme on s'aperçoit pas qu'on est mort, qu'est-ce que ça peut faire?... Quoique maintenant, si, ça m'importe, parce que tu as besoin de moi, je peux pas te laisser seul dans ce Milan répugnant... Tu sais, je voulais pas te le dire, mais ça m'a échappé et il vaut mieux que tu te fasses à l'idée; cette nuit de Noël, c'est la dernière pour moi et, sinon celle-là, la suivante à coup sûr... Ne t'inquiète pas, j'ai le temps de te laisser sur le bon chemin; tu es déjà en train de le prendre... Il nous reste encore tout l'été et l'automne; je durerai le temps qu'il faudra pour toi. Dès que le saligaud aura cassé sa pipe, on ira là-bas pour que je t'explique tout et que tes racines poussent dans une terre d'hommes. Ensuite, ça me sera égal de mourir, ce que je t'aurais appris, tu ne pourras plus jamais l'oublier. Tu seras un arbre aussi haut et droit que moi, Brunettino, je te le jure.»

Le vieux se tait car, tandis qu'il se promet cet avenir doré, l'angoisse l'étrangle et oppresse ses yeux... Un sanglot éclate, malgré tout...

«J'aurais tant aimé te voir devenir un jeune homme, courageux, bien bâti, qui dévore les femmes des yeux... J'aurais tant aimé!»

A cet instant, le miracle. Les petits yeux s'ouvrent, noirs, deux puits insondables pleins de l'eau profonde d'une décision. Soudain, comme lorsque le vieux s'est dressé contre l'ombre inquiétante, le petit corps remue, se découvre, fait passer ses petites jambes par-dessus le bord du lit et, au contact du sol, se redresse, lâche les barreaux, se retourne vers le grand-père assis par terre... et fait trois petits pas chancelants, tout seul, pour arriver dans les vieux bras émus!

Bras qui l'accueillent, le serrent, l'étreignent, se font tendres autour de ce petit prodige tiède, lui mouillent les joues de quelques gouttes salées qui roulent sur les vieilles lèvres tremblantes...

— Tes premiers pas! Pour moi! Maintenant je peux...!

Le bonheur, si fort qu'il lui fait mal, étouffe ses paroles.

26

— Encore un peu de café, Papa?

Ils sont tous les deux dans la cuisine en train de déjeuner. A côté, dans la salle de bains, le rasoir de Renato ronronne. Les fêtes passées, on renoue avec la hâte matinale. La cafetière en l'air, Andrea s'impatiente.

— Oui, merci... Mais ne m'appelle plus «papa».

— Pardon. Chaque fois, ça m'échappe.

— C'est pas ça. A partir de maintenant, appelle-moi grand-père, *nonno*.

Andrea, un instant irritée, le regarde avec une surprise attendrie. «Comme il l'aime, mon fils!», pense-t-elle. Et c'est alors au tour du vieux de s'irriter en percevant cette tendresse.

— Qu'est-ce que tu regardes? Est-ce que je ne le suis pas? Alors «grand-père» et ça suffit, bon dieu!

«Grand-père». Le vieux a savouré le mot au petit matin, en montant la garde auprès de Brunettino. *Nonno*, *nonnu* en calabrais; ça sonnait comme la clarine mate au cou du mâle qui guide le troupeau. Et aussi comme une berceuse auprès du berceau. «*Nonnu*», a-t-il murmuré à plusieurs reprises sans que le petit se réveille. Il l'a expliqué à la bestiole :

«C'est ce que je suis, *Rusca*. Plus que père et beau-père, beaucoup plus, "grand-père". Le seul qui lui reste à mon Brunettino, alors que d'autres en ont deux, et deux grands-mères... J'en ai eu encore moins, moi, aucun! C'est pour ça que je ne savais pas ce que c'était, et même maintenant, je commence à peine à le comprendre. Voilà pourquoi je me suis retrouvé sans attaches! Ah, mais un homme aussi, bien sûr! Quoique l'on puisse être un homme et aussi... Je ne sais pas, mais je sens en moi quelque chose de plus, quelque chose de nouveau qui apparaît... Quoi?... Enfin, tu me comprends... Non, toi non, parce que tu es comme moi; tu fais ce que tu veux et tu mords à belles dents... Une grand-mère oui, tu vois! Une grand-mère le comprendrait, mais lui, il n'a que moi... Et c'est si bon de serrer ce petit corps contre soi et de l'entendre murmurer comme un pigeon apprivoisé!... Il pousse en moi quelque chose de doux, de tendre, tu vois... Avant, je me moquais de ça, des trucs de bonnes femmes!... Mais voilà ce petit agneau, voilà...»

Cette dernière idée l'a surpris et, plus encore, de n'en éprouver aucune honte. «C'est donc possible? Si je l'avais su avant...!»

Comme en tirant sur des rênes, il a stoppé net ses réflexions en voyant apparaître — comme cela lui arrive dernièrement — des abîmes intérieurs inconnus à travers lesquels approchait une silhouette. Mais il n'a pas fermé les yeux à la soudaine évocation de Dunka, car ces sentiments aussi, elle les aurait expliqués, elle qui a justement essayé de l'entraîner à travers ces ombres... Ombre, homme... «Qu'est-ce que c'est que ces trucs qui me passent par la tête!... D'où ça peut bien venir?»

«Et maintenant, en plus, si soudainement, Hortensia! Comment est-ce qu'elle aura passé la Noël? Chez sa fille sûrement, bien joliment. Elle a une fille, *Rusca*, et même une petite-fille, tu sais? On croirait pas, une femme si jeune et grand-mère... Elle dit qu'elle n'a plus de voix. Impossible! Elle a sûrement chanté pour eux; ils ont dû passer le réveillon à danser des tarentelles. De la musique pour de vrai, pas comme celle d'Andrea. Il devait y avoir de la musique, une crèche... et pas de petits arbres allemands!»

A présent, en buvant son café, étranger aux allées et venues de ses enfants, il continue à ruminer l'idée qu'il a conçue si subitement la nuit dernière. Est-ce que ce serait bien d'apporter des fleurs à Hortensia? Et lesquelles? Rien qu'à s'imaginer dans la rue un bouquet à la main, comme les petits messieurs, il se sent nerveux. Mais après toutes les attentions qu'elle a eues, il doit faire quelque chose en plus de lui rendre visite pour les fêtes...

Il se souvient alors que dans les jardins, il y a un kiosque de fleuriste et que de là, il n'y a qu'un pas jusqu'à la via Borgospesso; c'est ça qui le décide.

C'est ainsi qu'un peu plus tard, il monte dans l'étroit ascenseur, son bouquet à la main, craignant toujours que cette caisse ne se coince dans sa cheminée... Il a d'abord sonné à l'interphone et elle l'a invité à monter. Elle l'attend sur le palier du dernier étage.

Comme toujours, nette, simple, pleine de vie. Et, en plus, elle l'accueille en lui montrant sa joie devant la surprise.

— Mais qu'est-ce que vous avez fait là? Comment y avez-vous pensé? Entrez, entrez.

Le vieux offre gauchement les roses qui, selon la fille du kiosque, étaient ce qui convenait le mieux. Elle approche le bouquet de son visage, le sent.

— Splendides!... Mais vous n'auriez pas dû...

— Allons, on se tutoie maintenant... Et meilleurs vœux.

— Merci; pour toi aussi.

Elle lui offre sa joue et le vieux l'embrasse. Elle sent meilleur que les roses. Et ses cheveux, de la soie avec une telle tenue!

— Elles te plaisent?, demande le vieux une fois assis, en la regardant bouger les bras pour arranger les fleurs dans un vase.

— Tu sais bien qu'elles nous plaisent à nous les femmes.

— Je suppose, répond le vieux avec gravité, en ajoutant : c'est la première fois que j'apporte des fleurs à une femme.

Et c'est la vérité; avec Dunka, c'était elle qui offrait les fleurs. Mais Hortensia l'ignore et, étonnée, elle se tourne vers lui, le regard grave à son tour, derrière l'éclat permanent de ses yeux qui rappellent une rivière tranquille où miroite le soleil. La surprise la rend maintenant indiscrète :

— Qu'est-ce que tu dis là? Tu as dû connaître tellement de femmes!

Le sourire viril ne le confirme que trop.

— Mais je n'ai jamais eu besoin de fleurs.

Elle n'ose pas répliquer. Elle finit d'arranger le bouquet, le place au centre de la table et, sans rien dire, disparaît un instant pour revenir avec la *grappa* et un petit verre. Elle demande :

— Comment s'est passé ton Noël ?

— Avec le petit. Pour le reste, rien, eux deux... Un Noël milanais... Toi, bien sûr, tu l'as fêté avec ta fille !

— Moi ? Ici toute seule.

— Seule ?, s'étonne le vieux en se disant : « Si j'avais su... Mais quoi ? Je n'allais pas laisser Brunettino. »

— Les enfants sont tous les mêmes, ils vivent leur vie. Enfin, moi aussi je l'ai vécue quand j'étais jeune. Quand je suis partie d'Amalfi, mon père ne voulait pas, mais je ne regrette pas. Là-bas, il n'y avait rien à faire.

Le vieux la regarde. « Quelle vie elle a dû mener ? En tout cas, elle a de l'expérience ».

— Et tu seras seule aussi pour la Saint-Sylvestre ?

Le sourire féminin s'accentue.

— Cette fois, non. J'aurai tes roses.

C'est le vieux maintenant qui n'ose pas répondre.

Elle le regarde : « A quoi peut bien penser cet homme ?... A quelque chose de gentil, sûrement... Bon, alors je ne me tais pas » :

— A quoi tu penses ?

— A tes cheveux. Qu'ils sont beaux !

« Je savais qu'elle aurait ce rire de gorge », se réjouit le vieux en l'entendant.

— Merci ! Ç'aurait été une mauvaise publicité d'en avoir de moches.

— Pourquoi ?

— J'étais coiffeuse. *Capera*, comme on dit chez nous.

— Chez nous aussi.

— Allons, pour une fois, Amalfi est d'accord avec la Calabre !... J'avais mes clientes ; en plus, j'achetais des cheveux et je les revendais pour faire des perruques... J'en tirais quelques sous pour aider à la maison.

Elle poursuit, interprétant la soudaine expression du vieux.

— Certaines coiffeuses avaient mauvaise réputation, c'est vrai ; mais moi, je suis toujours restée en dehors des petites histoires et des commérages. En plus, le métier se perdait; avec les permanentes et les instituts de beauté...

Impression du vieux à se sentir deviné : est-ce que cette femme serait voyante?... Non, c'est qu'elle parle sans crainte.

— C'est pour ça qu'elles ont toutes les cheveux abîmés. Toi, par contre...

La femme arrange son chignon et accepte le compliment.

— Je ne me suis jamais fait friser; couper seulement... S'ils deviennent tous bien blancs, ce sera joli.

«Lâchés, lâchés, c'est comme ça que j'aimerais les voir», pense le vieux. Mais il parle de son petit-fils, de sa petite tête plutôt frisée.

— Et ça y est, il marche, tu sais! Depuis hier soir, pour moi tout seul.

— Tu dois être drôlement content!

Cela va sans dire; mais il soulève une question. Un enfant qui commence à marcher a besoin de nouvelles chaussures. Andrea, qui s'y attend d'un moment à l'autre, lui en a achetées de très laides; elle appelle ça des mocassins mais on dirait des sabots.

— Mon petit-fils n'ira pas comme un berger, décide le vieux en buvant d'un coup la *grappa*. Il doit être habillé comme un monsieur. C'est-à-dire : chaussettes blanches et petits souliers noirs, de ceux qui brillent.

C'est comme ça que le vieux se représente les fils de bonne famille. L'image s'est gravée en lui un dimanche qu'il était descendu de la montagne à Roccasera, portant autour du cou un chevreau pour monsieur le Marquis qui venait d'arriver avec deux amis pour la chasse — le marquis à qui il finirait par racheter les vignes et la châtaigneraie. C'était la première fois qu'il voyait une automobile et de ce véhicule prodigieux était sorti un enfant maigre et blond; ses chaussettes blanches dépassaient de petites chaussures brillantes comme des miroirs. A dire vrai, à la fin de la guerre, il avait été fusillé; c'était un haut dignitaire fasciste.

— Hortensia..., tu crois que ces petits souliers brillants sont des souliers de fascistes?

— Quelle sottise !, s'exclame-t-elle en riant. Mais plutôt que du vernis, il vaudrait mieux des chaussures montantes. Elles serrent la cheville et l'enfant marche plus sûrement.

Il en coûte au vieux de renoncer à son rêve puéril, mais il comprend que des bottes, c'est mieux pour un homme. Son problème, c'est les acheter. Quel modèle ? Quelle pointure ? Où ? Et si on le trompe sur la marchandise ? Parce que ces Milanais, quand ils voient un paysan...

Hortensia offre de l'accompagner chez le marchand de chaussures. Formidable ! Comme ça, les petites bottes seront un cadeau des Rois pour l'enfant, même si ce n'est pas la coutume. Elle les gardera chez elle jusqu'à la veille, garantissant ainsi la surprise. Quelle tête va faire l'Andrea ! Ils en rient tous les deux.

Le vieux prend congé, mais il laisse dans ce petit appartement lumineux le lien intime d'un secret associé à Brunettino et partagé avec Hortensia. Agile et joyeux, il descend les escaliers comme lorsqu'il dégringolait de la montagne à Roccasera les veilles de fêtes.

27

Alors, c'est ça les fameuses femmes?

Andrea l'a inscrit dans un incroyable *Club d'Animation du Troisième Age*, fréquenté par des messieurs et des dames, selon ses propres termes.

— Des femmes?, a demandé le vieux.

— Bien sûr, des femmes, a répondu Andrea avec un sourire forcé.

Et maintenant le vieux regarde les femmes dans le salon encore décoré de guirlandes de Noël. Avec, bien entendu, un sapin dans un coin. Mais ses petites ampoules sont toujours allumées, elles ne font pas de clins d'œil.

Certaines jouent aux cartes; d'autres sont assises en groupe sur des divans et des fauteuils et prennent le thé ou le café à des tables basses voisines. Il y a des hommes aussi et on cause avec animation; de temps en temps éclate un petit rire aigu. L'une d'elles a cessé de jouer du piano pour se tourner vers la porte sur son tabouret pivotant et, comme les autres, elle regarde le vieux qui se tient sur le seuil aux côtés d'Andrea et de la directrice du Club. A son tour, le vieux les regarde: «Des femmes? Une bande de vieilles!... Frisées, maquillées, pomponnées..., mais toutes vieilles!»

Les hommes, du même acabit. Il y en a un debout à côté de la pianiste. Deux autres jouent aux échecs, les seuls qui ne se sont pas retournés vers les nouveaux venus.

— Continuez, don Amadeo, votre voix est plus belle que jamais... Magnifique!... Le *comendatore* est un grand ténor, précise la directrice au vieux.

Enfin, elle insiste pour qu'on ne l'appelle pas madame la directrice. «Je ne dirige rien, ce sont les membres de notre Club qui décident de tout. Je ne suis qu'une modeste animatrice, une camarade de plus.» Mais le vieux comprend bien que c'est elle la directrice, il n'y a qu'à la voir et, surtout, à l'entendre. Cet air d'autorité...

— Ah, quand je chantais à la *Scala!...* — bredouille le vieux à côté du piano, en s'inclinant avec une expression de gratitude cérémonieuse. Il tourne une page sur le pupitre et indique à la pianiste : Recommençons, s'il vous plaît.

La pianiste frappe quelques accords. Puis, tandis que la voix cassée attaque la *Matinatta* de Leoncavallo, la directrice conduit Andrea et son beau-père vers deux chaises vides, en face d'un canapé occupé par deux dames séparées par un monsieur.

— Je ne vous présente pas parce qu'ici, ce n'est pas nécessaire; tout le monde est présenté du simple fait qu'il est membre. Notre règle, c'est la spontanéité, le libre élan affectif, n'est-ce pas?

Les trois têtes sur le divan opinent de façon répétée. La directrice-animatrice sourit. En réalité, tout le monde sourit ici, sauf le vieux, et Andrea qui l'observe avec inquiétude.

— Je suis Ana Luisa, dit l'une des deux vieilles en même temps que l'autre déclare s'appeler Teodora. Elles sont obligées de répéter car elles ont parlé en même temps. Malheureusement, on ne les comprend pas mieux la deuxième fois parce que l'autre vieux lâche un rire en cascade qui se termine dans une quinte de toux, pendant laquelle elles réussissent enfin à se présenter en criant presque.

— Ne les écoutez pas, camarade, dément le vieux dès qu'il peut parler. Elles ne s'appellent pas comme ça, elles se moquent de vous. Ce sont des farceuses, des farceuses... Hi,hi,hi, ces demoiselles sont des farceuses.

Elles unissent alors leurs éclats de rire à ceux du catarrheux qui cligne exagérément d'un œil en direction des nouveaux venus. Au fond du salon, la *Matinatta* s'arrête net et un coup sec du couvercle de piano qui se referme proclame l'indignation des deux artistes interrompus. La directrice accourt pour les calmer et, sur le canapé, le rire du trio cesse net lui aussi lorsque le catarrheux laisse tomber ses deux mains sur les cuisses féminines les plus proches. Subitement dignes et raides, les dames se débarrassent de ces mains avec le même geste de répugnance.

— Ne commencez pas, don Baldassare, dit Ana Luisa. Ou peut-être Teodora.

— Ce ne sont pas des manières, ce ne sont pas des manières, caquette Teodora. Ou peut-être Ana Luisa.

— Que celui qui n'apprécie pas l'art reste chez lui. C'est ça, qu'il reste chez lui, répète au fond de la pièce le ténor offensé, entre les chuchotements apaisants de la directrice qui, son objectif de ramener le calme atteint, revient enfin vers le nouveau membre du Club, juste au moment où don Baldassare l'interroge :

— Et vous, de quelle classe êtes-vous, camarade?

— Moi, j'ai été réformé... Je suis sourd!, crie le vieux, exaspéré par cet œil qui cligne sans arrêt en face de lui. Il montre les dents dans une tentative de sourire forcé et s'en retourne vers la porte. Andrea le suit, ainsi que la directrice, qui s'évertue à donner des explications.

— Le pauvre don Baldassare n'a pas toute sa tête, mais nous ne pouvons fermer les portes à personne... C'est une institution publique, municipale, vous comprenez... Pour le reste, il y a des personnes très agréables, très agréables...

Andrea obtient de son beau-père qu'il se résigne à visiter le reste des installations, vantées à profusion par la directrice :

— Ici c'est la bibliothèque... Bonjour, docteur, on ne vous dérange pas... Excellentes lectures, excellentes... Cette petite salle avec la télévision, très pratique... La salle de réunion, vaste, n'est-ce pas? Nous donnons beaucoup de conférences... Extrêmement intéressantes... Nous avons aussi des séances de cinéma et parfois, nous faisons du théâtre. Il y a un mois, voyez-vous, nous avons donné *Vêtir ceux qui sont nus* et nous avons eu des critiques honorables. Vous aimez Pirandello, monsieur Roncone? Si vous permettez, je vous appellerai don

Salvatore. Ici, nous utilisons le prénom, c'est plus spontané... Vous aimez Pirandello?

A la fin, ils se retrouvent dans le vestibule, là où un panneau mural proclame : *Maison de la Joie. Rire c'est Vivre.* La directrice commence à prendre congé. Andrea, pourtant déprimée, éprouve une reconnaissance admirative pour le prudent silence de son beau-père. Elle ignore qu'il est dû à l'intensité paralysante de la stupeur. Depuis qu'il est entré là, le vieux se demande si tout cela existe vraiment, si de tels spécimens sont humains. Même pour des Milanais, ça reste incompréhensible. Il n'arrive pas à réagir, c'est pour ça qu'il se tait. A la fin seulement, il demande, hésitant :

— Et ils sont tous comme ça?

— Comment comme ça?, demande la directrice, en levant ses yeux limpides d'aigue-marine. Andrea se recroqueville intérieurement, attendant le coup de fouet.

— Aussi..., aussi vieux et tout ça.

Mais la candeur de la directrice est invulnérable.

— Qu'est-ce qu'il va chercher là, ce don Salvatore!... Ici, il n'y a pas de vieux, cher monsieur; nous sommes le troisième âge. Le meilleur, si on sait le vivre. Revenez et vous verrez, revenez, nous vous montrerons.

Andrea, marchant devant sur le trottoir, déplore son échec. Elle s'était imaginée qu'avec ce club près de la maison, son beau-père s'absenterait plus et ne gâterait pas autant l'enfant, ce qui rend plus difficile une bonne éducation. C'est pour ça qu'elle reste bouche bée lorsque, en réponse à une question prudente, il annonce qu'il ira de temps en temps au club.

— C'est peut-être vrai qu'il y vient d'autres gens, précise le vieux avec ce regard indéchiffrable qu'il lance parfois, en fermant à moitié ses petits yeux malins sur une ébauche de sourire.

Car le club lui est apparu soudain comme le meilleur moyen de s'esquiver. L'après-midi, avec Andrea qui le gêne à la maison, son seul moment agréable, c'est le bain de Brunettino. Mais avant, il aura le temps de rendre visite à Hortensia en disant qu'il va au club.

«Mais enfin, est-ce que j'ai besoin d'excuses?», se reproche-t-il. «Je fais ce qui me plaît.» Bien sûr, mais justement ce qui lui plaît c'est de ne pas parler d'Hortensia; c'est plus drôle de la cacher à l'Andrea. Avec cette idée, il tranquillise son esprit en se convaincant que personne ne le contrôle.

28

Est-ce qu'ils sont déjà passés par là?

Le vieux l'ignore. Dans la montagne, il ne s'est jamais perdu, mais ici... Aujourd'hui, toutes les rues lui paraissent identiques, comme un labyrinthe à travers lequel Hortensia le guide sans hésiter. Toutes les boutiques de chaussures se confondent en une seule, bien que dans certaines, ils se soient renseignés, dans d'autres ils aient vu des modèles refusés par son guide, et que pour la plupart, ils n'aient pas dépassé la vitrine, allant et venant de l'une à l'autre au milieu de tous ces gens pressés de faire leurs achats de fin d'année, en esquivant les voitures.

Finalement, ils achètent les bottes chez Mondoni, le premier magasin où ils sont entrés; c'est Hortensia elle-même qui, triomphante, le fait remarquer au vieux.

— Je savais bien que c'était le mieux. Mais si on ne regarde pas ailleurs, on trouve ensuite quelque chose de moins cher au coin de la rue.

Le vieux n'est pas tout à fait d'accord, mais il a été heureux tout au long de la consciencieuse expédition, prenant même plaisir à se sentir perdu parce que cela lui permettait de s'en remettre à Hortensia. En plus, c'est un plaisir de l'accompagner; elle porte un beau trois-quarts de fourrure grise et des bottes de bonne qualité. Mais surtout, elle l'a pris par le bras et le vieux sent sous son coude la fermeté élastique de la chair féminine. Il se rengorge :

— Les hommes te regardent!

— Ils nous regardent tous les deux.

— Moi? A cause de ma pelisse de paysan!

— Ils regardent ton allure et ta démarche.

— Ça oui ; de bonnes jambes de montagnard. Je les dépasserais encore tous pour escalader les sommets... Et toi, tu n'es pas fatiguée ? Parce que c'est une belle après-midi de travail que je t'ai donnée !

— De travail ? Nous autres, on adore faire les magasins. En tout cas, tu as pris ce qu'il y avait de mieux. Et pour pas cher.

Pas cher ? Le vieux a mis dans les petites bottes ses dernières lires de réserve. Et encore, il lui en manquait six cents, données par Hortensia qui n'a pas voulu se résigner à en prendre de moins chères.

— Pas question ; pour le petit, ce qu'il y a de mieux. Et c'est une bonne affaire, je te le répète. Je m'y connais ; j'ai travaillé six ans comme vendeuse aux *Grands magasins Lombardía*, quand je me suis retrouvée veuve avec ma petite... Allons, allons, tu me les rendras. C'est à ça que servent les amis.

— Mais il me faudra du temps. Je me retrouve sans le sou.

Il le déclare d'un ton si sérieux, presque funèbre, qu'elle éclate d'un rire encore plus sonore sous la voûte de la Galería Vittorio Emanuelle, où ils se sont mis à l'abri d'une bruine qui commence à tomber alors qu'il fait déjà nuit. Les gens se retournent et lui, sourit. Comment résister à ce visage joyeux, à ces dents si blanches ? Mais sur-le-champ, il se met en colère :

— Bon sang ! Les terres et le bétail sont à moi, mais mon parasite de gendre traîne pour m'envoyer de l'argent. Au téléphone, je lui crie après, mais comme ma trique ne l'atteint pas... Et chez ma belle-fille, je ne veux rien demander.

— Allons, il n'y a pas urgence ; ne fais pas cette tête, les gens vont croire qu'on se dispute ! Et ce n'est pas le cas, pas vrai ?

— C'est que, en plus...

— Ne me dis rien, je sais. Maintenant tu as envie de m'inviter à prendre quelque chose. C'est ça, hein ?

« C'est une voyante », se dit une fois de plus le vieux qui souffre, en effet, de ne pas pouvoir l'inviter comme elle le mérite. Ils se sont justement arrêtés devant un café chic.

« J'ai deviné ! », pense Hortensia, heureuse à l'idée que cet homme ne peut rien lui cacher. Pour elle, il est aussi transparent qu'un enfant. Et elle ajoute :

— Alors, invite-moi, voyons; invite-moi. Pourquoi pas? Prends : cet argent est à toi, comme si tu le sortais de la banque et que tu paies ensuite des intérêts.

— Ah, avec intérêts, alors d'accord, sourit le vieux en l'acceptant.

Elle lui reprend le bras, mais pour se laisser mener cette fois. Et c'est l'homme qui pousse la porte à tambour, la conduit jusqu'à une petite table éclairée par une lumière diffuse et s'assied à côté d'elle sur le divan de velours. Hortensia s'épanouit en voyant qu'après avoir repris les choses en mains, le vieux paysan s'adresse au serveur sans embarras, avec autorité, pour lui commander une excellente collation. « Ça suffit, ça suffit, qu'est-ce qu'on va faire avec tout ça? », proteste-t-elle, souriante, tout en picorant avec gourmandise, dégustant plus particulièrement une tarte à son goût. Le temps file vite pour les réfugiés de cette île d'intimité qu'ils ont créée au milieu de l'agitation.

— Qu'il est tard!, s'exclame Hortensia en regardant sa petite montre. On ne va pas t'attendre chez toi?

— Ils croient que je suis en train de m'amuser dans un club de crétins.

— Tu ne leur as pas dit qu'on sortait ensemble?

— Les petites bottes sont un secret, souviens-toi... En plus, ajoute-t-il gravement, je ne veux pas entendre ton nom dans la bouche d'Andrea.

«Je suis son secret», pense-t-elle enchantée. Et elle lui fait remarquer :

— Tu te rends compte que nous avons fêté ensemble le réveillon de la Saint-Sylvestre? Car moi, je ne vais plus rien manger à la maison.

— C'est ce que je voulais! Tu es contente?

— Tellement que je m'en vais remercier saint François... Tu m'accompagnes?

— A l'église? Je ne mange pas de ce pain-là!

Mais, bien sûr, il se lève en même temps qu'elle et l'aide à enfiler sa veste. Il comprend pourquoi les gens bien élevés font ça, c'est comme si on prenait la femme dans ses bras.

La bruine a cessé. En haut de la via Manzoni elle lui explique qu'elle non plus n'a pas l'habitude d'aller à la messe, sauf à *Sant'Angelo*, pour voir saint François, le saint qu'elle préfère, surtout lorsqu'elle sait qu'il n'y a pas de curés en train de prêcher, car elle ne croit pas en eux... Ils marchent encore un peu, réunis dans le même silence, quand soudain elle s'exclame :

— Et tu peux même le voir sans entrer dans l'église, regarde-le.

— Qui ?

— Saint François.

Sur la place, il y a une petite vasque octogonale, comme le bassin d'une fontaine, mais sans jet d'eau au milieu. Accoudé au parapet, un moine contemple un petit oiseau posé de l'autre côté. Les deux figures sont en bronze, mais l'attitude humaine est si naturelle, ici au niveau de la rue, que la conception simple de l'artiste émeut justement par son humilité. La lumière jaune d'un réverbère, qui ondule vaguement sur l'eau, donne au bronze des reflets de vie.

— Tu sais, Bruno ; il parlait aux oiseaux. Je me dis toujours que cette statue doit plaire à saint François.

Parler aux oiseaux ? Le vieux ne croit pas que les oiseaux soient sur terre pour qu'on leur parle. Mais il s'imagine Brunettino avec un petit moineau dans les mains ; à coup sûr l'enfant lui parlerait. C'est pour ça que cette fontaine l'enchante. En plus, bien sûr, il marche aux côtés d'Hortensia qui, quelques minutes plus tard, le fait entrer dans une église.

Une seule nef, comme à Roccasera, et presque vide ; elle est encore ouverte car c'est la nuit de la Saint-Sylvestre. Hortensia se dirige résolument vers une petite chapelle latérale et s'assied sur un banc d'où elle peut voir la statue de saint François. Sur l'autel de la chapelle tremblotent deux bougies allumées devant une Madone. Sur le mur du fond, un grand tableau plutôt sombre.

Le vieux contemple le profil de la femme à côté de lui. Il a la même simplicité tendre que la fontaine, avec ces cheveux lisses tirés en arrière, ce nez tranquille, ces lèvres sereines. Le vieux apprécie qu'elle ne marmonne pas des prières ; ça ferait d'elle une bigote de plus. Et elle est tout le contraire, elle incarne la paix intérieure et la plénitude satisfaite, avec ses deux mains posées sur sa jupe et le rythme lent de sa poitrine. L'ombre d'un soupir lui échappe, plus heureux que tourmenté. Le vieux se sent troublé, comme s'il violait une intimité et il détourne son regard vers le tableau.

Sa vue, déjà plus accoutumée à la pénombre, reconnaît saint Christophe. Enfoncé dans l'eau jusqu'aux genoux, appuyé sur un robuste bâton, le saint regarde l'enfant assis sur son épaule, qu'il maintient de l'autre bras. Au milieu des vagues, on devine des ombres sinistres comme des monstres fabuleux, mais le visage du saint est pure extase dans la contemplation de Jésus. Le vieux reproduit, sans s'en rendre compte, cette expression car l'enfant, soutenant le globe du monde comme une balle, lui rappelle Brunettino.

« Mais mon Brunettino est plus malin, plus espiègle. Ce bambino est comme tous ceux des peintures, un benêt. On voit même qu'il a peur de tomber et qu'il s'accroche aux cheveux du type... Allons, Christophe, tiens-le mieux ! Qu'il ne se mouille pas, le pauvre petit ! »

Hortensia, alertée par le murmure, se tourne pour regarder le vieux, étonnée de le voir bouger les lèvres dans une prière. Mais ça ne dure pas et il revient à son silence, ébranlé maintenant par la sensation qu'il devrait se souvenir de quelque chose. Qu'est-ce que ça peut bien être ?

Les yeux fermés pour mieux l'évoquer — c'est sûrement quelque chose qui date d'il y a longtemps — il lui semble se retrouver à Roccasera, dans l'église paroissiale. Les mêmes craquements de bois, des pas prudents, le grincement des portes, le crépitement des bougies... La même odeur de cire et d'humidité... Mais sa mémoire ne lui rend pas pour autant le souvenir perdu. Serait-il enfoui dans le monde de l'enfance de Roccasera ?

Le temps, un instant suspendu, se remet en marche. Ils se lèvent, sortent dans la rue et s'en retournent vers la toute proche via Borgospesso qu'ils ont laissée derrière eux lors de leur pèlerinage à *Sant'Angelo*. Le froid redouble, elle s'accroche à l'homme et ils marchent plus vite...

Ils se quittent devant le porche d'Hortensia.

— Bonne Année!

Elle lui offre sa joue comme lorsqu'il lui a apporté les roses, il ôte son chapeau et l'embrasse sur les deux joues. En s'éloignant, après l'avoir vue entrer, il emporte avec lui une douceur sur les lèvres, un frôlement de cheveux sur son front, un profil serein dans sa mémoire.

29

La soirée de la Saint-Sylvestre à la maison est un supplice pour le vieux car, après la collation avec Hortensia, il se voit forcé de goûter les plats qu'Andrea s'est évertuée à préparer en suivant scrupuleusement les recettes de son *Livre du Foyer*. L'excès ne réussit pas à la *Rusca* qui proteste en mordillant dans la chair vive. Le vieux aimerait bien aller se coucher, mais sa belle-fille a décidé qu'ils devaient attendre l'An Nouveau devant la télévision, comme toute l'Italie. Le vieux parvient à tenir bon jusqu'à minuit grâce au calmant — recommandé par le professeur en cas de crises aiguës — qu'il prend en cachette.

Après les vœux et les embrassades, il se retire aussitôt dans sa chambre, au moment où le Pape commence à parler, et déplie le canapé-lit, mais il ne s'endort pas. Il sait que le médicament va le faire dormir et l'empêcher de se réveiller à l'aube, c'est pourquoi il décide d'aller voir Brunettino avant, à la première heure de l'enfant. Lorsque les bruits cessent dans la salle de bains et que le couple se couche, le vieux prend sa couverture et se dirige avec précaution vers la petite chambre. Là, il embrasse délicatement l'enfant endormi et lui souhaite une longue vie bien remplie en se penchant sur lui comme un saule. Puis il s'assied par terre, s'enveloppe dans sa couverture et s'appuie contre le mur pour monter sa garde habituelle.

C'est la couverture justement qui exhume le souvenir dont la reconnaissance l'obsède depuis qu'il a commencé à papillonner devant le saint Christophe. Il fouillait en vain dans le vieux monde de son enfance, mais ce n'est pas à lui qu'appartient le souvenir, c'est à une autre nuit de la Saint-Sylvestre et à un bassin de fontaine publique. L'odeur de la couverture n'est pas seulement celle de son enfance de berger, c'est aussi celle de ses aventures de partisan, et cette odeur déchire le voile, faisant surgir en pleine lumière le souvenir d'il y a juste quarante ans : cette Saint-Sylvestre où il a fait, dans des conditions si dramatiques, la connaissance de Dunka.

D'un seul coup, il revit tout : sa surprise dans le café en voyant arriver une femme comme agent de liaison et, aussitôt, l'odeur du danger, la fuite salvatrice, le coup de feu qui l'atteint au côté et son stratagème pour tromper la Gestapo en se cachant dans le bassin de la fontaine monumentale, enfoncés dans l'eau comme saint Christophe... Puis la femme qui le guide courageusement à travers la ville inconnue, jusqu'à le mettre en sûreté dans une cache de la Résistance où, seulement alors, elle se permet de trembler de peur... Comment lui en a-t-il tant coûté de se souvenir de l'inoubliable Saint-Sylvestre qui les a conduits à Rimini? «Ça fait tellement partie de moi, se dit-il, que c'est comme le cœur, on finit par l'oublier.»

Les souvenirs maintenant le bercent, houle mélancolique de braises et de cendres, de passé et de présent mélangés et, l'action du sédatif aidant, il s'endort rapidement, comme lorsqu'il gardait le bercail les nuits sans loups. C'est l'enfant, par contre, qui se réveille et se redresse même d'un coup, sortant peut-être d'un mauvais rêve; mais en reconnaissant le vieux pelotonné, un sourire se forme sur ses lèvres et, comme un chaton repu, il ferme les yeux, change de position et se rendort.

Des rêves demeurent, cependant; ils flottent dans la petite chambre, conjurés peut-être par la singularité de cette nuit à cheval sur deux années, et des visions incertaines s'infiltrent dans le sommeil du vieux. Une femme aux yeux clairs — tirant aussi bien sur le vert que sur le gris — l'entraîne vertigineusement par la main à travers un labyrinthe de ruelles et c'est une torture de la suivre parce qu'il lui manque une botte, mais c'est pire encore par la suite, car il saigne, et puis ils cessent de courir; ils se retrouvent avec de l'eau jusqu'au cou, dos au mur, face à d'obscures statues qui, soudain éclairées par de très puissants projecteurs, révèlent un visage joufflu d'ange moqueur... Ensuite, il ne sait comment, ses cheveux sont devenus très longs et cette femme, ou peut-être une autre, les peigne lentement, très lentement, l'obligeant à rester immobile, puis le peigne descend le long de son corps, le griffe, le cloue, lui déchire le ventre tandis que l'étrange coiffeuse rit, comme si la douleur était une plaisanterie, et lui offre un petit oiseau qui parle, se pose sur son épaule, devient très lourd, de plus en plus lourd, et le fait ployer bien qu'il s'appuie sur une robuste houlette..., non, sur le bras d'une femme, la coiffeuse, l'autre, si c'était une autre, il ne sait pas, s'inquiète...

Heureusement, malgré le calmant le vieux se réveille à temps pour retourner dans sa chambre avant que le couple se lève. Il dort ensuite jusqu'à une heure avancée du premier jour de la nouvelle année. Andrea, en congé pour les vacances, lui avoue avoir commencé à s'inquiéter.

— Bah!, c'est que j'ai bien dormi. J'ai peut-être un peu trop bu hier soir. Je ne me souviens pas.

Andrea, si, et elle s'étonne; le vieux n'a justement pas goûté le vin. Mais elle ne peut pas tirer ça au clair car l'enfant crie depuis sa chambre et le grand-père court savourer les premières grâces enfantines.

30

Andrea n'avait pas pris au sérieux les paroles du vieux; il est pourtant bien sorti à cinq heures pour aller au Club du Troisième Age. Apparemment, il y a rencontré des gens car à neuf heures, il n'est toujours pas rentré.

— Ecoute, on va dîner. Il ne va pas tarder, propose Renato.

— Est-ce qu'il lui serait arrivé quelque chose?

— A qui? A mon père?

Son père est capable de tout surmonter. Mais Andrea insiste :

— Il est vieux.

«C'est vrai», pense Renato avec tristesse. «Et en plus...» Mais il a toujours l'air si solide et satisfait qu'ils en oublient sa maladie. Sa maladie mortelle.

Andrea téléphone au Club, mais la directrice est déjà partie et le concierge est incapable de préciser si monsieur Roncone, un nouveau membre, se trouve là... Il n'a pas répondu à l'appel lancé au micro, mais «ces vieux n'entendent jamais rien», déclare l'employé méprisant. Andrea et Renato se regardent indécis.

A ce moment-là, ils entendent la clé dans la serrure. On perçoit des pas précautionneux, par égard pour l'enfant qui dort, et le vieux apparaît, l'air de s'être effectivement bien amusé. Il s'excuse vaguement et eux lui manifestent leur inquiétude.

— Que vous êtes bêtes!, réplique-t-il. Qu'est-ce qui peut bien m'arriver? A moi?

Renato sourit; bien sûr, c'est impensable. Le vieux poursuit, de bonne humeur, en enlevant sa pelisse :

— Une après-midi épatante. Epatante.

Andrea, stupéfaite, passe à la cuisine pour servir le dîner sur la table déjà mise. Le vieux fait montre d'un splendide appétit et boit un peu. Renato et sa femme échangent des regards étonnés. Une fois couchés, les lumières de la maison éteintes, Andrea n'y tient plus :

— Vraiment, ton père..., soupire-t-elle. Je ne le comprends pas... Non, je ne le comprends pas. Il vient d'une autre planète.

La planète du vieux, cet après-midi-là, se nommait *Bonne et Heureuse Année!*, titre d'un spectacle populaire de *variétés* offert par la Municipalité dans un théâtre démontable installé sur le Piazzale Accursio. Hortensia l'y avait invité et ils s'étaient installés au milieu d'un public de gosses, de soldats et de gens de leur âge. Maintenant, dans son lit, le vieux s'amuse à nouveau en évoquant les numéros. Le couple sur ces bicyclettes qui partaient en morceaux — «quel cul elle avait, la diablesse!»; le magicien qui sciait par le milieu sa maigre assistante enfermée dans une boîte et elle apparaissait ensuite dans l'allée entre les fauteuils; l'homme qui devinait les cartes et les pensées (mais là, il y a toujours un truc); les trapézistes avec le pauvre gosse qui exécutait des sauts de la mort; le corps de ballet entre deux numéros exhibant quelques belles paires de cuisses... Mais surtout Mangurrone, le célèbre Mangurrone, la super star avec ses blagues et ses sketches drôles... «Mangurrone, une autre!», criait la foule, «Man-gu-rro-ne, Man-gu-rro-ne!...», et Mangurrone réapparaissait sous un nouveau déguisement pour offrir une autre faveur à son cher et respectable public milanais.

Le vieux étouffe un éclat de rire au souvenir de ce numéro dans lequel Mangurrone persuade une choriste qu'il l'a transformée en vache et le lui prouve en lui caressant une queue imaginaire et en la faisant mettre à quatre pattes pour la traire — «le type faisait ça bien, on voyait qu'il s'y connaissait!» — et, sous les yeux du public, un jet blanc comme du lait tombe dans un seau posé sous la fille qui meugle de plaisir.

«Comment on peut bien faire ça?, car Mangurrone a fait monter quelqu'un du parterre et lui a donné à boire un verre de vrai lait de vache...» Mais le meilleur, ç'a été le final : Mangurrone hurlant qu'il se sentait transformé en taureau et se mettant à quatre pattes derrière la choriste avec des intentions évidentes. La fille est partie en trottant et lui derrière, faisant une sortie applaudie avec frénésie.

— Comme tu t'amuses! Quel plaisir de t'entendre rire comme ça!, lui a dit Hortensia.

— Ce type est excellent!... Peut-être qu'il est en train d'empoigner la fille là-bas derrière la scène et... tu t'imagines!

— Qu'est-ce que tu vas penser là!

— Les choses de la vie! On ne crache pas sur les chèvres, là-haut dans la montagne. Sauf ton respect.

Hortensia le regarde avec bienveillance :

— Tu ris comme un gosse.

— C'est comme ça qu'il faut rire, lui a-t-il répondu en la regardant dans les yeux et peu à peu son rire s'est éteint en y percevant une telle tendresse joyeuse, un tel éclat vital...

« Ah, quelle mère pour mon Brunettino! », soupire maintenant le vieux dans son lit. « Quels bras maternels! »

31

— Ils vous plaisent, Papa?... Heu, Grand-père, je veux dire. Ils vous plaisent?

— On voit que c'est de la belle qualité, Andrea.

«*Santa Madonna*, il n'y a qu'elle qui pouvait avoir l'idée de m'offrir des gants... Nous autres, on n'en porte pas! C'est pour les petits messieurs de Milan, ou pour les grandes dames qui ne font rien de leurs mains... Là-bas au pays, le seul qui portait des gants, c'était ce nouveau chauffeur du marquis, quand ils descendaient de Rome en voiture pour nous soutirer notre pauvre argent et l'emporter. Une merde, ce chauffeur; il croyait qu'avec sa casquette et ses guêtres, toutes les filles allaient le suivre dans les champs... Il ferait beau voir que les nôtres aillent avec des étrangers! Celle qui se laisserait faire aurait plus qu'à émigrer; plus personne la regarderait... Il a dû descendre à Catanzaro, le chauffeur, et aller voir chez la Sgarrona, en payant. Le lendemain, il faisait plus autant le malin; il est revenu avec une tête de coq déconfit.»

— Qu'est-ce qui vous fait rire, Grand-père? Ils ne vous plaisent pas?

— Enormément, sacré beau cuir!... Ils ont dû te coûter cher... Mais regarde mes mains, elles ne tiennent pas.

Andrea, stupéfaite parce qu'elle a justement acheté la plus grande taille, compare les mains avec les gants et se confond en excuses. Le vieux essaie de la consoler, mais la réalité est implacable. Les gants sont suffisamment longs, mais ces pattes d'ours de montagnes ne rentrent pas dedans.

— Je suis stupide, je regrette..., finit par dire Andrea. Je n'ai pas trouvé de meilleure idée de cadeau des Rois pour vous.

Le grand-père contemple ses mains, plus fier que jamais. « Elles n'ont pas leurs pareilles à Milan et, non contentes d'être robustes, elles attachent aussi des petits boutons d'enfant ! »

L'après-midi, il raconte l'épisode à Hortensia qui l'attendait chez elle avec, comme surprise, une écharpe. Elle rit car, elle aussi, un moment, a pensé à des gants, mais elle s'est souvenue de ses mains.

— Qu'est-ce que c'est que cette laine ? Sûr qu'elle contient du chimique, soupçonne le vieux en sentant une telle douceur autour de son cou.

— La meilleure, explique Hortensia. Anglaise.

— Anglaise, alors, je te crois... Et c'est doux à porter.

« Les Anglais ont été de bons camarades. Trop paperassiers et plutôt rasoir, mais on pouvait compter sur eux. Ce mister..., comment est-ce qu'il s'appelait ? Terry, un nom de chien ; il se battait bien et il inventait de belles vacheries contre les boches... Il écrivait tous les détails et il nous les faisait répéter... C'est pour ça qu'ils l'ont tué, parce qu'il a exécuté les ordres même si les choses se sont présentées d'une autre façon... C'est pas bon de trop calculer. »

Le vieux accepte la belle écharpe, mais il garde encore la vieille dans sa main, hésitant. Comme les paysans dans le bureau du notaire, pense Hortensia, qui ne savent pas quoi faire de leur chapeau.

— Tu n'as pas besoin de jeter la vieille, tu sais... Je te la garde, moi ?... Tu auras peut-être envie de la porter un jour.

« Encore une fois, elle m'a deviné... Quel plaisir ! »

— Je l'aime bien, réagit le vieux en remettant son trésor en garde, et elle me vient de mes brebis. C'est ma fille qui me l'a faite... A propos, elle m'a téléphoné hier et ils vont m'envoyer mes sous. En plus...

Il est fier de la nouvelle : le salopard va de plus en plus mal. Le médecin ne le visite plus que pour le bercer d'espoirs. Le Cantanotte pleure quand le curé lui parle ; les bigotes disent qu'il se repent de tout et qu'il va mourir comme un saint. «Un saint, ce type-là! Il pleure de trouille; il se dégonfle parce que c'est pas un homme!»

Entre-temps, le vieux lui offre son petit cadeau sans oser le lui mettre lui-même.

— Comme c'est joli, superbe!, le complimente Hortensia, en l'attachant sur sa robe.

Un instant, elle a pensé lui demander à lui de la lui mettre, mais elle n'a pas osé. Le fait est qu'elle brille maintenant sur sa poitrine, cette petite gondole en filigrane d'argent. Sans gondolier, bien sûr, car même s'il y en avait avec dans la boutique, le vieux trouvait ça peu respectueux pour le défunt.

— Superbe, répète-t-elle. Depuis que je suis veuve, les Rois ne m'avaient jamais apporté quelque chose d'aussi joli.

— Chez moi, ce ne sont pas les Rois, mais la *pefana*, la sorcière. Une bonne sorcière, car il y en a aussi. Comme celle de Pena Enzutta, qui effraie le loup et éteint les feux malins, tout le monde le sait.

— Quels feux, pour les Rois à Naples!, s'écrie Hortensia en riant. On jette par la fenêtre les vieilleries, et même des meubles, on entasse tout ce qu'il y a dans le voisinage et on y met le feu. Quelles flambées! Les étincelles montent jusqu'aux fenêtres...

Le vieux rentre chez lui avec les petites bottes gardées jusque-là par Hortensia et, comme s'il venait de les sortir de son placard, il les exhibe triomphalement au moment de coucher le petit. Tenues en l'air par la robuste main, elles provoquent un regard heureux de Renato à sa femme, comme pour dire :

«Tu vois comme il est, Papa?» Et Andrea s'étonne, en effet, du bon goût avec lequel le vieux a choisi. «Qui aurait cru ça d'un paysan!»

Le seul mécontent, c'est Brunettino, lorsqu'on va les lui essayer. Pour commencer, il résiste à la nouveauté et, une fois qu'elles sont à ses pieds, il les frotte l'une contre l'autre pour les enlever; il pleure et trépigne, d'abord assis, puis debout. Mais il commence alors à sentir son pas plus sûr et contemple ses pieds avec étonnement. Il regarde ensuite les adultes, fait quelques petits pas vacillants et une ombre de sourire apparaît au milieu des larmes. Il s'élance enfin pour traverser la pièce, embrassant la jambe du vieux juste au moment où il va tomber.

Ces petits bras qui lui entourent le genou, comme le lierre autour de l'orme de l'ermitage ! Remontant à travers la cuisse jusqu'aux entrailles, inondant le cœur et opprimant la gorge, le bonheur monte jusqu'aux yeux du grand-père. Avant qu'il ne se répande à travers eux, le vieux saisit l'enfant et le soulève jusqu'à son épaule, assis dans sa grosse paluche, ennemie des gants, où le petit derrière tient tout entier.

Brunettino rit et bat des mains. Renato et Andrea applaudissent eux aussi. Le vieux se voit comme le saint Christophe du tableau dans la chapelle, faisant passer l'enfant sur la rive d'une nouvelle année, vers de nombreuses autres...

— Renato, s'exclame-t-il, il faut que tu me prennes en photo comme ça.

« Et quand elle sera tirée, pense-t-il, j'en donnerai une à Hortensia. »

32

« Tu sais, tout compte fait, les gants, c'est la *pefana*, la bonne sorcière qui me les a apportés ! Oui, mon petit ange, elle lui a soufflé l'idée à l'Andrea, c'est sûr ! Quoique ç'a été une sacrée contrariété pour elle... Professeur et tout, elle en a pourtant presque pleuré ! »

Le vieux se réjouit en regardant l'enfant endormi. Le ciel est à nouveau dégagé, balayé par le vent des lacs. Un croissant de lune blanche, mince comme une faucille, luit, glacial, dans l'angle supérieur de la fenêtre.

« Alors, tu me diras, où est-ce qu'ils sont ces gants ? Regarde-les, à mes pieds ! On les a échangés pour ces chaussons... A la vieillesse, mal de jeunesse ; je n'ai jamais porté de chaussons, moi. Quand j'étais comme toi, j'allais pieds nus ; ensuite avec des spartiates et des bottes ; ici, c'est les chaussures... Mais en chaussures, on m'entend là où il n'y a pas de moquette, dans la salle de bains et la cuisine, là où justement la *Rusca* m'entraîne pour que je la calme en mangeant un morceau ou pour que je lui fasse de la place en allant pisser un coup car, tu vois, quand elle se sent coincée, elle arrête pas de remuer... En chaussures sur le carrelage, on peut m'entendre ; et en chaussettes je sens le froid ; je suis plus ce que j'étais... Bonne idée, finalement, ces chaussons. »

« Tu m'entends, pas vrai, petit ? Même la bouche fermée, quand tu penses avec l'âme, on t'entend ! Apprends ça : tu regardes un type fixement en pensant : "si tu l'ouvres, je te réduis en bouillie" et le gars se dégonfle, c'est moi qui te le dis... A la manière douce, c'est pareil : tu regardes une femme en l'imaginant déjà dans ton lit et l'affaire est à moitié dans le sac !... Chaque nuit, tu vois, je pensais à l'endroit où j'allais emmener mes brebis le lendemain et elles y allaient presque toutes seules... Même les animaux comprennent!

«C'est pour ça que je dis que les chaussons, c'est une idée de la *pefana*. Avec eux, je marche sans bruit comme dans la montagne, plus furtif qu'une genette. C'est comme à la guerre : avec mes spartiates, la sentinelle ennemie était cuite. Quand elle se rendait compte de ma présence, le cri d'alarme ne sortait déjà plus de sa bouche mais de la blessure de sa gorge tranchée; un glou-glou au milieu du sang, un petit bruit de rien du tout. Même le Torlonio ne s'en chargeait pas aussi bien que moi. Et le Torlonio, c'était le Torlonio, ça tu le sais.

«Mieux qu'à la guerre même, car ici, il n'y a pas de brindilles craquantes, ni de cailloux qui roulent... Il faut bien qu'elles aient quelque chose de bon, ces maisons; ce silence de mort. Bien sûr, le béton étouffe les bruits, comme il arrête les rivières aux barrages... Mortes, oui. Là-bas, par contre, les maisons vivent, mon petit, dans leur bois et dans leur brique, et jusque dans leurs pierres parce qu'elles font partie de la montagne elle-même. Et comme elles sont vivantes, elles parlent, elles racontent tout; la nuit encore plus, comme les vieilles qui ne peuvent pas dormir.

«Ça t'étonne? Tu verras, mon enfant! Moi, quand j'étais gosse, je ne comprenais pas leur langage, c'était si différent des bruits de la montagne, là-haut avec les bêtes. Les maisons, si sonores, m'effrayaient et je me collais contre ma mère pour chercher un refuge, mais quand je me retournais, criss-criss, la paille de maïs protestait dans la paillasse. Je me tenais tranquille et alors, tout autour, c'était des craquements, des crépitements, des grincements... est-ce que je sais! Comme si la maison tout entière remuait aussi sur la terre pour trouver sa place et faisait craquer ses jointures; mais c'était pas ça, j'ai fini par le comprendre; c'était qu'elle racontait des choses, la bavarde... Avec le temps, j'ai appris à l'écouter, comme tu apprendras, mon petit ange, parce que je vais t'enseigner tout ce qui est important... Je sais, je sais, il me reste peu de temps, mais ça me suffit; dans la vie, il y a peu de choses importantes. Mais celles-là, oui, il faut bien les connaître pour ne jamais se tromper. Jamais!»

Le vieux étire le cou et regarde dans le berceau. L'enfant a remué dans son sommeil.

«Tu m'écoutes, bien sûr... Bon, alors j'ai appris le langage de la maison; ou plutôt, les langages, car chaque partie avait le sien... Ecoute, soudain, l'escalier craquait : crac-crac, une marche après l'autre, l'avant-dernière était branlante, elle grinçait plus... On savait comme ça que c'était monsieur Martino qui descendait de l'étage du dessus où dormaient aussi la patronne et sa fille.

«Et où est-ce qu'il allait le patron à cette heure-là?, me diras-tu. Ça dépendait. Si c'était le couloir en direction de la cuisine qui commençait à parler, ta-ta-ta, des pas bien fermes, c'est que le patron avait envie de s'amuser avec la Severina, l'Agnese ou la fille qui à ce moment-là lui donnait du bon temps. Si après l'escalier on n'entendait plus rien, c'était que le patron foulait la terre de l'entrée et la terre n'a pas de voix, elle parle seulement quand on la touche ou qu'on la sent. Le patron allait alors à l'écurie, contempler les bêtes qui l'accueillaient avec leurs hennissements, mugissements, piétinements de sabots, comme elles font d'habitude... Et tu sais quand est-ce qu'il fallait être le plus sur ses gardes? Quand, l'escalier redevenu silencieux, on entendait résonner, ton-ton-ton, les lattes du couloir qui menaient à la pièce où nous, les valets de ferme, on dormait.

Le vieux se met à rire en silence à cette évocation soudaine.

«Parfois à ce moment-là un gars qui était sorti pour aller voir sa petite amie et qui avait lui aussi entendu à temps craquer les lattes, rentrait par la fenêtre; quelle rogne de laisser les réjouissances en plein milieu!... S'il s'en apercevait, le patron criait sur le seuil de notre porte, sa lanterne en l'air : “On en reparlera demain, Mutto” — ou Turiddu ou n'importe lequel — “qui trime la nuit, flemmarde le jour...” Comme je te dis, une commère, la maison. Elle ne taisait même pas le tris-tris, tris-tris, vite, plus vite du bois fin du lit des patrons, au-dessus... Elle racontait tout : les mauvaises nuits, les parties de plaisir, les maladies, les accouchements... Et la mort, n'en parlons pas; sauf que, pendant les veillées funèbres, c'était le contraire; elle se taisait et tous, on chuchotait comme dans un mauvais rêve, comme si on lui parlait à elle, l'aïeule qui connaît la vie.

L'esprit du vieux reste en suspens, il réfléchit; il vient de dire une vérité à laquelle il n'avait jamais pensé auparavant. Quand une mort survenait, la maison semblait leur dire à travers son silence : "Ne vous en faites pas, moi je reste là debout, comme toujours, pour que vous, vous continuiez à vivre." Voilà ce qu'elle disait, oui, et en plus, en plus...

"Tu sais, mon petit ange, je m'aperçois maintenant que nos maisons, elles ne radotent pas comme je te le disais; en fait, elles nous parlent des autres pour qu'on sache vivre ensemble et devenir tous camarades, comme des partisans dans cette guerre qu'est la vie, parce qu'un homme tout seul, c'est rien... Voilà ce qu'elles nous enseignent et c'est pour ça que dans ces maisons mortes de Milan on n'apprend pas à vivre ensemble... Ces gratte-ciel qu'elle aime tant l'Andrea, remplis de gens qui ne se connaissent pas, qui ne se parlent pas, comme s'ils étaient fâchés. Et s'il y a le feu, alors? Et ben, sauve qui peut... C'est comme ça qu'ils sont tous : moitié hommes, moitié femmes!"

Le vieux s'étonne de sa découverte inattendue et s'agenouille près du berceau. A ce moment-là, dans son élan, il remue effectivement les lèvres et murmure distinctement :

— Maintenant je comprends, petit, pourquoi je viens ici chaque nuit! Pour nous faire une maison à nous à l'intérieur de celle-ci, pour qu'on vive ensemble, toi et moi, compagnons de maquis... Si ces gens-là ne savent pas vivre, toi au moins, tu sauras, parce que moi je sais... C'est pour ça, mais ça ne m'était jamais venu à l'idée; seulement maintenant, près de toi justement... C'est qu'auprès de toi, j'apprends, camarade, incroyable! Oui, j'apprends de toi. Je ne sais pas comment, mais tu m'instruis... Ah, mon Brunettino, mon miracle!»

33

Son sens du danger ne faillit pas et le vieux ouvre les yeux. Qu'est-ce que c'était ?

Un léger craquement, un frôlement, des pas courts... Ça ne peut pas être... Incertains... Mais alors...!

Il s'assied d'un bond dans le lit : «Brunettino dans le couloir!»

Il enfile ses chaussons en un éclair, avantage sur les chaussettes. «Où est-ce que tu vas, mon petit ange?» Il jette sa couverture sur ses épaules et sort dans le couloir, jusqu'où parvient, par la porte ouverte de la petite chambre, la vague clarté de la ville.

Le vieux entrevoit au fond, comme un petit lutin blanc, Brunettino en grenouillère qui se dirige, chancelant mais résolu, vers la chambre de ses parents. En un instant, il disparaît, il est entré.

«Et maintenant?», pense le vieux inquiet. «Ah, petit, tu fais fausse route, tu prends trop de risques...! Ces petites bottes t'ont vite appris à marcher et ça te donne confiance!... Mais les enfants ne courent pas la nuit, ils ne vont pas te laisser, ils veulent que tu dormes seul...»

En même temps, l'enfant le surprend et il est fier de son astuce pour descendre du petit lit et marcher tranquillement à travers ce monde obscur. Sans une plainte, à la recherche de ce qui est à lui, ce à quoi il a droit : des parents... «Bravo, Brunettino!»

Des bruits et des chuchotements naissent à l'autre bout de la maison, grincement de lit, pas d'adultes... Bien que la couverture brune le camoufle dans l'obscurité, le vieux regagne sa chambre et reste derrière la porte. Il entend distinctement Andrea déballer au petit tout son bavardage professoral; il l'entend entrer dans la petite chambre, il entend le grincement du berceau, les premiers gémissements de protestation, le retour d'Andrea dans sa chambre et les nouveaux pleurs pressants de l'enfant; des larmes entre plainte et exigence, des pleurs qui s'enflent car l'enfant sort à nouveau dans le couloir.

— Retourne te coucher, Brunetto!... Ne viens pas, tu m'entends? Je t'ai dit de ne pas venir!

Le cri d'Andrea ne semble pas arrêter l'enfant.

— Tu n'as pas compris?... Tu es vilain, très vilain! Tu as réveillé tout le monde et c'est l'heure de dormir... Maman va se fâcher!

Le vieux l'entend revenir dans la petite chambre et recoucher l'enfant. «Dès qu'elle te laissera seul, j'irai te rejoindre, camarade», se jure-t-il.

Mais Andrea reste un bon moment. A la fin, elle retourne au lit, mais le vieux n'a pas le temps d'accourir que l'enfant se remet à pleurer, plus pathétique.

— Ce gosse!, crie la femme maintenant en colère et désespérée. Pourquoi est-ce qu'il pleure, qu'est-ce qu'il veut? Il n'a rien du tout! Il ne comprend donc pas?

Renato parle à sa femme à voix basse et, pour finir, c'est lui qui se lève pour essayer de calmer l'enfant.

Comme il ne ressort pas de la petite chambre, le vieux retourne au lit mais ne se rendort pas. Il est exaspéré.

«Il ne comprend pas, il ne comprend pas... C'est vous qui êtes bouchés et qui ne comprenez rien. Vous n'avez jamais été petits? Vous n'avez jamais eu peur la nuit? Vous n'avez jamais eu besoin d'un corps collé contre le vôtre?»

Finalement, Renato va se recoucher et s'ensuit un moment d'accalmie, mais l'enfant se réveille à nouveau en pleurs. Le vieux ne tient plus, il accourt pour le consoler et se retrouve dans la chambre avec Renato.

— Va te coucher.

— Non, Père. Allez dormir, vous, s'il vous plaît.

L'enfant tend ses petits bras vers le vieux, son espoir, lui dilatant ainsi le cœur.

— Tu vois?, dit-il triomphant. Tu vois?

— Non, Père; ça, c'est notre affaire. Celle d'Andrea et la mienne.

Le vieux insiste, mais il sent que son fils ne cédera pas et il se replie. Il livrera bataille d'une autre façon. Il comprend que son fils obéit à Andrea. Et de ce fait, l'enfant aussi lui est soumis. Même lui, Bruno, est en train de passser sous son joug! Maudit toubib et maudit bouquin! Si ce n'était pas que...!

Bouillant d'indignation contenue, il s'assied sur son lit sans se recoucher, sinon son corps tressauterait comme sur un gril au feu. Les coudes appuyés sur les genoux, le dos courbé, il réfléchit.

« Quelle monstruosité! Le monde à l'envers, être obligé de sauver un enfant de ses parents... Même les sauvages!... Et dire qu'ils l'aiment, à ce que je crois... Est-ce qu'ils sont fous?... Mais c'est pas Andrea le bourreau; elle aussi, elle obéit. Le bourreau, c'est cette canaille à la bague et à la petite moustache, ce salaud de *dottore*, comme ils l'appellent ici; c'est lui, lui qui commande avec son livre de lois à la main, cette loi qui abandonne les enfants la nuit! Lui, avec son mouchoir de pédé qui sort de la poche de sa veste!... Il faudrait le tuer, oui... »

Un moment, il en caresse l'idée, puis il y renonce.

« Ce serait inutile, il en viendrait un autre pareil... »

Le vieux finit par se recoucher, mais il se tourne et se retourne dans le lit, attentif aux événements, prêt à intervenir si la situation s'aggrave... Seul le retient le fait de savoir qu'il est là pour faire front au type au mouchoir, au livre et au monde entier; même ce Renato — on ne dirait pas que c'est son fils! — qui essaie d'endormir l'enfant dans cette solitude où on l'abandonne... En même temps, son cœur s'exalte d'admiration devant le courage de l'enfant.

« Si petit et déjà si décidé! C'est comme ça que je te veux, rebelle, exigeant ton dû... Non, les petites bottes n'ont pas fait ton malheur en t'apprenant à marcher, elles sont ton arme pour mieux combattre... S'il t'en faut d'autres, tu les auras, mon enfant; je te les donnerai parce que tu es comme moi, un résistant toi aussi... Courageux la nuit, tu vas au combat... Oh, mon Brunettino, tu vaincras, camarade! Comme nous avons vaincu alors, oui, tu vaincras!»

34

Peu avant l'aube, Brunettino épuisé est tombé dans un profond sommeil. A présent, les préparatifs du couple pour aller au travail semblent normaux, mais les mots sortent avec contrainte, les regards s'évitent et le couple chuchote en aparté.

«Dès qu'Anunziata sera là, je file. Il faut que je raconte ça à Hortensia», décide le vieux. «Elle va se fâcher plus que moi; pour ça, c'est une mère.»

En plus, il ne veut pas lire une accusation muette dans le premier regard de l'enfant. Ce serait injuste parce que lui ne l'a pas abandonné. L'idée d'abandon lui rappelle un sermon oublié qu'il avait été forcé d'écouter pendant la guerre, quand il se cachait dans la coupole d'une église et que tout son univers se réduisait au sanctuaire en bas, vu à travers une lucarne. C'était un jeune curé qui prêchait pour la Semaine Sainte et qui s'était ému en commentant les paroles du Christ sur la croix :

«Mon Dieu, mon Dieu! Pourquoi m'as-tu abandonné?»

Mais Dieu n'avait pas abandonné son fils, avait expliqué le curé, ni l'Italie occupée, même si les Allemands étaient en train de la crucifier. C'est comme ça que le vieux se justifiait lui aussi : «Non, mon trésor, je ne t'ai pas abandonné, malgré les apparences. Je suis ton saint Christophe et je me noierais plutôt avec toi. Je suis à tes côtés et nous vaincrons!»

En descendant l'escalier, il évoque le visage d'adolescent du petit curé. On n'aurait jamais cru qu'il était de la Résistance, mais il en avait sauvé beaucoup comme le vieux, au risque de sa vie; peu après, la Gestapo l'avait découvert et fusillé. «Comment est-ce qu'il s'appelait?... Je perds la mémoire; je ne me souviens même plus de cette époque... Et le salopard qui n'en finit pas de crever, qui profite là-bas du bon soleil, tandis que nous, ici... »

Le ciel, en effet, ne peut pas être plus gris et le vent glacial l'oblige à tenir son chapeau en marchant. En passant sur la place Moscova, devant la fontaine de saint François, il se souvient de la nuit de la Saint-Sylvestre avec Hortensia. Le saint a une bonne tête mais...

« Au lieu de t'occuper des petits oiseaux qui me mangent mes prunes, s'écrie le vieux en se plantant devant le bronze, tu pourrais t'occuper un peu plus des enfants... Après tout, tu es l'ami d'Hortensia. »

On l'interpelle dans son dos et il se retourne surpris. En voyant Valerio, il se souvient qu'ils devaient se voir après les Rois. Le jeune homme le lui confirme :

— J'allais justement vous téléphoner. On enregistre après-demain — il s'aperçoit de la surprise du vieux et se met à rire — Vous aviez oublié? On vous offrira un agenda de l'Université!

— Un de ceux qui ordonnent aux Milanais ce qu'ils doivent faire et où ils notent des choses pour le mois suivant? Jamais, fiston! Ne dis pas de bêtises!

— Si vous préférez un autre jour, je change la date avec le laboratoire.

— Roncone n'a qu'une parole. Après-demain, où tu veux.

— J'irai vous chercher chez vous.

Ils se quittent. « Valerio m'a porté chance », pense le vieux quand, peu après, il rencontre Hortensia qui sort du supermarché. Elle se réjouit de le voir.

— Et tu portes mon écharpe!

— Ta caresse sur mon cou!

La femme sourit. Il n'ose pas ajouter qu'elle sent son odeur et se reproche aussitôt de ne pas l'avoir dit. Qu'est-ce qui lui arrive? Comme s'il était un autre! Il l'invite à prendre un café et, une fois assis, donne libre cours à son indignation contre de tels parents :

— ... mais il n'y a rien à faire. Ils sont plus têtus qu'un bourricot et on leur a fourré cette idée dans la tête. Ce matin, je l'ai entendue dire : «Il finira par s'habituer, Renato; c'est ce que dit le *dottore*. On ne doit pas le laisser nous tyranniser...» Tu te rends compte, Hortensia? Tyran ce petit ange! Et ce qu'ils lui font à lui, c'est pas de la tyrannie? Quels sauvages!

— N'exagère pas, Bruno. Ce n'est pas bon non plus de tout leur permettre aux enfants. Il faut les éduquer.

Le vieux la regarde, incrédule. «Comment est-ce qu'elle peut parler comme ça? Est-ce qu'elle serait contaminée à force de vivre à Milan?» Il répond, blessé :

— C'est toi qui me dis ça?... Lui permettre quoi? D'avoir des parents la nuit, déjà qu'il en a pas le jour? De se sentir près d'eux s'il a peur au petit matin?... Toi, tu l'abandonnais ta fille, Hortensia? Je te crois pas!

La femme sourit, apaisante; sa main se pose sur celle de l'homme.

— Abandonner, murmure Hortensia. Ça, ce n'est pas de l'abandon.

— «Quelle est bonne!», reconnaît le vieux en l'écoutant. «Elle pense comme moi, mais elle ne veut pas jeter de l'huile sur le feu... Et il vaut mieux pas, ça brûle déjà bien assez!»

— Quoi qu'il en soit, tu l'as fait, toi, avec ta fille? Réponds-moi!... Ensuite ils viendront se plaindre que leurs enfants quittent la maison dès qu'ils peuvent!

La femme répond doucement :

— Ah, Bruno! Les enfants finissent toujours par te laisser, quoi que tu fasses pour eux. A la fin, on se retrouve seule.

Il y a tant de mélancolie dans cette voix que le vieux en oublie sa colère. Il se souvient aussi de sa propre situation et répond avec tendresse :

— Mais toi, tu ne l'as pas fait.

— Non, je ne l'ai pas fait. Mais ma fille, si, et ma petite-fille dort déjà toute seule... Les mères d'aujourd'hui pensent comme ça, elles croient que c'est mieux.

— Mieux que d'éprouver de l'affection?... C'est ce que doit

dire ce maudit toubib, le responsable de tout... Qu'est-ce qu'il en a à faire des enfants, lui? Plus ils sont malades, mieux c'est. Pas vrai?

Hortensia fait un geste d'impuissance.

— Tu as raison, Bruno, mais tu ne peux pas changer le monde... Tu ne vas pas tuer le médecin!

— J'y ai déjà pensé.

Il ne hausse pas la voix, mais le ton est si déterminé et si violent qu'Hortensia en frissonne comme si elle voyait déjà un cadavre. Elle rit nerveusement.

— Tu me crois pas?, demande l'homme, agressif.

— Ne te vexe pas; tu en es tout à fait capable. Mais ça n'arrangerait rien.

— Je sais. Ils en appelleraient un autre semblable et en plus, le petit ne m'aurait plus avec lui. C'est ça qui le sauve, le pédé à la petite moustache.

— Et tu ne peux pas non plus te fâcher avec tes enfants, parce que tu ne pourrais plus rester avec eux... Comprends-le bien, tu ne peux rien faire.

— Hé, hé! Ça, c'est encore à voir!

Le petit rire sec oblige Hortensia à le regarder plus attentivement. Elle découvre un visage faunesque, narquois et assuré. Les petits yeux étincellent de ruse à travers les paupières à demi fermées et le modelé des rides s'est mué en pierre vivante.

— On peut, on peut, répète la voix tranchante. On peut toujours quand on veut.

Le poing se serre lentement sous la main d'Hortensia posée par-dessus, trahissant toute la volonté qui le durcit.

— Fais attention... Ce sont eux les parents. Ils ont l'autorité sur leur fils.

— Les boches aussi avaient l'autorité. C'était les maîtres, tu t'en souviens? Ils avaient les avions et les tanks. Et alors? On a pu. On avait le courage, la montagne et la nuit. Dans la montagne, on disparaissait; dans la nuit, on se jetait sur eux comme des loups... et à force de courage, on les a taillés en pièces.

La voix sans appel ajoute :

— C'est ça la vérité. Le jour est à ceux qui commandent, oui. Mais, la nuit est à nous.

35

Dans le silence de mort de la maison, seul le vieux partisan veille.

Soudain son oreille vigilante perçoit les petits pas menus. Il s'assied dans son lit. Surprise, ils ne s'éloignent pas vers la chambre des parents. Le vieux sort les jambes des draps et attrape ses chaussons avec des mains tremblantes. « Bravo, Brunettino ; ton chemin, c'est le mien ! ». Il se chausse, jette la couverture sur son dos et attend.

L'apparition, pourtant attendue, l'émeut. Ce n'est pas un enfant dans sa grenouillère blanche, mais un petit ange lumineux qui ouvre ses bras comme des ailes dans la nuit. Le vieux se laisse tomber à genoux et l'enfant s'abandonne aux bras nerveux qui étreignent le petit corps tiède et tendrement odorant.

« Est-ce que c'est une sorcière qui a donné l'alarme à Andrea ? » La voilà, elle s'approche du vieux, qui la voit arriver comme le berger le milan, et s'empare de l'enfant.

— Il n'en est pas question, Papa, décrète-t-elle impérieusement. Le petit doit s'habituer.

— A quoi ? Pourquoi ?, proteste-t-il rageusement. Et appelle-moi « grand-père », bon sang !

Mais déjà elle emporte l'enfant gémissant en lui répétant les tables de la loi pédiatrique. Si le vieux n'avait pas déjà son plan établi, il se serait jeté sur elle. Mais dans toute guerre, il y a un temps pour se réfréner, comme il y a un temps pour attaquer.

Il reste dans sa chambre, bouillant de rage en entendant la porte de la petite chambre se refermer. C'est comme ça qu'a grincé, quarante ans plus tôt, la clé qui l'enfermait, lui, dans les locaux de la Gestapo à Rimini :

«C'est Petrone qui a payé; c'est lui qu'ils ont choisi. C'était un homme et il n'a pas parlé; grâce à ça, je m'en suis sorti... Ç'aurait aussi bien pu être moi», évoque le vieux au souvenir des hurlements et des insultes, pour commencer, des gémissements et des râles, pour finir, de son camarade tortué de l'autre côté de la cloison.

Silence dans la maison. Le vieux attend, exaspéré, ce qui va se passer.

«Mais nous, on était des hommes et c'était la guerre! Ça, par contre, pourquoi? Parce qu'un pédé qui ne sait sûrement pas aimer l'a dit? Alors que les gosses ne sont pour lui que du commerce, du simple commerce!»

Bien qu'il ait senti venir ce premier cri de l'enfant enfermé, le vieux frissonne. Il imagine le petit impuissant devant la porte dont il n'atteint pas la poignée. Premier cri qui, comme le premier coup de feu d'une embuscade, déchaîne un enfer. Premiers cris du prisonnier, explosions de colère, petits poings qui martèlent le bois... Hurlements du pauvre Petrone sous les premiers coups ou les brûlures. Tension inouïe de la voix dans cette petite gorge de soie, violence désespérée des petits poumons.

«Est-ce qu'ils sont capables de le laisser comme ça?», pense le vieux, crispé sur le lit comme sur un chevalet de torture. Il voudrait se boucher les oreilles, mais il doit être attentif; il préférerait attaquer mais il doit rester vigilant. Ses mains, cramponnées à la tête du divan, voudraient se souder au bois pour ne pas se crisper en poings agressifs ou se refermer sur le manche de corne du couteau.

Les cris le brûlent comme des coups de fouet, mais ils commencent à dégénérer en pleurs hoquetants, en menottes résignées frappant à plat, en peine étonnée plus qu'en colère, en un douloureux «pourquoi?»... Même le silence de la maison ennemie se replie dans le chagrin.

Depuis sa chambre, le vieux poserait une bombe, il lancerait de la dynamite, il détruirait Milan tout entier. Mais il ne peut qu'adresser à l'enfant un message d'encouragement : « Calme-toi, Brunettino, j'arrive! Ne crie pas, c'est inutile, tu vas t'enrouer et ils vont te faire des piqûres. Tais-toi, fais semblant, que je puisse accourir! Ne souffre pas, je suis avec toi! »

Mais le pauvre petit ignore encore les ruses de guerre et s'épuise à lutter de front, bientôt réduit à un sanglot épuisé, à une lamentation désolée, au désespoir... Parfois, un autre cri, une autre plainte éclate encore, mais ce ne sont plus que les râles d'agonie de Petrone, entre des pauses de plus en plus longues... Jusqu'à la défaite, le silence total; un vide immense qui fait de la maison un abîme.

La torture du vieux culmine dans la douleur de ce silence qui, même prévu, le déchire. Il s'aperçoit qu'il est en sueur, imagine la victime vaincue, l'enfant plus seul que jamais, ayant même perdu confiance en ce vieux avec qui il avait scellé un pacte, dans les bras duquel il s'est réfugié il y a juste un moment et qui maintenant l'a trahi... Il gît peut-être inconscient derrière la porte... Peut-être que, dans son désespoir, il se retourne comme un cerf acculé chargeant à l'aveuglette... Qui sait si, à la recherche d'une issue, il n'approche pas une chaise de la fenêtre, grimpe dessus, ouvre... *Madonna* !

La vision de ce danger l'aveugle. Il oublie les parents, tout lui est égal. La crise a éclaté avec cette porte fermée comme détonateur. C'est le moment d'attaquer et le vieux s'avance avec précaution pour sauver le prisonnier, pour lui rendre espoir en la vie.

36

Devant la petite voiture de Valerio, le vieux est stupéfait.

— C'est à toi? Tu ne t'es pas fait élagueur par manque d'argent?

— C'est à mon père, elle est vieille.

— Et toi, tu joues au rebelle? Avec la caution de Papa, bien sûr!

Ces gens le surprennent toujours. Même Valerio! «Ils ne sont pas italiens», pense le vieux qui, en plus, n'est pas pour l'indulgence. S'il ne s'était pas engagé avant Noël... Cette porte devant le cachot du petit fait qu'il n'a plus envie de rien.

Ils entrent dans la Faculté par une porte latérale. Etroits couloirs formés de cloisons, de petites portes ornées de plaques. Ils pénètrent dans le *Laboratoire de Phonologie* et saluent une fille en blouse blanche. «Elle ressemble à Simonetta, la même allure.»

— Salut, Flavia. Voilà monsieur Roncone, qui va enregistrer.

— Enchantée.

«Jusqu'à sa manière de parler me rappelle Simonetta.»

— Qu'est-ce qu'on fait ici?

— On étudie la voix.

— Ah! On enseigne le chant?

«Cette fille serait superbe sur une scène.»

— Non. On l'analyse, dit la fille en riant. Vous voulez voir votre voix?

— On peut voir la voix?

— Oui, dans un spectrographe... Il y en a pour une minute. Asseyez-vous ici, s'il vous plaît.

On l'installe devant un micro et un écran circulaire. La fille manipule quelques boutons et l'écran devient fluorescent. On entend un léger bourdonnement et une ligne horizontale, coupant le cercle comme un équateur, apparaît.

— Dites quelque chose.

Le vieux regrette de plus en plus de s'être compromis dans ses amusettes milanaises. Ce n'est pas sérieux! Il ne peut s'empêcher de protester instinctivement en leur lançant le cri des bergers de la montagne :

— Heppa! Heppaaaaa!

Il s'en repent; on va le prendre pour n'importe qui alors que'il est un Roncone, Salvatore. Mais l'effet de son cri est fascinant, l'équateur de l'écran se multiplie en serpents agiles et en oscillations pareils à des coups de fouet. Valerio sourit satisfait :

— Vous avez vu? Votre voix.

Le vieux va se lever, mais la fille le retient.

— Excusez-moi, vous pourriez recommencer? Je vais la filmer.

«Est-ce qu'ils se fichent de moi? Mais cette nouvelle Simonetta, elle est si mignonne! Si elle a envie de s'amuser, allons-y, après tout!»

— Heppa! Heppaaaaa!... Ça va?

— Oui, merci beaucoup.

— Intéressant?, demande Valerio.

— Très. Une voix d'une cinquantaine d'années — la fille se tourne vers le vieux — Et vous en avez plus de soixante, je suppose.

— Soixante-sept. Et je m'arrête là, je vais mourir bientôt.

Ils le regardent stupéfaits, mais décident de tourner ça en plaisanterie; un autre trait juvénile du vieux.

— Je te ferai parvenir une photo, Valerio, pour que tu l'envoies à monsieur, annonce la fille en prenant congé d'eux, après avoir demandé le nom et les coordonnées du vieux pour ses archives.

— Alors, c'est vrai?, demande le vieux dans le couloir. C'est ma voix? Son portrait?

— Comme celui du visage. Vous croyiez que c'était une blague? «Fantastique! J'ai une voix de cinquante ans! Dès que le salopard sera mort et que je retournerai là-bas, je vais les épater en leur montrant la photo dans le café de Beppo. Là-bas, personne s'est fait tirer le portrait de sa voix, et à Catanzaro non plus. Ils ne savent même pas que ça se fait!»

Entre-temps, Valerio, dans son petit bureau, prépare le magnétophone.

— On commence, d'accord? Racontez-moi quelque chose que le professeur Buoncontoni puisse écouter demain.

— Quoi, par exemple?

— N'importe quelle histoire calabraise... Ce dont vous vous souvenez.

Mais dans l'esprit du vieux, maintenant, il n'y a place que pour une histoire, celle de toutes les nuits.

— Ce qui vous passse par la tête, insiste Valerio devant ce silence, et il appuie sur une touche. La bande commence à passer d'une bobine à l'autre et le vieux se sent alors acculé.

— A quoi pensez-vous en ce moment même?

— A un enfant... Un enfant dans un puits. Enfin, enfermé.

Ça lui a échappé. Il se met sur ses gardes. «Attention avec ces gens-là. On ne peut pas leur dire la vérité. Qui sait ce qu'ils en feraient ensuite.»

— Très bien! C'est un conte d'autrefois? Où est-ce qu'on l'a enfermé?

— Oui, il y a déjà longtemps... Dans une espèce de grotte. Mais ce n'était pas un enfant; c'était déjà un jeune homme quand ils l'ont mis là-dedans et qu'ils ont muré l'entrée.

Les bobines tournent, Valerio note un changement chez le vieux, une concentration. Les mots jaillissent spontanément, ils s'échappent de sa bouche dans cette voix de vingt ans plus jeune... Le vieux se soulage en donnant libre cours à son obsession :

— C'est ses parents, les rois de cette région, qui l'ont enfermé. Ils n'étaient pas méchants, et ils aimaient le prince, beau comme un ange! Mais à sa naissance, il était venu un jeteur de sorts, il avait lu dans un livre et annoncé qu'en grandissant le prince tuerait ses parents et que c'en serait fini du royaume... Qu'est-ce qu'ils pouvaient faire? L'égorger? Le jeter à la mer?... Tout leur faisait peine, alors ils l'ont muré dans la grotte. Et pendant trois jours et trois nuits...

(«C'est toujours trois jours et trois nuits. Ou sept, ou sept fois sept», pense Valerio, retenant déjà mentalement cet élément pour sa thèse sur la persistance des mythes dans le Mezzogiorno. «Rien moins qu'une survivance d'Œdipe et de son père Laïos!»)

— ... on l'a entendu du dehors. Le premier jour, il chantait comme ça :

Mes parents, sortez-moi d'ici
Car je suis votre vrai fils
Et ne mérite pas ce châtiment
Pour l'amour que je vous porte.

Le vieux a fredonné en psalmodiant comme la *zía* Panganata, bien que les vers lui reviennent d'une autre histoire, celle d'une jeune fille calomniée qu'on a jetée dans un puits. Valerio est enchanté.

— Le deuxième jour, il ne faisait déjà plus que prier et à la fin du troisième, on ne l'entendait plus... La reine, alors, s'est mise à pleurer, le roi l'a prise dans ses bras et ils se sont rejeté mutuellement la faute : «C'est toi qui t'es obstinée», «Menteur, c'est toi...» Les gens, pris de pitié pour le prince, ont commencé à enlever les pierres de l'entrée. Quand ils sont arrivés à l'enfant, je veux dire au jeune homme, il était étendu sur le sol, toujours aussi beau, mais sans vie... Le médecin du roi lui a piqué un doigt, mais il n'est pas sorti de sang et tous ont dit : il n'y a plus rien à faire...

«Quelle sûreté dans le récit», pense Valerio. «Il parle comme un prophète, c'est un mythe vivant. Le docteur Rossi va être enchantée.»

— Alors est descendu de la montagne un vieux, très vieux, à barbe blanche et houlette de berger. «Je sauverai le prince», a-t-il déclaré et tous ont compris que c'était un bon sorcier, parce qu'il avait une voix pareille au cristal. C'est comme ça qu'il s'en est allé ouvrir, avec son couteau à manche de corne, la veine du cœur dans le bras du jeune homme et que, de son seau en bois de berger, il a versé sur la blessure un filet de liquide rouge que les gens ont pris pour du jus de plantes, mais qui était son propre sang... Le prince est revenu à la vie, s'est relevé plus fort que jamais, a serré ses parents dans ses bras, et a fini par régner de nombreuses années sans qu'il arrive rien, en gardant à jamais, à tout jamais, le souvenir du vieux de la montagne qui, après l'avoir sauvé, a disparu.

Valerio appuie sur une touche, on entend un claquement et les bobines s'arrêtent.

— C'est comme ça qu'on raconte l'histoire en Calabre?

« L'histoire, quelle histoire?... C'est plus vrai que les livres...! Mais attention avec ces gens-là. »

— Bien sûr! Pourquoi?

— C'est un thème très ancien. Indubitablement une version du mythe du printemps, la résurrection de la nature... Ce qui est intéressant, c'est que, dans les mythologies connues, c'est généralement la femme qui donne la vie.

— Quoi? Tu avais déjà entendu cette histoire?, s'étonne le vieux.

— Pas exactement la même. Comme je le disais, c'est généralement une femme : Ishtar sauve Tammuz le vert, Isis ressuscite Osiris, et il y en a d'autres semblables. C'est un mythe très répandu.

— C'est ce que tu veux, proteste le vieux vivement, mais pas question de femme. C'est comme je le raconte, un vieux qui descend de la montagne.

« Viril et bien viril », se répète le vieux. « Ce sera moi qui enlèverai les pierres de cette porte, qui te ramènerai à la vie... Comme le Torlonio avec David, mais vivant; personne ne te mitraille, toi. »

Pendant ce temps, Valerio a fait reculer un peu la bande et appuie sur une autre touche pour vérifier l'enregistrement. La

voix du vieux répète ses derniers mots :
— ... gardant à jamais, à tout jamais le souvenir du vieux de la montagne qui, après l'avoir sauvé, a disparu.
— Ni plus ni moins, triomphe le vieux de sa voix juvénile.

37

La neige est tombée toute la journée et maintenant sa blancheur accentue les reflets des lumières de la rue et des enseignes, diffusés à travers la couche de brume et de fumée. La petite chambre est remplie d'une mystérieuse clarté et un silence absolu, libéré du temps, accentue la respiration sonore du vieux, qui accompagne le souffle de l'enfant sur le territoire délimité par le pacte magique.

Le vieux tient dans ses bras l'enfant enveloppé d'une couverture. La petite tête assoupie s'appuie sur l'épaule osseuse à gauche, tandis que le poids du petit corps repose sur l'avant-bras droit. Charge infiniment précieuse !... La neige les enveloppe du dehors dans sa vigoureuse blancheur, comme pour les protéger ; les loups ne s'aventurent pas sur la neige fraîche, où ils laisseraient des traces révélatrices.

Pour jouir du privilège de cette charge, pour respirer de si près cette odeur d'agneau, le vieux dort chaque nuit en état d'alerte. Même à travers la porte fermée, il est réveillé par les premiers grincements du berceau lorsque l'enfant s'agite... Vite ! S'il s'attarde un instant, Brunettino atteindra la barrière maudite et commencera à lutter seul de l'unique manière qu'il connaisse, en pleurant et en martelant le bois... Le vieux accourt et ouvre à temps pour arrêter le petit ange blanc qui s'approche déjà de la porte.

« Arrête, petit camarade ; interdit de passer. Quand on ne peut plus avancer, on fortifie la place. C'est pour ça que je viens, pour faire de ta prison notre position défensive. Oui, tu es cerné, mais moi, je me glisse à l'intérieur ; je sais m'infiltrer. Je l'ai fait si souvent ! Et maintenant, tais-toi, l'ennemi est à l'écoute. »

Avec le petit dans les bras, il s'approche de la fenêtre, heureux, comme s'il exhibait son triomphe devant tout Milan, ou s'il présentait l'enfant à la neige amie. Puis il le berce jusqu'à ce qu'il se rendorme et le recouche.

« Tu vois, Brunettino. Je te l'avais promis et je suis là en sentinelle. Dors, mon enfant béni ; profite de ta paix. C'est comme ça aussi qu'on calme les petits agneaux effrayés, en les prenant dans les bras et en leur parlant ; et si toi... »

Une charnière grince, là-bas dans la chambre. Aussitôt, le vieux se cache sous la table à langer, recouverte d'une nappe en tissu. La porte s'ouvre et quelqu'un envahit le territoire. Sous la toile, le vieux reconnaît les pieds nus d'Andrea chaussés de mules. La femme flaire, immobile, telle une biche inquiète. « Heureusement que je ne fume plus... et qu'elle ne sait pas sentir, celle-là ! »

Andrea s'avance jusqu'au berceau. En voyant ses talons, le vieux se risque à mieux regarder. De dos il la voit se pencher et arranger les draps du petit avec des gestes tendres, le remettre dans une position plus confortable. Oui, les gestes sont maternels, le vieux est surpris d'avoir à le reconnaître. « Qui l'aurait pensé ! »

Trois êtres silencieux dans la luminescence irréelle de la ville enneigée. A la fin, Andrea embrasse doucement l'enfant et s'en va en refermant la porte. Le vieux entend à nouveau la charnière complice et sort de sa cachette. « Heureusement qu'il ne lui viendrait jamais à l'idée de venir me voir dans ma chambre ! », pense-t-il en souriant.

Il s'approche du berceau et s'assied par terre. Son visage dépasse juste du bord du petit lit ; il laisse ainsi couler ses pensées sur le front de l'enfant.

« Tu ne seras plus jamais seul, mon Brunettino ; toutes mes nuits sont à toi. J'ai beaucoup de choses à te raconter, tout ce que tu dois savoir ; ce que j'ai mis du temps à apprendre, car j'ai la tête dure, et même ce que je ne savais pas jusqu'à aujourd'hui avec toi. Tu m'apprends, petit sorcier, sorcier par ton innocence, comme le simplet de Borbella ; avec ses cinquante-cinq ans sans avoir jamais touché une femme, mais avec ces yeux bleus qui te regardaient et te devinaient, qui t'arrachaient pensées et maux comme on enlève leur couvée aux poules... Tu t'endormiras au son de ma voix comme au bord d'un ruisseau à l'ombre, il n'y a pas de meilleur sommeil; et, dis donc, tu sais que je parle comme un jeune homme? Une voix presque comme la tienne, si tu parlais à l'écran et que tu remues toutes ces couleuvres affolées. Ah, comme j'aimerais t'entendre! Comme j'ai envie que tu me parles! Ta voix est comme la mienne, j'en suis sûr, voix camarades, pas vrai?... C'est pour ça que je te raconte des choses d'homme et pas les histoires que j'invente pour ces professeurs. Eux, ils les gardent dans leurs machines; toi, par contre, tu m'écoutes comme les écureuils sur une branche, avec leurs yeux comme tes petits boutons, même s'ils ne peuvent pas nous comprendre. Mais toi, si, mes paroles vont se nicher dans ta petite poitrine. Un jour, tu t'en souviendras tout d'un coup; tu ne sauras pas d'où elles viennent et ce sera de moi, comme toi maintenant qui tires de moi tant de choses oubliées. Tu me ramènes David, Dunka et les vieux bergers; de David et de Dunka, je te parlerai encore, ils m'ont donné tant de vie! Et moi qui n'ai rien compris, qui n'ai pas su être écureuil. Maintenant, je la rumine comme mes brebis, cette vie; tu m'y pousses, toi, en me remuant le cœur, et il y a aussi les années qui desserrent les courroies. On se répand comme une gerbe déliée sur l'aire. C'est comme si on allait me battre et me vanner pour faire sortir mon grain; comme si on me foulait dans un pressoir pour que je donne mon vin; c'est le moment de ma vendange, toi, tu me comprends... Je vais te dire beaucoup de choses; que tu apprennes de ton grand-père, que tu emportes tout ça là où je n'arriverai pas, moi! Je veux être tout ce qui te manques : ton père et même ta mère, chaque nuit. Oui, même ta mère, tu vois! Est-ce que j'aurais jamais pensé ça!... Tu ne dormiras pas seul; moi, je n'ai jamais dormi seul, j'ai eu cette chance. Maintenant, oui, bien sûr, mais nous, les vieux, notre histoire nous accompagne... Oui, j'ai eu de la chance. Gamin, en hiver, avec ma mère; en été, dans la montagne avec *Lambrino*, la pauvre bête; ensuite dans le cercle des bergers, ou avec les valets de ferme, ou avec les vaches qui tiennent bien chaud. Plus tard, avec les partisans... Et des femmes, bien sûr! Ah, les femmes, petit! Tu en as une à côté de toi, et même si tu dors, tu la sens là, avec sa chaleur, ses cheveux, sa peau. Quelle merveille, la femme! Même si ensuite, elle t'abuse ou si tu en a assez, l'avoir à portée de main, c'est ce qu'il y a de meilleur... Ma chance, tu l'auras toi aussi, je te la laisserai avec ce petit sachet, en son temps. Toi maintenant, tu me la fais revivre; avec toi, mon cœur se ranime, mes souvenirs ressuscitent, les désirs et les envies me brûlent... C'est la tendresse, petit; il n'y a pas de mots, non, il n'y a pas de mots..»

38

« Qu'est-ce qu'il peut bien lui arriver ?... Elle n'est quand même pas fâchée à cause de la discussion de l'autre jour ! », pense le vieux en se dirigeant vers la via Borgospesso. « Je ne lui ai rien dit de mal, mais les femmes ont parfois des changements d'humeur qui nous échappent... »

Il ne doute pas d'Hortensia, femme loyale malgré ses fantaisies féminines, mais il ne l'a pas revue et il a besoin de lui raconter son succès, celui de sa tactique pour sauver l'enfant. Même s'ils continuent de l'enfermer, la torture est terminée ; le cachot est redevenu une chambre. Le vieux a vaincu la solitude ; sa présence annule l'exil. Et quand, le matin, l'enfant rit et qu'Anunziata l'appelle « mon joli », le vieux se dit : « Grâce à moi... Même la meilleure humeur d'Andrea, ça vient de moi, parce qu'elle s'imagine que l'enfant finit par s'habituer à dormir tout seul, mais c'est moi... Ce qui me fait râler, c'est que, comme ça, le maudit *dottore* s'en tire à bon compte ! »

La tactique est maintenant au point ; l'enfant a appris la manœuvre. Le vieux la lui a expliquée bien clairement en le tenant dans ses bras, car c'est comme ça que les enfants comprennent le mieux : « Si ta mère vient pendant que tu es réveillé et que je me cache sous la table, ne me montre pas avec ton petit doigt !... Tu en serais bien capable, pour t'amuser, mais ne me fais pas cette blague ; on n'est pas en train de jouer ! On est en guerre et je suis camouflé, tu comprends ? Pour tromper l'ennemi. On ne dénonce jamais un camarade partisan... »

L'enfant est très malin, il sait jouer le jeu et Hortensia va s'en réjouir ; elle, c'est la force de réserve, la seconde ligne. Madame

Maddalena aide, elle aussi, mais seulement pour l'intendance; d'ailleurs, elle a assez à faire avec sa propre guerre. Hortensia, c'est le refuge, c'est..., oui, c'est ça, la montagne! Voilà pourquoi le vieux va la voir maintenant. Il sonne à l'interphone. Pas de réponse, pourtant la sonnette marche... «Est-ce qu'elle aurait quitté Milan pour une raison urgente? Elle ne sort jamais avant cette heure-là!»

Le vestibule s'ouvre et apparaît une dame qui regarde avec méfiance ce paysan du sud.

— Vous cherchez qui?

— Madame Hortensia. Dernier étage à gauche.

La femme le prend pour un parent napolitain et s'adoucit :

— Ah, la pauvre! Ça fait quelques jours qu'elle est malade! Vous ne le saviez pas?... On lui a interdit de se lever, je crois... Mais, ne faites pas cette tête! Si c'était grave, on l'aurait emmenée à l'hôpital... Entrez et montez.

Qu'il est lent, ce maudit ascenseur!... Enfin!

La porte de l'appartement est entrouverte; que faire? Il frappe doucement sans obtenir de réponse... Est-ce qu'elle est seule? Et si, soudain, il lui était arrivé quelque chose? Il se décide et s'avance dans le couloir. Un «Qui est-ce?» inquiet l'arrête et il répond en donnant son nom. L'inquiétude se transforme en cri et lorsqu'il apparaît à la porte de la chambre, il voit s'agiter encore sur le lit une couverture en désordre de laquelle n'émerge que le visage d'Hortensia, cachée jusqu'au cou.

— N'entre pas, n'entre pas, pour l'amour de Dieu!

Le vieux s'arrête, gêné.

— Excuse-moi, la porte était ouverte et...

— Mais sors, laisse-moi!

Le vieux fait un pas en arrière et depuis le couloir demande, stupéfait :

— Tu veux que je m'en aille?

La réponse arrive précipitée :

— Comment je pourrais vouloir que tu t'en ailles, idiot, triple idiot! — les sanglots lui coupent la parole.

Le vieux est complètement déconcerté. Quelle situation! Est-ce qu'il doit entrer? Attendre dans la salle à manger? Pourquoi est-ce qu'elle pleure?... Ah, ces sacrées bonnes femmes!

Sans cesser de hoqueter, elle parvient à parler :

— Entre, entre... Ne reste pas là! — le vieux se montre et elle continue :

— Excuse-moi, je n'ai plus de force... En plus, que vous êtes bêtes, vous les hommes! Tu ne vois pas comme je suis moche? Quelle tête je dois avoir!... — avec un sourire plein de sous-entendus. Mais je ne te fais pas peur, hein?

Cette dernière remarque bien féminine ramène l'homme en terrain connu. Emu, il s'approche du lit et la regarde. Elle sèche ses larmes avec le bord du drap, sans sortir la main. Il voit un mouchoir propre sur la table de nuit, s'en saisit de sa grosse patte et l'approche du visage encadré de cheveux noirs en désordre. Cette patte, déjà exercée à la délicatesse par les petits boutons de Brunettino, essuie les dernières larmes. L'indicible sourire féminin attire irrésistiblement le vieux.

— Bruno, Bruno, ça peut être contagieux, murmure-t-elle sans grande conviction, en admirant ces dents de loup entre les lèvres déjà prêtes à la caresse. En entendant la menace, les lèvres viriles qui se dirigeaient vers le front dévient vers la bouche où elles se posent un bref instant. Puis le vieux se redresse :

— Pour le cas où ça le serait, Hortensia.

Ils se regardent avec sérénité. Ils s'expliquent, une fois le vieux assis à la tête du lit. Elle est tombée malade le lendemain du jour où ils se sont vus au café et elle n'a même pas pu l'appeler. Comment ça va pour le petit?... Magnifique, quelle joie!... Le foie; on vérifie si c'est une hépatite et, en attendant, repos absolu... Mais elle n'a mal nulle part et se débrouille bien. Sa fille lui apporte ses repas de régime, quel ennui! De temps en temps, il y a aussi la voisine d'en face, madame Camila, qui vient faire un tour, une très brave femme, même si le fils a mal tourné, drogue et tout et tout... Le petit déjeuner, c'est aussi sa fille qui le prépare, mais aujourd'hui, elle est en retard...

— Mais il est déjà dix heures, Hortensia! C'est de la négligence!

— Ma pauvre petite, ça lui fait trop, avec tout ce qu'elle a déjà.

Le vieux s'échauffe en pensant que tous les enfants sont bien les mêmes. Il lui demande ce qu'elle prend d'habitude et, quand elle le lui a dit, se dirige vers la porte.

— Attends un peu! Le plus important d'abord!... Regarde, attrape-moi ça. Là, sur la chaise.

«Ça», c'est une chose en laine mauve avec des rubans. Il la laisse sur le bord du drap sans qu'elle sorte les mains pour la prendre.

— Maintenant, va dans la salle de bains et apporte-moi la brosse et les peignes, et un petit miroir qui se trouve à côté.

Le vieux revient et pose le tout sur la table de nuit à côté des médicaments et d'un petit flacon d'eau de Cologne. Le sourire maintenant amusé de la femme transforme tous les gestes en jeu d'enfant.

— Maintenant tu peux aller à la cuisine et te débrouiller comme tu veux..., à condition que tu saches.

— Un berger sait toujours se débrouiller.

— Ah, le bon berger!... Mais ne me casse rien... Et surtout, lui crie-t-elle alors qu'il est déjà sorti, n'entre pas ici avant que je t'appelle!

Mais elle le rappelle presque aussitôt. Il la trouve le visage contracté qui s'efforce de s'asseoir dans le lit.

— Aide-moi, s'il te plaît... Je me sens si faible!

Sa voix implorante l'émeut. Elle ne se cache plus, ne pense plus à arranger sa toilette. Elle abandonne sans réserve sa faiblesse à ces mains robustes qui la soulèvent avec respect, découvre l'ouverture de sa chemise de nuit aux yeux virils, offre un soupir de soulagement et de bien-être aux oreilles avides. L'homme palpe à travers le tissu une chair de fruit mûr, fiévreuse, pourtant, à son grand étonnement, cela n'éveille en lui aucune excitation sexuelle, seulement une très profonde tendresse. Qu'est-ce qu'il lui arrive? Il n'est plus le même qu'en arrivant à Milan; chaque jour il le vérifie... Peut-être qu'il vieillit, ou alors, c'est la bestiole? Ses mains soutenant la femme lui rappellent les guerriers du musée et cela augmente sa confusion;

si on les appelle *Pietà*, lui, c'est donc la *Madonna*... A moins qu'il y ait *Pietà* entre hommes?... Il s'y perd.

— Tu es bien comme ça?

Comment peut-il prononcer ces mots tranquilles alors qu'il lui passe par la tête tant de choses bizarres? Le Bruno d'avant ne réfléchissait pas tant.

— Très bien, Bruno; merci.

Elle prend une des grosses pattes entre ses mains et la serre d'une façon qui achève de déconcerter l'homme. Il se dérobe en allant à la cuisine préparer le petit-déjeuner.

Quand la fille arrive, elle les trouve en train de bavarder. Elle regarde le vieux avec curiosité et gronde sa mère de s'être assise dans son lit, mais très vite, on la sent ravie de ne pas perdre de temps et elle s'en va après avoir noté quelques courses à faire.

Ils restent seuls et l'homme vit une matinée magique, savourant les tâches qu'il exécute pour elle et obéissant même à des instructions qu'il juge maniaques, comme de dépoussiérer un meuble aussi parfaitement propre que toute la maison. C'est comme de s'occuper de son petit-fils, parce que cette femme se trouve, elle aussi, sans défense maintenant et entièrement livrée à lui. Il la conduit même aux toilettes lorsqu'elle en a besoin et vient ensuite la chercher pour la remettre au lit qu'entre-temps il a remis en ordre. A la vue de ce lit bien fait, elle s'exclame :

— Même ça, Bruno... Quel homme tu fais!

«Alors, c'est ça être un homme?», se dit le vieux, maintenant sur le chemin du retour, après qu'elle a refusé son offre de rester lui tenir compagnie. «Mais c'est si bon de s'occuper de quelqu'un comme ça!... Les femmes en ont de la chance... pour ça, au moins. Maintenant je comprends Dunka, qui a soigné ma blessure et pris soin de moi pendant que je ne pouvais pas marcher... Dunka, si différente et si pareille à celle-ci! Pourquoi est-ce que je ne l'ai pas fait plus souvent, de soigner comme ça?... Et comment je pouvais le savoir, moi, vu que personne ne me l'a appris et que je me suis élevé à coups de poing contre tout?... Mais il n'est jamais trop tard, hein, *Rusca* ?... J'ai déjà commencé avec Brunettino qui m'a, en plus, amené Hortensia… *Rusca*, s'il te plaît, pense au petit, il a encore besoin de moi. Ne sois pas trop pressée, tu m'entends ?… N'effraie pas le médecin demain !»

39

— Monsieur Roncone, s'il vous plaît.

La même petite infirmière. La visite commence comme la dernière fois. Ce matin aussi, il lui a fallu avaler la bouillie, sous les yeux ébahis de Brunettino et ses cris réclamant une tasse pour lui aussi. Le vieux s'est armé de patience pour se soumettre à la même tournée d'examens, mais il se trompe; la ressemblance avec la première visite s'arrête dès qu'il franchit la porte de la petite salle. De l'autre côté, le professeur Dallanotte en personne l'attend et lui tend la main.

— Alors, ami Roncone, comment allez-vous?

Le vieux, surpris, parvient à peine à lui rendre la politesse.

— Entrez par ici... Cette fois, on ne vous ennuiera pas autant. Il s'agit seulement de savoir comment évolue votre problème — le professeur lui sourit. La bestiole, comme vous m'avez dit, n'est-ce pas? Comment vous l'appelez?

— *Rusca*, professeur, *Rusca* — le vieux sourit lui aussi. Elle continue à grossir, je suppose.

— Oui, *Rusca*... C'est ce qu'on va voir tout de suite; déshabillez-vous ici.

Le vieux, maintenant en blouse verte, est conduit à la salle de radioscopie où le professeur est en train d'étudier les radios précédentes. Il installe le vieux dans l'appareil et l'examine.

— Ah, la voilà!, s'exclame le médecin. Votre souvenir de la prise de Cosenza... A propos, vous connaissez le sénateur Zambrini?

— Le communiste? Non, seulement de nom.

— Pourtant, lui, il vous connaît... Bon, j'ai terminé. Je vous vois tout de suite.

Le professeur s'en va, un assistant prend quelques clichés du vieux et l'envoie se rhabiller.

— Déjà?

— Le professeur n'a plus besoin de rien. Comme on vous avait bien examiné en novembre... Ces choses-là n'évoluent pas si vite, monsieur Roncone, dit en souriant le jeune assistant.

«Oh, si!», pense le vieux tout en se rhabillant, et il touche le sachet autour de son cou. «Sinon, pourquoi est-ce qu'ils me regardent? Et ce salopard qui ne crève pas, *Madonna mia* !»

On le conduit maintenant non pas dans le grand bureau, mais dans un plus modeste, avec une petite table derrière laquelle est assis le professeur. Le vieux occupe en face la seule chaise disponible. Il est surpris que la lampe soit si simple, presque un truc d'écolier. Le professeur lui sourit :

— Eh bien, oui, ami Roncone, le sénateur Zambrini vous connaît. C'est un grand ami à moi, bien que je ne sois pas communiste, et que je ne m'intéresse même pas à la politique. Vous aussi vous le connaissez, vous avez lutté ensemble à Cosenza.

— Ben, je ne vois pas. Pourtant, du bon vieux temps, je me rappelle tout.

— C'est que là-bas, il portait un autre nom. On l'appelait Mauro. Et vous, Bruno, n'est-ce pas?

Un éclair dans l'esprit du vieux.

— Mauro! Il commandait le maquis de la Grande Sila, du côté de Monte Sorbello et du lac Arvo!... Mais dites donc, comment vous connaissiez mon nom de partisan? Comment vous avez fait le rapport entre lui et moi?

— Il y a une semaine, Zambrini est venu à Milan et, comme nous évoquions des souvenirs communs, il m'a parlé de Cosenza. Je lui ai dit qu'un de mes patients en avait encore une balle dans le corps et dès que je vous ai décrit, il vous a reconnu. «Ça ne peut être que Bruno!», s'est-il exclamé. Et il a dit qu'il serait heureux de vous revoir lors d'un prochain voyage.

— Ça alors! Et moi donc!... Alors, comme ça, Zambrini, c'est Mauro... C'était un homme comme il y en a peu, professeur!

— Et il l'est toujours, grâce à vous. Apparemment, si vous n'étiez pas arrivé à temps cette nuit-là, ils étaient cuits. Ce sont ses propres termes : « On était cuits. »

— Vous ne croyez pas si bien dire!, s'écrie le vieux en éclatant franchement de rire. Les Allemands avaient reçu des lance-flammes et ils nous brûlaient vifs. Mais mon groupe les a surpris, on leur en a pris deux et c'est eux qui ont été cuits. Ensuite, on a jeté les engins dans le Crati; on n'avait pas de recharge de combustible. Dommage, belle invention!... On luttait sans rien, juste avec ce qu'on raflait... Ça alors, sacré Mauro! D'après ce qu'on dit, il a encore du cran, même s'il s'est mis dans la politique, comme tous les autres.

— Zambrini m'a raconté à votre sujet de tels exploits — le vieux écarte le mot « exploits » d'un geste de la main — que je vous prie de me considérer comme un ami et d'oublier mon petit laïus du premier jour. Croyez-moi, tous les malades ne sont pas de votre trempe. La plupart ont besoin de ces mots. Alors..., on oublie tout?

— Pour moi, c'est déjà oublié. Et d'autant plus, si vous êtes un ami de Mauro.

— Autre chose encore : je n'ai pas été berger, mais mon grand-père, si.

— Où ça?, demande le vieux très intéressé.

— Au nord. Dans les Dolomites. Regardez-le, c'est la seule photo que j'ai.

Elle est accrochée au mur, décolorée. Les mêmes yeux clairs que le petit-fils. Moustachu, en uniforme de chasseur alpin de la Première Guerre, le chapeau pointu avec la plume dressée bien planté.

— Vous voyez. Nous avons des choses en commun, ami Roncone.

Le vieux devient sérieux.

— Alors, faites-moi la faveur que vous ne m'avez pas faite la dernière fois, dites-moi combien de temps je vais durer. Vous avez vu quelque chose de nouveau aujourd'hui ?

— Non, la *Rusca* continue d'avancer, mais vous résistez très bien. Et je vous avais bel et bien répondu : impossible de rien dire avec certitude. Un autre, avec la même chose que vous, serait déjà fini, mais vous, heureusement vous avez une constitution de fer.

— Dites-moi le maximum, je dois savoir.

— Alors, je vais vous poser quelques questions.

Le professeur interroge méticuleusement le vieux sur ses sensations, ses douleurs, sa réaction à certaines nourritures, ses selles et son urine, visant avec une telle précision qu'à la fin, le vieux s'exclame :

— Félicitations, professeur. Vous en parlez comme si vous ressentiez tout vous-même.

Le professeur le regarde fixement. La lumière de la lampe n'arrive qu'à son menton, mais dans l'obscurité, la clarté bleue des yeux se détache. Il répond lentement :

— Ne me félicitez pas, cher ami, je souffre de la même chose que vous.

Le vieux ne s'attendait pas à ça. Il s'en attriste presque plus que pour lui-même.

— Mais, proteste-t-il, vous, vous êtes très jeune !

Le professeur hausse les épaules... Le vieux remarque des mégots dans un cendrier.

— Et vous fumez ?

Le professeur réitère son geste.

— De la même façon que si vous en avez envie... Mais nous, les médecins, nous devons interdire le tabac.

— Non, je ne fume plus. Pour mon petit-fils.

Le professeur approuve de la tête et parle avec mélancolie :

— Mon fils n'a encore que seize ans.

Ils se taisent, attentifs au silence comme si une invisible présence devait dire le mot de la fin.

— Vous ne m'avez toujours pas dit ce maximum, professeur, insiste le vieux pour finir.

— Je vais vous le dire parce que vous le méritez, mais sans garantie : neuf ou dix mois, un an, je ne crois pas... Et ne me demandez pas le minimum parce que c'est zéro. Pour vous, pour moi et pour tout le monde.

— Neuf ou dix mois !, s'écrie le vieux avec exaltation. Vous me donnez tout l'été !... Merci, professeur, ça me suffit.

— Pour en finir avec ce voisin paralytique, dit le médecin en souriant malicieusement. Comment va-t-il ?

— Très mal ! Je veux dire qu'il progresse, dit le vieux en riant. Mais il n'y a pas que ça. Il faut que j'entende mon petit-fils m'appeler *nonno*, *nonnu* comme on dit chez nous. Et je veux l'emmener cet été à Roccasera, lui montrer sa maison, son village, sa terre.

Le professeur sourit et le vieux découvre soudain chez Dallanotte le même sourire que chez don Gaetano, le médecin de Catanzaro, lorsqu'il parlait avec les gens. Il lui manque la cigarette collée à la lèvre, mais le sourire est le même : courageux et douloureux. Indéfinissablement humain.

40

Le vieux vient d'endormir l'enfant et s'assied sur son fauteuil dur, en face de la fenêtre. Le téléphone sonne, Andrea décroche :

— Papa... Je veux dire, grand-père, c'est Rosetta.

Est-ce qu'Andrea n'a pas les yeux qui brillent après avoir parlé un moment ? « Si c'était ça ! », pense le vieux en accourant au téléphone. Et c'est bien ça.

— C'est vrai ?... On l'enterre quand ?

Il entend sans entendre. Cette voix, lointaine, parvient à son oreille, lui racontant ce qui, dans ses plus chers désirs, est arrivé depuis longtemps... Un ballon éclate dans sa poitrine, mais il raccroche machinalement. Sans qu'il s'en aperçoive, Renato et Andrea sont venus le rejoindre. Il les regarde :

— Il a crevé, prononce-t-il lentement. Lâché la rampe. Cassé sa pipe.

Les enfants sont stupéfaits de cette froideur. Lui aussi trouve étrange que ce qu'il désirait tant lui semble soudain le souvenir d'une chose déjà oubliée. En même temps, il sent un vide ; comme si on lui avait volé quelque chose.

Il marche lourdement jusqu'à sa chambre et, sans allumer la lumière, se laisse tomber sur son lit. Il remonte sa couverture jusqu'au menton, se plongeant dans l'odeur de là-bas, celle de toute sa vie. Il regarde devant lui, mais au lieu du mur d'en face, il voit la place sous le soleil, ses amis à la porte de Beppo ou alignés le long des façades. Il y a quelques automobiles venues de Catanzaro, dont le corbillard, le meilleur de là-bas. Il écoute la fanfare. Il pourrait dire quels sont ceux qui, endeuillés, mènent le cortège et ceux qui les suivent... Il entend les cloches sonner...

Il voit même le mort à l'intérieur du cercueil, brinquebalé à travers les rues défoncées, avec sa verrue noirâtre sur le lobe de cette oreille qu'il aurait dû lui couper ce jour-là. Il se demande si on lui aura laissé ou pas ses lunettes noires de fasciste... Il voit tout comme s'il y était et, en même temps, le rythme de sa propre respiration lui procure une jouissance voluptueuse... Il se touche la poitrine, le sexe, les cuisses... « Merci *Rusca*, brave fille; merci *Madonna*, tu auras ton cierge », murmure-t-il... Pourtant, alors que la vie lui offre maintenant son grand triomphe, il ne tend pas vraiment la main pour le saisir... Il ne se comprend pas lui-même.

— Qui peut bien comprendre ton père?, commente au même moment Andrea dans la salle à manger, presque indignée par le silence du vieux. Tu te souviens de sa joie lorsque Rosetta lui racontait que l'autre allait de plus en plus mal? Et tu vois... Qu'est-ce qu'il veut? Il n'a quand même pas de la peine!

— Il pense peut-être qu'il ne va pas tarder à le suivre, note Renato avec tristesse. Qu'a dit Dallanotte l'autre jour quand vous y êtes allés?

— Je t'ai déjà tout raconté. Il lui a donné jusqu'à dix mois et ton père a semblé si content... Il ne lui a pas parlé d'opération, mais à moi, si; il garde cette carte en réserve, même s'il n'y croit guère... A propos, ajoute-t-elle fièrement, le professeur a été très aimable, il nous a raccompagnés jusqu'à la porte. Ce n'est pas pour rien que nous sommes camarades d'Université.

Andrea retourne à son bureau en insistant sur le fait qu'elle ne comprend pas le grand-père, et Renato devine son espoir que le vieux rentre maintenant au village pour mourir dans son lit. Car, cette fois encore, il ne s'est pas adapté à Milan. Encore moins bien que la première, à cause de ses divergences sur l'éducation de l'enfant. Et heureusement qu'Andrea ne s'est pas encore aperçue de ses séjours noctures dans la petite chambre, découverts par hasard par Renato! Ça l'ennuie de cacher ça à sa femme et il déplore que le vieux donne de si mauvaises habitudes au petit, mais s'il lui reste maintenant si peu de temps à vivre, quel mal y a-t-il à le laisser faire? Mais Andrea ne pourrait pas le comprendre, elle élève l'enfant de façon si scrupuleuse! Renato soupire.

Lorsqu'elle laisse son travail pour aller à la cuisine, il va voir le vieux. Il le trouve allongé, la lumière toujours éteinte.

— Grand-père, nous allons bientôt dîner.

— Je n'ai pas bien faim. Commencez sans moi; je viendrai tout à l'heure.

— Vous avez un problème?

— Allons donc! Je vais très bien.

Ils sont déjà en train de dîner lorsqu'il apparaît une bouteille à la main. Andrea était censée ignorer l'existence de ce vin rouge, mais elle ne dit rien. Le vieux sort du frigidaire quelques olives. Il se sert un bon verre et en mange quelques-unes.

— A la santé du défunt! Et du *dottore* qui l'a soigné comme il faut! Vive le *dottore* !

Il boit goulûment. Sur son cou amaigri, la pomme d'Adam danse comme si elle flottait sur le liquide en train de descendre. Les enfants se taisent; que dire? Le verre terminé, il les regarde et prononce solennellement :

— Affaire classée. Et vive la Marletta, la bonne *magarà* !

Andrea ahurie le regarde. «Je nage dans l'absurde», pense-t-elle. Heureusement, la télévision va donner les nouvelles.

Au plein cœur de l'aube, le vieux se dirige vers la petite chambre sans attendre le crissement du berceau.

Il contemple l'enfant à la lumière souillée de la nuit milanaise. La neige a disparu, entraînée par les arroseuses et les engins municipaux. Absorbé dans ses pensées, il est surpris de voir l'enfant éveillé qui lui tend silencieusement les bras. Il le prend et s'assied par terre avec lui, croisant par-devant la couverture pour les envelopper tous les deux.

— Tu vois, Brunettino, le salopard est mort. Ils l'ont enterré ce matin... Un jour, tu sauras ce que c'est «enterrer»... Réjouis-toi, ton grand-père a été le plus fort. Je suis là, vivant et bien vivant!

L'enfant, avant de replonger dans le sommeil, passe un bras

autour du maigre cou. La douceur de la petite main émeut le vieux.

— N'aie pas peur, petit! Qu'est-ce que tu crois, que je vais m'en aller en te laissant ici? Comment peux-tu penser une chose pareille? J'en suis fâché! Comment veux-tu que je te laisse? Ils recommenceraient à t'enfermer avec tes peurs, celles qui sont accrochées tout au fond! Peurs de ce qu'on ne connaît pas, les pires... Dors tranquille, mon cœur... En plus, j'ai tant de choses à te dire! Et toi aussi. Vite, le plus tôt possible, j'ai tellement envie de t'entendre!

Il étouffe un très profond, un irrépressible soupir.

— Je vais te dire la vérité, je ne veux pas te tromper. C'est vrai, je pensais m'en aller dès qu'il aurait crevé... Qu'est-ce que tu veux? Je n'aime pas Milan ni..., ni rien, mais je ne pouvais pas rentrer tant que le Cantanotte restait assis là-bas, sur la place... Tu ne sais pas encore ce que c'est que la place! Tout ce qu'il y a d'important dans le village, c'est là que ça se décide... En plus, le jour de mon retour allait être un grand jour! L'Ambrosio lancerait des fusées depuis la chapelle dès qu'il verrait apparaître ma voiture dans la côte, et s'il ne tire pas à la mitraillette c'est uniquement pour que les carabiniers ne la lui prennent pas... Il ne l'a pas rendue, il la garde cachée, tu sais? Il a raison, il l'a payée de son sang. Moi aussi, j'ai la mienne parce que j'en ai rendu une autre pour qu'ils me fichent la paix; je te la montrerai... Ils m'attendraient tous sur la place, encore plus nombreux que le jour où ce sergent est entré avec ses Anglais. Les miens qui m'embrasseraient en riant et en blaguant, les autres, verts de rage, qui voudraient me jeter le mauvais œil. Ah, mais c'est moi le premier, avec la Marletta, qui lui ai jeté un sort au Cantanotte et ce petit sachet, qui sera à toi, me protège. Oui, tout le monde sur la place, le village tout entier, parce que là-bas, je suis quelqu'un, tu sais, absolument. Tu verras, quand tu diras : «Mon grand-père, c'était le Salvatore de Roccasera». Tu verras alors ce que ça vaut un nom, et c'est moi qui me le suis fait... Pourtant, je n'ai pas eu de père, mais je sais qui c'était et il s'est même occupé de moi dans la montagne, mais il ne l'a jamais dit. Et ma mère non plus, mais un père comme ça, ça ne compte pas pour les gosses à l'école. Il a fallu que je les fasse taire à coups de pierres pour qu'ils arrêtent de m'insulter... C'est pour ça que je suis devenu si dur, et je veux que tu le sois, toi aussi, un homme pour de vrai. Le petit-fils du Bruno, du Salvatore de Roccasera.

Il a l'impression que l'enfant a grandi rien qu'en entendant ces mots.

«J'avais pensé m'en aller, je le reconnais, mais maintenant je reste. Ça m'est égal à présent de retourner là-bas dans une caisse, du moment que le salopard n'est plus là pour le voir... Ça ne me coûte plus de rester; mon Roccasera, c'est toi. Et mes os, et le sang dans mon cœur... Tu es tout ça, mon petit agneau, et le vieux Bruno t'appartient. Où est-ce que j'irais? Maintenant, même la *Rusca* ne me sépare plus de toi, tu te rends compte!... Enfin, elle, si; pardon, *Rusca*, mais elle n'est pas pressée. C'est le professeur qui l'a dit; en fait, c'est presque un camarade... Si seulement il soignait les enfants, il pourrait s'occuper de toi! Mais, bien sûr, il ne fait pas partie de ces crétins, loin de là!»

La voix du vieux se fait murmure, presque inaudible.

«Ecoute, petit, la vraie vérité, c'est que je reste parce que j'ai besoin de toi. Sans toi, maintenant, je suis fichu... C'est comme ça, je te défends, mais tu me défends toi aussi, et ensemble on va la gagner notre guerre, je te le jure. C'est le vieux Bruno qui va la gagner avec son camarade partisan : toi, mon Brunettino...»

Si l'enfant n'était pas si profondément endormi, il sentirait sur sa joue de nard la larme qui a glissé de la vieille joue tannée.

41

« Tête de nain », c'est ainsi que le vieux définit le professeur Buoncontoni en voyant son crâne chauve et luisant auréolé de longues mèches blanches, ses joues rondes et ses lèvres épaisses. Il aurait l'air comique s'il n'y avait pas les yeux, brillants d'intelligence. A ses côtés, le docteur Rossi, grande, poitrine plate, cheveux blonds très courts avec une frange. Derrière les tables, une douzaine d'étudiants et, bien sûr, Valerio devant le magnétophone.

Le vieux ne s'attendait pas à ce que le jeune homme éveille chez le professeur un tel intérêt pour lui. Son histoire enregistrée, improvisée avec des morceaux d'une autre, lui avait ensuite fait un peu honte, « Et puis zut !, il y avait ces bobines qui tournaient, tournaient, pas question de gâcher la bande. » Néanmoins, ils souhaitent continuer, en payant même trente mille lires par séance et ils s'excusent de ne pouvoir donner plus à cause de leur budget limité. « Quels drôles de gens », s'est dit le vieux lorsque Valerio l'a appelé. « On a du mal à croire qu'ils gagnent leur vie avec ces fantaisies alors que d'autres se crèvent à travailler ! »

— Enchanté, salue le professeur. Très intéressant, cet enregistrement. J'ignorais cette version du mythe sumérien de Tammuz. Je suis sûr que vous allez nous raconter beaucoup de choses.

« Non, c'est pas un nain », rectifie le vieux. « C'est un gosse. Ce sont des gosses. Voilà pourquoi ils aiment les contes. »

— C'est pour ça que je suis venu... Les histoires de Maures, ça vous intéresse ? On a des châteaux et tout ; ils ont laissé des souvenirs.

— Les Maures, bien sûr, acquiesce le professeur. Et les Byzantins.

— Les quoi?... Non, ceux-là, non.

— Catanzaro a été une ville byzantine, ami Roncone.

— Si vous le dites... Mais là-bas, personne n'en parle. On ne leur a sans doute pas fait la guerre autant qu'aux Maures.

Ça y est, la machine est en route, les implacables bobines tournent.

— La guerre? Pour quelle raison?

— On n'en manquait pas. A l'époque, eux, c'était les Maures et nous, les Chrétiens, ça ne vous suffit pas?

Il s'aperçoit que son auditoire ne comprend pas et s'explique :

— Il y a toujours une raison quand on cherche la bagarre et il fallait qu'on la cherche... Par exemple, on leur volait leurs femmes ou eux les nôtres, et c'était la guerre!... Hé, hé, on en vole encore aujourd'hui!, achève-t-il content de lui.

— Encore aujourd'hui?, demande le docteur Rossi en prenant des notes dans son cahier.

— Ben, voyons! Si les parents ne veulent pas du fiancé, il enlève la fille et ensuite, on est obligé de les marier... Dans certains villages, la *scapigliata*, ça suffit.

— La quoi?, demandent plusieurs personnes. Le professeur sourit, il connaît déjà cette coutume.

— A la sortie de la messe, le garçon va vers la fille et lui arrache le fichu qu'elle a sur la tête, lui découvrant les cheveux. Alors, bien sûr, on doit la marier avec lui parce qu'elle a été déshonorée et personne n'en voudra plus... A moins que la famille tue le gars; alors, oui. S'ils le tuent, tout s'arrange.

On discute brièvement de cette coutume et le docteur Rossi commente un des mythes qui mettent en étroite relation les cheveux ou la barbe avec l'honneur. Elle termine en demandant au vieux si le rapt de la jeune fille n'est pas considéré par les gens comme un forfait.

Le vieux va d'étonnement en étonnement :

— Au contraire! Celui qui ne l'enlève pas n'est pas un homme.

Les femmes sont faites pour ça; on sait bien que les parents les élèvent, mais pour un autre... Pas vrai?

Le docteur Rossi est sur le point d'argumenter, mais le professeur revient sur le thème de la guerre en demandant s'il y avait d'autres motifs.

— Beaucoup d'autres. Les terres, l'irrigation, les moulins... Le bétail, par exemple, comme dans le cas de *Morrodentro*[1].

— Qui?

— Un berger qui emmenait au marché une chèvre du maure et voilà que l'animal est entré dans les semis du chrétien, qui l'a dénoncée à l'évêque.

— Le maure obéissait à l'évêque?

— Ben, on avait peur des évêques à l'époque parce qu'ils pouvaient condamner; c'est pas comme maintenant où on s'en fiche... Le maure disait que non, le chrétien soutenait que oui; alors l'évêque a demandé au berger si la chèvre était ou non entrée dans le champ. L'homme a répondu : «Elle avait le museau dedans, mais les pattes dehors.» C'est comme ça qu'on a commencé à l'appeler *Morrodentro* et le sobriquet est passé aux enfants et ainsi de suite jusqu'à aujourd'hui où il y en a encore un qui vit à Roccasera. L'évêque a tranché en donnant la chèvre au chrétien parce que la tête était dedans et que le bétail se compte par tête. Mais il a fait payer le baptême de la chèvre au chrétien parce qu'il ne pouvait pas la garder chez lui sans qu'elle soit bien chrétienne... Des histoires de curé, toujours à soutirer de l'argent!

Une discussion académique commence sur ce genre de jugement à la Salomon, quelqu'un évoque les *fabliaux* du Moyen-Age et le *Panchatantra*, mais le vieux les interrompt :

— Minute, l'histoire ne s'arrête pas là. Le maure a juré de se venger et depuis ce moment, maures et chrétiens ont toujours été en guerre, à s'offenser les uns les autres. Le maure lui a tué, au chrétien, son meilleur furet, une femelle très bonne chasseuse

1. *Morrodentro* signifie «museau-dedans».

de lapins; mais le chrétien a déshonoré une nièce du maure et il a aussi coupé la queue de son plus bel épagneul qui n'a plus jamais couru comme avant.

— Quoi?, demande quelqu'un. Seulement parce qu'il n'avait plus de queue?

— Seulement pour ça!, affirme le vieux péremptoire, et plein de dédain devant l'ignorance de ces savants. L'épagneul est un animal noble et sans queue, il se sent à moitié châtré et devient couard... Comme un coq sans crête, vous comprenez?

Personne ne se risque à discuter. Quelqu'un demande comment s'est terminée cette guerre.

— Comme toutes les guerres, par la mort. Le chrétien, déjà vieux, a attrapé une maladie et le maure s'en est réjoui. Toute la journée au sommet de sa tour avec ses gens pour voir le chrétien partir se faire soigner chez le médecin... Ah, mais, à la fin, le chrétien s'en est tiré.

— De quelle façon?

— Un ange a commencé à lui apparaître chaque nuit... Ça, c'est le point faible des maures, ils n'ont pas d'anges. Celui du chrétien, à chaque visite, lui rendait de la force. C'était un tout petit ange mais rien que de le sentir et de le toucher, on guérissait... Quand il a vu que le chrétien allait mieux, le maure a été pris d'une telle rage qu'il a avalé sa chique et lâché la rampe... Le chrétien aussi a fini par mourir, bien sûr, mais avant, il a été très, très heureux. Tu parles, sans le maure et avec l'ange, le paradis!

On commence à parler d'angéiologie islamique et chrétienne, le professeur formule alors une question :

— Toucher l'ange, dites-vous? Les anges sont donc de chair?

Le vieux regarde le nain avec indulgence :

— Evidemment! Sinon, ce serait des mensonges, des espèces de fantômes. Pas vrai? Ils existent en chair et en os comme vous et moi... Enfin, c'est pas la même chair, mais ils en sont faits. Et c'est pour ça qu'il y a des anges femelles, ajoute le vieux en se souvenant du corps de Dunka.

— Pardon, monsieur Roncone, intervient un élève présomptueux, tout droit sorti du Séminaire, les anges n'ont pas de sexe.

La stupéfaction du vieux augmente encore :

— Foutaises! Qui a dit ça?

— Les Ecritures. Le Pape.

Le vieux éclate de rire.

— Et qu'est-ce qu'il en sait du sexe, le Pape? En plus, comment est-ce qu'on peut vivre sans sexe? Si nous les hommes, on en a un, comment les anges, qui nous sont supérieurs, n'en auraient pas? Est-ce que Dieu les aurait créés pour les punir en les privant d'anges femelles?... Quelles drôles d'idées il a le Pape, dis donc!

Le vieux est ravi de voir un sourire d'adhésion sur le visage du docteur Rossi et d'entendre le professeur rappeler à l'ex-séminariste qu'ils ne sont pas en cours de théologie, mais en train de recueillir des croyances populaires sur lesquelles monsieur Roncone a l'autorité d'un témoin.

Si bien que le vieux rentre chez lui fort satisfait, dans la voiture de Valerio, tout en continuant à penser, comme au début de la séance :

« On dirait des gosses mais, dis donc, ils en vivent bien du conte. »

Et il caresse trois billets tout neufs dans sa poche. Ce qui n'est jamais mal venu.

42

— Viens, viens; je ne t'attendais plus!, l'invite Hortensia depuis son lit en l'entendant entrer. Qu'est-ce que c'est?, ajoute-t-elle en faisant allusion au bouquet qu'il dépose sur la commode. Tu as encore fait des folies?

— Aujourd'hui, c'est un cadeau de l'Université, département de la fantaisie, répond le vieux en faisant un effort pour parler car il a marché vite.

Il la trouve mieux, mais ce n'est pas encore sa pimpante Hortensia. De son côté, elle le trouve fatigué, les mains un peu tremblantes.

— Quelle histoire tu leur as inventée cette fois?, s'écrie-t-elle en riant tout en se demandant s'il va remarquer que sa fille l'a coiffée.

— Tu es très belle aujourd'hui, Hortensia!, et ça, c'est pas de la blague. Pas comme le truc de l'Université; mais ils m'ont payé, tu ne vas pas en revenir! Trente mille lires.

— Et qu'est-ce que tu as fait pour ça?

— Rien. Ils sont bêtes... Je leur raconte ce qui me passe par la tête et ils l'enregistrent sans en perdre une miette, comme si c'était le cathéchisme... Si tu les voyais discuter ensuite très sérieux, dans cet italien de la radio! Je m'en voudrais de parler comme ça, quelle horreur!... Je te le dis, des idiots... Le premier venu de mon village te les embobine.

— C'est que tu as la langue bien pendue, baratineur!, éclate-t-elle de rire, en s'asseyant dans son lit et en se laissant couvrir les épaules d'une liseuse en laine.

Le vieux rit à son tour, flatté, puis il va à la cuisine et en revient avec un vase plein d'eau. Il détache le bouquet et essaie d'arranger les fleurs, mais il hoche la tête, mécontent de son œuvre.

— Apporte, apporte-moi ça... Bien que tu ne sois pas si maladroit, comme vous l'êtes, vous les hommes.

— J'ai beaucoup appris en m'occupant de Brunettino... Rien qu'avec ses petits boutons...! J'aime bien m'occuper de lui; maintenant je comprends le plaisir que vous y prenez, vous les femmes... Je fais même des choses dont j'aurais eu honte avant!

Elle le regarde du coin de l'œil, tout en continuant à arranger les fleurs dans le vase qu'il lui tient.

— Honte parce que c'était des trucs de femmes, hein?... Tu pensais qu'en faisant ça, tu te rabaissais.

— On vit bien loin de vous, tu sais! L'homme est très éloigné de la femme, même s'ils dorment dans le même lit.

— Regarde comme c'est joli!... Pose le vase là-bas dessus, comme ça. Quel beau bouquet que tu m'as apporté... Bien sûr qu'on vit à part, vous nous mettez de côté!

L'homme cherche ses mots.

— Pas tant que ça... Mais c'est vrai qu'on sait peu de choses de la vie des femmes... Malgré toutes celles qu'on a connues!, dit-il avec un sourire vantard.

— C'est parce que tu ne les as pas vraiment connues, idiot. Tu les as possédées, c'est tout. En passant.

— En passant par-dessus!, dit-il en éclatant de rire. Tu connais un meilleur moyen?

— Tu n'as pas honte!... Mais il y avait bien plus de profit à en tirer, et tu ne t'en es même pas douté. Comme vous tous. Retiens bien ça : les femmes, vous les aimez, mais elles ne vous intéressent pas. Voilà comme vous êtes.

L'homme réfléchit en fouillant dans ses souvenirs :

— Elles non plus ne faisaient rien pour que ça change, d'après moi... Il n'y en a qu'une qui aurait aimé que je... Oui, une seule...

— Je sais — le ton se durcit. La fameuse petite partisane.

— Dunka, oui. Elle, elle voulait me changer, me modeler à sa manière... Et, tu vois, c'est peut-être pour ça que je l'ai laissée...

Enfin, de toutes façons, la guerre était une vraie tourmente. Elle nous emportait tous, chacun de son côté... Mais Dunka voulait...

— Te rapprocher d'elle, bien sûr.

L'homme se tait, suspendu aux lèvres d'Hortensia.

— Et toi, tu as pris la fuite... Pauvre Bruno, tu as perdu le meilleur, le plus beau.

— Allons donc! Le plus beau, je l'ai eu chaque fois que j'ai voulu.

Mais son éclat de rire presque grossier, lui paraît, même à lui, forcé. Simple moyen de défense.

— Oui, tu es passé à côté... Et maintenant tu t'en rends compte!... Enfin, mieux vaut tard que jamais.

Le vieux la regarde et dans son esprit, une découverte se fait jour. Maintenant, il se rend compte, oui, mais de quoi? Il tourne autour, tourne autour mais ne le saisit pas.

— A quoi tu penses?, le presse-t-elle.

L'homme soupire.

— Si je t'avais connue plus tôt...

La femme se met à rire pour ne pas trahir la vague de chaleur qui la parcourt.

— Tu ne m'aurais même pas remarquée, idiot. Moi, je n'ai jamais beaucoup attiré l'attention... Ne fais pas la moue, c'est vrai... Parfois, j'en pleurais — sa voix se fait plus intime. Enfin, je me tais, que tu n'ailles pas me filer entre les doigts comme tu l'as fait avec cette Dunka.

— Filer, moi? Alors que j'ai ce que je n'espérais plus avoir.

Ses doigts forment une croix sur ses lèvres. Sa voix a vibré si profondément que le silence s'impose à tous les deux.

L'homme va regarder par la fenêtre. Puis il s'assied sur la chaise à côté du lit.

— Tu es fatigué... Parce que tu ne dors pas, à cause du petit...

— Je n'ai jamais dormi beaucoup; je n'en ai pas besoin.

— Fais un petit somme, allons... Comme le premier jour.

— Ben, si ça ne te gêne pas...

— Mais pas assis comme ça, idiot!... Ici, il y a de la place.

La main féminine se pose sur la moitié inoccupée du grand lit conjugal. Puis elle remonte jusqu'au drap et commence à le découvrir.

L'homme se raidit :

— Dans ton lit? Tu me crois si vieux?

Elle rit joyeusement de son irritation.

— Voyons, malade comme je suis... Viens, couche-toi, même tout habillé. Si tu dors par-dessus, tu vas avoir froid.

L'homme continue d'hésiter, ça ne lui plaît pas de se mettre au lit avec une femme comme ça pour rien! C'est comme de dégainer son couteau et de ne pas le planter... Mais elle trouve l'argument qui finit par le décider :

— Ne crains rien, je t'ai déjà dit que les analyses étaient bonnes. Ce que j'ai n'est pas contagieux.

— Même si ça l'était, tu le sais bien!, répond-il en relevant le défi et il s'assied pour se déchausser. En plus, si tu avais des microbes, je te les empoisonnerais.

Il se met debout et commence à enlever son pantalon, le dos tourné. Il ajoute en souriant :

— Mais je te préviens, c'est de la chair de vieux, Hortensia, coriace.

— J'aime bien la viande boucanée, dit-elle en riant. Et puis, finissons-en, je ne vais rien voir de nouveau.

Il pose son pantalon et se dirige vers la salle de bains. Ses chaussettes sont en laine, tricotées au village, et il porte des caleçons comme ceux de Tomasso; pas des slips comme son gendre, ces petites culottes. Les genoux maigres aux os saillants et leurs grosses veines, inspirent la tendresse.

— Je ne voulais quand même pas me mettre au lit avec la poussière de la rue sur les pieds, explique-t-il en revenant.

La femme lui en sait gré. D'autres à sa place n'y auraient pas pensé.

Enfin, l'homme repose à ses côtés, ses cheveux gris frisés sur l'oreiller. En remontant le bord du drap jusqu'à son menton, ses doigts sentent la rugosité de la barbe et reculent. Il le remarque.

— Depuis que je n'utilise plus le couteau, c'est pire. Mais je me coupais; le poignet...

« Tomasso, aussi, à la fin, il se coupait (mais il était déjà alcoolique) et lui aussi, ça le rendait triste. Ah, les hommes, à vouloir toujours jouer les coqs!..., pense-t-elle. Mais, quel bien-être ça procure un homme, quelle sécurité de sentir son odeur près de soi!»

Hortensia se redresse à moitié et se penche en s'appuyant sur un coude; elle a besoin de le voir allongé, de le regarder d'en haut.

Un souvenir surgit chez le vieux :

— Comme les Etrusques! Elle se tenait comme toi... Et elle souriait comme tu souris maintenant!

— Les Etrusques?

— Des Italiens d'autrefois qui, même morts, paraissaient vivants... Comme ils devaient être pleins de vie avant de mourir!

Une pointe d'envie se fait jour dans les derniers mots, mais elle s'évanouit dans la contemplation d'Hortensia, son bras nu, sa poitrine près de lui.

«Que la vie est belle!», se réjouit l'homme en sentant la caresse de ces yeux... Sa main s'avance vers elle sous les draps, mais elle s'immobilise avant de la toucher, dès qu'elle perçoit une tiédeur sur la toile. Il s'arrête là comme un pélerin devant le dernier sanctuaire, tout en se laissant bercer sur les vagues tranquilles de l'odeur féminine. Ses paupières qui se ferment peu à peu finissent par adopter une expression de béatitude.

La femme immobile continue à le contempler endormi, l'air attendri. Sourire de la petite fille qui découvre l'homme, regard de la mère sur l'enfant au berceau, sérénité émue de la femme comblée par son amant.

43

— On ne croirait pas qu'un bout de chou comme ça puisse donner tant de fil à retordre!, se désespère Anunziata en écartant Brunettino de la poubelle.

Depuis qu'il court à travers toute la maison, l'enfant les met tous sur les dents. Mais le vieux respire le bonheur. « C'est ça, petit, du fil à retordre!, pense-t-il. » Celui qui n'en donne pas ne vaut rien!

La principale victime des prouesses enfantines, c'est l'ordre domestique imposé par Anunziata. L'enfant attrape tout ce qui est à sa portée et l'abandonne dans des endroits invraisemblables. En plus, il déplace maintenant des objets plus grands; sa dernière découverte, c'est de pousser les chaises. Il enfile le couloir derrière l'une d'elles beaucoup trop vite pour ses petits pas et, quand il tombe, il proteste un instant en pleurant de rage, mais retourne vite au plaisir de pousser sa chaise.

— Attention, danger, voilà le tank!, crie le grand-père, assis au milieu du couloir. Le capitaine Brunettino va culbuter l'ennemi! En avant!

Le tank s'arrête en cognant contre le vieux. Le capitaine pousse un cri impressionnant et le vieux bat en retraite, mort de rire, tandis que le tank continue implacable jusqu'au mur du fond.

— Mon Dieu, monsieur Roncone, vous êtes encore plus gamin que lui!

Mais le vieux ne l'entend même pas. Parfois la femme de ménage se demande quel est le pire des deux. Tout à l'heure, Brunettino a attrapé un couteau de cuisine et il était en train de jouer avec. En s'en apercevant, Anunziata a poussé un tel cri d'alarme que le vieux n'a fait qu'un bond jusqu'à la porte, au moment où elle s'emparait du couteau, provoquant ainsi les pleurs de l'enfant.

— Pleure, pleure si tu veux, mais on ne joue pas avec ça!, lui répétait-elle.

— Un couteau, ah bon!, a déclaré le vieux tranquillisé. C'est pour les hommes, Madame. Au lieu de le lui enlever, apprenez-lui à s'en servir. Mais, qu'est-ce que vous en savez, vous!... Regarde, petit, on le prend par là, tu vois, comme ça, très bien... L'autre bout, ça coupe et ça pique, c'est pour le type en face. Pour toi, c'est ça, le manche, le man-che.

L'enfant riait en tenant le couteau dans sa menotte, elle-même enfermée dans le poing du vieux qui fendait l'air de sa lame. Anunziata s'est enfuie, scandalisée; elle n'oubliera pas d'en informer Madame dès son retour.

C'est ce qu'elle fait peu après; Andrea pousse un soupir en levant les yeux au ciel pour l'implorer de lui donner de la patience. Heureusement pour le vieux, l'indignation maternelle ne lui tombe pas dessus car il vient de sortir, bien qu'il soit midi.

— Il ne va pas manger ici?

— C'est ce qu'il a dit... Et ce n'est pas la première fois, rappelle Anunziata.

— Vous ne savez pas où il mange?

Anunziata l'ignore et Andrea est toute intriguée. Le vieux est devenu mystérieux dernièrement. Seigneur, pourvu qu'il ne commence pas à perdre la tête, quel malheur! Le professeur assure que ce cancer n'affecte pas le cerveau, mais en phase terminale, la personnalité finit par se désagréger... Seigneur, Seigneur! Le vieux, c'est certain, a de plus en plus de défaillances. Il oublie ce qu'il a à faire, cherche son chapeau alors qu'il le tient à la main... Qu'est-ce qu'il peut bien faire en ce moment dans la rue, en plein hiver, sans obligation et sans argent parce qu'on tarde à lui en envoyer de là-bas et qu'il n'accepte pas d'aides?... Ou alors il a de l'argent? Il arrive en effet que Brunettino se retrouve soudain avec un jouet que ni elle ni Renato ne lui ont acheté. Une babiole, bien sûr, mais qui amuse le petit jusqu'à ce qu'il la casse. Alors?... Andrea est perplexe.

Lorsque Anunziata s'en va, elle enfile son peignoir et s'apprête à travailler, profitant du sommeil du petit. Mais il semble que ce soit un jour à problèmes, car on sonne à la porte. Elle se lève et se précipite pour éviter un deuxième coup de sonnette.

C'est un jeune inconnu, au sourire charmeur. Instinctivement, Andrea resserre un peu plus sur sa poitrine le peignoir croisé, tenu seulement par la ceinture.

— Monsieur Roncone?, demande une voix agréable.

— Il est à l'usine. Jusqu'à cinq heures.

— Non, je cherche son père. Don Salvatore.

«Le grand-père? Que peut lui vouloir ce jeune homme bien élevé?»

— Nous avions convenu de nous retrouver dans le vestibule à cette heure-là et comme il ne descend pas... Il lui est arrivé quelque chose?

— Il n'est pas là non plus. Mais si vous aviez rendez-vous, il ne va pas tarder. Entrez, entrez un instant.

Le visiteur entre en enlevant sa casquette, très à la mode en ce moment chez les étudiants. Ses cheveux frisés lui font une tête de Romain. Il est plus jeune qu'il ne le paraissait à la porte.

Andrea lui montre le divan dans le petit salon. Elle, s'assied dans un fauteuil et se couvre les jambes avec les pans du peignoir qui ont tendance à s'ouvrir.

Le jeune homme remarque sur la table la lampe allumée et les livres ouverts.

— Je vous en prie, Madame, continuez à travailler.

Mais Andrea est intriguée au plus haut point.

— Non, non... Ce ne sera pas long, mon beau-père ne va pas tarder. Vous alliez sortir ensemble?

— Je l'emmène à l'Université, comme les autres jours.

A l'Université! Le dernier endroit de Milan où elle serait allée chercher le vieux. Le grand-père à l'Université!

— Vous suivez un cours?

— Monsieur Roncone collabore au séminaire du professeur Buoncontoni.

Andrea réussit à ne pas ouvrir la bouche de stupeur. Buoncontoni, rien de moins! L'autorité italienne en ethnologie! Elle interroge maintenant sans détours le souriant jeune homme qui se fait un plaisir de l'informer : les séances d'enregistrement, les débats scientifiques... Monsieur Roncone est un des meilleurs collaborateurs qui soient passés par le séminaire. Le docteur Rossi, surtout, est fascinée...

« Ah, Natalia!, pense Andrea qui la connaît. Je lui demanderai. »

— Ses récits nous ouvrent de nouveaux horizons sur la persistance des mythes dans le folklore calabrais, conclut l'étudiant. Ils nous font découvrir que dans le massif de la Sila, encore peu étudié, il y a des réminiscences déjà disparues dans d'autres endroits de cette même Calabre... Avant-hier, par exemple, il nous a donné une version suggestive mais ignorée du grand mythe méditerranéen de la Vierge-mère.

Andrea est déconcertée. Alors, comme ça, ce paysan qui vit sous son toit instruit le séminaire du professeur Buoncontoni... Enfin, elle sait au moins d'où il tire quelque argent et s'attendrit à l'idée qu'il le dépense pour son fils. Elle a aussi découvert où il passait son temps, car ce n'était bien évidemment pas au Club du Troisième Age, comme elle l'avait espéré... Mais elle ne s'explique toujours pas où il mange certains jours. Peut-être dans un des ces bistrots où on doit lui servir ces saletés qu'il aime tant et qui lui font du mal... Quoique, allez savoir! Peut-être déjeune-t-il avec l'archevêque... Maintenant qu'elle sait qu'il fréquente l'Université, elle s'attend à n'importe quelle surprise de la part du grand-père. Cette idée la fait sourire.

Elle se sent observée par le jeune homme et, pour éviter qu'il interprète mal son sourire, elle recroise les pans de son peignoir et se redresse dans le fauteuil. Elle s'apprête à poursuivre la conversation lorsqu'on entend s'ouvrir la porte de l'appartement. Le vieux apparaît avec un air contrarié qui se change en mine joyeuse à la vue du jeune homme.

— Ah, Valerio! Heureusement que tu as eu l'idée de monter... Excuse-moi, j'avais oublié que c'était aujourd'hui... Quelle tête de linotte! Allons, dépêchons-nous! Que va dire le professeur? Vite!

Le vieux est un tourbillon qui laisse Andrea sans voix et il entraîne l'étudiant. Celui-ci a à peine le temps de saisir la main qu'elle lui tend et de s'incliner vers elle après s'être présenté :

— Ferlini, Valerio... Mes hommages, Madame.

Andrea lui sait gré de ne pas aller jusqu'à poser les lèvres sur sa main, car elle n'aime pas ça, mais le frôlement de la moustache l'enchante... «Ferlini, Ferlini... Serait-ce le fils du fameux juriste?» Andrea se souvient du reportage récent qu'une revue mondaine a consacré à la splendide villa que la famille possède près du lac Majeur.

En roulant vers l'Université, le vieux garde le silence, préoccupé par la défaillance de sa mémoire. Est-ce qu'ils vont lui retirer quelques lires à cause de son retard? Il entend soudain Valerio lui dire :

— Elle est jolie, votre belle-fille.

— Jolie?, répète le vieux, surpris, en se tournant aussitôt vers le jeune au volant.

— Attirante, oui. Et sympathique!

Le vieux se tait. «Et dire qu'il m'avait l'air sensé!»

Dans son esprit, germe la décision de leur raconter aujourd'hui plus de sornettes que jamais à ces gosses de l'Université. «Puisqu'ils ne savent pas distinguer! Ils le méritent; plus une histoire est fantastique, plus elle les intéresse!... Imbéciles!», se répète-t-il, agacé par cette expression rêveuse sur le profil de Valerio.

44

«Regarde, regarde ces toits. Le seul avantage de cette maison, c'est qu'elle est haute; moi, je ne me plais pas au ras du sol. "Bien sûr, grand-père, tu me diras, parce que tu es de la montagne." Et fier de l'être... Au fait, quand est-ce que tu vas m'appeler "grand-père"? J'entends beaucoup de "brrr" et de "arrr", mais de *nonnu*, rien du tout. Pourtant, j'en ai une de ces envies!... Oui, c'est ça, approche-toi et apprends à regarder d'en haut, surtout les gens, pour ne jamais te rabaisser... Bien sûr que je suis fils de la montagne; qui, sinon elle, m'a sauvé pendant la guerre. Ma *Femminamorta*, la mère des partisans, notre refuge dans les moments difficiles. Eux, par contre, ils l'évitaient, ces cochons d'Allemands! Ils l'encerclaient en jetant des regards effrayés vers le haut; ils savaient qu'on était là mais ils n'osaient pas monter. Dans la montagne, ils étaient perdus... Et dans le brouillard aussi, ce brouillard toujours sale ici alors qu'il est tout blanc là-bas, et qu'il flotte lentement. Ils ne savaient pas voir à travers. Ils tiraient sur les arbres en les prenant pour des partisans, et comme ça, on les visait encore mieux, nous autres. Le brouillard, idéal pour les coups de main... Tu ne le vois pas? Je te l'ai dit, ici, il est déjà sale en se levant, regarde... Mais tu t'es endormi? Tu as le droit, c'est l'heure de la relève. Je me charge de la garde. Dors, petit camarade.»

Il s'écarte de la fenêtre et dépose l'enfant dans son berceau. Puis il s'assied par terre, dos contre le mur.

«Dors tranquille, je suis bonne sentinelle. J'aime bien monter la garde, ça me donne le temps de penser. Ne pas se laisser distraire, bien sûr, mais se souvenir et chercher à comprendre.

Comme les chèvres qui mangent en deux fois. Maintenant, tu vois, c'est David qui me revient. Il nous était arrivé par un brouillard comme celui-là. Je me trouvais en avant-poste et j'ai entendu des pas. Je ne lui ai pas déchargé ma mitraillette dessus parce que je voulais le prendre vivant. D'abord, on a été étonnés; sacré type, il nous avait trouvés sans connaître le terrain! Puis il nous a dit qu'il s'était perdu. Ça lui était égal d'avouer ça, tu te rends compte; il était comme ça, le pauvre David, avec ces yeux doux et tristes... Pourquoi est-ce que je dis le "pauvre David"? Est-ce qu'on sait comment vivent les autres? Tu vois, mon petit camarade, je ne suis plus sûr de ce dont j'étais sûr. Dieu n'a pas bien fait les choses; on devrait vivre autant de fois que les arbres qui, après une année mauvaise, font de nouvelles feuilles et recommencent à vivre. Pour nous autres, un seul printemps, un seul été et au trou... C'est pour ça que tu dois dès maintenant bien former tes branches. Moi, je suis né sur du caillou et je ne me plains pas, j'ai réussi à me dresser tout seul. Mais j'aurais pu fleurir mieux...»

Sa méditation s'accroche à ces dernirs mots.

«Fleurir, c'est ça. Je croyais que c'était pour les femmes, que l'homme, c'est seulement du bois, d'autant meilleur qu'il est plus robuste. Mais, pourquoi pas de fleur? David les aimait, lui, les fleurs, il s'arrêtait pendant les marches pour les regarder et il était toujours à demander leurs noms. On se moquait de lui au début, jusqu'à ce qu'on ait vu de quel bon bois il était fait et qu'il y gagne notre respect. Il devait avoir raison, je ne suis plus aussi sûr de certaines choses, je te dis. Quand est-ce que j'aurais pu penser que l'homme fleurit lui aussi! Quelles choses surprenantes! Il fleurit avec la femme, bien sûr, c'est elle notre printemps pour de vrai. Près d'elle, on s'ouvre le soir comme la belle-de-nuit, si on a la chance de la rencontrer. Moi, je l'ai eue, elle m'a tiré du lot et mis dans son lit; c'est là que j'ai grandi. Elle était comme ça, ma Salvinia, elle prenait les hommes et les laissait à sa guise. La seule dans tout le pays, jusqu'au marquis qui voulait l'installer dans ses meubles à Catanzaro et elle l'a dédaigné. Elle avait la force de la montagne. "Je suis reine dans mon moulin, qu'elle lui a dit, je ne vais pas me rabaisser à devenir marquise." Car elle le menait toute seule, son moulin, la Salvinia, et c'est vrai que c'était une reine. Faite du meilleur bois!... Lorsque je me baignais avec elle dans la crique, que je l'aidais à jeter le grain dans la trémie, qu'on mangeait ensemble, comme je le palpais son bois de reine!... Quelles après-midi, quelles nuits! Toute la journée retentissaient le frappement des tamis et le frottement des meules qui faisaient trembler le plancher et nous empêchaient de nous entendre... Quand on coupait l'eau, au coucher du soleil, quel silence, *Madonna* ! Tout rentrait dans l'ordre. La maison, le monde, les oiseaux et les grenouilles retrouvaient la paix, elle et moi, notre plaisir. On se regardait intensément, tout blancs de la poussière de farine et on commençait à rire! On buvait un coup, on mordait dans n'importe quoi, fromage, pomme, salami, pain, — tu parles s'il y en avait! — et au lit. Ou d'abord, au tas de sacs, pour ne pas avoir à monter l'escalier. A se mordre l'un l'autre, car elle était comme ça, la Salvinia! J'ai l'impression de la voir là dans l'obscurité. Ah, Salvinia, Salvinia!»

Nouvel éclair de compréhension dans l'esprit du vieux, en même temps qu'un sanglot réprimé.

«Je sais pourquoi je te raconte ça. C'est maintenant que je me rends compte qu'elle, c'était de la pierre vivante, plutôt que du bois. A cette époque, moi je ne réfléchissais pas; je pensais à batifoler, c'est tout. Hortensia et toi, petit, vous m'ouvrez les yeux; vous m'apprenez des choses sans me les dire, en me les faisant voir par moi-même. Hortensia, c'est pas de la pierre mais quelque chose de plus tendre, du bois précieux. Salvinia, par contre, de la pierre, comme la montagne. Maintenant je le comprends, c'était une femme qui te dévorait jusqu'aux os et, tu vois, tellement femme et elle ne pouvait pas avoir d'enfant. Comme une brebis bréhaigne... Va-t'en savoir, c'était peut-être sa propre vaillance qui lui consommait sa force. Peu importe, c'est elle qui m'a marié avec ta grand-mère, tu vois à quel point elle m'aimait! Folle de moi, elle les a tous laissés tomber pour moi, et elle m'a mis dans le lit de la Rosa pour faire de moi l'héritier du *zío* Martino...»

L'enfant s'agite, le vieux s'inquiète et rampe sur la moquette pour approcher son oreille de la porte fermée.

«Je croyais que tu avais entendu quelque chose. Tu as l'ouïe aussi fine que moi, mais il n'y a personne qui vient par là, et c'est le seul accès pour l'ennemi. Cette position est bonne et on pourrait encore l'améliorer. David tendait au ras du sol des cordelettes attachées à une grenade; si elle explosait, c'est que les Boches arrivaient. Ambrosio, lui, a eu l'idée de trouver une autre sortie à la grotte de Mandrane. C'est par là qu'on a échappé aux lance-flammes quand cet infiltré, un fasciste de Santinara, nous a trahis... Ah, l'Ambrosio! En ce moment, il doit penser que j'ai déserté, que je ne vais pas revenir mourir à mon poste... Non, n'aie pas peur, petit, je ne pars pas! C'est seulement ce que l'Ambrosio doit penser, vu que je n'écris pas et qu'il n'a pas le téléphone!... Mais je ne vais pas te laisser seul, je ne m'en irai à Roccasera qu'avec toi. Quelle entrée on va faire ensemble! Là-bas, il faudra que tu apprennes notre chemin pour traverser la place; on ne le voit pas mais il existe. Ton père l'a sûrement oublié mais tu dois le connaître car il est à toi. Tous tes ancêtres l'ont emprunté, les miens ne comptent pas car je n'en ai pas, à part ma mère. Mais je l'ai gagné pour toi, ce chemin, grâce à la Salvinia qui m'a marié avec ta grand-mère.»

Le vieux se tait et dresse à nouveau l'oreille.

«Que d'alertes cette nuit...! Ah, oui, le chemin! Tu sais, une place, ça ne se traverse pas n'importe comment. C'est pas facile à Roccasera. Aussi difficile que de s'infiltrer chez l'ennemi à travers bois. Mais juste à l'opposé, parce que sur la place, ce qui compte, c'est d'être vu. Il n'y a que les moins que rien qui rasent les murs. Tu dois forcer tout le monde à te voir. Tu me demandes comment? En redressant le corps, la tête haute, le regard, les bras, comme si tu défilais toi tout seul! C'est comme ça que tu la traverseras parce que toi, c'est toi. Et les vieux dans le café de Beppo et les femmes qui épient derrière leurs rideaux (les femmes honnêtes ne peuvent pas s'arrêter sur la place) seront obligés de dire : "Ça se voit que c'est le petit-fils du Salvatore." Ils le diront parce que dès le premier jour, tu traverseras avec moi par le chemin qui t'appartient. Par le milieu, à droite de la fontaine; jamais à gauche, c'est le chemin des Cantanotte, qu'ils brûlent en enfer! Nous autres, par le nôtre, que j'ai gagné grâce à la Salvinia, comme je vais te le raconter. Tu vas comprendre : ta grand-mère Rosa était folle de moi, j'étais le maître berger de son domaine. Je grimpais dans la montagne sur mon cheval, et j'en étais fier car à l'époque, il y avait peu de bergers qui montaient à cheval. Mais son père ne voulait pas de moi pour gendre, et il ne me renvoyait pas non plus parce qu'il n'y avait personne comme moi pour mener les troupeaux, personne qui me gagne en savoir et en autorité... Si bien qu'on était tous dans l'expectative, attendant de voir comment ça allait tourner. Et les Cantanotte qui profitaient de cette attente pour lui voler au Martino des heures d'arrosage, pour se glisser dans sa châtaigneraie, et même pour oser déjà emprunter le chemin de droite! Et le Martino, déjà vieux et sans héritier — coureur de jupons et il ne s'était marié que sur le tard — qui ne voulait pas de moi parce que je n'avais rien. Et la Rosa qui repoussait les autres et s'entêtait : moi ou le couvent. Quelle ânerie, petit, des histoires de femmes! Moi, toujours pareil, fidèle à la tâche. Je montais aux pâturages à cheval, emportant avec moi la *lupara* au cas où surgirait un sanglier ou qu'un Cantanotte me guette, car le Genaro aurait bien voulu lui mettre le grappin dessus à la Rosa. Comme ça, tout en suspens, je te dis, jusqu'au jour où j'ai dû descendre au moulin et où j'ai vu la Salvinia, la figure et la gorge toutes blanches, et au milieu, ses grands yeux noirs. Elle m'a vu en haut du cheval et aussitôt m'a tendu les bras... Bref, je te l'ai déjà raconté! J'y suis retourné des nuits et des nuits! Et c'est elle, la Salvinia, qui a vu clair là où je ne voyais rien. Quelle femme!... Tu vois? Souviens-toi de ce que je t'ai dit. Le brouillard à Milan est toujours sale, tu en as la preuve. Dans la montagne, ce serait comme une toison bien cardée et exposée à l'air.»

Le vieux s'éloigne de la fenêtre avec dégoût.

«Oui, c'est la Salvinia qui a mis en branle ma destinée. "Epouse la Rosa, c'est ta chance", qu'elle me répétait. Moi furieux qui pensais qu'elle s'était déjà lassée de moi, mais c'était le contraire, justement parce qu'elle m'aimait. Et moi qui revenais au moulin parce que ta grand-mère, elle était mignonne mais comme un jardin, rien que des fleurs à cueillir ; la Salvinia, par contre... Un éblouissement, un tourbillon, un oubli total !... Jusqu'au jour où elle m'a attrapé par où je me laisse tout le temps prendre, en me lançant un défi, vu que je ne me dégonfle jamais. "Hein que tu ne traverses pas la place avec moi un après-midi ? Hein que tu n'oses pas devant les gens ?" Tu t'imagines ma réponse : maintenant, tout de suite ! Ça m'était égal de perdre la Rosa et tout le reste, parce que j'étais sûr de la perdre en disant ça. Mais la Salvinia avait plus d'expérience du monde, elle a fait les choses en grand, un samedi après-midi. Au retour du travail, avec des buveurs à la porte de Beppo et la file des hommes qui attendent pour se faire raser chez Aldu, et même le curé avec les bigotes sur les marches de l'église. L'heure cruciale sur la place. Allons donc ! Me voilà qui apparaît avec la Salvinia. Elle m'a même pris le bras — un scandale ! — ça, c'est réservé aux maris. On traverse lentement la place dans sa plus grande largeur, depuis l'angle de Ribbia jusqu'au coin de la Mairie... Quel défilé, petit ! Comme au son des trompettes ! Les bigotes ont tourné le dos, les hommes se sont figés comme des statues. Tous, ceux dont elle n'avait pas voulu et ceux qu'elle avait eus et laissés tomber, parce que tous, pour une raison ou une autre, ils avaient la Salvinia dans la peau. Elle et moi dévisageant les gens, je me suis dit : "C'est maintenant ou jamais que la tour s'écroule." Mais non, même pas la cloche. L'horloge a même sonné six heures comme pour carillonner notre passage ! Lentement, comme je te le dis, et à la fin, il y en a même qui ont salué tellement ils étaient troublés. Quel choc ! On s'en souvient encore... »

Le vieux porte les mains à son ventre et regarde alentour.

« Toi aussi, *Rusca* ? Tu m'écoutes ? Sûr que tu n'y comprends rien. Brunettino non plus, bien sûr. Vous ne savez pas que la Salvinia avait toujours respecté la place. Depuis qu'elle était veuve — son mari s'était noyé dans le canal — elle avait toujours fait ce qu'elle avait voulu, sans se soucier de personne, mais en respectant la place parce que la place, c'est le village. Ou peut-être à cause de l'église, car même la plus farouche garde ces idées de bonne femme. Elle n'y allait jamais seule l'après-midi, et elle n'avait jamais voulu non plus y aller avec un autre ; question de respect ou va-t-en savoir. Mais elle s'était mis dans la tête d'y aller avec moi. "Avec toi, je montre mon cul et mes seins au soleil de la place, le front bien haut car eux, il n'y en a pas un pour rattraper l'autre et parmi elles, pas une qui me vaut. Tu vas voir que ça, ça va te hisser au plus haut et que tu vas l'épouser, la Rosa. Y a rien de tel que de se fiche du qu'en-dira-t-on..." Et c'est comme ça que ça s'est passé, les gens ont commencé à me regarder d'une autre façon ; le *zío* Martino a vu que moi je tiendrais tête aux Cantanotte et la Rosa elle-même... Au début, elle a fait marche arrière ; me voir avec la Salvinia depuis sa fenêtre, ça lui avait fait un coup ; je l'ai su après. Ensuite, elle a passé des jours à pleurer et à préparer son trousseau pour le couvent. Mais son père avait déjà compris qu'il avait besoin de moi, que je pourrais même sauver le chemin de la place et il a fini par nous marier... Voilà ce qu'elle a fait pour moi la Salvinia, quel amour ! Tu te rends compte, comme elle m'aimait !... J'ai continué d'aller au moulin, mais elle me fermait toujours sa porte ; je sais que derrière, elle pleurait. C'était de la pierre, je te l'ai dit, du roc, la montagne elle-même... Et c'est pour elle que je me suis fait partisan plus tard, sinon... Qu'est-ce que j'en avais à faire de la guerre ? La patrie, c'est l'affaire des militaires, qui vivent d'elle ; la politique, c'est celle des fils à papa, d'abord fascistes avec Mussolini et ensuite démocrates. C'est pas pour ça que j'ai pris le maquis ; c'est parce que les Allemands l'ont tuée dans son moulin, la Salvinia. Oui, fiston, ils l'ont tuée, cette force de la nature. Et de quelle manière, petit, de quelle manière ! A froid, et pire que des fauves. C'était pas des hommes, ils méritaient pas d'avoir une mère. Tuer, d'accord, mais ça, non. Ça ne peut même pas se raconter à un innocent comme toi... »

Les mots s'étranglent dans sa tête, comme la voix dans sa gorge.

« C'est à cause d'elle que je me suis fait partisan... Pour sûr que si j'avais connu les fils de pute qui l'ont torturée, il m'aurait suffit de les tuer en leur faisant pire encore pour me sentir en paix. Mais on ne savait pas, ç'aurait pu être n'importe quel boche. La seule solution? Leur faire la guerre à tous, tu comprends? En finir avec tous; alors j'ai rejoint le maquis... A la vérité, j'en ai descendu quelques-uns, plus que ceux qui l'ont torturée, beaucoup plus... Comme ça, la Salvinia doit être contente de son Salvatore. C'était peut-être pas les mêmes, comment savoir, mais j'ai fait mon devoir... Oui, elle doit être contente.

45

— Comme il a grandi! Qu'il est beau!

L'exclamation d'Hortensia rappelle au vieux cette fameuse matinée : la voiture qui l'éclabousse, sa course qui laisse l'enfant seul, la femme compatissante... Il y a quatre mois de cela et ce sont déjà des souvenirs de toujours.

Cette journée de février s'est annoncée douce, avec une lumière bleutée. Dans les arbres taillés par Valerio, quelques bourgeons sont sur le point d'éclore. Le vieux a sorti le petit et le promène dans le jardin quand il lui vient à l'idée de rendre visite à Hortensia pour lui raconter la dernière prouesse de Brunettino : sur la petite place, il a tenu tête à un chien. Enfin, ça méritait à peine le nom de chien; c'était un de ces toutous en manteau avec un grelot, tenus par une vieille. Mais il aboyait férocement en regardant l'enfant, ah oui, il aboyait! Brunettino, au lieu de s'effrayer, a tapé du pied par terre de toute ses forces et poussé un tel cri que la bête a reculé pour se réfugier sous les jupes de sa maîtresse.

En revanche, maintenant qu'Hortensia leur ouvre la porte, l'enfant perd son audace et colle son dos contre les jambes du vieux. Mais la méfiance dure peu. Avant qu'Hortensia lui tende les bras — faisant plaisir au vieux en lui montrant la gondole d'argent accrochée sur sa poitrine — le petit regarde derrière lui vers le palier obscur, compare avec la clarté dans l'angle du couloir intérieur et tend un index impérieux vers la lumière. Les adultes se mettent à rire et Hortensia prend Brunettino dans ses bras, précédant le vieux jusqu'à la petite salle de séjour. C'est là qu'elle exprime sa surprise devant la croissance de l'enfant et qu'elle ajoute à sa première exclamation :

— Tu te souviens, Bruno, qu'à ce moment-là, il ne faisait pas le tour de mon cou avec ses petits bras ? Et regarde maintenant !

— Tu penses si je m'en souviens !... Mais ne te fatigue pas. C'est le premier jour que je te vois debout depuis que tu es tombée malade.

— Je ne me suis levée que pour vous ouvrir, lui répond-elle en reposant l'enfant par terre et en s'installant dans son fauteuil. Je passe ma journée assise ici.

Le petit parcourt la pièce du regard.

— Celui-ci, il faut l'occuper avec quelque chose, mais dans une maison sans enfants..., réfléchit Hortensia. Ah, si ! Ecoute Bruno, ouvre mon armoire ; au fond du grand tiroir, en bas, tu vas trouver un jeu de dominos.

Pendant la maladie d'Hortensia, le vieux a déjà rendu des services similaires lors de ses visites, mais cette armoire continue à l'impressionner comme la première fois qu'il l'a ouverte pour chercher un mouchoir, il s'en souvient très bien. Maintenant encore, il est retenu par cette provocation : les couleurs joyeuses, les robes qui suggèrent son corps et surtout, surtout, l'odeur, les odeurs qui dilatent ses narines. Cette armoire n'est pas qu'une grosse boîte, elle est beaucoup plus. Ses portes s'ouvrent sur une chambre secrète, un temple aux trésors mystérieux. Les étoffes pendues lui rappellent les passes d'oiseaux dans la montagne où on tend des filets pour attraper les pigeons ramiers ; comme un ramier, son cœur s'empêtre dans une telle promesse, dans ces révélations intimes. « Pourquoi est-ce que ça ne m'était jamais arrivé ?, se demande-t-il. Avec la quantité d'armoires que j'ai ouvertes dans ma vie, jusque pour m'y cacher des mères ! Elles devaient être comme celle-là, plus ou moins, mais je m'en fichais. A quoi bon les robes ? Au diable les chiffons ; par terre... A moi les corps, la peau sous mes mains !... Maintenant, par contre, me voilà bouche bée devant ces vêtements... »

En bas, le tiroir. En l'ouvrant maintenant pour la première fois, il s'émeut devant l'intimité révélée comme devant un corps nu. Ce n'est pas la simple vision suggestive des bas ou de la lingerie, mais ce don plus profond que représentent les souvenirs. Même s'il ignore la signification réelle de cette enveloppe de photos ou l'histoire de ces bijoux dans leur écrin, le vieux sait qu'il pénètre maintenant dans la vie d'Hortensia. Et sa main qui furète dans ces choses délicates finit par se refermer sur sa proie.

Pour le petit, assis sur le tapis sous la table, la cataracte des plaques blanches et noires est un flot de gemmes étincelantes. Il en sent une, puis la mord. Comme il s'aperçoit que ça ne se mange pas, il commence à les remuer toutes ensemble, enchanté de la sonorité de leurs claquements.

— C'est avec ces dominos que je jouais pour tenir compagnie à Tomasso les derniers temps, explique Hortensia.

«Et dire que ce souvenir, elle l'abandonne au petit, quelle femme! Avec quelle tendresse elle le regarde!... Le vieux réprime un soupir : Si cette maudite *Rusca* ne me mordait pas déjà si bas!» Ça lui fait penser à quelque chose et il sort Brunettino de sa tanière.

— Qu'il n'aille pas faire pipi sur le tapis, explique-t-il. Viens, petit, viens faire une petite goutte.

Il l'emmène aux toilettes, déboutonne les fameux petits boutons du pantalon, baisse la culotte et le soutient debout. Hortensia l'a suivi sans bruit et le regarde sans être vue, puis elle revient à son fauteuil avant le retour du vieux qui s'écrie fièrement :

— Il pisse déjà comme un homme, pas vrai, Brunettino? Il a un de ces jets...

L'enfant est revenu à son jeu. Pendant quelques instants, on n'entend plus que le claquement des dominos, semblable aux castagnettes.

— A quoi penses-tu, Bruno?

— Je ne sais pas... A rien.

— Menteur, effronté, je te connais. Vide ton sac.

— Quand on commençait à devenir des jeunes gens, dit-il en souriant de se voir découvert, on aimait bien sortir du bistrot pour aller pisser derrière l'école. On savait que l'institutrice nous épiait et on lui faisait bien voir notre attirail... Elle commençait à tourner à la vieille fille et ça la travaillait, mais elle n'osait pas se faire un homme; c'était avant la guerre. En plus, elle ne valait rien pour un foyer de paysans, trop bien élevée qu'elle était. Sans le sou et moche, elle n'avait rien pour s'en sortir, la pauvre.

— Elle ne valait rien, mais elle t'a quand même laissé un souvenir.

— Bah, c'est en voyant le petit là tout de suite.

— Comme si c'était toi l'institutrice!

La plaisanterie, pourtant innocente, transperce le vieux, parce que c'est bien ça la question. Un fois de plus, sa pensée s'embrouille : d'un côté, l'enfant a besoin d'une grand-mère et c'est lui qui devra jouer ce rôle en plus du sien; de l'autre, cette institutrice avec son obsession ravive la sienne face aux récentes morsures de la *Rusca* dans son bas-ventre.

Hortensia sent que quelque chose l'a affecté.

— La *Rusca* te gêne davantage? Ça te fait mal?

«Cette femme devine tout, s'étonne-t-il une fois de plus. Impossible de rien lui cacher.»

— Ça fait mal oui et non!... S'il n'y avait que ça...

Mais ces yeux, en face, méritent la vérité, ils l'exigent avec plus de force qu'un interrogatoire. Il se décide :

— Ecoute, ce serait pire encore que tu penses du mal de moi parce que j'ai fait la sieste dans ton lit sans te toucher... Ce qui se passe, c'est que la *Rusca* se balade maintenant plus bas et que je me sens moins homme; voilà, c'est dit.

Il la regarde d'un air de défi, la voix enflammée de bravoure et pathétique. Le regard chargé de désir complète le message. Hortensia se tait; il vaut mieux. Mais si elle pouvait lui dire à cet homme que ça n'empêche rien, que ça le rend plus attachant...! Elle le lui dira plus tard.

Les dominos continuent à claquer entre les mains de l'enfant.

— Ben oui, voilà ce qui se passe... Et moi qui avais toujours pensé, en regardant les vieux que, dans ces conditions, ça vaut plus la peine de vivre. Surtout maintenant que le Cantanotte est mort!

— Quelle horreur ! Ne dis pas ça !

— Non, maintenant je ne pense plus pareil, parce que le petit se retrouverait seul, sous les verrous de la Gestapo. Tant qu'il ne peut pas se défendre, je suis là moi...

— Heureusement, dit Hortensia et elle ajoute doucement :

— Et il n'y a que l'enfant qui a besoin de toi, idiot ?

Crispation involontaire sur la bouche du vieux... Après un silence, affleure un sourire qui se transforme rapidement en allégresse.

— Ah, je ne t'ai pas raconté !... La Rosetta m'a téléphoné hier. Il paraît que les fils du Cantanotte sont déjà en train de se battre pour le partage du domaine. Il faut vivre pour voir ça ! Ce qu'ils ont réussi à éviter en graissant la patte aux Romains de la Réforme Agraire, ils vont le subir maintenant avec leurs querelles, les crétins... Enfin, ils l'ont évité en partie seulement ; je leur avais déjà serré la vis, moi, depuis la Mairie... C'était encore le bon temps et j'ai sauvegardé les bois communaux pour le village ; c'était encore nous, ceux qui avions combattu, qui commandions. Mais les politiciens ont fini par débarquer et je me suis ôté du chemin, à quoi bon ?... Et tu vois, aujourd'hui ils vont se le voler entre eux et c'est les avocats qui vont le récupérer pour le vendre.

— Il n'arrive que ce qui doit arriver, commente simplement Hortensia.

Une fois de plus, les paroles de cette femme obligent l'homme à réfléchir, qu'est-ce qui doit arriver ?... Mais il n'a même pas le temps de l'entrevoir que l'accident se produit : Brunettino, en essayant de se relever accroché à un pied de table, s'est cogné la tête par en dessous et pleurniche en frottant l'endroit douloureux. Hortensia et le grand-père se précipitent pour consoler le petit visage grimaçant.

46

Le vieux réussit à surprendre fréquemment les ethnologues du séminaire, mais eux aussi l'étonnent avec leurs révélations. Il s'avère, par exemple, que la *Rusca* qui lui mordille le corps n'est pas chose nouvelle; il y a eu dans l'Antiquité des gens dans le même cas. L'un d'eux, comme le vieux le découvre en ce moment, fut cet homme condamné à être attaché sur un rocher où il se faisait dévorer le foie, à la différence que ce n'était pas par un furet mais par un aigle. «Dis donc, ç'a dû être vite liquidé!», s'apitoie le vieux; mais on lui précise que l'aigle n'en finissait jamais de dévorer le foie.

«Ça devait être un aigle bien dégénéré ou alors il était malade», pense le vieux qui soupçonne ces gens de lettres de n'avoir jamais vu la violence avec laquelle un aigle dépèce un lièvre à coups de bec. «A moins que ce gars-là, *Permeteo* ou un nom comme ça, ait été un type très fort comme il y en avait en ce temps-là, vu que son châtiment, c'était pour avoir volé le feu aux dieux, rien de moins... Ah, les dieux d'alors! Ceux-là, oui, c'était des dieux, pas comme celui des curés dont on ne voit nulle part la force! Comme ils en profitaient d'être des dieux et comme ils jouissaient de la vie! Des femmes, surtout!» Le vieux découvre tout ça...! C'est pourquoi, cette histoire d'un aigle envoyé par eux qui n'engloutit pas un foie en trois coups de bec — tout *Permeteo* qu'il soit — lui paraît peu crédible, un peu comme ces miracles que racontent les curés mais que personne n'a vus parce qu'ils ne se produisaient qu'en d'autres temps.

Un miracle, par exemple, celui qu'on commente en ce moment dans le séminaire : cette histoire d'un dieu qui prend, comme qui dirait, l'apparence et le corps d'un roi parti à la guerre pour coucher une nuit avec la reine. Mais cet exploit justement n'enthousiasme pas le vieux.

— Ça, c'est pas vraiment digne d'un dieu, commente-t-il avec dédain. Il n'a aucun mérite. Ce qui est amusant, c'est de séduire la fille avec sa tête à soi et de s'amuser tous les deux en sachant qu'on va planter de belles cornes... Je vous demande pardon, Madame.

Le vieux s'est adressé au docteur Rossi qui lui sourit :

— Ne vous excusez pas, ami Salvatore... Vous me permettez de vous appeler Salvatore? Moi, c'est Natalia... Ne vous excusez pas, lorsqu'on étudie la mythologie, on n'a pas peur de parler de cornes. De plus — son sourire s'accentue — vous avez tout à fait raison : profiter de cette façon d'une femme qui ne s'aperçoit de rien, ce n'est même pas digne d'un homme.

— Pas vrai?, s'exclame le vieux enchanté.

«Regardez-moi ça, se dit-il, cette grande maigre a beau avoir la poitrine plate, elle s'y connaît bien mieux qu'eux.»

— En plus, ajoute-t-il, je ne comprends pas bien une chose. Si le dieu prenait le corps du mari, c'est ce corps-là, d'après moi, qui devait éprouver le plaisir. Alors, qui est-ce qui jouissait? Le dieu fourré à l'intérieur ou la chair du mari qui pratiquait la chose? Si ça se trouve, le dieu ne sentait même rien.

Le docteur Rossi part d'un éclat de rire approbateur tandis que les autres se regardent surpris. «Alors il ne leur était même pas venu à l'esprit à ces savants de se demander à qui revenait le plaisir... C'est pourtant le cœur du problème!»

Le vieux regarde de nouveau le docteur, captant son regard amusé et complice. Il s'aperçoit alors que si elle a peu de poitrine, elle a par contre de longues et belles jambes! Et des cuisses fermes, d'après la façon dont les dessine la jupe tendue à cause de sa position.

La discussion dévie sur un autre thème voisin qui, ces derniers temps, obsède le vieux : celui du bois et de la fleur, savoir si les hommes fleurissent eux aussi.

— Avez-vous des histoires de sirènes?, demande le professeur.

Vous savez, ces femmes à tête d'oiseau ou à moitié poisson... Ce genre de choses.

— Si elles font partie des poissons, elles sont dans la mer et c'est les pêcheurs qui doivent s'y connaître. Dans la montagne,il n'y en a pas... Ah, mais on a l'homme-chèvre, le *capruomo*.

— Ah, oui! Et comment étaient-ils? D'où sortaient-ils?

— C'était des hommes en haut jusqu'à la ceinture et des chèvres en bas, j'en ai même vus sur des gravures. Et d'où ils sortaient..., hé, hé!...

Il s'interrompt, quelle question! On dirait que ces professeurs, avec toutes leurs lectures, ne savent même pas que les chevreaux sortent du même endroit que les enfants. Eh bien, il va leur expliquer; le docteur Rossi lui en a déjà donné la permission. En plus, elle a l'air satisfaite; elle n'arrête pas de prendre des notes.

— Eh ben, ils sortent du même endroit que tout le monde! De la mère chèvre. Si un homme fornique avec une chèvre, je vous demande pardon, et que celle-ci met bas, ben, le résultat normal c'est : moitié homme et moitié chèvre. Mais j'ai l'impression que maintenant ces chèvres avortent toutes ou qu'elles ne sont plus engrossées parce qu'il n'y en a presque plus, c'est pas comme autrefois... Pour sûr que si aujourd'hui, elles mettaient bas, conclut-il gaillardement, la montagne serait pleine de *d'hommes-chèvres*!

— Vraiment?, laisse échapper un étudiant stupéfait.

Le vieux le regarde avec dédain. Toujours la même chose : ils ne connaissent rien à la vie.

— Les jeunes bergers le font tous, plus ou moins. C'est comme ça qu'ils s'entraînent.

Le vieux aperçoit plusieurs visages incrédules. «C'est la meilleure! Pour une fois que j'invente rien, ils me considèrent comme un menteur!»

— Vous me croirez si vous voulez, réplique-t-il au questionneur, mais j'ai monté ma première chèvre à l'âge de douze ans. Et si vous ne me croyez pas...

— Une chèvre ou une brebis?, cherche à faire préciser le professeur. On entend quelques petits rires. Le vieux prend la mouche.

— Une chèvre ! C'est mieux parce qu'elles ont les os des hanches plus saillants, vous n'avez pas remarqué ? Les brebis, on les empoigne moins bien.

Le regard provocateur du vieux impose le silence. Ils commencent à discuter la chose à leur manière, en parlant de satyres, de silènes, d'Aegipans et autres exemples livresques. Ils mentionnent un autre cas semblable à celui de Prométhée, celui du géant Ticio. Au bout d'un moment, ils abordent un thème beaucoup plus intéressant pour le vieux : celui d'un homme-femme, un certain Tirésias.

— Un homme-femme ? Et lequel des deux c'était par en bas ?

Le docteur Rossi, très versée dans ces histoires, explique que ce n'était pas par moitié du corps, mais en alternance. Tirésias fut femme durant sept ans puis il redevint homme. Ce fut ensuite un devin très célèbre, très savant.

— Tu parles ! Il devait en savoir long !... Mais c'est pas ça être double.

« Un être double, pense-t-il impressionné, pourrait être à la fois grand-père et grand-mère. » Le docteur, désireuse de lui venir en aide en le voyant pensif, lui explique qu'il y eut aussi des êtres avec deux sexes en même temps, et non par moitié.

Elle lui dit même comment on les appelait mais maintenant, une fois rentré et au lit, il ne s'en souvient plus. Le nom importe peu ; ce qui est évident, c'est que les temps anciens étaient bien meilleurs, avec leurs dieux et ces mâles-femelles à la fois. « Comme ça, même s'ils vieillissaient, ils pouvaient continuer à jouir, vu que les années ne comptent pas pour les femmes ; suffit d'écarter les jambes et les voilà prêtes ! Et si en plus, elles ne tombent plus enceintes... ! La vérité, c'est qu'elles en ont de la chance, les diablesses ! », pense le vieux tout en percevant, bien que peu violente, une nouvelle attaque de la *Rusca*.

« Mais avec ce dieu de maintenant, on n'est plus rien », lui vient-il à l'esprit alors qu'il est déjà à la lisière indistincte du sommeil. « Il nous donne qu'une seule vie, et il n'a pas réussi à nous donner des tétons, à nous les hommes... Parce que bien pourvus en bas et avec des tétons en haut... Les enfants seraient heureux!»

47

Dans leur chambre, les enfants parlent du grand-père.

— Il revenait sûrement de l'Université, c'est son heure, affirme Andrea déjà couchée.

— Pourtant les autres jours il a l'air plus satisfait, répond Renato en se mettant au lit après avoir jeté un coup d'œil à l'enfant.

— Ça n'a peut-être pas bien marché aujourd'hui... C'est déjà beau qu'il parle à la chaire de Buoncontoni ! Tu te rends compte, Renato ? Je n'en reviens pas depuis que ce garçon me l'a appris. A propos, c'est le fils du *comendatore* Ferlini, Doménico Ferlini.

— Au moins comme ça on sait où il va.

— Pas tout à fait. Et ces déjeuners à l'extérieur ? A quoi ça me sert de veiller sur son régime — à propos, tout devient de plus en plus cher — si ensuite, il mange des saletés n'importe où ?... Enfin, ton père à l'Université, qui l'aurait dit ?

— Et pourquoi pas ? Il connaît beaucoup de choses de la campagne, y compris les coutumes aujourd'hui disparues.

— Mais tu ne sais pas qu'ils discutent même de mythologie classique ? Est-ce qu'ils se paieraient sa tête ?... Ça expliquerait tout.

— Personne ne se paie la tête de mon père... En tout cas, ajoute-t-il d'un air triste, il y prend plaisir et il lui reste si peu de temps... !

Andrea partage cette tristesse. Justement à cause de ce temps compté, elle n'a pas dit à son mari que la nuit, le vieux s'introduit dans la petite chambre. Il faut s'y résigner, même si ça perturbe l'éducation de l'enfant. Ça ne durera pas longtemps ; le professeur Dallanotte est formel. « De toute façon, pourquoi est-ce qu'il ne retourne pas à Roccasera maintenant que l'autre est mort ? », pense Andrea avant de répondre :

— Il résiste de façon extraordinaire.

— C'est que c'était un homme très fort. Tu ne l'as connu que vers sa fin mais si tu savais ! Comment il a réussi à devenir l'homme le plus important du village où il est né sans père ! C'est surtout pendant la guerre qu'il s'est révélé. Un patriote, trois fois blessé. Son ami Ambrosio m'a raconté de véritables exploits. Il a libéré le village avec seulement une poignée d'Anglais et c'est grâce à lui que les Allemands n'ont pas tué d'otages et n'ont rien détruit lors de leur retraite. Et ensuite, ç'a été le meilleur maire dont on se souvienne ; il a soutenu le peuple avec la Réforme, malgré la résistance des Cantanotte qui soudoyaient les fonctionnaires et qui lui ont même tendu deux embuscades, mais c'est lui qui a liquidé les assassins. Et maintenant, mon pauvre père ! Parfois, je te le jure, j'ai des remords de ne pas être resté là-bas près de lui.

Renato, peiné, enfouit sa tête dans la poitrine féminine qu'il sent à travers le vêtement transparent comme si elle était nue. Elle caresse ses cheveux frisés, pareils à ceux du vieux, mais encore bien noirs. Frisés aussi, comme ceux de l'étudiant à la tête de romain qui est venu chercher le vieux l'autre jour.

— Mais si j'étais resté là-bas, se justifie-t-il, je serais resté le fils du Salvatore... Il fallait que je m'en aille, tu comprends ?

— Bien sûr que oui, mon amour ; tu ne pouvais rien faire d'autre, l'approuve-t-elle tout en pensant que, en fin de compte, Renato n'est pas allé très loin dans sa fuite loin du village. Chimiste dans une usine, sans plus ; pas même chef de laboratoire. Ils n'arriveront jamais à Rome, où se trouve son avenir, si elle ne prend pas les choses en main... Il semble qu'il y aura un autre poste vacant aux Beaux-Arts, à la Direction des Fouilles... Belle occasion ! Meilleure que celle de la Villa Giulia. D'autant que le directeur des Fouilles est un ami de l'oncle Daniele, qui a été sous-secrétaire avec De Gasperi et qui a encore pas mal de pouvoir... Il va falloir aller à Rome faire bouger les choses.

L'idée la stimule. A moins que ce ne soit plutôt cette respiration virile et ce mouvement de lèvres qui a excité son mamelon. Lentement sa main libre descend en caressant le torse et le ventre de Renato, qui répond à son désir comme si sa chair voulait se libérer ainsi de l'ombre de la mort.

48

Brunettino a du mal à s'endormir. Le vieux lui offre au creux de ses bras le meilleur berceau et l'enfant s'y blottit, mais soudain, il s'écrie « non ! » — c'est sa dernière découverte — et cherche une autre position. De temps en temps, il ouvre les paupières et le noir de ses yeux se détache dans la pénombre des reflets de la rue.

« Est-ce qu'il serait malade ?, s'inquiète le vieux. En plus, avec ces cris "non !", les parents vont se réveiller... Heureusement qu'ils n'ont pas d'oreille, que ce ne sont pas des partisans, petit. Ils dorment comme des bourgeois. De toute façon, ne fais pas de tapage ! »

Alors l'enfant s'écrie « non » — en réalité, c'est un cri entre « non » et « na » — avec une énergie explosive. Et le vieux est ravi que ce soit là son premier mot, avant même « papa », « maman » ou « grand-père » parce qu'il faut savoir dire non. Oui, se défendre, c'est primordial.

L'enfant finit par s'endormir, le vieux le couche et commence sa garde assis dos contre le mur. Songeur, comme toutes les nuits.

« Se défendre c'est primordial, j'ai dit ? Encore une de ces choses qui maintenant ne me semblent plus si claires, petit. Comme l'histoire du bois et de la fleur, des hommes et des femmmes. Avant, ils étaient opposés et me voilà aujourd'hui, un homme comme moi, qui pense qu'avec des tétons je ferais un meilleur grand-père..., quelle absurdité ! Pas vrai ? Mais c'est comme ça. Maintenant je me rends compte qu'ils ne sont pas opposés. Beaucoup d'arbres donnent des fleurs et beaucoup de fleurs font du bois... non? D'où sort l'arbre sinon de la graine de sa fleur? Et, sans aller plus loin, les roses, tiens! J'ai coupé un très, très vieux rosier au pied et la tige, robuste comme ta petite cuisse, c'était du vrai bois. Et quel bois!»

Le vieux se délecte du souvenir.

«Tu sais quel rosier c'était? Celui du tombeau des Cantanotte, rien de moins. Ils ont eu le culot de s'en faire faire un bien prétentieux, avec du marbre même, et ils ne l'ont pas voulu plus grand pour que les marquis qui en ont un dans le même cimetière, ne se fâchent pas. Tu t'imagines, du marbre, comme pourrissoir de cette mauvaise race!... Bon, ben le rosier, si vieux, il grimpait jusqu'à l'arc de la porte, en pointe comme dans les églises. Ils étaient presque plus fiers de leur rosier que de leur tombeau! Et comme à cette époque j'étais en rogne contre eux, à cause de ces voyous qui me pourchassaient, je me suis dit : "Eh ben, je vais les priver de fleurs, leurs morts". Une nuit, j'ai coupé le rosier en deux coups de hache; c'était du bois drôlement dur, je te le dis, de la pure fibre. A ce propos, il n'y a pas de morts qui sortent la nuit dans les cimetières, ni rien de tout ça, c'est des sornettes!... Là-bas les vers doivent déjà être en train de bouffer le salopard avec ses lunettes. Il peut toujours frapper à la porte qu'on lui a fermée, c'est pas moi qu'irai le sauver...»

Cette dernière idée le scandalise. Il la rejette aussitôt, indigné contre lui-même.

«Le sauver? Pas question! De la compassion pour cette canaille? Il est bien mort et encore, il y a mis le temps!... Est-ce que je deviendrais pédé à me ramollir comme ça? Qu'il crie, qu'il se rompe les os à frapper à cette porte! Bien fermée qu'elle est!... De la compassion, qu'est-ce qui m'arrive? Est-ce qu'il y a quelqu'un d'autre en moi maintenant, en embuscade? Il faut toujours s'en méfier, fiston, de ceux-là et des espions. A peine infiltrés, ils te liquident un maquis, comme celui de Santinara. Ici, je ne laisse entrer personne, et à l'intérieur de moi non plus.»

Mais son étonnement persiste devant les idées qui lui viennent.

«Pas question de compassion!... Je ne suis pas mauvais, Brunettino; c'est que ce type était mon ennemi. Il exploitait le peuple et moi, il a voulu me tuer, tu comprends?... Comment est-ce que j'ai bien pu ressentir de la peine tout à l'heure? Mais non, je n'ai rien ressenti; c'est déjà passé... Encore une de mes salades maintenant, mais j'y vois clair. Même les animaux le savent, c'est le plus fort qui emporte la proie! C'est naturel, il faut être dur, fiston; ou tu mords ou tu es mordu, souviens-toi. C'est le petit chevreau de mes jeux qui me l'a appris. Il n'était pas doux comme *Lambrino*; toujours à donner des coups de tête. C'est pour ça qu'on l'a gardé comme mâle et même vieux, il se promenait encore au milieu de ses femelles comme un roi. J'ai bien retenu la leçon : je ne me suis jamais rendu, et je n'ai jamais cessé de lutter... Tu sais le plus beau cadeau qu'on m'ait fait quand j'étais gosse? Je m'en suis souvenu l'autre jour quand l'Anunziata t'a enlevé le couteau : un couteau. Un petit mais un vrai; c'est le *Morrodentro* qui me l'a acheté, le père de celui d'aujourd'hui. "Il va se couper, c'est encore un gamin", lui a dit le maître berger. "Tant mieux, comme ça il apprendra." Mais je ne me suis pas coupé, tu parles!... Tu sais comment je l'ai étrenné? On était en train d'écorcher, pour la chaudronnée, un cabri qui avait été poussé dans le vide par le coup de tête d'un autre. Je suis allé voir le cuisinier et il m'a laissé planter le couteau entre le tendon et le gros os de la patte par où on pend l'animal pour le dépiauter... En repensant à ça, la force qu'on éprouve à serrer un couteau me revient dans la main! Par contre, j'ai oublié ce que j'ai fait ce matin, quelles drôles de choses!... Il doit encore traîner dans mon barda de la guerre, ce petit couteau, si mon cochon de gendre ne l'a pas jeté, avec la haine qu'il me porte... Enfin, de la haine, non; pour haïr, il faut plus de vigueur; il n'a que de la bave de crapaud, le malheureux... Combien de couteaux j'ai eus ensuite! Le *scerraviglicu* des fiançailles : à l'époque, toutes les filles en offraient un à leur homme au moment de l'engagement. Celui de ma Rosa a un manche en nacre, comme un couteau de mafioso... Mais rien ne vaut le premier couteau, c'est comme la première femme, tu comprends? Bon, tu comprendras... Pourquoi tu t'agites? Ça te fait rire qu'on l'appelle "coupe-nombril"? Le nom est bien choisi car le coup dans le ventre, c'est le plus sûr; là en bas, tout est mou. Le mieux, c'est l'égorgement, bien sûr, mais alors par derrière... Ou tu t'agites parce que tu es malade?»

Le vieux s'approche du berceau et touche le front de l'enfant, mais il n'est pas chaud. Il entend alors un rot et sourit. «Ah, petit glouton; tu ne te fais pas prier pour ouvrir la bouche, hein! Attends, je vais te soulager.»

Il s'agenouille près du berceau et pose sa grosse patte sur le petit ventre. Sa femme lui disait qu'il avait la main pour guérir. Elle avait souvent des douleurs, même si elle mangeait à peine. Surtout après la naissance difficile de Renato.

«Oui, le coup dans le ventre, c'est le meilleur contre l'ennemi. Mais qui c'est l'ennemi? J'étais persuadé que les Boches en étaient! Ben non; il paraît que la sœur d'Hortensia en a épousé un, de Munich, et qu'elle est très heureuse; sept enfants, pas moins. Un type si bien que, sous Hitler, on l'a mis dans un camp de concentration, tu vois. Et si je l'avais eu en face de moi dans la montagne avec son maudit uniforme, eh ben je l'aurais descendu... Autre chose encore qui me semblait évident, qu'on ne peut pas vivre sans se battre. Mais regarde les Etrusques, ils n'étaient pas bagarreurs, ça c'est vrai. C'est Andrea qui le dit et pour ça, je la crois... C'est comme ça que les Romains les ont conquis! Ah, mais ils vivaient comme des rois. Chaque fois que je pense à ce couple, l'air réjoui sur son cercueil qu'on appelait sarcophage...! Sûr que le Cantanotte ne sourit pas comme ça!»

La vision des lunettes noires sur une tête de mort avec cette odieuse dent en or traverse un instant l'esprit du vieux.

«Et toi, petit, est-ce que tu te bats? Bon, tu dis "non" en repoussant de la main la cuillère de potion, et tu as raison, mais ça, c'est pas se battre. Par contre, tu te laisses prendre, tu te blottis dans les bras et tu sors gagnant, petit bandit qui fais de moi ce que tu veux. Et que faire, sinon t'aimer! Tu pénètres si profond!... Quand tu es dans d'autres bras et que tu me tends tes menottes pour venir vers moi, que te dire du nœud dans ma gorge!»

La vision du geste enfantin interrompt pour une brève extase la méditation.

«C'est pour ça, aime-moi ! Tu ne le sais pas encore, mais il te reste peu de temps avec ton grand-père. Jusqu'aux châtaignes, tout au plus ; la *Rusca* me donne de ces coups de dents ! C'est un autre "coupe-nombril". Oui, je le sais que tu m'aimes, mais alors, dis-le moi ! Dis-le moi avant qu'il soit trop tard ! Tu me tends tes petits bras, d'accord, mais il faut me le dire. Bien sûr parfois on le dit et c'est pas vrai... Dunka me le faisait remarquer et me répétait : "Non, tu ne m'aimes pas, je te plais, c'est tout... et elles te plaisent toutes !" Je lui jurais que si, parce que jurer à une femme qu'on l'aime, c'est pas manquer à sa parole, même si c'est pas vrai. En plus, comment ne pas l'aimer alors que c'était une femme si bonne et d'une de ces trempes ? Mais elle me regardait tristement et les petites étincelles vertes dans ses yeux de miel s'éteignaient comme lorsqu'un nuage cache le soleil au-dessus du lac Arvo... Pauvre Dunka ! David était fou d'elle et elle, elle venait dans mon lit, il ne l'a jamais eue... Mais pourquoi je l'appelle pauvre ? Elle m'aimait et elle m'a eu, voilà tout. Quoique, est-ce qu'elle m'a eu pour de bon ? Je pense maintenant que je ne lui ai pas donné assez. En fait, il y a autre chose ; Hortensia a raison. Dunka s'en apercevait, ça la rendait triste. Au bout d'un moment, elle me regardait à nouveau ; en ce moment même je revois ces yeux... "Même si tu me mens, dis-moi que tu m'aimes." Je le lui répétais, et plein d'autres choses douces comme elles aiment. Elle souriait, les petites étincelles revenaient dans ses yeux, le nuage passait... Sûrement, elle était heureuse, oui, sûrement... C'était beau, tu sais ; rendre quelqu'un heureux, c'est beau !... Apprends ça aussi, commence tout de suite, dis-moi vite que tu m'aimes. Voyons, quand est-ce que tu vas m'appeler *nonno* ? C'est plus facile que papa ou maman... Tu le dis déjà à moitié ! Répète ton "non" et ça y est : *non-no*, *non-no*... Le jour où je vais te l'entendre dire, tu vas me donner la vie, tu m'entends ? Me donner la vie !»

L'enfant dort maintenant d'un sommeil paisible.

«Ben oui, je suis encore un bon guérisseur», se félicite le vieux en retirant sa main du petit ventre.

A ce moment-là, son instinct de partisan l'avertit d'une présence. Il se retourne d'un coup, tendu comme un félin. Devant la porte ouverte, une silhouette. Il maudit ses cogitations : le Boche l'a surpris.

C'est Renato. Immobiles, père et fils se regardent. Le vieux s'avance et, face à face, murmure :

— Qu'est-ce qui se passe? J'ai fait du bruit?

— Rien, Père. J'ai cru que le petit n'était pas bien, en vous voyant ici.

— Tu me cherchais?

Le fils ment :

— J'ai eu peur qu'il vous soit arrivé quelque chose et comme je ne vous ai pas trouvé dans votre chambre...

Impulsivement, le père prend son fils dans ses bras et lui glisse à l'oreille :

— Je savais bien que tu avais du cœur!

Le fils ne peut parler. Et maintenant c'est au tour du vieux de mentir :

— Ben, tu vois, je suis venu au cas où le petit... Il se retrouve ici si seul toutes les nuits...!

Le vieux non plus ne peut pas parler. Il se ressaisit :

— Bon, allons dormir.

— Oui, c'est mieux. Bonne nuit, Père.

Le vieux, sur le chemin de sa chambre, s'interroge :

«En d'autres temps, je me serais battu avec mon fils... Ah, le combattant est toujours seul! Il fait peur et tout le monde s'en écarte!... Même avec elles, passé le plaisir, je me retrouvais seul!... Il y a autre chose, Hortensia, pour ne pas se sentir seul, il y a autre chose...»

Le vieux attend un peu puis revient sur ses pas dans le couloir sans remarquer que le fils, depuis sa porte, le voit retourner dans la petite chambre. C'est seulement à ce moment-là que Renato, avec un sourire de compassion, se remet au lit sans bruit pour ne pas réveiller Andrea et lui transmettre ainsi sa tristesse.

Près de l'enfant, le vieux murmure :

«C'est maintenant que je ne suis plus seul, avec tes petites mains autour de mon cou et toi bien à l'intérieur de moi. Pas question de lutte. Mes bras pour te bercer tout contre ma poitrine et te rendre heureux, je le sais. Tu t'abandonnes à moi, mon enfant, petit ange, tu te rends sans conditions. Et de la même façon, je me donne à toi, comme tu me l'a appris; comme ça je ne suis plus seul... »

49

— On vous appelle, monsieur Roncone.

Renato se tourne vers la laborantine.

— Qui est-ce, Giovanna?

— Au sujet de votre père. C'est urgent.

Renato se précipite sur le téléphone, s'attendant au pire.

— Roncone, allô!

Une voix agréable.

— Votre père a eu un étourdissement. Rien de plus, ne vous inquiétez pas; mais vous devriez venir.

— Tout de suite. Quel hôpital, ma sœur?

— Il est chez moi. Je suis une amie de votre père. Melli, Hortensia, 51 via Borgospesso, dernier étage à gauche.

Renato, décontenancé, exprime sa gratitude et raccroche. Il s'excuse auprès de son chef, descend au garage et fonce dans les rues, essayant de gagner quelques minutes dans ce trafic aussi bloqué que d'habitude. Le trajet lui semble interminable.

Dès qu'il sort de l'ascenseur, la porte d'un appartement dans un immeuble inconnu — curieusement situé dans son propre quartier — s'ouvre. Une femme dont il ne distingue pas très bien les traits à contre-jour, le conduit jusqu'à une chambre modeste, mais agréable. Sur le grand lit gît son père, apparemment tout habillé et caché jusqu'à la poitrine par une couverture. La pâleur accentue l'ombre obscure de la barbe. Les yeux sont fermés et enfoncés; un léger halètement s'échappe par les lèvres entrouvertes. Renato sent son cœur se serrer.

— C'est arrivé quand?

— Il y a une heure, répond la femme en lui montrant une

chaise près du lit et en s'asseyant en face. Je vous ai appelé tout de suite... Il était venu me voir et nous étions en train de bavarder quand il a eu soudain besoin d'aller aux toilettes. Peu après, je l'ai entendu tomber. Heureusement, il a eu le temps de déverrouiller la porte. Je suis entrée et je l'ai couché dans mon lit.

— Il lui faut un médecin. Vous permettez que j'utilise votre téléphone?

— Il en a déjà vu un qui vit près d'ici. Votre père a eu une hémorragie et il est faible. Le médecin lui a fait une piqûre et a bon espoir qu'il reprenne vite connaissance. Vous pourrez alors l'emmener chez vous. Attendons, vous ne pensez pas?

Renato est d'accord. Il remercie de nouveau cette femme, en essayant de contenir sa curiosité devant le visage paisible, les cheveux noirs bien tirés et la lumière des yeux clairs, mais anxieux aussi. Il voudrait poser tant de questions! Sans les attendre, elle lui offre tranquillement des explications : la première rencontre dans le parc, l'amitié depuis lors, la sympathie entre méridionaux, les visites de l'homme jusqu'à celle d'aujourd'hui...

— Il déjeunait aussi avec vous parfois, n'est-ce pas? Il est rassuré de pouvoir enfin tirer ça au clair.

— Oui. Il adore préparer des plats de chez nous.

Elle parle comme si de rien n'était, comme si l'homme dormait paisiblement.

— Mon père a un cancer. Très avancé.

— Je le sais.

«Qu'est-ce qu'il y a entre elle et lui?», s'interroge Renato. Et il demande :

— Comment avez-vous réussi à me joindre?

— Il me parle si souvent de vous... Avant de s'évanouir, justement, il me montrait une lettre de New York, de votre frère.

Ah, oui! La lettre réexpédiée du village par Rosetta. Celle avec la photo : Francesco et sa famille vêtus d'une façon qui avait suscité le mépris du vieux. «On dirait un cirque, s'était-il exclamé. Des clowns!» Mais la femme a sûrement dû entendre le même commentaire, se dit Renato.

Elle, tout en se sentant regardée, évoque ce que lui disait en réalité le vieux avant de sortir en courant pour aller aux toilettes. Il parlait du Cantanotte, obsédé depuis un jour ou deux par une idée qu'il rejetait.

— Je rumine tellement dans mon for intérieur pendant la nuit, disait l'homme à ce moment-là, qu'il m'en vient même des faiblesses... Aller jusqu'à éprouver de la peine pour les Cantanotte! Alors que maintenant, à cause de leurs querelles, cette maison qui comptait à Roccasera va s'écrouler... Tant pis, qu'ils s'enfoncent!

— Evidemment, ces choses-là, ça fait de la peine.

— Ne dis pas ça, Hortensia! Ils l'ont bien cherché avec leur cupidité, à voler tout ce qu'ils ont pu... Les plaindre! Faudrait que je sois quelqu'un d'autre!

— Et si tu l'étais? Est-ce que tu n'as pas changé un peu?

— Je suis moi. Le Bruno, a réagi le vieux.

— Bien sûr. Mais le Bruno d'aujourd'hui peut voir les choses différemment.

L'homme s'est tu, pensif.

— Et tu sais qui est-ce qui t'ouvre les yeux?, a-t-elle insisté.

— Toi, bien sûr. Les femmes, toujours à nous mettre sens dessus dessous, nous les hommes.

— Si seulement!, a-t-elle répondu. J'aimerais bien..., mais c'est Brunettino qui te change le plus. Comme tu t'attendris avec lui!... Je t'ai dit des choses, bien entendu, mais c'est grâce à ton petit ange que tu me crois. C'est même grâce à lui que tu m'as connue!

Son sourire extasié a confirmé à Hortensia que l'homme le comprenait bien ainsi. «L'enfant est sa vérité», s'est-elle dit. Et elle a insisté :

— C'est Brunettino qui a commencé. Tu m'es arrivé déjà mûr, déjà tendre.

— Tendre, moi?, a soufflé l'homme indigné.

Il n'a pas pu continuer. Il a porté la main à son ventre, s'est excusé et est sorti en hâte. Puis, la réalité qu'elle a adouci pour le fils : le vieux qui l'appelle des toilettes, elle qui accourt à temps pour le voir fléchir sans connaissance du siège sur le sol, l'eau rougie dans la cuvette, les chairs flasques à l'air; elle, l'angoisse dans l'âme et une sérénité familiale dans ses mains compatissantes, qui le lave, le rhabille et relève le corps sans force pour l'emmener au lit.

Elle est entrée dans la chambre et la glace de l'armoire lui a renvoyé sa propre image : dans ses bras, le vieux, l'homme, l'enfant; la tête exsangue sur l'épaule féminine, la main pendante, le corps s'abandonnant pour ainsi dire entre ses bras... En le voyant, en se voyant comme ça, sa charge a commencé à lui peser si fort qu'elle a eu peur de s'effondrer à cet endroit-là... Elle a senti des larmes sur ses joues en le déposant sur le lit et en le couvrant. Il lui a fallu se ressaisir du coup de poignard avant de pouvoir téléphoner... Quelle expérience déchirante!

Et maintenant, voilà son fils, ce Renato qui la regarde en silence, déconcerté, avec, dans les yeux, une question si visible! Eh bien, pas d'ambiguïté, non. Elle lui parle en toute franchise :

— Il vient en ami, on parle, on mange ensemble, on est allé au théâtre... Je vis très seule depuis la mort de mon mari, et lui, il est tellement entier, tellement de là-bas! Vous comprenez?..., ajoute-t-elle tout bas. Mais il ne s'imagine pas combien je l'aime... — elle le regarde en face, ce fils. Maintenant, vous savez.

Les mots ont été prononcés simplement, sans ostentation, mais Renato perçoit dans le regard de ces yeux fidèles la profondeur tranquille d'une source tout à fait transparente. Emu, il se livre à son tour :

— Il ne sait pas non plus comme je l'aime, moi aussi, Madame.

— Hortensia, le corrige-t-elle en souriant.

— Merci, Hortensia.

Les deux regards s'embrassent, complices. Elle soupire et sourit :

— Comment ne pas l'aimer? Quel homme!..., son sourire s'accentue et elle parle pour elle-même. Mon enfant, mon Brunettino.

A peine s'entend-elle prononcer ces mots qu'elle s'arrête surprise, car elle n'avait jamais pensé à ça. Elle découvre en plus que cette vérité, elle l'a comprise — il y a un moment, dans un autre temps — devant la glace de l'armoire, lorsque l'homme pesait dans ses bras. Et elle répète avec fermeté :

— Oui. Mon Brunettino.

Le fils exprime sa compréhension par un silence. A cet instant, l'homme ébauche un mouvement. Hortensia revient au présent.

— Attention ! Il n'aimerait pas que vous l'ayez vu évanoui. Sortez dans le couloir et faites comme si vous alliez arriver plus tard. Attendez là dehors.

Le fils acquiesce et se retire dans le vestibule.

Peu après l'homme ouvre les yeux, concentre son regard et sourit à Hortensia.

— Ça fait longtemps ?, demande-t-il d'une voix faible.

— Un petit moment... J'ai appelé ton fils. Il ne va pas tarder.

L'homme fait la grimace, résigné. Le souvenir lui revient.

— Qui c'est qui m'a sorti des toilettes ?

— Moi.

— Toi toute seule ?

— Personne d'autre... Je t'ai pris dans mes bras, ajoute-t-elle, orgueilleuse et humble à la fois, maîtresse et servante.

Le vieux sort sa main noueuse, cherche celle de la femme, qui vient à sa rencontre, et la porte à ses lèvres. Tandis qu'il l'embrasse, lui offrant deux larmes en hommage, le vieux s'imagine dans ces bras, et dans son esprit, surgit le corps cassé de David soutenu par Torlonio, cette nuit-là dans la montagne. Dans son désarroi, les images se superposent : celle de David, la sienne, celle de Dunka ; Dunka et Hortensia se confondent, les glorieuses illuminations du train en flammes dans la profondeur de la vallée s'unissent à la nuit absolue du Christ dans les bras de la Mère.

Victoire et Mort se fondent en une seule vérité.

50

— Je ne comprends pas comment il peut résister à ce point, déclare Renato.

Andrea a emmené le vieux à la consultation de Dallanotte et elle en rapporte maintenant le résultat à son mari tout en caressant d'un geste consolateur la tête affligée, réfugiée dans le creux de son aisselle.

— Dallanotte aussi s'en étonne, bien qu'il connaisse des cas semblables. N'importe qui d'autre y serait resté, là-bas, dans les toilettes de..., enfin de cette femme.

— Hortensia. Elle a été admirable, je te l'ai dit, précise Renato qui lui a, auparavant, raconté dans le détail ce qui s'était passé dans cette maison, jusqu'à ce qu'il ramène le vieux. C'est que Père...

Avec les yeux du souvenir, il ressuscite un Renato enfant levant le regard vers le titan qui descendait de la montagne et mettait pied à terre dans la cour de la maison pour le hisser, lui, dans ses bras jusqu'à des hauteurs vertigineuses en riant comme un torrent déchaîné. Le souvenir est déchirant; savoir depuis longtemps que ce torrent va vers sa fin n'apporte aucune consolation.

— Il a donné un traitement? Qu'au moins, il ne souffre pas!

— Le même; continuer avec les hormones. Il m'a prescrit, à tout hasard, un analgésique plus puissant. Il faudra le changer de flacon pour le lui donner parce que tu sais comme il est, persuadé de supporter la douleur mieux qu'aucun Milanais... Dallanotte m'a dit aussi que l'opération n'est plus envisageable, même s'il en a parlé à ton père, pour l'encourager, je suppose. Mais, mon Dieu! Ton père est un vrai hérisson, et pourtant, le professeur ne pouvait pas être plus aimable.

— Qu'est-ce qui s'est passé?

— Dallanotte traite ton père avec plus d'égards que quiconque et le résultat... Mais, au fait, je ne t'ai pas raconté! Une chose très importante!

Dans son excitation, Andrea se redresse à moitié.

— Tu sais qui est-ce qu'il connaît, ton père? Il lui a même sauvé la vie pendant la guerre!... Pietro Zambrini!

— Qui c'est?

— Je t'en prie, Renato! Sorti de ta chimie, tu ne t'intéresses à rien!... Zambrini, c'est le sénateur communiste, président de la Commission nationale des Beaux-Arts où il est si strict que tout le monde le redoute. Si j'avais été au courant de cette amitié au bon moment, on ne m'aurait pas soufflé le poste qui devait me revenir à la Villa Giulia... Quand je retournerai à Rome, et ça ne saurait tarder, j'irai le voir, lui exposer mes droits... Ton père voudra bien me présenter, n'est-ce pas? Je ne vais rien demander qui outrepasse la loi.

— Bien sûr, Andrea, mais est-ce que tu pourrais me dire une fois pour toutes ce qui s'est passé avec Dallanotte? Pourquoi tu disais que mon père a été intraitable?

— Parce que c'est vrai! Imagine-toi, Dallanotte, on ne peut plus attentionné, qui lui explique l'opération, l'encourage... «C'est très simple, ami Roncone; il s'agit seulement de vous recoudre un peu à l'intérieur pour éviter d'autres hémorragies, lui dit-il. Dans quelque temps, bien sûr, quand vous serez remis de celle-là...» Bref, un médecin qui sait s'y prendre avec les malades. Eh bien, ton père s'est montré presque, presque dédaigneux... Tu y comprends quelque chose? J'étais furieuse!

— Ah bon, si ce n'est que ça...

— Attends, attends. En sortant, encore dans l'ascenseur, tu sais ce qu'il a fait, ton père? Un bras d'honneur! Un bras d'honneur d'une violence!... Tu te rends compte?... Au nom du ciel, Renato, ne ris pas!

Renato n'a pas pu s'en empêcher.

— Et ensuite, il a commencé à dire des choses bizarres : que Dallanotte est un traître, qu'il ne va pas se laisser avoir pour qu'on le séquestre dans un hôpital..., du délire!... Je ne l'ai même pas écouté, parce qu'il m'a mise dans un état! Tu peux t'imaginer! Pendant tout le trajet jusqu'ici, j'ai essayé de le convaincre. Mais il n'arrêtait pas de répéter la même chose : « Cette couture à l'intérieur, il n'a qu'à se la faire lui-même, le toubib... » Quel sauvage!... Excuse-moi; j'ai encore honte rien que d'y repenser... Ecoute, je te l'avoue, toute la compassion que j'éprouvais pour ton père a disparu.

— La compassion ne l'intéresse pas, murmure Renato.

— Ça m'a révoltée. Pauvre type, quelle ignorance crasse! Je te le garantis, Renato : tant qu'on n'éduquera pas le Mezzogiorno, l'Italie ne relèvera pas la tête.

Renato se tait. Andrea se calme peu à peu et, bien sûr, redevient compatissante. Sa main se fait plus tendre sur les cheveux de son mari. Oui, elle s'attendrit. Elle approche ses lèvres de l'oreille de l'homme :

— Renato, dis-moi la vérité : je suis méchante?

Les bras qu'elle aime ne lui répondent que trop bien en la serrant tendrement.

— Je m'y prends mal?, continue la voix câline. Dis-moi, pourquoi ton père ne m'aime pas?

— Si, il t'aime, tu sais... Il suffit que tu sois la mère de Brunettino pour qu'il t'aime.

— Je l'espère... Il adore le petit, c'est sûr; j'ignorais ce que c'était qu'un grand-père... Et le petit l'adore aussi; il n'y a qu'à les voir jouer!

Maintenant, c'est elle qui se réfugie auprès de l'homme pour y chercher consolation.

— Je l'aime, ton père, je te le jure. Oui, ne serait-ce que pour l'amour qu'il porte à notre fils, en dehors du fait qu'il soit ton père. Je m'en occupe, j'essaie de lui faire plaisir, mais il ne me rend pas la vie facile, reconnais-le... Tu vois, par exemple, ce gros rouge qu'il cache et qui lui fait du mal, eh bien, je me tais et je le supporte.

— Plus rien ne lui fait du mal maintenant, réplique l'homme attristé. Rien ne peut lui faire plus de mal que la *Rusca*, comme il dit.

— C'est pour ça que je l'accepte... Et le plus pénible, Renato, ne crois pas que je l'ignore, ce qui me coûte le plus, c'est qu'il gâche l'éducation du petit... Oui, ne m'interromps pas, cette manie de s'introduire toutes les nuits dans sa chambre, et de l'empêcher de s'habituer à dormir tout seul... Ne le nie pas; tu y es même allé et tu l'as vu... Tu crois que je suis stupide?... On ne devrait pas l'accepter, mais je pense au peu qui lui reste à vivre, aux douleurs et je passe sur tout... Sauf qu'il pourrait nous créer moins de difficultés, lui aussi!

Renato se retourne pour la prendre contre lui, la faire toute petite dans ses bras où elle se blottit. Et avec des larmes dans la voix, mais sans pleurer, il s'écrie, ému :

— Andrea, mon Andrea!

Ils se serrent fort parce que la mort est là, à l'autre bout du couloir, au tournant de la vie. Ils se serrent fort, unis en cet instant par la compassion comme d'autres nuits par la chair.

51

Pendant qu'ils s'étreignent et se consolent, le vieux berce Brunettino dans ses bras très loin de la chambre conjugale, dans la position fortifiée des deux partisans, en haut de la montagne. Là, il lui parle tout bas (cette nuit, il ne se contente pas de penser) pour que ses mots pénètrent mieux chez l'enfant. Ce n'est pas le brouillard de la méditation mais l'éclat de l'action qui le pousse.

— Ça chauffe, camarade. Ils m'ont blessé et j'ai perdu du sang, tu as dû t'en apercevoir, mais maintenant, ça va. Je suis revenu à la base, décidé à résister. N'aie pas peur, j'en ai vu de pires. Il n'y en a plus pour longtemps, ils perdent du terrain. On va triompher, reconquérir Roccasera, on va entrer là-bas avant l'été, qui sera le plus grand. Tu verras, dès qu'on leur aura pris la châtaigneraie, on dominera le village et ce sera chose faite. Eux aussi, ils le savent et ils ont demandé des renforts... Ça ne leur servira à rien, même la trahison, le pire de tout. Celle de ce médecin; c'est pour ça qu'il me traitait si bien. Il voulait m'embobiner avec son amitié pour Zambrini. Mensonge, c'est un traître! Un petit-fils de berger qui est en fait un fils à papa. Fasciste comme tous les autres. Voilà maintenant qu'il veut m'éloigner avec des boniments, vu qu'il ne peut pas en venir à bout avec moi! Oui, petit, ils essaient de m'évacuer dans un hôpital. Bien malins s'ils croient que je vais me laisser faire! J'y vois clair, dès qu'ils m'auraient sorti sur une civière, tu tomberais entre leurs mains. Ils prendraient cette position et t'enfermeraient à nouveau derrière cette maudite porte. Tu serais prisonnier, camarade, et tu sais ce que c'était la torture sous la Gestapo.

Souviens-toi du pauvre Luciano qui en est ressorti sans ongles, et pire encore ceux qui n'en sont pas ressortis, pauvres d'eux! Le Petrone qui s'est tu pour nous sauver, moi et le maquis, assassiné dans la cellule voisine de la mienne. Je n'oublierai jamais ses cris, ni les tiens cette première nuit derrière la porte. C'était les mêmes; je pourrais vivre cent ans que son agonie me ferait toujours mal... Mais ils ne m'auront pas, je refuse de me rendre. Je ne te laisserai pas seul et je n'abandonnerai pas cette position, je te l'ai juré. Et le Bruno tient parole, tu le sais bien, mon ange, tu ne doutes plus de moi!

Les murmures lui coupent le souffle. Il se ressaisit :

— Dommage de se priver de l'hôpital, tu ne crois pas! Une opération comme il faut, j'ai bien mérité ça et ce médecin est le meilleur. Tu te rends compte que ça fait quarante ans que je paie l'assurance sans leur faire débourser un sou! De l'argent fichu, pour engraisser les pique-assiettes du Gouvernement. Pendant tout ce temps, jamais malade; rien, ni une dent chez le dentiste, ni une aspirine. Seulement la blessure par balle des Cantanotte, mais ça, ça relève de la justice, pas de l'assurance. Maintenant je pourrais profiter de l'hôpital. Avoir les médecins autour de moi et les infirmières à mes pieds... Les infirmières, camarade, si nettes et en bas blancs! Comme des premières communiantes, mais bien en chair! Chaque fois que j'ai rendu visite à un blessé, il avait des infirmières, un bijou! Et elles te le retournaient sur son lit, le serraient contre elles pour le soulever, se mettaient à sa disposition, je te dis que ça... Dommage de s'en priver, oui, mais à la guerre comme à la guerre. Au point où on en est, il faut résister. S'ils ont demandé des renforts, qu'ils viennent, mais moi, on ne m'évacue pas avec des mensonges. On verra bien ce qu'ils obtiennent, on peut améliorer cette position et même préparer une retraite, comme l'a fait Ambrosio dans la grotte de Mandrane. Il suffit d'une échelle devant cette fenêtre et on descend facilement. Moi les hauteurs ne me donnent pas le vertige, j'ai suffisamment ramassé de cabris tombés dans le vide. Je te le garantis, ni le médecin ni Dieu ne vont m'évacuer.

La voix s'affirme, après ce défi catégorique :

— Je dis ça au cas où, pour que tu sois tranquille. J'ai encore beaucoup d'atouts dans la manche. Pas question de battre en retraite, ça non ! Au contraire, résister pour avancer ensuite. Ici, on tient le coup sans l'aide de personne, ni infirmières, ni femmes même. J'ai aussi mes armes secrètes, tu sais ! S'il te faut une grand-mère, j'en serai une pour toi, je m'y prépare. Seulement par en haut, hein ? Attention ! En bas, toujours pareil ! Mais en haut..., tu ne t'en es pas aperçu ? Tu ne me trouves pas plus tendre quand je te prends dans mes bras ? Un petit peu, pas vrai ? J'ai des seins qui me poussent, je finirai par en avoir pour toi, mon petit... J'en ai parlé au médecin, c'est la seule chose que je lui ai dite, qu'il aille pas se vanter d'avoir découvert ça aussi. Ça l'a embêté de me voir si prêt à tout, même à avoir de la poitrine ; si on m'avait dit ça ! Mais il l'a caché ; évidemment, c'est un traître. « Ne vous inquiétez pas », il m'a dit, et il a commencé à parler d'hormones pour calmer la *Rusca* ; c'est ce qui arrive quand les hommes en prennent parce que c'est des médicaments de femme... Des bêtises ! C'est pour toi qu'il me pousse des seins, petit, c'est ma floraison d'homme. Pour que toi et moi ensemble, on n'ait besoin de personne. Pour qu'on continue d'avancer, en renversant toutes les portes du monde. Toutes celles qui enferment les enfants sans défense et les pauvres exploités ! On va descendre les espions et les traîtres et entrer ensuite victorieux dans Roccasera. Tu vas voir quel magnifique, quel fantastique été ce sera !

52

Hortensia se met au balcon. Heureusement, il ne pleut plus et avril s'annonce doux, avec une brise caressante. La femme fixe du regard le coin de la rue della Spiga par où Bruno va arriver, accompagné de Simonetta car c'est sa première sortie. Hortensia a envie de connaître cette fille à laquelle le vieux fait toujours allusion avec un très vif enthousiasme.

Elle s'impatiente. Combien de temps déjà depuis que Renato a téléphoné pour lui annoncer la sortie! Quelques jours auparavant, il l'avait appelé pour l'inviter à venir voir le vieux dans son lit, d'où on ne le laissait pas encore se lever. Mais Bruno l'avait rappelé — en l'absence de ses enfants, suppose-t-elle — pour lui demander de ne pas venir.

— Je t'expliquerai, je ne veux pas parler. Le téléphone est peut-être sur écoutes... Sois patiente, j'irai te voir bientôt. J'en ai tellement envie!

Sur le balcon, Hortensia se rappelle avec inquiétude ces paroles si étranges... Enfin! Le couple tourne au coin de la rue.

Quel coup au cœur! Comme Bruno paraît petit vu d'en haut! Que la vie est cruelle de le lui montrer comme ça, aux côtés de cette fille dont la démarche alerte met en évidence le pas précautionneux de l'homme à peine remis!... Mais c'est lui, c'est lui! Hortensia se précipite à la cuisine pour leur ouvrir l'entrée du vestibule puis s'avance dans le couloir, guettant derrière la porte le bruit de l'ascenseur.

Ça y est!... En ouvrant la porte, elle surprend le vieux le doigt en l'air, pointé vers la sonnette, dans une attitude comique de film coupé net qui les fait rire. Grâce à ça, Hortensia parvient mieux à dissimuler sa tristesse car le vieux a beaucoup baissé en quelques jours. En le suivant jusqu'à la salle à manger, elle remarque les épaules tombantes et le pantalon flottant, vidé de ses chairs. Pourtant la belle prestance demeure malgré tout et la tête bien droite ne s'est pas soumise. «Et Simonetta?», pense la femme... Mais elle se réjouit maintenant qu'elle ne soit pas montée : loin des yeux...

— Magnifique, Bruno! Le repos t'a fait du bien.

— C'est toi qui est belle! — et, pour consoler Hortensia, la vie étincelle à nouveau dans le regard viril. Moi, ben, je me défends. Et la Rusca se tient tranquille, elle l'a bien manqué ce coup de dent-là!... Ne t'inquiète pas, aujourd'hui, je n'ai pas l'intention de m'évanouir.

— Tant mieux, continue-t-elle à plaisanter. Je n'aime pas trop prendre de grands costauds dans mes bras.

— Tu préfères que ce soit nous les hommes qui te prenions, hein? Allons, ne me provoque pas...

— Ah, Bruno, Bruno!, s'exclame-t-elle heureuse. Quelle joie de te voir si gaillard!

— Et comment! Bien sûr qu'Andrea insistait pour que Simonetta m'accompagne mais je l'ai envoyée promener. Tu t'imagines! Est-ce que j'allais venir chez toi avec une nounou?

Il marque une pause, la regardant d'un air interrogateur pour voir si elle soupçonne quelque chose et, une fois tranquillisé, continue :

— Ils veulent m'opérer, tu sais. Mais je ne me laisse pas faire.

— Pourtant, si c'est le médecin qui le conseille..., répond Hortensia sans conviction, car elle connaît la vérité par Renato.

L'homme la regarde, condescendant. Même elle, elle tombe dans les pièges de l'ennemi!

— Tu ne comprends pas? Le médecin s'est trahi, sotte! Ils m'évacuent et recommencent à enfermer Brunettino! Mais le Bruno est un vieux renard et il n'abandonne pas sa garde.

Hortensia fait semblant de lui donner raison, mais ces déformations de la réalité l'inquiètent de plus en plus. Surtout cette idée de «continuer la garde».

— Tu es retourné avec le petit ces dernières nuits?

— Sans en manquer une seule, s'écrie-t-il fièrement.

— Tu es fou! On t'a ordonné du repos, tu ne dois pas te lever...

Elle redoute une autre hémorragie, à l'aube, au moment où personne ne s'en apercevrait.

— Pas fou du tout. C'est pour ça que je me reposais le jour, en bon partisan que je suis.

— Un fou, voilà ce que tu es! Si j'étais allée te voir, je t'aurais convaincu.

— Venir me voir dans mon lit, comme un malade? Jamais! C'est pour ça que je t'ai appelée.

— Tu ne veux pas de moi comme infirmière?

Les yeux de l'homme s'illuminent de joie.

— Ici, oui, mais là-bas, avec l'Anunziata, l'Andrea... Pas question. Maintenant tu peux venir, tu les as charmés. Renato s'est pris d'affection pour toi. En plus, tu pourras m'aider; avec toi, ils sont en confiance et je dois connaître leurs intentions; à la guerre, on a toujours besoin d'informations.

Comme Hortensia fait une moue réticente, il ajoute :

— Là-bas, tu verrais Brunettino.

Brunettino! Le nom magique change le cours de leurs idées et, joyeusement, se coupant l'un l'autre la parole, ils louent les charmes de l'enfant... Il ne se contente plus de pousser les chaises, raconte le vieux. Il les dispose soigneusement en file, toutes celles qu'il peut attraper, crie «Piii!» et joue au train qu'il a vu à la télévision... Il révolutionne toute la maison, au désespoir d'Anunziata, mais malheureusement ne dit toujours pas *nonno*... Mais il s'en faut de peu, il babille de plus en plus.

L'ambiance ainsi égayée, l'homme accepte un petit verre.

— Mais du vin; la *grappa*, je dois me la réserver, au cas où viendraient des moments difficiles... Il est bon, dit-il en le savourant, mais ce n'est pas celui de chez moi qui n'a rien de chimique. Seulement ce qu'il faut : du raisin, du travail et du temps.

Il hésite, mais à la fin, il se décide :

— Tu devrais le goûter là-bas, à Roccasera! Quelle force il te donne! Ce vin, du fromage et des olives, ça suffit pour vivre...

Tu aimerais venir?... Ne te fais pas d'illusions. C'est un petit village, sans tous les amusements d'ici, mais avec des choses si belles!... On voit plus loin; la vie est plus grande, elle commence beaucoup plus tôt tous les jours!... Ça te plairait? Dis-moi que oui!

— De tout mon cœur! Quand tu veux!

— Bravo!... Tu verras quel été on passera, toi et moi avec Brunettino... Je lui apprendrai à courir, à lancer des pierres, à ne pas avoir peur d'un chevreau qui charge, à... Enfin, à être un homme, quoi!... Et toi...

— Et moi quoi?, dit-elle moqueuse. A être une femme?

— Allons donc! C'est pas ça... Je sais ce que je veux dire et tu me comprends...

— Bien sûr que je te comprends. Je lui apprendrai comment on désire un homme, nous les femmes, traduit Hortensia.

— C'est ça! Tu vois? Tu tombes toujours juste!

— Même si on ne le dit jamais, car on voudrait être devinées, mais vous n'en êtes pas capables... Oui, je lui apprendrai comment deviner nos désirs. Et comme ça, il sera plus homme, beaucoup plus.

— Ah, Hortensia, Hortensia! Pourquoi est-ce que je n'ai pas eu la chance que tu me l'apprennes à moi?

Mais Hortensia se souvient très bien d'elle-même lorsqu'elle était jeune.

— A l'époque, moi non plus, je ne savais pas... Ne nous plaignons pas, Bruno. Si on s'était rencontrés avant, on n'aurait pas été mûrs l'un pour l'autre... Ça te paraît peu de choses ce qu'on a? Pourtant, presque personne ne l'obtient dans cette vie. Ni à notre âge, ni durant la jeunesse... Presque personne.

Si par hasard ça lui paraissait peu de choses, ces mots prononcés avec tant de vérité — «l'un pour l'autre» — ont pour lui un goût de plénitude car il les comprend aussi comme «l'un près de l'autre»; non face à la femme, comme il s'est toujours situé, mais à ses côtés... «Le couple étrusque!», se souvient-il tout à coup dans une explosion intérieure.

Elle continue à parler :

— ... je n'aurais pas pu t'apprendre parce que je ne savais pas, parce qu'on nous trompe, et encore plus à mon époque. J'étais une gamine qui lisait des petits romans d'amour dans le salon de coiffure où je travaillais et qui voyais des jeunes premiers au cinéma. Alors bien sûr, j'ai été éblouie par le premier voyou que j'ai rencontré : le Tomasso.

Le vieux reste médusé en entendant ces mots. Un voyou, le vaillant marinier?

— Oui, une canaille, c'est le mot. Ça oui, avec beaucoup de bagou et de savoir-faire. Il s'est entiché de la petite et il m'a fait tourner la tête, c'était si facile!... Au début, c'était le paradis, cette terrasse vénitienne où je chantais comme un oiseau en face du Campanile et de la lagune, mais ça n'a pas duré longtemps... C'était un fainéant et un voyou; il tirait plus d'argent des vieilles Américaines qu'en manœuvrant la rame de sa gondole et ensuite, il le dépensait avec d'autres filles... A la fin, déjà sur le déclin, il s'est mis à boire et il m'a fallu le soigner des mois, des années et, tu vois comme c'est bizarre, quand il n'a plus été bon à rien, ça m'a consolée de m'occuper de lui... Inexplicable, mais c'était comme ça : j'ai beaucoup appris de cette expérience. Aujourd'hui, je ne comprends toujours pas, mais je sens que c'est naturel... Qu'est-ce qu'elle aurait bien pu t'apprendre, cette gamine ignorante?

« Celle-là, non, mais toi maintenant, oui, et tu as déjà commencé, pense le vieux. En me racontant ta vraie vie. En m'apprenant comment il faut s'abandonner, sans se garder la moindre carte... », et il répond :

— Tu as raison, tu as toujours raison... Moi, j'ai eu plus de chance. Je ne suis pas tombé dans ces pièges parce que j'ai appris avec les animaux, qui sont moins trompeurs... Mais j'ai grandi sans maître.

— Même pas Dunka?, ose le provoquer Hortensia.

— Même pas Dunka, reconnaît l'homme à sa grande joie. Et pourtant, c'était différent.

Ça y est, le pas décisif est franchi, le souvenir cesse d'être nostalgie pour devenir libération. Elle sait qu'elle va finalement devoir l'écouter, et elle le souhaite même si ça doit lui faire mal.

— Bien différent puisqu'elle était pianiste, je ne te l'avais pas dit?... Pianiste! Pour quoi faire? Ça ne sert même pas dans les orchestres pour les fêtes... Mais elle vivait de ça, là-bas dans son pays, en Croatie. «De l'autre côté», elle tendait le bras sur la plage en direction de la rive qu'on ne voyait pas. «Rijeka, ma maison, est-ce que je la reverrai?», disait-elle en pleurant... C'est qu'elle était dans la guerrilla par patriotisme, tu comprends ça? Si c'est pas malheureux! C'est ce qu'elle disait, sans plus. Mais elle s'est engagée parce que c'était une femme pour de vrai, avec du sang dans les veines et du cran!... Comme on se bagarrait! Elle m'appelait son animal, son «magnifique animal». Exactement, parce qu'elle parlait avec des mots comme ça, c'était une jeune fille délicate.

Hortensia imagine ce que l'homme ne lui raconte pas parce que tout en l'ayant vécu, il ne l'a même pas perçu : le splendide cadeau que la vie faisait à la pianiste raffinée en lui offrant la découverte du tigre dans l'amour, du loup, du cheval... Hortensia soupire en regardant ces mains osseuses, aux veines gonflées, qui furent ouragan et qui sont encore passionnées quand elles caressent.

— Comme elle se fâchait!... «Je ne te supporte que pour le piano», elle me criait. Ça faisait longtemps qu'elle n'en avait pas joué et là-bas dans la maison, il y en avait un, un de ces pianos inclinés et allongés. Elle passait son temps à jouer de drôles de musiques... Enfin, le temps que je la laissais faire, car j'en avais vite marre et je me la jetais sur l'épaule pour la monter là-haut. Notre chambre donnait sur la terrasse, et elle pouvait bien me marteler le dos et trépigner dans l'escalier... Elle ne pouvait pas se libérer, non.

Oui, Hortensia comprend Dunka avec ses menaces de partir, sincères même si jamais mises à exécution. Ne voulant pas aimer ou au contraire, s'asseyant au piano pour le forcer à la forcer. «Bach pour l'exaspérer», se dit-elle superposant un sourire à l'avidité douloureuse avec laquelle elle écoute.

— Maudit piano!... Si ç'avait été un homme au lieu d'une

chose aussi chère, je l'aurais taillé en pièces, parole d'honneur... Ce truc du piano, ç'aurait été très bien pour David, il était comme ça. Mais il n'aurait pas pu satisfaire Dunka, même pas pour commencer. Elle, en haut, ne se lassait jamais, elle en oubliait même le piano. Pauvre David..., courageux comme pas deux, ça oui. Mais pour la virilité, zéro; il n'allait jamais avec aucune fille lorsqu'on avait une occasion. C'était un homme de livres; d'un surtout en juif qu'il n'arrêtait pas de lire. C'est à cause de ça qu'il devait être myope... Quand j'ai raconté sa mort à Dunka, elle a pleuré, désespérée. Elle se culpabilisait de n'avoir pas pu l'aimer. Comme si on pouvait commander à l'amour! Ensuite, elle s'est déchaînée contre moi. Qu'est-ce qu'elle m'a hurlé! «Je suis allée m'amouracher de toi, un rustre, un sauvage qui ne se lave même pas!» Ça, c'était une autre de ses manies. Elle était toujours en train de prendre des bains, avant et après. Elle entrait même dans la mer la nuit; l'eau toute noire ne lui faisait pas peur. Quand elle se mettait dans la baignoire avant, j'en avais marre de l'attendre et je me plantais tout nu dans cette pièce pleine de miroirs. Je lui criais : «Sors de là, tu vois dans quel état je suis!» Elle me regardait, me voyait à point et se mettait à rire en me montrant du doigt. Comme elle riait, tant de vie, tant!... C'était..., je ne sais pas, une garrigue en flammes!

Hortensia imagine son corps de jeune fille plongé dans la bai gnoire entourée de miroirs qui multiplient la virilité du tigre, éblouissant dans sa puissante impatience...

Soudain, elle remarque la tension du silence. Sur quoi bute le torrent des souvenirs? Quel rocher doivent encore sauter ces eaux endiguées pour se libérer complètement? La voix, en reprenant son cours, s'est faite lente et grave :

— J'ai guéri et Rimini a pris fin. Ils m'ont renvoyé dans la montagne... Elle, elle s'est fait prendre en ville par les Allemands. Il paraît qu'ils l'ont expédiée en Croatie et que là-bas, ils l'ont livrée aux *Oustachis*... On n'a jamais rien su d'autre.

Maintenant, Hortensia se refuse à l'imaginer au milieu des bourreaux. Elle préfère la pianiste à la mitraillette, la garrigue en flammes, selon son expression à lui... Elle remarque soudain le verre de vin encore à moitié plein et s'en attriste. Avant son hémorragie, comme il avait vite fait de vider son petit verre!

Comme s'il avait lui aussi appris à la deviner, l'homme avale le vin d'un coup. Il continue à garder le silence.

— Maintenant, pour me connaître complètement, il ne te manque plus que de venir à Roccasera, dit-il enfin. C'est chez moi que je suis vraiment moi! Cet été, tu me l'a promis!

— Bien sûr que j'irai! Moi aussi, je suis du sud.

— Ouais, mais de l'autre côté, sur l'autre mer.

— Plus belle que la tienne!... Attends de voir Amalfi, qu'est-ce que tu crois?

Ils rient. Soudain, une idée surgit chez le vieux :

— Ecoute, tu sais pourquoi la *Rusca* m'a mordu ici chez toi? Parce qu'elle était jalouse, voilà! Parce qu'elle était jalouse!

Il la regarde, voit une ombre dans ses yeux et, la devinant pour la deuxième fois, précise :

— De toi, Hortensia. Jalouse de toi.

«Dunka sort et Hortensia entre en scène», comprend la femme, tandis que ses mains s'avancent pour recevoir celles qui se tendent vers elle.

— Maintenant, oui, je peux t'apprendre... Tu t'y connais sûrement en matière de guerres et de courage, mais dans ce domaine-là, non... Laisse-toi conduire; dans ce domaine, nous les femmes, on s'y connaît mieux.

— Et c'est quoi, ce domaine?, murmure l'homme.

Mais, bien que cette troisième fois, il ait mis un instant à deviner, il n'a pas besoin d'entendre la réponse pour se sentir emporté dans les airs vers le sommet de sa montagne.

53

Andrea téléphone à Hortensia :

— Quand pourrions-nous nous voir, là où vous voudrez? J'ai très envie de vous connaître et de vous remercier pour tant de choses!

Hortensia perçoit de la sincérité et de la droiture dans cette voix, agréable même si elle prononce avec une précision professorale un peu trop marquée.

— Il n'y a pas de quoi remercier, mais moi aussi j'aimerais vous voir. Je préfère aller chez vous; comme ça je pourrai voir Brunettino.

— Pourquoi pas cet après-midi? Mon beau-père va au séminaire de l'Université; c'est sa dernière séance de l'année. Nous serons seules et nous verrons ce qu'on peut faire avec lui.

« Cette femme est de bonne volonté, pense Hortensia en raccrochant. Sauf que j'aurais dit "faire *pour lui*" au lieu de "*avec lui*"... Mais bien sûr, pour elle, ce n'est pas pareil. »

Andrea reçoit Hortensia. Elles s'embrassent, échangent des politesses, entrent et pendant les « je vais prendre votre manteau », « quel joli salon! », s'examinent mutuellement. Aucune des deux n'aurait imaginé l'autre comme elle est et pourtant, toutes les deux comprennent tout de suite qu'« elle » ne pouvait être autrement.

Peu après, le petit roi de la maison se montre en poussant des cris et en s'avançant, sûr de lui. Hortensia le trouve adorable, avec ces petites bottes qu'elle a elle-même choisies pour lui, ce pantalon et ce pull rouge... Mais, mon Dieu! Qu'est-ce qu'il a bu? De la mousse sort de sa bouche!...

Elles s'inquiètent un instant, mais ce n'est que du savon. Andrea explique qu'il a maintenant la manie de grimper sur le tabouret de la salle de bains, à côté du lavabo, d'ouvrir le robinet et de jouer avec la savonnette... D'ailleurs, il a sûrement laissé le robinet ouvert.

— Ah, bandit, petit bandit, est-ce que je ne t'ai pas dit de ne pas faire ça?

Elles courent toutes les deux à la salle de bain, ferment le robinet et la mère gronde Brunettino qui réagit avec l'expression espiègle de celui que n'atteignent même plus les menaces les plus terribles. Elles finissent par en rire et tout devient fête pour le petit. Pendant ce temps, elles continuent à s'observer. Hortensia aime bien la coiffure d'Andrea : personnelle, simple et seyante à son visage. Andrea apprécie la robe d'Hortensia; la seule chose qui détonne, quel dommage!, c'est la gondole en argent sur la poitrine, trop style *souvenir* pour touristes. Hortensia surprend le regard :

— C'est lui qui me l'a offerte, s'excuse et se défend-elle.

Andrea la comprend, cette femme a du tact.

Lorsqu'elles reviennent vers le bureau, une porte ouverte retient Hortensia.

— C'est sa chambre, confirme Andrea qui ajoute, pour se disculper, croyez-moi, il ne permet pas qu'on la lui arrange mieux. Et cette vieille couverture doit toujours être sur son lit. Il a de ces manies!

Hortensia entre, émue. C'est sans aucun doute cette couverture qui remplit la chambre de son odeur à lui. Elle se penche et caresse tendrement la laine, marron comme le chapeau. Elle regarde tout autour : «Là derrière, il cache ses provisions, se dit-elle, dans cette armoire, il garde son couteau; dans le tiroir, sous le papier de soie du fond, il y a cette photo qu'on s'est faite faire ensemble dans la rue, l'après-midi des *Variétés*...» Elle saisit tout ça d'un coup d'œil, avant de sortir l'air pensif. Cellule de moine, de partisan, d'homme. Elle voudrait y avoir laissé son parfum de femme.

Andrea perçoit toute la signification de cette main caressant la vieille couverture. «Renato ne me l'a pas bien expliqué, pense-t-elle; ou il ne sait pas voir cette femme... Ah, les hommes, toujours si longs à la détente!»... Dans le couloir, elle prend le bras d'Hortensia par solidarité féminine et le serre un instant, sur le chemin du bureau, en lui proposant de se tutoyer.

Elles bavardent tandis que le petit joue à traîner et à aligner les chaises. Andrea s'efforce d'expliquer à Hortensia à quel point elle essaie de faire plaisir au vieux mais...

— J'ai beau faire, je n'y arrive pas... Je tolère même qu'il passe les nuits dans la chambre du petit, contre les recommandations du pédiatre, le meilleur de Milan!

Hortensia essaie d'excuser le vieux.

— Dans le Sud, on forme un autre type de famille, tu sais.

Dans le ton de sa voix, elle laisse transparaître que, bien que méridionale elle aussi, elle comprend Andrea. Celle-ci, à son tour, prête attention aux préoccupations d'Hortensia.

— Bruno a parfois des moments de..., comment dire, d'égarement presque. Il parle comme si c'était toujours la guerre comme si on était en quarante-trois.

— Ne m'en parle pas, éclate Andrea qui a trouvé étrange d'entendre cette femme appeler son beau-père Bruno. Dans quel pétrin il m'a mise avant-hier! Tu vas voir : il se trouve qu'Anunziata n'était pas encore guérie (cette femme a quelque chose que les médecins n'arrivent pas à découvrir), et Simonetta avait des examens, alors j'ai dû faire appel à mon agence habituelle. Ils m'ont envoyé une étudiante autrichienne qui veut perfectionner son italien pour travailler dans l'hôtellerie... La jeune fille m'a plu, l'air poli et rien de choquant dans les vêtements, car il faut voir comme elles s'habillent aujourd'hui, même Simonetta parfois... Enfin, nous étions toutes les deux dans la cuisine où je lui expliquais son travail, quand mon beau-père est apparu à la porte; mais dès qu'il l'a entendue parler, il a disparu. J'ai été étonnée de l'entendre fermer complètement la porte du petit qui dormait, mais je n'y ai pas prêté attention. La jeune fille s'est assise pour enlever ses bottes et mettre des pantoufles qu'elle avait apportées et enfiler une blouse, et moi je me suis préparée pour aller faire mon cours.

Elle marque une pause car le récit est arrivé à son point culminant :

— Ecoute, Hortensia, c'est une chance que l'ascenseur ait été en panne et que, ne le sachant pas, je l'aie attendu un moment sur le palier... Si j'étais descendue par l'escalier ou si j'avais pris l'ascenseur de service, nous aurions tous fini au commissariat!... Voilà ce qui s'est passé : j'étais encore là à attendre quand soudain j'ai entendu la jeune fille appeler au secours tandis que mon beau-père hurlait : «Traîtresse, espionne, maintenant tu vas voir!» Et moi qui paniquée n'arrivais pas à mettre la clé dans la serrure. Elle criait en allemand : «Au secours, au viol!»... Enfin j'ai réussi à ouvrir, la jeune fille était juste derrière la porte, complètement hystérique, une botte enfilée, l'autre à la main, et en face, mon beau-père qui hurlait furieux... La jeune fille m'est tombée dans les bras, frénétique, et m'a expliqué : «Il allait se jeter sur moi, Madame, avec ses yeux exorbités, un satyre, un satyre!...», en même temps mon beau-père m'insultait pour avoir introduit une espionne allemande à la maison... Je me suis interposée pour calmer la jeune fille qui pleurait maintenant sur mon épaule : «C'est la deuxième fois, disait-elle, la deuxième fois; tous les Italiens sont pareils, ils ne pensent qu'à ça... Mais le premier était jeune au moins!»

Hortensia sourit, amusée, pendant qu'Andrea reprend son souffle.

— Oui, maintenant ça paraît drôle, mais j'ai passé un moment terrible... A la fin, mon beau-père a reculé dans le couloir et j'ai réussi à calmer la jeune fille, en lui parlant allemand. Elle a enfilé l'autre botte et s'en est allée avec le paiement de la journée entière en disant que, par égard pour moi, elle ne le dénoncerait pas... Je suis sortie avec elle sur le palier et j'ai essayé de la détromper en lui expliquant le problème de mon beau-père, mais en vain. En attendant l'autre ascenseur, elle m'a dit : «C'est mes seins, Madame, je le sais bien; ils les aiment gros chez les jeunes filles; ça les met dans cet état-là, ils ne peuvent pas s'en empêcher...» Tu te rends compte, Hortensia! Finalement, dans le fond, elle en était fière, je crois... Quelles drôles d'idées, n'est-ce pas? Je ne comprends pas... Ensuite, quand je suis rentrée et que j'ai voulu convaincre le grand-père, il m'a répliqué, l'air méprisant : « Tu ne comprends rien, Andrea, tu ne te rends pas compte de ce qui se passe dans ce pays», et il est parti dans sa chambre.

Andrea soupire. Hortensia compatit sincèrement. « Comment ces deux-là pourraient-ils bien s'entendre ? »

— Et le petit ?, demande-t-elle.

– Tu me croiras si je te dis que malgré tout ce tapage et tous ces cris, il a continué à dormir tranquillement, dit Andrea en souriant.

— C'est un trésor, s'extasie Hortensia, en regardant Brunettino qui, juché sur une chaise, essaie d'atteindre l'espagnolette de la fenêtre.

— La fenêtre, non !, interdit Andrea en se levant pour l'éloigner du danger.

— Non ! Non !, imite le petit à grands cris, suivis d'une grêle de syllabes sans signification.

— C'est un trésor, oui, répète Andrea, mais il nous tient tous à sa merci.

Hortensia affirme que c'est l'âge, Andrea l'approuve et lui propose un café; elles s'en vont toutes les deux à la cuisine avec l'enfant pour y prendre le café fraîchement passé, comparent les mérites respectifs de leurs cafetières. Hortensia lui recommande dans le quartier une boutique meilleur marché et Andrea l'en remercie même si, bien entendu, elle ne pense pas y aller. Brunettino se pince légèrement un doigt avec la porte du placard où il était en train de faire des sottises et pousse des cris déchirants. Elles le portent dans la salle de bains pour rafraîchir la meurtrissure sous l'eau, le cajolent, lui font la fête.

Les deux femmes, pourtant si différentes, se comprennent maintenant. Et toutes deux pensent à la même chose. Andrea, à ce vieux capable de représenter une menace sexuelle pour une jeune fille et, aussi, de susciter une telle tendresse chez cette femme qui caresse la vieille couverture; Hortensia, à cet homme dont le corps a donné forme à la couverture et qui en a fait la compagne de toute sa vie.

Pensant à Bruno en sortant de l'ascenseur, elle lui donne raison et se lamente :

— Seigneur !, pourquoi est-ce que je n'ai pas été la seule depuis le début ? Pourquoi est-ce que je n'ai pas partagé avec lui les jours de Rimini ? Pourquoi est-ce que je ne l'ai pas connu avant, avant tout, au commencement de nos deux vies?

Mais une fois dans la rue, un peu plus loin, elle passe par les jardins où ils se sont rencontrés et se rappelle l'incident.

« Sans ça, on serait passés à côté l'un de l'autre », se dit-elle en souriant, et elle remercie avec ferveur saint François qu'il y ait des autos qui aspergent dédaigneusement les piétons avec des voitures d'enfant.

54

L'homme auquel elles pensent toutes les deux assiste au même moment à une discussion scientifique entre le professeur Buoncontoni en personne et un invité de Munich, le professeur Bumberger. Ce dernier soutient que la clé du comportement humain est donnée par la psychologie, la science de l'âme, siège des impulsions, du raisonnement, de la mémoire, de la personnalité. Buoncontoni a commencé à exprimer son désaccord avec courtoisie, mais la ténacité de l'Allemand l'a peu à peu exaspéré. A la fin, tous les deux sont échauffés, et Buonconi en arrive à dire :

— Ecoutez, docteur, cette discussion n'a aucun sens car la psychologie n'existe pas. C'est comme la théologie, cette contradiction dans les termes, parce qu'il est absurde de rationaliser Dieu. Le seul fait d'y prétendre est une preuve de l'orgueil clérical.

— La psychologie n'existe pas?, brame l'Allemand. Comment osez-vous? Alors, de quoi suis-je professeur?

— Enfin, elle existe comme construction intellectuelle, mais elle ne correspond à rien, sinon à une autre chimère : l'âme. Autrement dit, insiste-t-il — profitant de ce qu'une quinte de toux empêche le teuton de répliquer —, dans le comportement humain, ce qui n'est pas organique relève du social. C'est-à-dire que ce que n'expliquent ni la génétique, ni la physiologie, c'est la sociologie qui l'explique. Oui, Monsieur, poursuit-il maintenant lancé, notre comportement, ce sont les gènes, l'adrénaline, etc., combinés avec l'éducation et les conditionnements sociaux. Il n'y a rien d'autre, pour nombreux que soient les livres écrits par les psychologues.

— Mais l'âme, cher monsieur, l'âme, *die Seele*...! — la fureur l'empêche de poursuivre son argumentation. Vous êtes un ignorant, un méprisable ignorant!

S'ensuit une grêle de mots en allemand car le Bavarois ne domine pas les injures en italien. Les veines de son cou enflent, ses doigts s'agrippent à la table et toute sa corpulence de buveur de bière frémit de colère. En face, Buoncontoni, ses cheveux blancs désordonnés en auréole, allonge le cou et étire sa petite stature comme un coq de combat.

Le vieux jubile en voyant souffrir l'Allemand. «Maintenant ils se tuent», se dit-il en se pourléchant de plaisir. Mais tout à coup, le Munichois frappe du poing sur la table, lâche un chapelet de sons germaniques et sort furieux en claquant la porte.

— Qu'est-ce qu'il a dit?, demande le vieux à voix basse.

— Université italienne de merde, lui traduit en souriant un assistant de Buoncontoni. Et il ajoute admiratif : en un seul mot!

«Et personne ne sort pour lui casser la figure?», s'étonne le vieux plein de mépris. «Bah!, ces Milanais, il n'y a rien à en tirer.»

Le fait est que l'origine de la dispute a été l'enregistrement du vieux. Il leur a d'abord parlé d'enfants abandonnés par leurs parents dans les champs et élevés par des chèvres qui avaient plus de cœur; ils ont rapproché son histoire d'autres cas anciens, comme celui d'une chèvre fameuse, qu'ils ont appelée *Amadea*, selon ce qu'a cru comprendre le vieux. Ensuite, il leur a raconté les fêtes et les pèlerinages à Roccasera, les bagarres pour porter le brancard de Santa Chiara et ils ont été très intéressés par le nom de *scerraviglicu* donné au couteau. De là on est passé à une discussion sur l'agressivité humaine ou animale et les deux professeurs se sont querellés au sujet de la clé du comportement.

Mais ça n'a pas d'importance! Evidemment, à Milan, ils sont comme des enfants, incapables de se battre comme des hommes. Le vieux le déplore pour le professeur Buoncontoni qui lui était devenu sympathique. D'ailleurs, c'est sûr qu'il a raison. L'autre ment, indiscutablement, étant donné qu'il est allemand; de plus, la négation de l'âme emporte la conviction du vieux parce que comme ça les curés n'ont plus rien à faire... Mais c'est une chose d'avoir raison, c'en est une autre, bien différente, d'avaler l'insulte d'un Allemand. Il est indigné. Si le docteur Rossi, qui n'a pas pu venir, avait été là, il serait lui-même sorti derrière l'offenseur pour venger l'honneur italien devant une femme. Mais il doit au moins le leur jeter à la face.

— Il n'y a donc personne ici qui ait du sang dans les veines?, s'exclame-t-il en regardant à la ronde. Un seul Allemand suffit à effrayer tant de professeurs?... J'aurais aimé vous voir au front! Mais bien sûr, aucun n'y serait allé. Tous planqués à l'arrière, avec vos livres et vos papiers.

— J'ai combattu, réplique tranquillement Buoncontoni.

— Vous?, s'enquiert-il en se souvenant à ce moment-là du professeur qu'ils avaient au maquis, là-bas, dans la Sila.

Buoncontoni desserre son nœud papillon, ouvre sa chemise et montre une longue cicatrice qui va du cou jusqu'au sein.

— Partisan. Au Val d'Aoste. Corps à corps.

— Pardon, camarade. Ça, c'est autre chose.

Ils lui expliquent que l'Allemand humilié a subi une défaite bien assez cuisante; et c'est comme ça que se termine paisiblement la dernière séance de l'année. Tous prennent congé du vieux chaleureusement: «A l'année prochaine, Calabrais!», répètent-ils, parce que c'est le Calabrais du département. Le vieux serre les mains, orgueilleux.

Buoncontoni le fait passer dans son bureau avec Valerio et lui montre quelques photos des partisans du Val d'Aoste.

«Ils étaient comme nous, pense le vieux, avec seulement un peu plus de vêtements sur le dos et de meilleures armes. Ces gars du nord, toujours avantagés!» Mais la vision de ces scènes lui monte à la tête. Ses yeux prennent une expression étrange.

— Et comment ça se fait que tu sois là? Comment la Gestapo ne t'a pas pris?

— Je joue double jeu, répond mystérieusement Buoncontoni, mis au courant par Valerio des défaillances mentales du vieux. Il faut tromper l'ennemi, camarade.

La phrase affecte le vieux et le décide à faire une confession mûrie depuis longtemps pour apaiser sa conscience.

— C'est vrai, il faut tromper l'ennemi, mais l'ami, non... Je dois te dire... Je ne me suis pas bien conduit, camarade, pardon. Des fois, j'ai exagéré dans mes histoires... Enfin, un petit peu. C'était pas pour vous tromper, non ; c'était comme des blagues. Comme quand on boit un coup de trop... Je veux que vous le sachiez : ne prenez pas au sérieux tout ce que j'ai dit.

Buoncontoni le regarde plein d'estime.

— Bravo pour ta loyauté ! Mais alors, pourquoi est-ce que tu inventais ? Pas pour la poignée de lires ?

— Pour l'argent, moi ? J'ai plus de terres et de bétail que toi !

— Evidemment, moi je n'ai rien... Alors ?

— Ça me faisait tellement plaisir de parler de la montagne, du pays. A Milan, personne ne s'y intéresse... Et je me sentais tellement bien avec vous !... Merci pour ces bons moments. Si vous voulez, je vous rends l'argent.

— Mais tu l'as bien mérité ! Vraiment... Ecoute, moi aussi, je dois t'avouer que j'avais remarqué quelques-unes de tes exagérations et que je soupçonnais des erreurs... Mais même tes inventions sont des documents anthropologiques et ils nous intéressent pour étudier la façon de penser de quelqu'un de ton temps et de chez toi.

Le vieux, d'abord surpris, ne tarde pas à se mettre en colère et se lève, agressif :

— Il avait raison l'Allemand : université de merde !... Alors vous me laissiez parler pour vous moquer de moi ? Tu as fait ça à un camarade ?... Maintenant je comprends ton double jeu : tu joues contre moi, tu es avec les fascistes.

Buoncontoni se lève à son tour.

— Calme-toi, camarade ; je te jure que tu te trompes. On t'écoutait et on t'écoutera sur tes enregistrements afin d'apprendre. Pour les récits déjà connus, ce sont tes variantes personnelles qui nous intéressent. Par exemple, quand tu parlais d'un trésor dans une rivière, on faisait le rapprochement avec l'enterrement d'Alaric et de ses coffres sous le lit de la rivière Busento, et tu sais qui est le *Carrumangu* de ton avant-dernier enregistrement? L'empereur Charlemagne en personne... Quant à tes inventions libres, elles reflètent ta culture, rien moins. Oui, camarade, quand un homme de ta condition parle, quoi qu'il dise, ce sont les racines d'un peuple qui parlent.

Le vieux sent que ces mots expriment quelque chose de grand, mais il continue à se méfier de Milan et de ses gens.

— Vous parlez joliment, vous qui écrivez des papiers, bla, bla, bla, comme les politiciens... Mais de moi, personne ne se moque.

— Tu veux la preuve de l'estime que nous avons pour tes documents? Je vais te la donner. Ferlini, où est-ce qu'on a archivé les bandes Roncone?

— A côté de celles de Turiddu, celui de Calcinetto.

Le vieux est impressionné. Turiddu! Le plus grand improvisateur populaire de toute la Calabre! L'homme dont les vers et les chansons se répètent de village en village!

— C'est vrai?, dit-il, maintenant convaincu, avec un sourire d'orgueil.

Buoncontoni acquiesce.

— On l'a fait venir ici l'an dernier, pour enregistrer... Et d'ailleurs, camarade, qui sait distinguer sans erreur entre ce qui est vrai et ce qui ne l'est pas?

— Halte, là je ne marche plus. Moi je fais la différence; je la remarque. Je vois un chariot qu'on veut me vendre ou les yeux d'un type et je sens si on se fiche de moi ou non. La vérité, ça se touche. Moi, je la touche.

Buoncontoni le regarde avec un scepticisme curieux.

— Tu crois?, lui demande-t-il ironiquement. Cite-moi quelque chose qui soit vrai, sans l'ombre d'un doute, quelque chose d'indiscutable.

La réponse jaillit, explosive :

— Un enfant.

Et elle affirme à nouveau, certaine :

— Oui, un enfant.

Buoncontoni réfléchit et finit par se rendre, mélancolique.

— Tu as raison... Comme je n'ai pas eu d'enfant... Ecoute, je me réjouis que tu l'aies dit car alors le souvenir que nous t'avions préparé va te faire encore plus plaisir.

Il fait un signe et Valerio lui remet une enveloppe contenant une de ces bandes de l'appareil sur lesquelles ils enregistrent.

— Ce sont tes paroles du premier jour, ami Roncone, dit le professeur en lui offrant l'enveloppe. Pour ton petit-fils.

«Pour Brunettino!, s'attendrit le vieux. Quels amis merveilleux!...»

Comme ça, ses propres mots, dits par sa voix de cinquante ans seulement, continueront à résonner lorsque l'enfant sera un homme, bien après que lui aura cessé pour toujours de parler... Est-ce qu'il comprendra les phrases en dialecte? Parce que certaines fois, il a dû leur expliquer à ces gens... Ah, mais Brunettino va commencer à parler cet été à Roccasera et il le fera en dialecte avant de le faire dans cet italien!... Le dialecte, la langue des hommes.

Le professeur et l'étudiant respectent le silence ému du vieux qui contemple cet étui de plastique sur le couvercle duquel on lit : «Roncone, Salvatore (Roccasera).» Il le remet dans l'enveloppe sur laquelle est écrit : «Pour Brunettino, de la part des amis de son grand-père du séminaire du professeur Buoncontoni.»

Braves gens! Sans un mot, le vieux embrasse l'ex-élagueur municipal puis, avec effusion, le partisan du Val d'Aoste... Il les invite ensuite du fond du cœur à venir cet été à Roccasera. S'ensuivent blagues et paroles cordiales sur le chemin de la sortie. Buoncontoni lui donne sa carte de visite, lui offrant ses services en tout et le raccompagne jusqu'à la grande entrée et au perron sur la rue. Il rend les honneurs au digne compagnon de Turiddu, le grand chantre de la Calabre, se dit le vieux tout fier.

Valerio lui ouvre la porte de la petite voiture et le vieux s'installe sur le siège, caressant dans sa poche cet étui métallique qui fera résonner dans un lointain futur les paroles dédiées pour toujours à Brunettino.

A l'enfant : cette vérité.

55

Des pas légers et un petit mugissement d'agneau réveillent le vieux qui se croit dans les pâturages. Mais ses yeux s'ouvrent dans la pénombre sur un petit ange blanc qui lui tend les bras à la porte, en face du lit. Le vieux se redresse, saute en bas et court vers lui. Il le soulève, le berce dans ses bras et une ineffable douceur lui inonde la poitrine lorsque la petite tête s'incline sur son épaule. L'ange ferme progressivement ses petits yeux à mesure que le vieux, d'abord debout, puis assis sur le lit, médite pour sa douce charge.

«C'est vrai, camarade, tu m'a surpris endormi. Mais ne crois pas que j'ai relâché la garde... C'est que l'ennemi bat en retraite, tu sais. On est en train de gagner la guerre, oui, on est en train de la gagner, il y en a déjà qui se rendent! Tu ne me crois pas? Tu ne t'en rends pas compte toi-même? Voyons, comment est-ce que tu es arrivé jusqu'ici? Est-ce que tu as dû crier, tambouriner sur la porte comme les autres fois? Non, parce qu'elle était ouverte... Tu me comprends? C'est ça, petit camarade, maintenant, ils ne t'enferment plus! Et ils ne t'enfermeront plus jamais! Ton grand-père a triomphé, le maquis du Bruno! On est en train de gagner!»

Il couche un instant le petit puis le reprend après avoir jeté sa couverture sur ses épaules pour qu'elle les enveloppe tous les deux.

«Tu me demandes ce qui s'est passé? Eh bien, Andrea s'est rendue. Oui, comme tu l'entends, pas plus tard qu'hier. Elle s'est présentée pour parlementer, avec un mouchoir blanc, c'est la coutume... Elle a parlé, parlé, parlé, tu la connais. Mais elle s'est montrée plutôt affectueuse. En résumé de son bla-bla-bla : la porte est à nous. On a conquis pour toujours ce passage dans la montagne. Le *Carrumangu*, que mon ami le professeur appelle autrement. Voilà ce qu'elle m'a dit : "Ce n'est pas la peine que vous vous leviez la nuit. Dormez tranquillement, nous ne fermerons pas. Que l'enfant fasse ce qu'il veut". Voilà ce qu'elle a dit et, bien sûr, tu es venu me rejoindre moi, qui d'autre mieux! Rejoindre ton maquis, regroupé autour de cette position. Tu te rends compte comme on gagne du terrain, on n'est plus seulement en train de résister. Tu as rejoint ton grand-père... Ah, mon tout petit, mon ange à moi! Quand est-ce que tu vas m'appeler *nonno*, le meilleur signe de reconnaissance? C'est si facile! Il suffit que cette petite langue de rose dise deux fois ce "non!" que tu cries sans arrêt. Tu m'entends? Comme ça : *Nonno*... C'est si facile et tu me rendrais si heureux!

«C'est sûr, on est en train de gagner... Oui, je sais, ne me dis rien. Cette reddition peut être un piège. Ça m'est déjà arrivé, mais en attendant, nous avançons. C'est pour ça qu'on est là, plus bas dans la montagne. Regarde par la fenêtre, on ne voit plus le ciel qu'en sortant la tête. Ce qu'il y a en face, c'est plus des rochers mais des maisons. Oui, avec des gens qui dorment tranquillement parce qu'ils savent que la guerre se termine. D'ici peu, on va les libérer, je t'ai déjà dit que cet été, on sera là-bas. Le beau temps aussi avance avec nous. En plus, avec ta porte libérée, maintenant oui, je vais me laisser opérer à l'hôpital. Ils vont chasser la *Rusca*, ça me fait de la peine, mais il n'y a pas d'autre solution. Je vais être fort pour l'assaut final, la prise de Roccasera. Il s'en faut de peu, ils battent en retraite sur tous les fronts, parole de partisan. Là-bas, tu joueras avec les agneaux et tu monteras à cheval avec moi. Le soleil et la lune seront à toi, et la montagne, surtout la montagne, avec ses prés et ses châtaigneraies... On traversera la place comme il faut, par notre chemin à nous. Les gens diront : "Qui c'est ce petit si mignon?" Tout le monde : les femmes dans la boutique, les muletiers, les hommes qui attendent devant chez Aldu le barbier, ceux du bureau de tabac, les buveurs à la porte de Beppo, et même ceux d'en face, ceux du Casino parce que les Cantanotte ne sont plus rien. Ils diront tous : "Voilà *zío* Roncone avec son petit-fils Brunettino... Ben, il marche bien le garçon, il lève la tête, si petit et regarde-le bien : il ressemble au grand-père..." Ils te feront tous la fête. Les uns parce qu'ils m'aiment, les autres parce qu'ils me craignent, oui. Tu connaîtras Ambrosio, mon plus que frère. Il t'emmènera partout quand moi je ne pourrai plus... Il faudra que tu les salues, chacun selon son rang. C'est pas difficile, je t'apprendrai. Question de flair, tu sais, et toi tu en as beaucoup, petit. Du flair pour traiter les hommes, tu apprendras à mes côtés.

«Et les femmes, traiter les femmes. Ça, ça viendra après, c'est plus difficile. Je me croyais un maître et je pensais qu'en leur donnant du plaisir, elles étaient déjà bien servies. Ça, ça ne coûte rien, au contraire, mais il paraît que non... Elles m'auraient donné beaucoup plus si j'avais su! La vraie Dunka, tu ne pourras pas la connaître. Ces grands yeux de miel avec des petites étincelles vertes que parfois on voyait, parfois non, selon comment elle était... Enfin, moi non plus je ne l'ai pas connue, c'est ce que je pense maintenant. Mais pour finir j'ai appris, avec Hortensia. C'est celle qui sait, celle qui vaut la peine, plus qu'aucune autre jamais. Ses yeux clairs, entre bleu et violet, ne changent jamais. Quelle sécurité! Comme celle que te donnent, à toi, mes bras. Quel refuge! Des yeux qui, au début, ne t'impressionnent pas, mais qui continuent à te regarder et qui te pénètrent peu à peu, te pénètrent, qui t'extirpent tout. Tu parles, tu te confesses, tu te rends. Et à qui d'autre mieux? Avec les femmes, c'est une autre guerre, mon enfant, mais une guerre à l'envers : ça fait plaisir d'être prisonnier... Tu es encore tout petit, mais tu sauras ce que c'est que des yeux comme ça : un coup de poignard qui pénètre lentement, pour mieux en jouir, jusqu'à ton cœur... Maintenant je comprends la vie, maintenant que pour toi j'ai des seins qui poussent. Toi aussi tu comprendras, mais plus tôt. Ce que je ne sais pas encore, elle te l'apprendra, elle. Elle est si sûre et si tendre!... Si forte qu'elle m'a porté dans ses bras... Chaque fois que j'y pense, je me dis : si seulement j'avais été conscient ce jour-là! Mais alors je me serais relevé pour la prendre, moi... C'est mieux comme ça, savoir que ça s'est passé, avoir été en elle comme jamais. Cette femme, ce n'est pas une garrigue en flammes mais une source pour l'éternité. Il n'y a pas de soif qu'elle n'apaise. Et elle sera ton professeur parce qu'elle va venir avec nous! Je l'emmène à Roccasera; elle sera ta grand-mère!... Oui, petit, elle va nous accompagner. A Roccasera, qui est à toi maintenant parce qu'on va le conquérir. Là-bas, tu te moqueras du monde entier...

Dors tranquille parce qu'on a triomphé. Même la *Rusca* s'est rendue; elle ne mord presque plus. A partir de cette position, il ne manque plus grand-chose. Dors contre la poitrine de ton grand-père; c'est du roc comme la montagne. Dors et prépare-toi pour le dernier assaut... On attaquera quand je reviendrai de l'hôpital, libéré de la *Rusca*. Et cet été, à Roccasera! Le matin, courir; au crépuscule, s'asseoir sur la *solana*. A cette heure-là, les étoiles apparaissent l'une après l'autre et on entend au loin chanter quelqu'un qui revient des champs. L'air sent les foins fraîchement coupés et qu'il est doux, doux, doux de respirer, d'être vivant...!»

56

«Qu'est-ce que c'est que cette place?...» Le vieux regarde autour de lui déconcerté.

«Où est-ce que je suis? Comment est-ce que je suis arrivé là?... Je viens de sortir d'un autobus, oui, mais lequel? Je n'ai pas fait attention au numéro; j'étais distrait... Qu'est-ce qui m'a inquiété en cours de route, pour que je descende tout d'un coup? Il y avait quelque chose, mon flair ne me trompe pas; on devait me suivre... Plus maintenant, je m'en apercevrais...

«Sérénité avant tout... D'abord, qu'est-ce que c'est que cette ville? Ils vous envoient dans des endroits si différents! Demander, impossible; ça éveillerait les soupçons. Evidemment je suis venu avec une mission... A moins que je sois de passage, en cavale comme d'autres fois?... Du calme, du calme, je vais finir par tirer tout ça au clair, j'ai vu pire... Malédiction, encore un méchant tour du coup reçu à la tête en me jetant dans le ravin d'Oldera pour échapper à l'encerclement, ça fait maintenant... Combien?... Trois mois environ, mais je m'en ressens toujours.

«Enfin, je me suis tiré d'autres mauvais pas... Là justement, à Oldera où j'ai été le seul à en réchapper... Voyons voir si dans ce kiosque, quelque chose peut me mettre sur la voie... Comme c'est bizarre; aucun journal qui parle de la guerre! La censure, bien sûr; vu qu'ils sont en train de perdre! Avant ils étaient toujours à étaler à la une leurs attaques, les bombardements et les prisonniers. Maintenant, ils se taisent, mais c'est pas ça qui va les sauver... Ah! qu'est-ce qu'il a dit celui-là en passant avec sa copine?... "Je ne bougerai pas de Rome", c'est ça qu'il a dit, "j'y suis bien"... Alors, on est à Rome, qu'est-ce que je suis bien venu faire à Rome?... Ça va me revenir; voyons voir si le nom de cette place m'aide à m'orienter...»

Un agent s'approche de ce vieux qui a l'air égaré :

— Vous cherchez quelque chose? Je peux vous aider?

«Attention! Mais le plus naturel, c'est de demander.»

— Oui, merci, monsieur l'agent. Comment s'appelle cette place?

— Piazza Lodovica.

Devant ces yeux légèrement déconcertés, l'agent ajoute :

— Où allez-vous?

«Tu me prends pour un imbécile? Le premier principe, c'est de ne jamais donner d'informations.»

— Je peux vous aider?, insiste l'agent dont l'amabilité augmente la méfiance du vieux.

— Ne vous dérangez pas, merci. Je connais très bien Rome.

«Rome?», s'étonne l'agent et il observe plus attentivement le vieux... Il n'a pas l'air d'un délinquant, même s'il dégage une certaine agressivité, mais s'il croit être à Rome, il a la tête un peu dérangée... Et s'il s'était échappé d'un hôpital? Les établissements hospitaliers sont tout près, derrière le Corso Porta Romana.

— Qu'est-ce qui vous arrive, mon brave? Où habitez-vous?

— Et pourquoi je vous le dirais?, répond-il avec aigreur.

Le malheur, c'est que quelques passants désœuvrés tendent l'oreille et que l'agent se sent sur la défensive. C'est un jeune et il ne tolère pas l'insolence; il doit se faire respecter. Il réplique énergiquement :

— Parce que je suis un représentant de l'autorité.

«Voilà maintenant que ce jeune blanc-bec qui devrait être au front va monter sur ses ergots?», pense le vieux. Et il réplique sarcastique :

— L'autorité? De quel gouvernement?

L'agent, décontenancé, s'énerve et devient plus inquisiteur. Le cercle des curieux augmente et l'agent finit par emmener le vieux jusqu'à un téléphone d'où il consulte ses supérieurs, sans que le vieux ose se mettre à courir parce que la fuite le trahirait et qu'en plus, le sang perdu lors de sa dernière blessure lui a enlevé des forces.

«Je vais faire l'idiot», décide-t-il tandis que l'agent le retient en attendant une voiture de patrouille. «C'est facile, ces Romains croient qu'on est tous des demeurés, nous les paysans... Romains, oui, même si cet agent répète qu'on est à Milan pour m'induire en erreur, mais qu'il dise ce qu'il veut... Ils ne tireront rien de moi, et encore moins maintenant.», conclut-il satisfait, car il a détruit les preuves, profitant du fait que l'agent était au téléphone pour jeter discrètement sa carte d'identité dans un égout.

C'est pourquoi on ne trouve pas le document lorsque, peu après, au commissariat, devant son refus de donner son nom, on fouille son portefeuille. Malheureusement, le vieux n'a pas la patience de continuer à jouer les idiots car ce sergent prétentieux qui l'interroge finit par l'exaspérer.

— Ne me raconte pas d'histoires, traître de fasciste..., lui lâche-t-il à la fin. Traître, oui, même si tu portes l'uniforme italien... Allons, va informer ton maître, le boche caché là à l'intérieur. Qu'il sorte! Même à la Gestapo, vous ne me ferez rien avouer!

A l'évidence, c'est un dérangé, se dit le sergent. A moins qu'il fasse semblant, pour cacher quelque chose de plus grave? Il donne l'ordre d'enfermer le vieux dans une salle d'attente et discute avec un secrétaire car le commissaire est sorti pour une affaire urgente. Que faire? Commencer les appels de routine à l'asile d'aliénés, aux cliniques et aux hôpitaux?

— Attendez, sergent! Est-ce qu'on ne pourrait pas tirer quelque chose de ce professeur Buoncontoni?, suggère le secrétaire qui a trouvé la carte dans le portefeuille. Ça dit «Ethnologue» C'est peut-être le spécialiste qui s'occupe de lui.

Heureusement, le professeur est chez lui. D'après la description de la personne, il identifie rapidement le vieux. Non, ce n'est pas un délinquant, ni un simulateur; il souffre vraiment de troubles de la mémoire. Il ne peut pas leur donner l'adresse, mais Valerio Ferlini, le fils de l'avocat, la connaît et il leur communique son numéro de téléphone. S'ils ne trouvent pas la famille, le professeur se déclare lui-même prêt à aller chercher le vieux au commissariat et à en prendre la responsabilité.

Grâce à Valerio, le sergent parvient enfin à joindre Renato à l'usine et lui demande de venir au plus vite. Pendant ce temps, on apporte au vieux un café et quelques biscuits : le nom de Doménico Ferlini, l'as des tribunaux, a beaucoup de poids dans les commissariats et le fils de l'avocat a défendu fermement le détenu.

« Ça, c'est pour me ramollir », cogite le vieux en fixant le plateau sur la table et en se demandant si le café ne contient pas une drogue. Finalement, il se décide à boire. « Ils ne vont pas chercher si loin. C'est le truc de toujours : d'abord les amabilités, ensuite viendront les gifles... La seule chose qui m'embête, c'est de passer la nuit enfermé. Il me semble que ma mission doit avoir lieu la nuit... Oui, j'en suis sûr, une nuit, mais laquelle ?... S'ils me gardent, je ne pourrai pas agir. Si seulement je pouvais me rappeler !... Ce qui est sûr, c'est qu'on m'a trahi, oui, car je n'ai rien fait pour éveiller les soupçons. Ça doit être le médecin, parce que je n'ai pas voulu qu'on m'évacue... Non, j'y suis maintenant, c'est l'espionne qui m'a trahi ! Oui, c'est ça, l'espionne allemande, la fille aux gros nichons ! Celle qui s'est présentée sous le prétexte de..., qu'est-ce que c'était ?... Oui, de s'occuper de... Brunettino ! »

Le nom magique dissipe les troubles de sa mémoire et restaure l'ordre. C'est ça, sa mission nocturne : le protéger ! Alors, il doit sortir et vite, car il voit par la fenêtre l'après-midi printanière commencer à décliner.

Le vieux se lève, enfonce son chapeau, frappe à la porte et, comme on ne lui ouvre pas, vocifère :

— Ouvrez, s'il vous plaît, je sais maintenant, je me souviens, je dirai tout ! Ouvrez, je m'appelle Roncone Salvatore, je vis chez mon fils, viale Piave, et le professeur Buoncontoni me connaît !... Oui, et le sénateur Zambrini aussi, Zambrini ! Ouvrez, s'il vous plaît, je suis... !

La porte s'ouvre sur Renato qui embrasse son père. Un agent reste sur le pas de la porte.

— Ça va, Père?

— Bien sûr que ça va!... Tu ne t'es pas inquiété? Je n'ai rien, grogne-t-il avec une fermeté attendrie. Il ne m'arrive pas si facilement quelque chose! C'est que ces gens voient des suspects partout et que ça leur plaît d'imposer leur autorité. Mais ils auraient dû finir par me relâcher.

L'agent se retire discrètement. Renato ne répond pas et sort avec son père, lui remettant son portefeuille qu'on vient de lui rendre. En passant, il s'excuse à nouveau auprès du sergent qui, avant de le conduire jusqu'au vieux, lui a reproché sa négligence envers un malade mental qu'on laisse sortir sans même une pièce d'identité. Heureusement, le nom de Ferlini, bien que mêlé seulement de façon indirecte à l'affaire, a aidé au dénouement.

Ils sortent tous les deux dans la rue. L'agent qui a ouvert la porte dit au sergent :

— Vous avez entendu? Il paraît qu'en plus, c'est un ami du sénateur Zambrini... Pourtant, il n'avait pas l'air d'un homme important.

— Ne te fie pas aux apparences, tranche son supérieur. Il est fou à lier et il aurait aussi bien pu te dire qu'il était le fils du Saint Père... Ne crois pas si facilement ceux qui passent par ici.

Pendant le trajet jusqu'à la maison, Renato ne parle que de choses insignifiantes de peur d'accabler encore plus son père. Sur ce point, il se trompe complètement; le vieux n'est nullement contrit, bien au contraire. Il vit son triomphe dans l'exaltation car il est de nouveau sorti d'un commissariat comme il l'a toujours fait, sans se laisser dompter. Ils ne lui ont pas arraché un seul mot et, ce qui est plus important, l'enfant continue d'être en sécurité parce que cette nuit, il va retourner auprès de lui pour le protéger de tout danger à partir de leur nouvelle position avancée.

57

La pierre dressée est mystère et clameur silencieuse. Deux formes humaines en train de naître, en train de mourir. Non achevées par le ciseau, c'est pour cela qu'elles continuent à se créer. Le corps nu de l'homme défaille, la femme dans sa cape le soutient. Avec des bras amoureux, avec un visage désespéré... Comme Hortensia la comprend, postée en face de cette sculpture par son homme!

— Les voilà, regarde mes guerriers!, s'exclame le vieux. Hein que ce n'est pas une *Pietà*?... Mais sacrées statues! Quel type, ce Michel-Ange!

C'est vrai, pour Hortensia, une *Pietà* a toujours eu une image différente : amour blessé, tendresse douloureuse. Cependant, à son grand étonnement, elle voit incarnée dans cette sculpture sa propre attitude envers le vieux. Aucune autre représentation ne pourrait lui faire autant de peine, car c'est comme ça qu'ils marchent ensemble le long de la vie qui leur reste, et c'est comme ça qu'elle s'est vue dans la glace de son armoire ce jour où elle le soutenait. Il lui déchire le cœur en même temps qu'il la réconforte, ce pathétisme amoureux de la statue que le vieux interprète comme l'héroïsme guerrier et qu'il veut montrer sous cet angle à son Hortensia en ce Jeudi Saint. Son Hortensia, parce qu'elle est à lui maintenant, il l'a convaincue et ils vont se marier dès que les papiers seront en règle.

— Tu en restes bouche bée, hein?

— Je ne m'attendais pas à ça... En plus, je croyais que tu m'emmenais voir ces Etrusques que tu aimes tant.

— Ici, à Milan, il n'y en a pas!... Mais ça, ça vaut la peine. Ça... Tu vois un peu quelle force il avait, ce Michel-Ange!

Il ne sait rien dire d'autre, mais il serre les poings, fronce les sourcils et concentre son regard.

— Les Etrusques sont comme ça?

— Tout le contraire! Ceux-là, ils combattent et les Etrusques, ils vivaient. Mais avec la même hardiesse que ceux-là!

A la sortie du musée, il fait bon lever son regard. Un ciel bleu dégagé emplit les yeux, une brise tiède caresse le visage. Le soleil étend des ombres dansantes sous les arbres, compactes au pied des façades. Dans l'autobus, enveloppé de l'odeur d'Hortensia et sentant la douce main sur son poing osseux, le vieux raconte joyeusement sa dernière ruse.

— Ça y est, Brunettino est sauvé! Pour toujours!... Je te l'ai déjà dit, n'est-ce pas, qu'Andrea s'est rendue; elle a promis de ne plus l'enfermer... Alors, pour parer à tout, j'ai achevé la besogne. Je n'ai jamais fait confiance aux sauveurs, comme ce Mussolini avec ses histoires! Non, c'est seulement par soi-même qu'on se sauve. C'est pour ça que j'ai appris à Brunettino à ouvrir la porte en appuyant une chaise contre le mur, parce qu'il n'arrive pas à la poignée. Il grimpe dessus et alors il l'atteint, mon petit ange. Il a réussi du premier coup, il est malin!... Maintenant, ça m'est égal d'aller à l'hôpital; le petit commence à se défendre tout seul. En plus, tu seras là, toi.

Plus tard, dans la chapelle de Saint-Christophe, comme elle s'apprête à prier, Hortensia contemple le tableau, dans lequel elle voit la photo de l'homme avec Brunettino tenu en l'air dans sa main; cette image bouleversante intronisée par ses soins dans l'endroit le plus sacré de son armoire parce qu'elle n'a pas voulu l'exposer à la vue de quiconque. Pendant ce temps, le vieux pense qu'à deux, on arrive plus facilement sur l'autre rive : «Hortensia et moi passant ensemble la rivière, l'un à côté de l'autre, avec Brunettino assis sur nos bras entrelacés et nous entourant le cou de ses petits bras.» Et il s'attendrit en répétant : «Comme ça, oui, comme ça, l'un à côté de l'autre.»

Hortensia se tourne vers l'homme :

— Tu te souviens de la première fois qu'on est venu ici?

— Oui, après avoir vu ton saint François. Comment ne pas m'en souvenir? C'est pour ça qu'on va se marier ici. Mais le curé sera un antifasciste de toujours, comme ce don Giuseppe qui m'a caché dans la coupole, le pauvre, et qui a fait ce sermon.

(Parce qu'il s'appelait don Giuseppe, le nom oublié lui revient à l'instant.)

C'est décidé; même si Hortensia a commencé par s'y refuser. Les papiers du vieux, confiés aux soins d'Ambrosio, ne vont même pas tarder à arriver. L'homme s'enthousiasme à l'idée du déplaisir de son gendre en voyant lui tomber dessus une patronne inattendue et il se réjouit à l'avance de son arrivée au village avec cette femme splendide... Mais l'essentiel, c'est elle, Hortensia, qui lui donne la vie à lui et qui la donnera à Brunettino car, même s'il se défend déjà tout seul, il a besoin d'une femme. Ses parents s'en occuperont, bien sûr, mais comment Andrea lui apprendrait-elle ce qu'elle ne soupçonne même pas? Qu'il n'arrive pas au petit ce qui lui est arrivé à lui! Qu'il ne perde rien, qu'il sache dès le début deviner les femmes!

— Comme ça, tu seras sa grand-mère et tu continueras à lui apprendre ensuite, poursuit-il. Le petit a besoin de toi.

— Et toi, tu n'as pas besoin de moi?, réplique-t-elle en feignant la colère.

— Comme si tu ne le savais pas!, lui répond-il ravi.

— Bien sûr que je le sais, idiot, mais j'ai envie que tu me le dises.

— Eh bien, c'est dit.

Hortensia revient à sa prière, après avoir savouré les paroles du vieux: «On va se marier ici.» Oui, c'est dit. Elle, n'a pas besoin de la noce, étant donné leur âge. Qu'ajoute la cérémonie? Mais lui s'en fait une telle joie!

Dès qu'ils reviennent à l'appartement — comme le petit salon est gai en cette claire journée! — ils vont à la cuisine préparer de bonnes pâtes à la mode de là-bas. A la amalfitaine ou à la calabraise? Ils discutent en plaisantant pour décider si ce vin-là est celui qui convient le mieux, s'il descend acheter un dessert, si elle portera ou non pour son mariage le *concertu*, la parure «roccaserana» de nouvelle mariée composée d'un anneau orné d'un *brillocu*, de boucles d'oreille, d'un collier et d'un bracelet... Sur le toit d'en face, des moineaux picorent avec vivacité et elle leur jette des miettes.

Dans la salle à manger, les assiettes maintenant vides, l'homme regarde autour de lui. La vue d'Amalfi, la mandoline, les plantes luxuriantes dans leurs pots coquets... Quelle quiétude! Comme le premier jour.

«Mais, où est le portrait de Tomasso?... Il a disparu, comme Dunka... Cette femme pense à tout... Oui, comme Dunka; passé à l'histoire», se répète le vieux. Une douce émotion le parcourt, le fait se lever de sa chaise et s'approcher de la femme qui débarrasse la table.

— Mais Bruno, qu'est-ce que tu fais?, s'exclame-t-elle en se sentant prise par la taille.

Des lèvres l'embrassent et c'est elle maintenant qui sent remonter des émotions anciennes. Elle rit heureuse en se dégageant.

— Tu es fou!... Allons, allons, à la sieste, tu m'as l'air bien polisson et tu as besoin de repos.

Polisson, oui; il y avait longtemps qu'un baiser n'avait pas été un vrai baiser. «Si seulement l'autre ennemi, la *Rusca*, s'était rendu!... Illusions. Il n'y a plus rien à faire contre ses derniers coups de dent.»

— D'accord, mais toi aussi, tu viens te coucher.

Hortensia s'inquiète et s'attriste devant ce regard encore viril : «Mais je ne vaux plus rien!», déplore-t-elle en pensant à son corps. Le vieux n'admet pas de réticence.

— Ne dis pas non. Ce n'est pas la première fois!

— J'étais malade ce jour-là.

— Est-ce que tu n'as pas confiance en moi?

Il a, à cause de ça, éprouvé un fugitif instant d'allégresse. Et il poursuit .

— Allons, on n'est plus jeune. Ne te fais pas d'illusions, je te l'ai déjà dit... Mais le lit, c'est le meilleur endroit pour qu'un homme et une femme soient ensemble.

Paroles et silences dans la pénombre printanière de la chambre, tamisée par les cretonnes imprimées. Etendus l'un près de l'autre sous le drap et la couverture, à moitié déshabillés, les paroles sont des étoiles dans le crépuscule de chaque jour, des braises rouges dans un feu tranquille, des mystères partagés. Et les silences racontent tout, ils sont la vie entière de chacun qui ressuscite, se reconstruit et requiert celle de l'autre pour la compléter; ils sont leurs deux existences qui s'embrassent dans une trame de désirs et d'espoirs. C'est pour ça qu'après chaque silence, affluent les révélations :

— J'ai été jalouse de Dunka jusqu'à l'autre après-midi, avoue Hortensia dans un murmure. Et encore...

L'homme est pris d'un accès de vantardise :

— Et des autres, non?

— Je sais que tu en as eu beaucoup, mais Dunka t'a eu, toi... Au moins jusqu'où tu t'es laissé faire.

— Toi, tu m'as tout entier, complètement soumis, sans conditions... Ici, rends-toi compte, et je n'ai même plus honte d'avoir une femme dans mon lit et de ne pas y toucher. Tu vois comme tu m'as changé!... Avec elle, ç'a été le contraire : je l'ai possédée sans même penser qu'il pouvait y avoir autre chose!

D'un geste impulsif, Hortensia se redresse, le coude sur l'oreiller, faisant passer dans ses yeux toute sa conviction.

— N'aie pas de regrets! Tu lui as donné exactement ce qu'elle voulait. Le «magnifique animal», comme tu disais. Ce qu'elle n'avait jamais connu auparavant.

Elle laisse ses mots pénètrer en lui et continue :

— Oublie; ça s'est passé comme ça devait se passer. Pour les mots tendres, il y avait David, et elle les a rejetés... Oui, tu lui as donné tout ce que tu étais. C'est seulement maintenant que tu sais que tu es plus que cela.

«Seulement maintenant», rumine l'homme. «Et qu'est-ce qui se passe maintenant? Eh bien Milan. C'est-à-dire, le petit et elle, il n'y a rien d'autre à Milan.»

— Oui, maintenant, je le sais. Grâce à toi.

— Grâce à Brunettino.

— Mes deux amours.

— Un seul. C'est toi, les deux amours. Toi, qui les donnes.

Autre grand silence.

«Moi, qui me donne», pense l'homme; quelque chose de totalement nouveau dans son esprit, quelque chose qui vient de naître durant ces dernières semaines.

Ça l'amuse d'être vu d'en haut comme maintenant, alors qu'il n'a jamais aimé ça. Il savoure ce visage au-dessus du sien, ce torse qui le domine et dont le décolleté ouvert montre la courbe d'un sein lourd, qui s'offre à lui.

Il le contemple fasciné. Ça oui, il se l'est toujours demandé : «Quel pouvoir a la chair de la femme? Ronde et blanche, comme la lune qui, dit-on, soulève la mer.»

— Quel pouvoir a la chair de la femme?, ces paroles ont résonné. Sans s'en apercevoir, il les a prononcées à voix haute.

— Le même que celle de l'homme, murmure-t-elle, enflammée en sentant la main qui épouse doucement sa poitrine et en entendant le très profond soupir.

Silence à nouveau, oui, mais comme le toucher parle bien!

Et une lamentation. La même, la seule :

— Ça ne t'attriste pas de n'avoir dans ton lit qu'une chair morte?

— Morte?, proteste cette tendresse absolue. Vivante! Est-ce que cette chair ne sent pas ma caresse?... Quelle toison sur ta poitrine, quelles boucles serrées, comme mes doigts s'y emmêlent et s'y attardent!... Et par-dessous, ton cœur qui parle, qui me crie : je suis vivant!

Un silence encore plus grand, plus profond, qui enveloppe l'écho des voix, les pressions délicates, les reconnaissances amoureuses. A l'apogée, une douloureuse plainte d'homme :

— Qu'est-ce que je ne donnerais pas pour que tu saches comment j'étais dans ces moments-là! Si je pouvais...!

La main féminine délaisse cette poitrine frisée et un doigt ferme scelle les lèvres trop exigeantes.

— Tais-toi. N'en demande pas plus à la vie.

Et elle répète, dissimulant son angoisse soudaine :

— N'en demande pas plus... Qu'elle ne se brise pas!

En rester là, bien sûr, savoir jouir de cette façon. Elle est toujours appuyée sur le coude. «La dame étrusque», se souvient l'homme. Mais pas sur un sarcophage. Le lit est un océan tranquille où les amants vivent leur marée haute. Gigantesque liberté de se donner! L'homme n'est plus enchaîné à l'ombre de Dunka, ni même — grâce à Hortensia — à la douleur de ce qu'il a perdu avec les dernières morsures de la *Rusca*. Serein devant la porte qu'il va bientôt franchir parce qu'il sait maintenant vaincre le destin. En se retranchant dans l'indestructible : le moment présent. En vivant l'instant dans tout son abîme.

Elle, pendant ce temps, sachant ce qu'elle sait, sent se répandre en elle et inonder sa poitrine des larmes pour lui, pour elle-même. Elle aimerait le prendre encore dans ses bras, être cette *Pietà* dans la glace de l'armoire — il pèse déjà si peu, son Brunettino!... Mais il se douterait de quelque chose.

Elle se contient et se réfugie elle aussi dans le pur instant. «Qu'il ne se brise pas!», prie-t-elle.

58

Moyennant un écart habile, la petite auto esquive un camion qui devait lui céder la priorité.

— Comme tu conduis bien, Andrea!

L'interpellée tourne un instant son regard et son sourire vers Hortensia.

— Et toi, comme tu sais bien acheter!

— J'ai été vendeuse... Mais les filles de maintenant à la *Rinascenza* ne connaissent pas leur métier. Elles ne savent que t'emmener payer à la caisse. Pourtant, ç'est agréable de s'en remettre à une bonne professionnelle pour choisir! Ou, à l'inverse, d'offrir la marchandise à une cliente avertie. J'y prenais beaucoup de plaisir en ce temps-là.

Sans aucun doute car, pendant cet après-midi de courses, Andrea a été charmée par le bon goût naturel d'Hortensia et par son habileté à obtenir une bonne qualité au meilleur prix. Dans le rayon des «affaires», sa main plonge dans le tas de vêtements comme la mouette vers la mer et en émerge avec l'authentique aubaine.

Tout en restant attentive à la circulation, Andrea se demande comment son beau-père peut inspirer de l'amour à cette femme si sensée et, en un certain sens, si raffinée, dans sa simplicité. Elle ne dénie pas au vieux ses qualités, mais c'est un tel perturbateur! Comment a-t-il réussi à faire naître une telle tendresse. Sûrement pas à cause de l'argent, reconnaît Andrea en se souvenant que lorsqu'elles ont toutes les deux parlé pour la première fois de la noce, Hortensia lui a déclaré catégoriquement qu'elle n'accepterait pas l'héritage

— Pas une lire, a-t-elle affirmé. Je ne veux que ses affaires personnelles, celles que je l'ai vu utiliser : sa couverture, son couteau...

Hortensia n'a pas pu continuer, un sanglot lui a étranglé la voix.

Non, ce n'est pas l'argent, se répète Andrea. Par contre, sa fille est furieuse parce que elle, elle comptait déjà sur l'héritage. Quelle fille vulgaire! Elle ne ressemble en rien à la mère.

— Je serai leur témoin puisqu'ils insistent, a-t-elle déclaré dédaigneusement à Andrea dans un aparté, mais ma mère doit être folle pour aller maintenant s'enterrer avec un vieux dans un trou de rien du tout sans la moindre compensation.

Andrea comprend la déception de cette fille. Elle aussi y perdrait si Hortensia gardait l'héritage. En tout cas, comme le qualificatif de « trou » correspond bien à ses souvenirs, Andrea ne laisse pas de s'interroger sur les attraits du vieux. Il a dû être bel homme, sans doute, mais ça, c'est du passé, et il n'est ni cultivé, ni raffiné, ni... A moins que ce ne soit sa vitalité! Ça oui, ces derniers jours, il les étonne tous, arpentant les rues sans trêve pour les démarches et les papiers. Ambrosio, arrivé récemment du sud pour être son témoin, s'avoue fatigué et loue l'énergie du vieux lorsqu'il discute avec les fonctionnaires, surtout dans les bureaux de l'archevêché. Le petit curé du guichet a peur de lui.

Dallanotte aussi s'est montré surpris lorsqu'Andrea est allée seule le consulter à propos du projet de mariage.

— A ce stade de la maladie, n'importe qui d'autre serait prostré dans son lit, mais sa vigueur, ou son esprit si vous préférez, ou quoi que ce soit, se montre plus fort et le soutient... Laissez-le, laissez-le se marier : l'espoir le porte. Ensuite... tout ira sûrement très vite, mais tant mieux pour lui. Oui, tant mieux.

Andrea se souvient encore de sa surprise devant la voix du médecin qui prit soudainement, en terminant cette phrase, un ton mélancolique, douloureux, pas du tout professionnel. Comme s'il en était affecté; pour quelle raison?

Pour aller vers la viale Piave, la petite voiture prend la rue della Spiga et, à l'angle avec Borgospesso, Hortensia interrompt ses réflexions sur les grands changements dans le système de la vente depuis son époque.

«J'ai encore plus changé, moi, se dit-elle en passant sous son balcon. Je me voyais déjà définitivement seule dans ce petit appartement et voilà maintenant que je vais le fermer et partir pour le Sud, et en plus avec un homme, un petit-fils, une nouvelle famille... Quelles surprises réserve la vie! Il y a seulement quelques semaines, je ne connaissais pas cette femme qui m'emmène en voiture, et je n'avais jamais vu Renato... Renato, si Dieu m'avait donné un fils comme lui! Comme nous nous comprenons, comme il me fait confiance! J'ai l'impression d'avoir connu sa mère; à force de l'entendre s'exprimer de manière filiale, je me sens presque sa sœur à elle... Ah, Bruno, quel pouvoir tu as! Comme tu nous lies étroitement tous! Et il n'y a personne qui te résiste, ma tête de mule! Pas moyen de faire autrement que de te suivre, tu nous entraînes!... Toi et ton Brunettino, notre Brunettino... Il a le même caractère que toi, déjà bien affirmé. Alors en grandissant...!» Elles quittent la rue della Spiga par Porta Venezia, puis Andrea coupe par la via Salvini pour rentrer chez elle. En passant devant la vitrine de l'épicerie, Hortensia se souvient de la première fois où elle y a accompagné son homme. Quel regard perspicace que celui de cette fière quadragénaire, madame Maddalena! Un regard qui a tout deviné. Hortensia n'a pas réagi en souriant, sachant ce qu'elle savait des histoires de la commerçante, car elle a noté dans les yeux de l'autre l'envie et le regret de ne pas avoir un Bruno.

Mais elle n'y pense déjà plus lorsqu'elles arrivent à la maison. Elle entre avec le sourire provoqué par une autre image, celle d'un futur jeune homme comme Renato, mais avec la force vitale, la grâce virile du grand-père jeune.

Lorsqu'Andrea ouvre la porte de l'appartement, ce futur jeune homme court vers elle en remplissant le couloir de ses cris et tend ses petits bras à Hortensia.

— Il t'aime plus que moi, commente Andrea, néanmoins enchantée de cette affection car elle compte beaucoup sur l'aide d'Hortensia pour l'élever.

— Ne dis pas ça; ce n'est pas vrai, réplique Hortensia en soulevant Brunettino du sol et en l'asseyant sur son avant-bras. Je suis la nouveauté. S'il devait choisir, ce sera toujours toi la mère, tu le sais bien.

— Non, je ne le sais pas, répond Andrea avec gravité. La mienne est morte quand je n'avais pas trois ans.

Hortensia la regarde et comprend beaucoup de choses.

De son bras libre, elle enlace Andrea par la taille tout en sentant les bras du petit se nouer autour de son cou.

«Mon homme, c'est mon Brunettino, pense Hortensia émue, et en échange toi, mon enfant, mon petit ange, tu es déjà mon Bruno, qui me prend dans ses bras... Je t'aime pour lui, comme lui, je l'aime pour toi... Plaise à Dieu que je puisse te voir comme il était et qu'ensuite tu me fermes les yeux!»

59

Zambrini se trouve pour quelques jours à Milan pour les affaires du Parti et, grâce à Dallanotte, il a pu convenir avec le vieux d'un déjeuner dans une de ces trattorias qui plaisent au sénateur, toujours ennemi des grands hôtels où à présent on le loge inévitablement. Ambrosio, qui est arrivé avec son brin d'herbe à la bouche, les accompagne et les trois anciens partisans se souviennent du bon vieux temps en dégustant le café après le repas.

Ils évoquent les périodes difficiles et aussi les coups de chance avec leurs moments de triomphe. Ils critiquent amicalement le communisme de Zambrini, mais tombent tous d'accord sur la dégénérescence du pays et de la jeunesse, qui contraste avec l'enthousiame populaire de quarante-cinq. A la fin, bien sûr, ils en viennent à parler de la future noce et Zambrini se désole de ne pouvoir y assister.

— C'est extraordinaire, renchérit Ambrosio. Ce à quoi personne ne s'attendait là-bas pour couronner le triomphe. Au village, ils en sont éberlués. Entre ça et leurs querelles internes pour les terres, les Cantanotte se sont retrouvés sans amis. Tu as les gens dans ta poche, Bruno; tu ne t'imagines même pas! Jusqu'aux bigotes qui commencent à penser que tu vas finalement te convertir à une vie chrétienne! Elles vont jusqu'à prier pour toi, je t'assure! une surtout que tu as emmenée aux champs quand elle était jeune!

Ils rient.

— Tu sais la seule chose qui les embête?, ajoute-t-il. C'est que tu ne te maries pas à Roccasera. La sacrée noce qu'ils vont manquer!

— Pour qu'on se marie dans un autre diocèse, ils me demanderaient encore plus de papiers, s'excuse le vieux. Puis il contre-attaque :

— En plus, j'ai pas envie de recevoir la bénédiction du petit cureton de Roccasera! A moins qu'il te revienne à toi, ce pisseur d'eau bénite?

Ambrosio ne l'aime pas non plus, cela va de soi.

— Marie-toi donc comme tu veux, intervient Zambrini. Tes noces, ce sont tes noces... Mais prépare-toi au charivari...

Le vieux sourit comme s'ils lui offraient un beau cadeau.

— Je chargerai la *lupara* avec des chevrotines. Et même avec du sel si un mauvais plaisant dépasse les bornes. Le charivari d'accord, c'est légitime quand un veuf se remarie et, en plus, hors du village. Mais un charivari dans les règles. Pas question de plaisanteries grasses sur ma femme!

— Tu n'auras pas besoin de tirer, Bruno, lui assure Ambrosio. Plus personne ne te veut du mal au village maintenant.

— Ou personne n'ose le dire, soupçonne le vieux.

— C'est ça, ou personne n'ose.

Le vieux hausse les épaules dédaigneux. Puis, avec une expression solennelle, il se tourne vers Zambrini :

— Tu vas penser que je suis fou, Mauro, parce que j'en ai plus pour longtemps. Le Dallanotte a dû te le dire. Un brave homme, d'ailleurs.

— Oui, il m'a expliqué. Et il m'a dit aussi qu'il t'enviait parce que lui, il n'a plus d'espoir... Non, tu n'es pas fou, Bruno, tout à fait sensé, au contraire. Je te comprends.

— Et comment qu'il fait bien!, éclate Ambrosio. Je te le dis car je la connais déjà l'Hortensia. Si tu la voyais, Mauro...! La femme qu'il faut à un homme... Si tu ne l'épousais pas, c'est moi qui me déclarerait, conclut Ambrosio, le vieux garçon, en adressant au vieux sa grimace comique d'autrefois.

— Ne fais pas le malin, c'est moi qu'elle aime, se rengorge le vieux qui continue en se tournant vers Zambrini. Alors, tu sais, cet été, chez moi, avec Hortensia et Brunettino, je vais vivre chaque heure beaucoup plus que les Milanais en un an... Brunettino! Le jour où il m'appellera *nonno*, je ferai une grande fête, j'ai une de ces envies de l'entendre!... Et il est sur le point, sur le point; j'aurai encore le temps jusqu'aux châtaignes.

Il se tait un instant et continue, grave :

— Oui, j'aurai le temps; au village, il va se lancer... En plus, après... Après, tu me comprends, Mauro...

Il baisse la voix, approche la tête de celle de ses compagnons et sourit malicieusement, fier de sa stratégie vitale :

— Après, Brunettino, mon petit ange, mon trésor, aura la meilleure grand-mère du monde, la femme qui fera de lui un homme.

Le vieux se replie dans le silence pour mieux imaginer Hortensia, sa relève auprès de l'enfant. Oui, installée dans sa chambre, sur le canapé-lit pour recevoir la visite nocturne du petit ange blanc et le prendre dans ses bras afin de lui parler de Bruno son grand-père. Et lui raconter comment il était et combien, combien, combien il les adorait tous les deux.

60

L'ange immaculé apparaît à la porte obscure et lève ses bras au ciel. Surpris de ne pas se sentir voler vers la poitrine du vieux, comme chaque nuit, il prononce quelques syllabes dans son mystérieux langage et fait quelques pas jusqu'à toucher le lit.

Le vieux ouvre les yeux et perçoit la claire présence. Il se redresse — pourquoi, aujourd'hui, une telle fatigue? — et soulève l'ange jusqu'au lit, en l'asseyant à ses côtés.

— Je suis de garde, petit, je t'attendais... Viens, monte dans la voiture, on part. Elle est usée mais elle marche encore... La Lancia réquisitionnée au marquis, qui l'aurait dit quand il se vantait de son auto... Tu apportes le message, pas vrai? C'est pas la peine de me le donner. Je sais déjà, dans la montagne, les nouvelles montent vite, surtout les bonnes. Ils s'effondrent, on triomphe, mon ange!... On a flanqué la trempe au Mussolini; ils se sentent perdus. Ils s'enfuient comme des rats. Ceux de Cosenza sont en train de jeter à la mer les boches, qui ne peuvent pas résister. David leur a fait sauter le train et les a laissés sans munitions... Heureux David qui soigne sa blessure à Rimini! Avec sa Dunka, ils l'ont bien mérité!... Comme le monde est grand maintenant! Tu vois, on va même en voiture comme les généraux. Fini de marcher à travers la garrigue, de taillis en taillis. Fini d'être assiégés, comme toi et moi dans notre position, tu te souviens? Plus jamais!... En avant, sur quatre roues, pour descendre la montagne! Sur le qui-vive, bien sûr, il peut y avoir des francs-tireurs, des fascistes désespérés... Mais maintenant, ça ne fait rien, ils sont perdus!

L'enfant approche son petit corps du torse du vieux, à la recherche des bras accueillants de chaque nuit.

— Mon ange à moi, tu te bats comme mon *Lambrino*!... Et comme tu es courageux! Toi si petit, qui m'apportes le message... Mais tu dois avoir froid; il faut se protéger du serein... Ne t'inquiète pas, je vais bien te couvrir.

Le vieux prend la couverture étendue à ses pieds et y enveloppe le petit qui grogne et agite énergiquement ses petites mains pour la repousser.

— *Na, na,* proteste-t-il.

Le vieux rit et le serre dans ses bras.

— Tu as raison, c'est mieux comme ça, près de moi. Bien blotti, c'est pour ça que tu as un grand-père... Comment je pourrais ne pas te prendre dans mes bras! Je suis fort, je ne me fatigue pas, et encore moins en voiture. Si c'est la guerre, venez, les balles!... Mais fais attention, le jour va se lever. C'est l'heure des attaques par surprise. Cet endroit s'y prête, on traverse la châtaigneraie. Regarde bien! Tu la reconnais, pas vrai? Je t'en ai parlé si souvent! Quelle est belle!... Mais dangereuse, elle peut cacher un ennemi. Ou bien des pièges : un câble entre deux arbres relié à une grenade; si tu le touches, tu ne t'en aperçois même pas... Enfin ça s'éclaircit, on sort du bois. On va voir le village dès qu'on aura passé la petite colline... Maintenant, tu le vois, tu le vois? La tour de l'église; à gauche de ma maison! Tu vois la *solana*?... Roccasera, mon Roccasera!... Bravo!... Ah, le signal!

Dans la cour, une fenêtre s'est éclairée. Péniblement mais soulevé par son excitation, le vieux se met debout sur le lit avec l'enfant dans les bras.

— Le signal! En avant!... Et la trompette, tu l'entends? Chante, chantons tous! Le chant des partisans!

La voix cassée lance, contre le silence, son hymne guerrier.

D'une autre fenêtre invisible jaillit en l'air une flèche de lumière, le vieux cesse de chanter et laisse éclater sa joie :

— Une fusée!... C'est Ambrosio, il est fou des fusées!... C'est Ambrosio, Roccasera est à nous!

Extase silencieuse.

Soudain, sa douce charge lui pèse infiniment et le vieux ne peut plus la soutenir. « Comme saint Christophe », pense-t-il tandis qu'une douleur le frappe à la poitrine, une crampe féroce qui lui arrache le bras. Il tombe à genoux sur le lit en lâchant le petit.

— Ils m'ont touché, petit, un fasciste embusqué... Mais n'aie pas peur, tu es avec Bruno... Avec Bruno ! Et j'ai toujours eu de la chance avec les balles... On va arriver bientôt, Hortensia nous attend. Elle s'occupera de toi pendant que je me guérirai... Tu l'aimes déjà et maintenant, c'est ta grand-mère, tu sais ? La meilleure du monde !... Ne crains rien, trésor ; je te porterai jusqu'à ses bras...

Pour s'arracher la douleur, il se donne un tel coup de patte sur la poitrine que le sachet d'amulettes, dont le cordon s'est rompu, tombe sur le lit.

— Salopard de tireur !, rugit-il. Mais le rugissement se termine en plainte étouffée.

Il s'assied, appuyant son dos contre la tête du lit. Il murmure :

— J'y vois mal... Le soleil... Il m'aveugle, en sortant de l'ombre...

Il se tait pour économiser ses forces, mais son esprit continue, tandis que la douleur resserre peu à peu une implacable tenaille autour de sa poitrine.

« Rien, ce n'est rien... Quelle joie les fusées ! Toutes ces étincelles dans le ciel ! Et les trompettes, la musique ! Tu entends ?... Je reviens comme je le voulais : victorieux et avec toi. Avec toi, mon petit ange ! »

L'enfant, inquiet devant cette nuit si différente, rampe sur le lit jusqu'au vieux. Il s'accroche craintivement au bras déjà paralysé et se met debout, son petit visage tout prêt de celui du grand-père, qui attend, attend... D'un seul coup, son instinct lui révèle l'effondrement du monde, les ténèbres vides. Le coup d'aile de la solitude lui arrache le mot tant de fois entendu :

— *Non-no*, prononce-t-il nettement, face à ce visage dont les yeux le cherchent déjà sans le voir, mais dont les oreilles, inondées de joie, l'entendent encore. Et il répète la parole d'exorcisme, son appel de chiot perdu :

— *Nonno, nonno. Nonno !*

Enfin, ce cantique céleste!

Des couleurs d'outre-monde, les éclats de mille étoiles incendient le vieux cœur et l'entraînent dans cette gloire, cette grandeur, cette parole insondable :

NONNO!

Le vieux, invoquant le nom de l'enfant que ses lèvres n'arrivent plus à prononcer, s'abandonne à elle pour toujours.

Le petit, dans son désarroi, commence à gémir. Mais il se calme en flairant dans la vieille couverture l'empreinte des bras qui le berçaient. Il s'enveloppe, confiant, dans ses plis, dans cette odeur qui reconstruit le monde en lui restituant la présence de son grand-père et clame, fier de sa prouesse, encore et encore :

— *Nonno,nonno,nonno,nonno...!*

Ses menottes, pendant ce temps, jouent avec les amulettes.

Sur l'argile charnelle du vieux visage a fleuri un sourire qui se pétrifie peu à peu, dans un tréfonds sanguin de terre cuite ancienne.

Renato, attiré par le chant guerrier et les cris de l'enfant le reconnaît aussitôt :

Le sourire étrusque.

Achevé d'imprimer en novembre 1998
sur presse Cameron
dans les ateliers de ***Bussière Camedan Imprimeries***
à Saint-Amand-Montrond (Cher)

Dépôt légal : juillet 1997.
N° d'impression : 985659/1. N° d'édition : 2201007.
Imprimé en France